～『アンの愛情』の世界～

アンがプリンス・エドワード島から本土
へ渡る海峡。現在は13kmの橋がかかる

アンが進むレッドモンド大学のモデル
ダルハウジー大学の学舎
モンゴメリが1895～96年に通う

入学の場面の大階段、右上学舎

アンの下宿前の墓地公園
クリミア戦争慰霊碑とライオン像

天使と
髑髏の墓石

ノヴァ・スコシア人の誇るブルーノーズ号
キングスポートのモデル、ハリファクスの港

炉棚飾りの
ゴグとマゴグの片方
モンゴメリ家に残る現物

メイフラワー、ギルバートが
求婚時にアンに捧げる

松林の海岸公園、アンとギルバートが散策

ウィリアムズ島のモデル
ジョージズ島の要塞と灯台

海岸公園のあずまや
アンがロイに求婚される

エヴァンジェリンの像
ノヴァ・スコシア州

モンゴメリが結婚後
牧師の夫と息子と暮らし
本作を書いた牧師館。オンタリオ州

パティの家がある
スポフォード街のモデルと
なった大通り

撮影・松本侑子

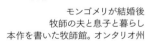

文春文庫

アンの愛情

L・M・モンゴメリ
松本侑子訳

文藝春秋

Anne of the Island

3

アンの愛情

後より見つかる尊きものはすべて
それを探し求める者の前にあらわれる
なぜなら愛が運命とともにくり返し働きかけ
ヴェールを引くと、隠されていた価値があらわれるのだから

テニスン（1）

アンを
「もっと読みたい」と望みつづけてきた
世界中のすべての娘たちに捧ぐ（2）

目次

地図

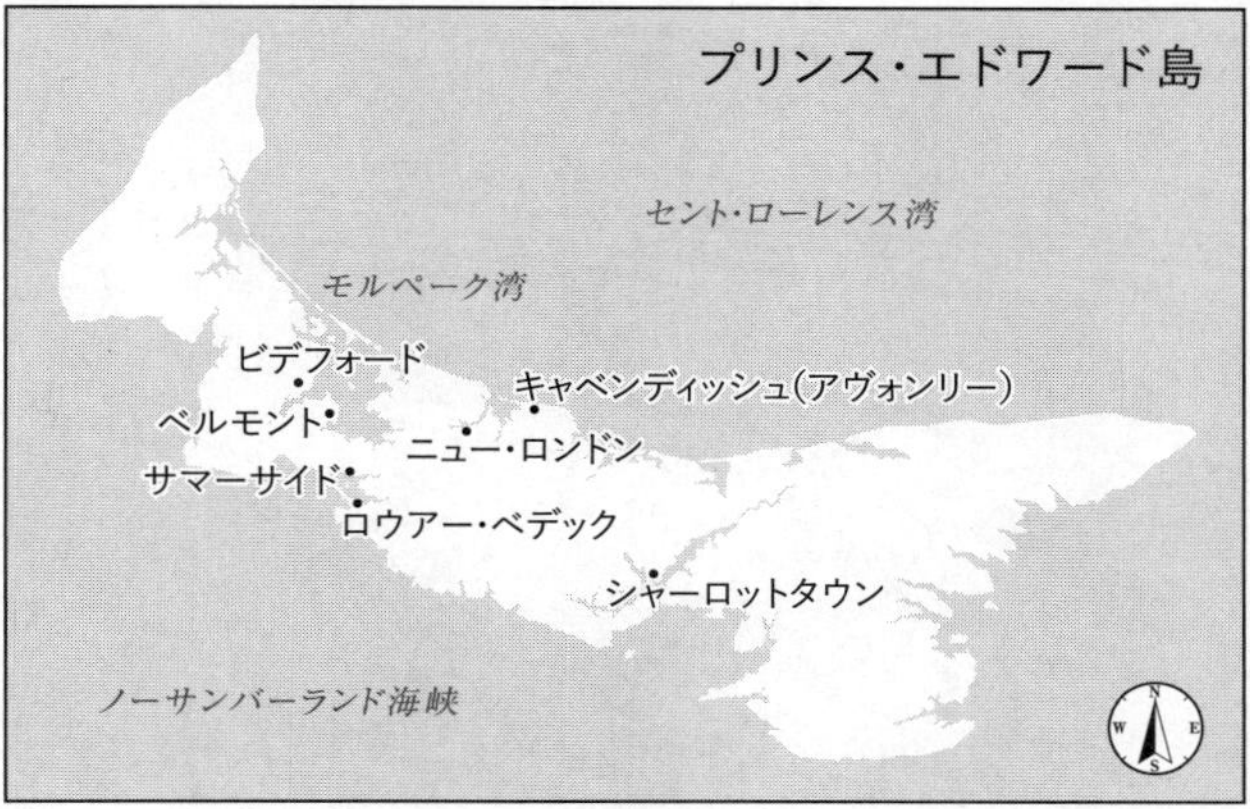
プリンス・エドワード島
セント・ローレンス湾
モルペーク湾
ビデフォード
キャベンディッシュ（アヴォンリー）
ベルモント
ニュー・ロンドン
サマーサイド
ロウアー・ベデック
シャーロットタウン
ノーサンバーランド海峡
N
W
E
S

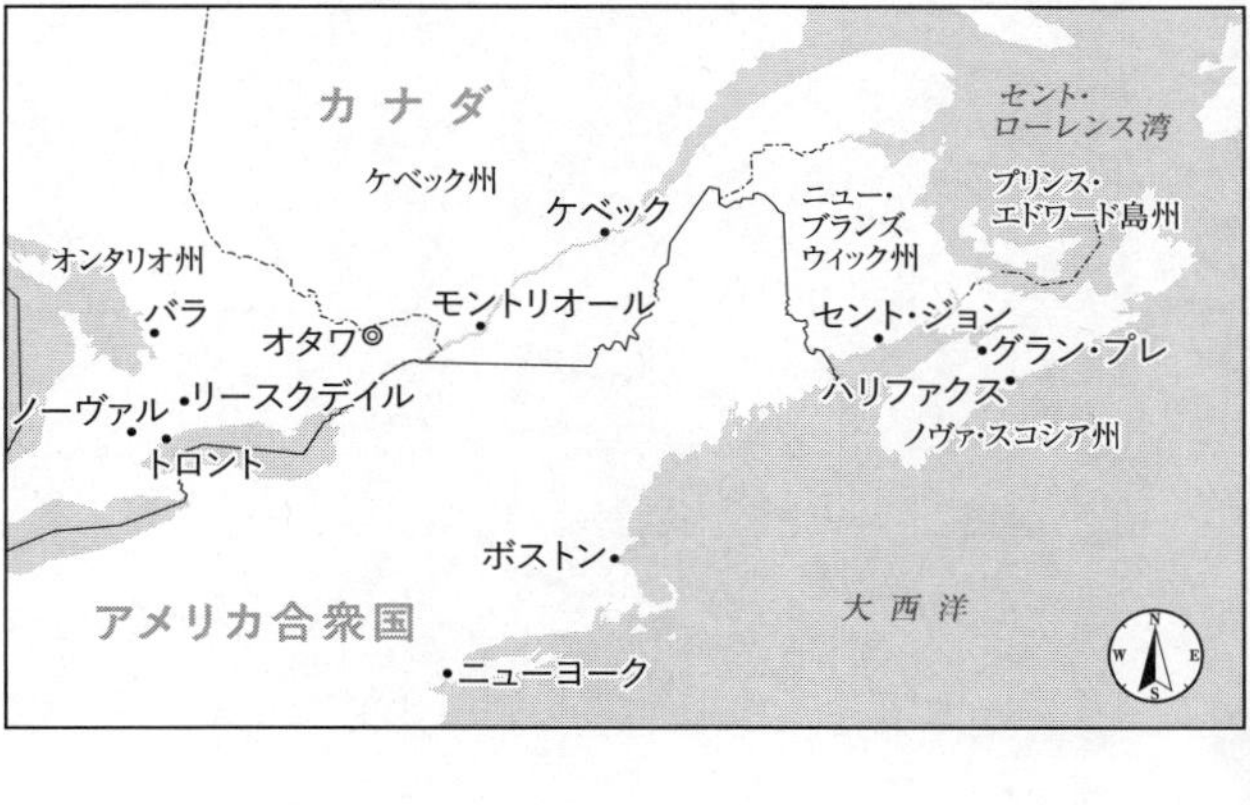
カナダ
セント・
ローレンス湾
ケベック州
ケベック
ニュー・
ブランズ
ウィック州
プリンス・
エドワード島州
オンタリオ州
バラ
モントリオール
オタワ
セント・ジョン
グラン・プレ
ノーヴァル
リースクデイル
ハリファクス
ノヴァ・スコシア州
トロント
ボストン
アメリカ合衆国
大西洋
ニューヨーク
N
W
E
S

第1章　変化のきざし

「収穫は終わり、夏は去りぬ」（1）アン（2）・シャーリーは、刈りいれの終わった畑を夢見るようにながめながら聖書の句をひいて語った。グリーン・ゲイブルズの果樹園で林檎をもいでいたアンとダイアナは、今、その手を休め、日だまりに、いこっていた。柔らかなあざみの綿毛《わたげ》が群れをなして、風の翼《つばさ》にのって流れていく。その風はまだ夏の甘さをふくみ、《お化けの森》の羊歯《しだ》が香っていた。

しかし二人をとりまく風景は、すべて秋を物語っていた。海鳴りは遠くで鈍く響いている（3）。畑は刈りとられ、枯れた色あいが広がり、まわりにあきのきりん草が花をつけている。グリーン・ゲイブルズの下を流れる小川の谷間には、優美な紫のアスターがこぼれんばかりに咲いていた（4）。そして《輝く湖水》は、青に染まっていた――それは青――まさに青だった。春の湖の移ろいやすい青ではなく、夏の薄い空色でもない。澄みわたった、おだやかな不変の青だ。さながらこの湖も、情緒や感情にゆれうごく季節はすぎ去り、気まぐれな夢には動じない静かな境地に落ちついたかのようだった。

「いい夏だったわね」ダイアナが、左手にはめた新しい指輪をまわしながらほほえんだ。

「ミス・ラヴェンダーの結婚式が夏のハイライトだったわ。今ごろアーヴィングご夫妻は太平洋岸（5）かしら」

「お二人が世界を一周されたくらい、時間がたったような気がするわ」アンはため息をついた。「結婚式からまだ一週間だなんて信じられない。何もかも変わってしまったもの。ミス・ラヴェンダーも、アラン牧師夫妻もいなくなって……牧師館は雨戸が全部しまって、なんて寂しいんでしょう！　ゆうべ通りかかったら、牧師館の人がみんな亡くなったみたいだったわ」

「アラン牧師のような立派な方は、もう二度といらっしゃらないわね」ダイアナは暗澹《あんたん》としながらも声を強めた。「この冬は、代理の牧師さんがいろいろと来るでしょうけど、でも、日曜のうち半分は、お説教が聞けないのよ。アンもギルバートもいなくなるし……つまらなくなるわ」

「フレッドがいるじゃないの」アンは茶目っ気たっぷりに当てこすった。

「リンドのおばさんは、いつグリーン・ゲイブルズに引っこしてこられるの」ダイアナは、アンの言い草など聞こえなかった様子でたずねた。

「明日よ。おばさんが来てくださるのは嬉しいわ……でも、これももう一つの変化ね。昨日は、マリラと客用寝室を片づけて、何もかも運び出したの。本当は、そんなこと、したくなかったわ。もちろん私のくだらない思い入れよ……だけど神聖なものをけがすような気がしたの。私にとって、あの古い客用寝室は、ずっと神殿のようなところだったもの。子どものころは、世界でいちばんすばらしい部屋だと思っていたわ。おぼえているでしょ、客用寝室のベッドで寝てみたいって、どんなにあこがれたことか……でも、グリーン・ゲイブルズの客用寝室ではだめよ。ええ、あの部屋では無理よ！　恐ろしすぎて……おそれ多くて一睡もできないわ。マリラに用を言いつけられて入っても、ずかずか歩きまわったことさえないの……一度も。息をひそめて、つま先で歩くのよ、教会にいるみたいに。だから部屋から出ると、ほっとしたものよ。鏡の両脇に、ジョージ・ホワイトフィールド説教師（6）とウェリントン公（7）の肖像画がかかっていて、部屋にいる間中、いかめしい顔で、にらみつけているんだもの。ましてや、鏡をのぞきこもうものなら大変よ。顔がゆがまない鏡は、うちにはあれしかなかったのよ。マリラはよくも、あの部屋を掃除できるものだと、いつも思っていたわ。それが今では、掃除どころか、すっかり運び出して、がらんとしているんだもの。ジョージ・ホワイトフィールド説教師も、ウェリントン公も、二階の廊下に追いやられて、『かくてこの世の栄華は移りゆく』（8）よ」アンは笑って結んだものの、その声色には、かすかに哀愁がにじんでいた。かつてあがめた神殿が冒瀆《ぼうとく》されるのは、たとえ、そうしたものが幼稚に感じられるほど成長しても、決して愉《たの》しくはないのだ。

「アンが行ってしまったら、ほんとに寂しくなるわ」ダイアナは、百回めの嘆きをくり返した。「それも、来週いなくなるのよ！」

「でも今は一緒よ」アンはほがらかに言った。「来週のことを案じて、今週の楽しみを台なしにするのはよしましょう。それに私のほうこそ、ここを離れるなんて考えたくないわ……この家に愛着があるもの。それに、寂しくなるですって！　そう言って嘆くのは、私のほうよ。ダイアナは、ここで暮らすのよ、幼なじみがたくさんいて……それにフレッドもいるわ！　それにひきかえ私は、知りあいもいないところで独りぼっち、誰も知らないのよ！」

「ギルバートがいるでしょ……それに、チャーリー・スローンも」ある言葉を強めるアンの当てこすりを、ダイアナも真似して言った。

「たしかに、チャーリー・スローンがいてくれると、大いに慰められるわ」アンが皮肉をきかせてうなずき、二人の娘は無邪気に笑った。アンがチャーリー・スローンをどう思っているか、ダイアナはよく承知していたのだ。ところが、親しく本音を打ち明けあっても、アンがギルバート・ブライスをどう思っているか、それはいっこうにわからなかった。もっとも、アン自身もわかっていなかったのだが。

「男の子たちは、キングスポート(9)の町外れに下宿するようよ」アンは続けた。「レッドモンド大学(10)へ行くのは嬉しいし、そのうち好きになると思うけど、最初の二、三週間は無理ね。クィーン学院にいたころのように、週末ごとの帰省を楽しみにすることもできないもの。クリスマス休暇なんて、千年も先のような気がするわ」

「何もかも変わっていく……変わっていこうとしてるのね」ダイアナは悲しげに言った。

「いろんなことが、もう、もとどおりにはならないような気がするわ、アン」

「私たち、人生の分かれ道に来たのよ」アンは考え深げに語った。「いずれこの分かれ道には、来なくてはならなかったのよ。ねえ、ダイアナ、大人になるって、子どものころに想像していたように、すてきなことかしら」

「わからないわ……いいことも、多少はあるけど」ダイアナはまた指輪にそっと手をふれ、例のほほえみをかすかに浮かべた。そうした表情を見るたびに、アンはふいに自分が仲間外れの未熟者のように感じられた。「だけど途方にくれることもたくさんあるわ。ときどき、大人でいるのがこわくなるの……そんなときは、小さな女の子にもどれるものなら、何だってしようという気になるわ」

「そのうち私たちも、大人でいることに慣れるわよ」アンは明るく言った。「思いがけないできごとも、いずれ、そんなに起きなくなるわ……でもね、そうした思いがけないできごとって、つまるところは、人生のスパイスだと思うの。ダイアナ、私たち十八よ。あと二年で二十歳。十歳のころは、二十歳だなんて、立派な若い大人だと思っていたのに。そのうちダイアナは、落ちついた中年の奥さんに、私は気のいい独身のアンおばさんになって、休みにあんたに会いに行くんだわ。だから部屋を空けておいてね、ダイアナ。もちろん客用寝室じゃなくていいの……オールドミスには、もったいないもの。私はユーライア・ヒープ(11)みたいにつつましくするから、玄関の上か、客間から離れた小部屋で充分よ」

「まさか」ダイアナは笑った。「アンは、立派でハンサムなお金持ちと結婚するわ……アヴォンリーの客用寝室じゃ、豪華さが半分も足りないでしょうよ……それで、幼なじみを鼻であしらうんだわ」

「それは残念ね。私の鼻は整っているけど、その鼻で人をあしらったりしたら、台なしよ」アンは形のよい鼻をなでた。「私には、台なしにできるような美点は、さほどないから、たとえ人食い島(12)の王様と結婚しても、ダイアナを鼻であしらったりしないわ、約束する」

　娘たちはまたほがらかに笑って別れ、ダイアナはオーチャード・スロープ(13)へ帰り、アンは郵便局へよって手紙を受けとった。帰り道、ギルバート・ブライスが、《輝く湖水》にかかる橋でアンに追いついたところ、彼女は興奮に顔を輝かせていた。

「プリシラ(14)・グラントも、レッドモンドに進学するんですって」アンは叫んだ。「すてきね。プリシラも来てくれたらと思っていたけど、お父さんが承知してくれないだろうという話だったの。でも賛成してくださったのね。私、プリシラと一緒に下宿することにするわ。彼女のようなルームメイトがいれば……旗をかかげた軍隊にだって……レッドモンドの全教授からなる恐ろしい方陣の歩兵隊(15)にだって、立ちむかえる心地よ」

「ぼくたち、キングスポートが好きになると思うよ」ギルバートが言った。「古い要塞のある、きれいな町だそうだ。世界でいちばんすばらしい自然公園があって、その景色といったら、それは見事らしいよ」

「ここよりもきれいなところなんて……あるのかしら……ありうるのかしら」アンはつぶやき、うっとりした目で、愛しげにあたりを見わたした。たとえ異郷の星のもとに、さらに風光明媚《めいび》な土地があろうとも、「ふるさと」こそが、永遠に、世界のどこよりも美しいと信じる者の目をしていた。

二人は古池の橋にもたれ、この魅惑の夕暮れどきを味わった。そこはかつてエレーンに扮《ふん》したアンが小舟に乗りキャメロットへ流れていったあの日、沈みゆく舟から橋の脚によじ登った場所だった(16)。西の空は、まだ夕焼けの美しい紫色に染まっていたが、月がのぼり、月光をうつした湖水は、荘厳な銀色の夢のように横たわっていた。過去を追想するうちに、年若い二人は、甘く、不思議な魔法にかかっていった。

「無口なんだね」ついにギルバートが口を開いた。

「言葉を口にするのも、身じろぎをするのも、こわいの。静けさをやぶったら、うっとりするようなこの美しさが消えてしまいそう」

ふいにギルバートは、橋の手すりにおかれたほっそりした白い手に、わが手を重ねた。彼は、はしばみ色《ヘーゼル》の瞳の色あいを深め、まだ少年らしさの残る唇を開いて、青年の胸を鼓舞する夢と希望を語ろうとした。しかしアンは手をひき抜き、にわかに顔をそむけた。アンにしてみれば、夕暮れの魔法がとけた思いだった。

「帰らなくては」アンは不自然なさりげなさを装い、声をあげた。「午後、マリラの頭痛がはじまって。それに双子が、とんでもないいたずらをするころよ。本当に、こんなに長く家を空けてはいけなかったの」

グリーン・ゲイブルズの小径《こみち》にたどりつくまで、アンは見当ちがいのおしゃべりを続けた。かわいそうに、ギルバートには口をはさむすきも与えなかった。彼と別れると、アンはむしろほっとした。ミス・ラヴェンダーの結婚式の夕暮れ、こだま荘の庭で、思いがけず自分の気持ちを知ったあの瞬間から、アンの中には、ギルバートに対して、かつてはなかった秘密の自意識が生まれていた。これまでは、学校の同級生という、昔なじみの調和のとれた関係だったが、そこに何か異質な——友情をおびやかしかねない何かが押し入ってきたのだ。

「ギルバートが帰ってくれて嬉しいだなんて、前は思いもしなかったのに」アンは、なかば憤《いきどお》り、なかば悲しみながら、一人で小径を歩いた。「ギルバートがこの馬鹿げたふるまいを続けたら、友情が壊れてしまうわ。そんなことはだめよ……そうはさせないわ。

ああ、男の子って、どうして分別がないのかしら！」

だが、アンの心中は穏やかではなかった。ギルバートが手を重ねたほんの一瞬、温かな重みを感じたことも、さらには、今もありありと、その余韻が手に残っていることも、まぎれもなく「分別」がないのではないか。しかも、もっと分別に欠けることに、そのときめきは、不愉快とは、ほど遠かったのだ——三日前の晩、ホワイト・サンズのパーティで、ダンスに加わらずチャーリー・スローンとすわっていたとき、彼が同じふるまいをしたときの心地とは、雲泥の差だった。アンは思い返し、気味の悪さに身ぶるいした。だがグリーン・ゲイブルズの台所に入り、惚《ほ》れた腫《は》れたの気配などない家庭の気配に包まれると、恋にのぼせた田舎の青年たちにまつわる気がかりは、アンの心から消えうせた。台所のソファでは、八歳の男の子が悲しげに泣いていた。

「デイヴィ、どうしたの？」アンは両腕で抱きあげてやった。「マリラとドーラはどこ？」

「マリラは、ドーラを寝かしているよ」デイヴィはしゃくりあげた。「ぼくが泣いてるのはね、ドーラが地下室へおりる外階段を、頭から転がり落ちて、鼻の皮をすりむいたからだよ、それでね……」

「まあよしよし、泣かないで、いい子ね。そうね、ドーラがかわいそうだったのね。だけど泣いても、ドーラはよくならないのよ。明日には治るわ。泣いても誰の役にも立たないのよ、デイヴィ坊や。それにね……」

「ドーラが地下室に落ちたから、泣いてんじゃないよ」アンの善意の説教をさえぎり、デイヴィはいっそうつらそうに言った。「ぼく、その場にいなくて、ドーラが落っこちるのを見のがしたから、泣いてんだよ。ぼく、いっつも面白いものを見のがしちゃうんだ」

「まあ、デイヴィ！」アンは不謹慎にも笑い声をあげそうになり、のみこんだ。「かわいそうなドーラが階段から落ちてけがをしたのに、面白いだなんて」

「大したけがじゃなかったよ」デイヴィは言い返した。「ドーラが死んだら、もちろん悲しいよ。だけどキース一族は、そんなにころりと死なないよ。ブリュエット一家とおんなじさ。ハーブ・ブリュエットは、この前の水曜日、馬小屋で、屋根裏の干草おき場から落っこちて、えさのかぶを流すといをごろんごろん転がって、厩《うまや》の囲いに落ちたんだよ。それも、おっそろしく気の荒い暴れ馬の足もとに転がったんだよ。なのに骨を三本折っただけで、生きて出てきたんだよ。リンドのおばちゃんの話だと、肉切り斧《おの》をふるっても死なない人がいるんだって。おばちゃんは、明日、引っこしてくるの？」

「そうよ、いつも感じよくして、親切にしてあげてね」

「そうするよ。でも夜は、おばちゃんがベッドに入れてくれるの？」

「たぶんね。どうして？」

「だって」デイヴィはきっぱり言った。「おばちゃんが寝かしてくれるんなら、おばちゃんの前では、お祈りしないよ。今まで、アンの前ではしたけど」

「どうして？」

「だって、よその人の前で、神さまにお話しするのはよくないと思うんだ。ドーラは、おばちゃんの前でお祈りしていいよ、そうしたいなら。だけど、ぼくはしないよ。おばちゃんがいなくなってからするよ。いいでしょ」

「いいわ、忘れずにお祈りするのなら」

「うん、忘れないよ、もちろんさ。お祈りって面白いもん。でもね、一人で言うんじゃ、アンの前でお祈りするほど面白くないよ。アンが、おうちにいてくれればいいのに。わかんないよ、ぼくたちをおいて、遠くへ行きたいなんて」

「そうしたいわけじゃないの。でも、行かなくてはならないの」

「行きたくないなら、行かなくてもいいじゃないか。大人なんだから。ぼくが大きくなったら、したくないことは一つもしないよ」

「そのうちわかるわよ。人は、生涯を通じて、やりたくないことをしているの」

「ぼくはしないよ」デイヴィは断言した。「誰がするもんか！　今のぼくは、やりたくないこともしなくちゃいけないよ。だって、アンとマリラが、ぼくをベッドに入れるからね。でも大人になったら、そうはさせないよ。あれしちゃだめ、なんて言う人はいなくなって、楽しくやるのさ！　そうだ、アン、ミルティ・ボウルターが教えてくれたけど、アンが大学へ行くのは、男をつかまえられるかどうか、たしかめるためだって、ミルティのお母さんが言ってるんだって。本当？　ぼく知りたいな」

この瞬間、アンは頭に血がのぼったが、すぐさま笑いだした。ボウルター夫人が、不作法で下品なことを考えようが、口に出そうが、自分に害はないと思い直したのだ。

「まさか。私は勉強をして、成長して、たくさんのことを学びに行くの」

「どんなこと？」

「『靴に、船に、封蠟《ふうろう》に

キャベツに、王様』(17)よ」

アンは引用で返した。

「でも、どうしても男の人をつかまえたくなったら、どうするの。ぼく知りたいな」デイヴィはひき下がらなかった。彼にとっては、まことに興《きょう》をそそられる話題だったのだ。

「ボウルターのおばさんに聞くのがいいわ」アンはつい口をすべらせた。「どうするのか、私よりもご存じでしょうよ」

「今度会ったら聞いてみる」デイヴィは大まじめで答えた。

「デイヴィったら！　だめよ！」自分のうかつさに、アンは叫んだ。

「さっきは、しなさいって言ったじゃないか」デイヴィはふくれっ面をした。

「もう寝る時間ですよ」アンは命じて、窮地を脱することにした。

デイヴィが寝室へあがると、アンはヴィクトリア島(18)へ散歩にでかけ、ひとりで腰をおろした。ほのかな月夜で、淡い闇がたれこめていた。彼女のまわりに川は笑いさざめいて流れ、せせらぎとそよ風が、二重奏《デュエット》をかなでていた。アンはいつも、この小川を愛していた。すぎ去りし日に、きらめき輝くこの流れにむかい、あまたの夢をつむいできたのだ。このときのアンは、恋慕《れんぼ》実らぬ青年たちのことも、意地の悪い隣人たちの辛辣《しんらつ》な口ぶりも、うら若い乙女ならではの悩みの一切も忘れていた。アンは想像のなかで、宵《よい》の明星を水先案内人にして、胸にあこがれる国(19)へ旅立ち、伝説の海原をこぎわたっていた。その海の波が洗うのは、遠く彼方に輝く「寂しき妖精の国」(20)の岸辺であり、そこには失われたアトランティス(21)とエリュシオン(22)が横たわっていた。夢の世界に遊ぶアンは、現実の世界よりも心豊かだった。目にうつるものはいつしか消えゆく。しかし見えないものは、永遠なのだから(23)。

第2章　秋の冠（1）

次の週はまたたく間にすぎた。アンが言うところの「名残《など》りの行事」が数え切れないほど続いたのだ。別れのあいさつをしてまわり、家に来る客人を迎えた。来客や訪問先の人々が、アンの抱負を心から応援しているのか、あるいは、大学へ進むことになり思いあがっている「高慢ちきな鼻をへし折って」やらねばなるまいと考えているか、それによって、面会は愉快にも、不愉快にもなった。

アヴォンリー村改善協会は、アンとギルバートに敬意を表して、ある夕べ、ジョージー・パイの家で送別会を開いた。会場がパイ家になったのは、広くて好都合だからであり、また、屋敷を使ってほしいという申し出を断れば、パイ家の娘たちが出席しない恐れも大いにあったからだ。パーティは楽しいひとときだった。パイ家の娘たちは感じがよく、なごやかな雰囲気を台なしにするような言動もなかった――それはめずらしいことだった。ジョージーもいつになく愛想が良かった――あまりに愛想が良く、見下すような態度ではあったが、アンに声までかけてきた。

「アン、新しいドレス、なかなか似あっているわ。これを着ていると、どうか、すると、美人に見えるくらい」

「なんて優しいんでしょう、ほめてくれて」アンは目をおどらせて答えた。アンのユーモアのセンスも上達し、十四歳のころなら傷ついた言葉でも、今では笑い話のたねにすぎなくなっていた。ジョージーは、アンが、あの悪意のある目の奥で、自分を笑っていると感じたものの、ガーティと階下へおりるとき、「アン・シャーリーったら、大学へ行くというので、ますます気どり屋になるわよ……見てらっしゃい！」と耳打ちすることで溜飲《りゅういん》をさげた。

「古い仲間」が、みんな集まっていた。笑いさざめき、わきたつ喜び、若者のほがらかさが、満ちあふれていた。ダイアナ・バリーは薔薇色の頰にえくぼを浮かべ、忠実なるフレッドに影のようにつきそわれていた。ジェーン・アンドリューズは、こざっぱりして、分別のある、地味な身なりだった。ルビー・ギリスは、クリーム色の絹のブラウスを着こなし、金髪に赤いゼラニウムを飾り、いつにも増して輝くばかりに美しかった。ギルバート・ブライスとチャーリー・スローンは、動きまわるアンのそばにいようと躍《やっ》起《き》になっていた。キャリー・スローンが青ざめて物うげなのは、オリヴァー・キンブルが家に近づくのを父親が許さないからという話だった。ムーディー・スパージョン・マクファーソンは、丸い顔は変わらず丸く、不格好な耳も、いつもながらに変だった。ビリー・アンドリューズは、一晩中、すみに腰をおろし、話しかけられても、声もなく笑うばかりで、そばかすの散った大きな顔をにやにやさせて、アン・シャーリーを見つめていた。

アンは送別会のことは知っていたが、自分とギルバートが、協会の創立者として、賞賛の「式辞」を受け、「敬意の記念品」を贈られるとは知らなかった——アンにはシェイクスピアの戯曲集が一冊、ギルバートには万年筆だった。思いがけないなりゆきに、アンは心動かされ、さらにはムーディー・スパージョンがおごそかに、牧師さながらの口ぶりで読みあげた式辞の優しい言葉があまりに嬉しく、アンの輝く大きな灰色の目に、涙があふれた。アンは、アヴォンリー村改善協会のために、熱心に、誠心誠意、働いてきた。その労を、会員たちが心からねぎらってくれたことに、胸の底まで熱くなった。仲間たちはみな優しく、良き友であり、ほがらかだった——パイ家の娘たちにさえ、美点はあったのだ。この瞬間、アンは全世界を愛していた。

アンは、この夕べを存分に楽しんだものの、最後が台なしだった。月明かりのヴェランダで夕食をとっていると、またぞろギルバートが、ロマンチックなことを口走る、という愚をおかしたのだ。懲《こ》らしめに、アンはチャーリー・スローンに愛想よくふるまい、家まで送り届けることを許した。ところがこの復讐《ふくしゅう》にもっとも苦しんだのは、痛手を与えようとした当の本人だった。ギルバートはアンから離れ、ルビー・ギリスと楽しげに歩いていった。さわやかな秋の静寂《しじま》をついて、そぞろ歩く二人の弾んだ笑い声、話し声が、アンの耳もとまで響いた。二人は楽しくてたまらない様子だった。それにひきかえアンは、チャーリー・スローンに退屈していた。彼は絶え間なく話し続けるにもかかわらず、まぐれにでも、聞くに値することは一言も言わなかった。アンはときおり、「ええ」、「いいえ」と、気のない相槌《あいづち》をうつばかりで、今夜のルビーはなんてきれいだったろう、チャーリーの目玉は、月明かりで見ると、なんてぎょろぎょろしているのだろう――昼間よりもひどいわ――それにさっき、この世界はすばらしいと思ったけれど、それほどでもないみたい、とまで思う始末だった。

「くたびれたのね……それがいけないのよ」部屋にもどり、ようやく一人になったアンはつぶやいた。実際、本人は疲れただけだと思いこんでいた。しかし次の夕方、ギルバートがいつものさっそうとした素早い足どりで《お化けの森》を抜け、古い丸木橋をわたってくる姿を見ると、喜びが、知られざる秘密の泉からわきあがったように、アンの胸にほとばしった。なるほど、ギルバートは、アヴォンリー最後のこの夜を、ルビー・ギリスとすごすつもりはないのだ！

「アン、疲れているようだね」ギルバートが声をかけた。

「そうね、もっと困ったことに、むしゃくしゃしているの。疲れているのは、一日中トランクに荷造りをして、縫い物をしたからよ。むしゃくしゃしているのは、奥さん方が六人、お別れにきて、一人残らず、人生から色合いを消しさって、まるで十一月の朝みたいに灰色で、陰気で、わびしくなるようなことを言ったからよ」

「意地悪なばば猫どもめ！」というのが、ギルバートの上品な批評だった。

「まあ、そんな人たちじゃないわ」アンはまじめになった。「だから困るのよ。意地悪なおばさんたちなら、私も気にしないわ。でも、あの人たちは親切で、優しくて、母親のような心持ちのおばさんたちよ。私を好いてくれて、私も好きなの。だからこそ、言われたことや、それとなくほのめかされたことが、ひどくこたえるの。おばさんたちは、レッドモンドへ行って文学の学士号をとろうなんて、どうかしているって考えていて、それをみんなして私にわからせようとするの。だから、そうなのかしらと、ずっと悩んでいるの。ピーター・スローンの奥さんは、卒業するまで体が持てばいいけど、と言って、ため息をついたわ。そのとたん、三年生の終わりには、神経衰弱になって、手のほどこしようもない自分の姿が目に浮かんだわ。エベン・ライトの奥さんは、四年もレッドモンドに学費をかけるんじゃ、大した物いりだって言うから、こんな馬鹿げたことにマリラと私のお金を浪費するのは許しがたい気がしてきたの。ジャスパー・ベル夫人は、大学なんぞへ行って、アンがだめにならなきゃいいが、実際、ろくでなしになる者もいるからねって言うから、レッドモンドの四年間を終えるころには、大変なうぬぼれ屋になって、何でも知っているつもりで、アヴォンリーの物や人を見下すんじゃないか、心底、心配になったわ。イライシャ・ライトの奥さんは、レッドモンドの女子学生、それもキングスポート出身の娘さんたちときたら、『大したおしゃれで、おすまし屋』だから、そんな人に囲まれちゃ、さぞ肩身がせまいだろうって。それを聞いて、レッドモンドの由緒ある校舎を、出鼻をくじかれた、野暮ったい、おどおどした田舎娘の私が、つま先に銅をはったブーツ(2)をひきずって歩いている様子が目に浮かんだわ」

　アンは笑いながらも、ため息をまじえて言い終えた。感じやすい性分《しょうぶん》のアンは、たとえ意見を尊重していない人からであろうと、あらゆる批判を気にやむのだった。言われた当座は、人生は味気なく、未来への野心はろうそくの火を消したように、ついえてしまうのだった。

「あのおばさんたちの話なんか、気にしてはいけないよ」ギルバートはきっぱり言った。「いい人たちだけど、いかに人生観がせまいか、きみもわかっているだろう。自分たちに経験がないことをしようものなら、なんと呪わしきものよ、おお神様、来てくだされ(3)とくるんだからね。アンはアヴォンリーから初めて大学へ進む女子なんだよ。すべて先駆者《せんくしゃ》というものは、いかれた変人だと思われるものだよ」

「ええ、わかっているわ。でも、頭でわかることと、心で感じることはちがうの。常識では、あなたの言うことは理解できるわよ。でも、常識が役に立たないときもあるの。常識から外れた、馬鹿らしい考えで頭がいっぱいになるの。実際、イライシャの奥さんが帰ってからは、荷造りを終わらせる気力もなくなったわ」

「疲れているんだよ、アン。おいで、そんなことはきれいに忘れて、ぼくと散歩に出かけよう……森の奥へのんびり歩いて、沼地のむこうへ行ってみよう。きみに見せたいものがあるはずなんだ」

「あるはずですって！　あるかどうか、わからないの？」

「ああ、あるはずだとしか、わからないんだ。春に、そこで見かけたきりなんだよ。さあ、おいで。二人とも子どもにもどったつもりで、風の吹くままに歩いていこう」

二人はほがらかに家を出た。アンは、昨夜の不愉快ななりゆきを思い返し、ギルバートに大そう優しくした。彼もまた分別を学んでいるところであり、ふたたび学校の男子同級生としてのみ、ふるまうよう心がけた。そんな二人を、リンド夫人とマリラが台所の窓から見ていた。

「いずれは一緒になりますよ」リンド夫人が満足そうに言った。

マリラはかすかにたじろいだ。内心、そうあってほしいと願ってはいたが、こんな大切なことを噂好きのリンド夫人の口から、決まり切ったことのように語られては不本意だった。

「二人とも、まだほんの子どもですよ」マリラは無愛想に返した。

リンド夫人は人が良さそうに笑った。

「アンは十八だよ。私はその年で、嫁に来たんだからね。われわれ年よりというものは、子どもはいつまでたっても大きくならないと思いがちでね、まったく。アンは若い娘ですよ、それにギルバートは一人前の男、アンの歩いた地面まで拝んでるのは、誰もがお見通しだ。ギルバートはいい若者だ。アンに、あれよかいい相手は見つからないよ。レッドモンドへ行って、アンが惚れた腫れたの下らないことをおぼえなきゃいいが、と願ってますよ。男女共学だなんて、感心しないからね、私は前から首を傾げてたんだよ、まったく」そしてリンド夫人は、重々しくしめくくった。「共学の大学生だなんて、いちゃつくのが関の山だよ」

「少しは勉強もしなきゃならんでしょう」マリラがほほえんだ。

「ほんのぽっちりね」リンド夫人は鼻であしらった。「もっとも、アンは勉強するだろうよ。男子とふざけるような真似はしない子だ。だけど、ギルバートの値うちがわかっちゃいないんだから、まったく。やれやれ、娘心ときたら！　チャーリー・スローンもアンにぞっこんだが、スローン家との縁組みは勧めないよ。そりゃあ、スローン家は親切で、正直者で、ちゃんとした一族だが、しょせん、あの人たちはスローン家だからね」

マリラはうなずいた。スローン家はスローン家だと言われても、よそ者には理解できないだろうが、マリラはわかっていた。どんな村にもそうした一族はいるものだ。親切で、正直で、立派な人たちだろうが、人間の言葉でしゃべろうと天使の言葉を借りようと(4)、スローン家はスローン家であり、永遠に変わりようがないのだ。

幸いなことに、ギルバートとアンは、自分たちの未来がリンド夫人に決められているとも知らず、暮れかかる《お化けの森》をそぞろ歩いていた。行く手の丘では、淡く澄んだ薔薇色と青色の空のもと、刈りいれの畑が、琥珀色《アンバー》の夕陽の輝きをあびていた。遠いえぞ松の森も赤銅色《あかがねいろ》に光り、木々の長い影が丘の草地にのびていた。しかし二人のまわりでは、そよ風がもみの枝をゆらして歌い、その音色は、もはや秋の調べだった。

「この森は、今、幽霊が漂っているの……昔の思い出という幽霊よ」アンはかがんで、霜に枯れてろうのように白くなった羊歯を手折《たお》り、たばねた。「昔、ここで遊んでいた小さな女の子のダイアナと私が、今もいて、夕方、《木の精の泉《ドライアド》》のほとりに腰かけて、お化けたちと、ひっそり会っているような気がするわ。私ったら、今でも、日が沈んでからこの道を通ると、昔のようにこわくてびくびくするの。ダイアナと想像したお化けのなかに、とりわけおそろしい幽霊がいてね……殺された子どもの幽霊で、後ろから忍びよってきて、冷たい指で手をさわるの。正直に言うと、今になっても、日が落ちてからここへ来ると、小さな足音がそっと後ろから近づいてくる気がするわ。さすがに白い女のお化けとか、首なし男や骸骨《がいこつ》は、もうこわくないけど、子どもの幽霊は、想像するんじゃなかったと思うわ。あのときは、マリラとバリーのおばさんに、まあ叱られたこと」アンは思い出して笑った。

沼地の外れにつくと、まわりの森の樹間は紫色にそまり、蜘蛛の糸がかかっていた(5)。節《ふし》くれだったえぞ松がしげる植林地を抜け、かえで《メイプル》にふちどられた陽の当たる暖かな谷間をすぎると、二人は、ギルバートの探していた「あるもの」を見つけた。

「ああ、ここだ」彼は満足そうに声をあげた。

「林檎の木……こんな森の奥に！」(6)アンは嬉しさに思わず叫んだ。

「正真正銘、林檎の実をつけた、林檎の木だよ。松とぶなの森のまんなかで、どの果樹園からも一マイルは離れている。この春、ここで白い花ざかりの木を見つけたんだ。だから秋にまた来て、林檎の木かどうか、たしかめようと思ったんだ。ごらん、たわわに実《な》っている。おいしそうだね……黄色がかった茶色い実で、ラセット林檎(7)のようだけど、まわりは暗い赤だね。野生の林檎は青くて、うまそうじゃないのに」

「何年も前に、ぐうぜん種がこぼれて、芽が出たのね」アンはうっとりした。「仲間が一本もいないところで育って、枝葉をしげらせて花をつけ、生きのびてきたなんて、なんて勇敢で、しっかり者の木でしょう！」

「この倒れた木に、柔らかい苔が生えているよ。アン、おすわり……森の国の王座におあつらえむきだ。木にのぼって、林檎をとってきてあげよう、高いところに実っているね……陽ざしを求めて、上へ上へのびたんだろう」

林檎は美味だった。黄褐色の皮の下の果肉は白く、かすかな赤いすじがはいっていた。

まさしく林檎の味だった、しかも果樹園育ちにはない、ある種、野性的でほれぼれとする風味があった。

「エデンの園の運命を決めたあの林檎でも、これほどすばらしい味ではなかったでしょうね」アンは感想を言った。「けれど、そろそろ帰りましょう。さっきは夕暮れだったのに、ほら、もう月明かりがさしているわ。黄昏から夜にうつりかわる瞬間を見のがして、残念だわ。でも、そうした一瞬は、とらえることができないのね、おそらく」

「沼地をまわって、《恋人の小径《こみち》》を通って帰ろうよ。アン、今でもまだむしゃくしゃしているかい、出かける前のように」

「いいえ。あの林檎は、神様が与えてくださった食べ物（8）のように、魂の飢えを満たしてくれたわ。私、レッドモンドが大好きになって、すばらしい四年間が待っているような気がしてきた」

「四年たったら……どうするの？」

「そうね、四年たてば、また道の曲がり角（9）があるのよ」アンは静かに答えた。「曲がり角のむこうに何があるのか、わからないわ……知りたくないの。知らないほうが、すてきだもの」

その夜、《恋人の小径》は、青白い月光の輝きをあびていた。ほのかな暗がりは静寂に満ち、神秘的で、懐かしい風情に包まれていた。二人とも言葉を交わそうとはせず、親しい友ならではの心地よい沈黙のうちに、ゆっくり歩いていった。

「ギルバートがいつも今夜のようだったら、すべてが気楽ですっきりするのに」アンは胸に思った。

一方のギルバートは、かたわらをゆくアンを見つめていた。淡い色のドレスをまとい、ほっそりして優美な姿は、あたかも一輪の白いアイリスを思わせた。

「いつかぼくは、アンに好かれるようになるだろうか」自信のない若者は、胸を刺す痛みをおぼえていた。

第3章　あいさつと別れ

明くる月曜の朝、チャーリー・スローン、ギルバート・ブライス、アン・シャーリーは、アヴォンリーを発《た》った。アンは晴天を願っていた。ダイアナが駅まで馬車で送ってくれることになり、しばらくは最後となるドライブを快《こころよ》いものにしたかったのだ。ところが日曜の夜、寝台に入ると、グリーン・ゲイブルズのまわりを東風がうなりをあげて吹き、天候の下り坂を思わせた。次の朝、それは現実となった。目ざめると、窓に雨が打ちつけ、灰色にかげった池には、雨つぶを受けて水の輪がいくつも広がっていた。丘も、海も、霧にかくれ、世界のすべてが暗く、陰うつだった。アンはわびしい灰色の夜明けのなかで着がえた。本土ゆきの船に接続する汽車に乗るには、朝早く発たねばならなかった(1)。アンは思わずこみあげる涙をこらえた。いよいよ、愛するわが家を出ていくのだ。たとえ休暇に帰るにしても、この家から永遠に離れてしまう気がした。物ごとは、二度と元どおりにはならないだろう、休みに帰っても、ここに暮らすのとはちがうのだ。ああ、何もかもが、なんと懐かしく、愛しいのだろう——少女時代の夢の数々を捧げた玄関上の白い小部屋、窓辺の桜の古木《雪の女王様》、窪地の小川、《木の精《ドライアド》の泉》、《お化けの森》、《恋人の小径》……あまたの懐かしい場所すべてに、すぎ去りし歳月の思い出が宿っていた。ここを離れて、本当に幸せになれるのだろうか。

その朝、グリーン・ゲイブルズの食卓は悲しみに沈んでいた。デイヴィは、おそらく生まれて初めて食が進まず、おかゆ（2）を前に、恥も外聞もなく泣きじゃくっていた。ほかの者も食欲がなかったが、ドーラだけは自分の皿をおいしそうに平らげた。ドーラは、気丈で冷静なシャーロッテ（3）のように、何があっても動じない幸福な一人だった。シャーロッテは、恋に逆上《のぼせ》た恋人の亡骸《なきがら》が戸板にのせて運ばれようと、「パンとバターを切りつづけていた」（4）のだ。ドーラはまだ八歳だが、その平常心は、容易に乱されなかった。もちろん、アンがいなくなるのは寂しいけれど、だからといって、トーストにのせたポーチドエッグを味わえない理由にはならないわ、そうでしょ、という表情だった。おまけにデイヴィが食べられないのを見ると、彼の分まで食べた。

時間通りに、ダイアナが馬車であらわれた。レインコートをはおり、頬は上気して赤かった。つらくとも、どうにか別れのあいさつをしなければならなかった。リンド夫人が部屋からあらわれ、真心をこめてアンを抱きしめると、何をするにしても体には気をつけなさいよ、と念を押した。マリラは、涙も浮かべず、ぶっきらぼうだった。アンの頬にさりげないキスをして、落ちついたら手紙を書くように言った。もし何気なく見ている人がいたら、アンがいなくなっても、マリラは大してこたえていないと思っただろう——だが、マリラの目をよく見れば、話は違っただろう。ドーラは、行儀よくアンにキスをして、小さな涙を二つぶ、礼儀正しくしぼり出した。しかしデイヴィは、みなが食卓から離れると、勝手口の上がり段で泣き通し、さよならを言おうともしない。アンが近づくと、すぐさま立ちあがり、裏階段をかけあがって衣裳戸棚にかくれ、出ようとしなかった。グリーン・ゲイブルズを去っていくアンが最後に聞いたのは、デイヴィの押し殺した泣き声だった。

ブライト・リヴァー駅(5)への道中、雨は激しくふりしきった。この駅へむかったのは、カーモディ(6)から出る鉄道の支線は、船に接続しないからだ。到着すると、チャーリーとギルバートは、すでにホームにいて、汽車は汽笛を鳴らしていた。切符を買い、トランクをチッキ(7)にする時間しかなく、アンはダイアナにあわただしく別れを告げ、汽車に飛び乗った。ダイアナと一緒にアヴォンリーへひき返せたら、どんなにいいだろう。きっとホームシックになり、たまらない思いをするだろう。ああ、せめて陰うつな雨がやめばいいのに。すぎ去った夏と失われた喜びを嘆いて、世界中が泣いているような土砂ぶりだ！　ギルバートがいても、慰めにはならなかった。チャーリー・スローンもいたからだ。スローン家の性質も、せめて晴れた日なら我慢もできようが、雨ふりでは、どうにも耐えられなかった。

ところが、汽船が蒸気をあげてシャーロットタウンの港を出るころ、事態は好転した。

雨はあがり、ときおり雲間から太陽がのぞき、金色に照りはじめた。灰色だった海は、だいだい色に輝いた。島の赤い海岸をかくしていた霧も晴れ、しまいには好天を告げる金色の光に包まれた。さらにチャーリー・スローンは、すぐに酔い船室へおりたので、アンとギルバートだけが甲板《デッキ》にのこった。

「スローン家の人たちは、海に出るとすぐに船酔いしてくれるから、ありがたいわ」無慈悲にもアンは思った。『ふるさとの地』(8)の別れの見おさめをするのに、チャーリーもそばにいて、感傷的にながめているふりをされたら台なしよ」

「ぼくたち、島を離れていくんだね」ギルバートは感傷をまじえずに言った。

「そうね。私、バイロンの『チャイルド・ハロルド』の心境よ(9)……もっとも、今見ているのは、私の『生まれ故郷の岸辺』(10)ではないけれど」アンの灰色の目が、しきりにまたたいた。「私が生まれたのはノヴァ・スコシアだもの。でも、生まれ故郷の岸辺とは、その人がもっとも愛する土地よ。私にとっては、まさに懐かしいプリンス・エドワード島よ。私がずっと島に住んでいなかったなんて、信じられないわ。ここへ来るまでの十一年間は、悪い夢のようだわ。この船に乗って、島にわたって来てから、七年たったのね……あの夕方、スペンサーの奥さんが、ホープタウン(11)からつれてきてくだすったの。あの日の自分が目に浮かぶようよ。交織地《まぜおりじ》のみっともない古い服をきて、色あせたセーラー帽をかぶっていた。私ったら、有頂天になって、ものめずらしくて、甲板や船室を探険したのよ。よく晴れた夕暮れだったわ。西陽に照らされて、島の赤い海岸が、どんなに輝いていたことでしょう。そして私は今、また海峡をわたっていく(12)のね。ああ、ギルバート、レッドモンド大学とキングスポートの町を好きになりたいけれど、そんなの無理よ！」

「きみのもちまえの人生哲学は、どこへいったの、アン」

「寂しさとホームシックの大波をかぶって、沈んでしまったわ。この三年間、レッドモンドへ行くのをずっと夢見てきたのに……そして今、むかっているというのに……よせばよかったと思うなんて！　でも気にしないで！　思いきり泣いたら、あとは元気になって、いつもの人生哲学をとりもどすわ。そのためには『気持ちのはけ口に』(13)、気のすむまで泣かなければならないの……でも今夜、下宿のベッドにたどりつくまでは涙をこらえるわ。ベッドがどこにあろうと、布団に入ってから泣くわ。そうすれば、またいつものアンよ。ところでデイヴィは、もう衣裳戸棚から出たかしら」

夜九時、汽車はキングスポートに到着した。青白い電灯に照らされた駅の人込みに、三人はおり立った。アンはおじ気づいたが、次の瞬間、プリシラ・グラントにぐいとつかまれた。彼女は、一足先の土曜日、キングスポートについたのだ。

「とうとう来たわね、アン！　くたびれたでしょ。私も土曜の晩についたときは、へとへとだったわ」

「疲れたか、ですって！　その話はなしよ、もうくたくたよ。それに私ったら、世間知らずの田舎者で、ほんの十歳の子どもにもどったみたい。お願いだから、このみじめな疲れ果てた友を、どこか静かな、落ちついて考えごとのできるところへつれていって」

「私たちの下宿へ、まっすぐつれてってあげる。表に辻《つじ》馬車を待たせてるの」

「プリシラがいてくれて、助かったわ。もしいなかったら、今ごろはここで旅行鞄にすわりこんで、泣き出していたでしょうよ。なんてほっとするんでしょう！　見知らぬ人に囲まれた、獣のほえる不毛の地(14)で、懐かしい顔に出会うのは」

「あそこにいるのは、ギルバート・ブライスね。一年見ないうちに大人っぽくなって！　私がカーモディで教えていたころは、学校の男子生徒みたいだったのに。あっちはチャーリー・スローンね、あの人は変わらないわ……変わりっこないわね！　生まれたときもこんなで、八十歳になっても同じでしょうね。さあこっちよ、二十分で家につくわ」

「家ですって！」アンは不満げに言った。「どうせひどい下宿でしょ。しかも寝室はもっとひどくて、廊下のつきあたりを仕切った小部屋で、みすぼらしい裏庭が見えるんだわ」

「ひどい下宿屋じゃないわよ、アン。さあ、この辻馬車よ、乗って……トランクは御者《ぎょしゃ》がつんでくれるわ。そうそう、その下宿だけど……下宿としては、すてきなところよ。一晩よく眠って、明日の朝、憂うつな気分が薔薇色になればわかるわ。広くて、昔風で、灰色の石造りよ、セント・ジョン通り⒂にあるわ。レッドモンドから歩くと、ちょっとした気持ちのいい散歩になるわよ。このかいわいは、もとは地位のある人たちの『お屋敷町』だったの。でも上流の人たちがセント・ジョン通りから離れて、通りの家々は、今は、古き良き日々の夢を見ているんだわ。お屋敷はあんまり広いので、住んでいる人は下宿人をおいて部屋を埋めなければならないの。少なくとも、家主のおばさんたちは、しきりにそう言うわ。楽しい人よ……大家のおばさんたち」

「何人いるの」

「二人よ。ミス・ハンナ⒃・ハーヴィー⒄とミス・エイダ⒅・ハーヴィー。双子で、五十歳くらいかしら」

「私には双子がついてまわるようね」アンはほほえんだ。「どこへ行っても双子がいるんだもの」

「でも、今のおばさんたちは、双子という感じがしないわ。三十歳ぐらいから、見た目がちがってきたみたい。ミス・ハンナは老けていて、あんまり優雅じゃないの。ミス・エイダは三十歳のままだけど、もっと優雅じゃないわ。ミス・ハンナは、にこりとでもすることがあるかしら、一度も見たことがないの。ミス・エイダは始終にこにこしているけど、そのほうが始末に負えないわ。だけど感じがよくて、親切な人たちよ。毎年、下宿人を二人おくんですって。やりくり上手なミス・ハンナの経済観念からすると、

『部屋を遊ばせておく』のが我慢ならないんですって……下宿人をおく必要はないし、そうしなければ困るわけじゃないんですよって、土曜の晩から、七回もミス・エイダに聞かされたわ。私たちの部屋は、たしかにどちらも廊下のつきあたりの小部屋よ。私の部屋は裏庭に、アンのは表通りに面しているの。表通りのむこうは、旧セント・ジョン墓地(19)よ」

「気味が悪いわ」アンは身ぶるいした。「裏庭が見えるほうがいいわ」

「それがちがうの。朝まで待ってごらんなさい。旧セント・ジョン墓地はきれいなところよ。ずっと墓地として使われてきたけど、今はお墓じゃなくて、キングスポートの観光名所なの。昨日ひとまわりしたら、気持ちのいい散歩になったわ。まわりに見事な石垣をめぐらして、大きな木がならんでるの。なかにも並木があるわ。風変わりな古い墓石には、一風変《いっぷう》わった、趣きのある言葉がきざまれてるの。アンも行ったら、墓碑を読むでしょうよ。もちろん、このごろでは、埋葬される人はいないわよ。でも二、三年前に、クリミア戦争で亡くなったノヴァ・スコシアの兵士たち(20)を追悼して、立派な記念碑が建てられたわ。正門のすぐむかいよ。アンの言い方を借りると、『想像の余地』があるわよ。やっとアンのトランクが来たわ……男の子たちが、おやすみを言いに来るわね。チャーリー・スローンと握手しなくちゃいけないかしら。あの人の手は、いつも魚みたいに冷たいんだもの。ときどき遊びにいらっしゃいって、二人に言わなくてはね。ミス・ハンナが大まじめに言うの、良識ある時間にお帰りなら、週に二晩ほど、『若い殿方』をお呼びしても、ようござんすよって。それからミス・エイダがにこにこして言うの。お客さんが、あたしの大事なクッションに腰かけなさらんよう、お願いしますよって。気をつけますって約束したけど、どこに腰かければいいのかしら。もう床にすわるしかないわ、いたるところクッションだらけだもの。ミス・エイダは、ピアノの上にまで、手のこんだバッテンバーグ模様(21)のクッションを置いてるの」

そのころにはアンも笑っていた。プリシラの陽気なおしゃべりは、ねらい通り、アンを元気づけたのだ。アンのホームシックもひとまずおさまり、小さな寝室で一人になっても、さほどぶり返さなかった。アンは窓辺により表をながめた。下の表通りはほの暗く、静まり返っていた。道のむこうの旧セント・ジョン墓地では、木立の上に月がのぼり、手前の記念碑の天辺に、ライオン像が大きく黒々とした頭をかかげていた(22)。グリーン・ゲイブルズを出たのは、今朝だったのだろうか。一日の変わりようと長旅を思えば、ずいぶん時間がたった気がした。

「この月は、今ごろ、グリーン・ゲイブルズを照らしているのね」アンは思いをはせた。「でも、家のことは考えるまい……そんなことを思うと、ホームシックになるもの(23)。思いきり泣くのもよすわ。泣くのは適当なころあいに先送りするとして、今は冷静に、分別をもって、ベッドに入って眠ることにしましょう」

第4章　四月の淑女《レディ》

キングスポートは、風雅な趣きをたたえた古い町だった。その歴史は植民地時代の初期にさかのぼり、昔ながらの気配に包まれている(1)。さながら、お年を召した美しい貴婦人が、若かりし日の装束をまとっているようだった。ところどころは近代的な変化をとげているが、その真髄はそこなわれず、興味深い史跡に富み、過去のいくたの伝説が、ロマンの輝きを後光のようにはなっていた。もっとも、かつては開拓前線《フロンティア》のささやかな町にすぎず、その先は原生林が広がっていた。当時は先住民が暮らし、移住者たちの生活は、波乱に富んでいた。やがて町は、イギリスとフランスの植民地争いの争点となり、ときにはイギリスに、またときにはフランスに占領され、両国の戦いの傷あとを新たにきざみながらも、それぞれの占領下をくぐり抜けて立ちあがってきたのだった。

公園には、海岸防備の円形砲塔があり(2)、いたるところ、旅行者の名前が書かれている。町外れの丘には、武装をといた昔のフランスの要塞があり(3)、広場には、古めかしい大砲がならんでいる。町には、ほかにも好事家《こうずか》の訪ねる史跡はあるが、しかし旧セント・ジョン墓地ほど、古風な趣きと魅惑をそなえたところはなかった。墓地は町の中心にあった。接する四つの通りのうち、二本は閑静で、昔からの家々が軒をつらねている。しかしもう二本の道路は、人と馬車がにぎやかにゆきかう近代的な大通りだった。キングスポートの市民は一人残らず、旧セント・ジョン墓地を思うと、胸がじんとする誇りをおぼえた。なぜなら、ひとかどの人物と自負する者なら、祖先がこの墓地に埋葬されているからだ。横たわる死者の頭のところには風変わりな墓石がかたむき、あるいは墓をかばうように石がおかれている。墓標には、故人の生涯のおもだった歴史がすべて記《しる》されている。だいたいにおいて、昔の墓石は、派手な装飾や技巧をこらしていない。大半は、このあたりに産する茶色か灰色の石を、荒く彫っただけで、飾りのあるものは、わずかにすぎなかった。なかには交差した二本の骨と頭蓋骨《どくろ》の飾りもあり、こうした気味の悪い装飾には、しばしば幼天使の顔もきざまれていた(4)。墓石の多くは倒れているか、また壊れていた。あらかたは歳月の流れにむしばまれ、墓銘《ぼめい》は消えうせたか、かろうじて判読できるかだった。多くの墓がならぶここは、木々の緑にも富んでいた。楡《にれ》と柳の並木がまわりをとりまき、なかにも縦横に走っている。その木陰で、死者たちは、頭上に、風と木の葉が永遠に口ずさむ歌を聴きながら、すぐそばの往来の喧噪にさまたげられることなく、夢も見ずに眠っていた。

　明くる日の午後、アンは、これからたびたび訪ねることになる旧セント・ジョン墓地を、初めて歩いた。午前中は、プリシラとレッドモンドへ行き、学生登録をすると、その日は用はなかった。そこで、これ幸いと、逃げるように帰ってきたのだ。まわりが見知らぬ学生ばかりでは、気分が浮き立つはずもなかった。もっとも、たいがいの者が、自分の居場所がわからない異邦人の表情を浮かべていた。

「女子の新入生」は、二、三人ずつのグループに分かれて立ったまま、たがいに横目でちらちら見ていた。「男子の新入生」は、自分たちの青春時代と仲間に対して、「女子の新入生」よりも知恵があり（5）、玄関ホールの大階段（6）に集まり、若者の声をかぎりに威勢のいい歓声をはりあげていた。それは、伝統的にライバルと目《もく》されている二年生にむけた、ある種の挑戦だった。数人の二年生は肩をそびやかしてあたりをぶらつき、階段を陣どっている「不作法な新入りども」を尊大な目つきでながめまわした。ところが、ギルバートとチャーリーの姿は、どこにもなかった。

「スローン家の顔を見たいと願う日が来ようとは、思ってもみなかったわ」プリシラが、アンとキャンパスを横切りながら言った。「チャーリーの出目でも大歓迎よ。少なくとも、見慣れた懐かしい目だもの」

「ああ」アンはため息をもらした。「登録の順番を待って、あそこに立っていたときの心地といったら、言葉にできないわ……まるで大きなバケツの水のほんの一滴になったみたいに、自分がとるに足らない存在だという気がしたの。そう感じるだけでも充分つらいのに、この先もずっと、とるに足らない者でしかない、あり得ないと思い知らされるなんて、耐えられない、そう思っていたの……私なんか、虫眼鏡がなければ見えない微々《びび》たる存在で、二年生に踏みつぶされるみたいで。たとえここで死んでも、泣く人も、敬う《うやま》人も、歌う人もいないまま(7)墓場へ行くのね」

「来年まで待つのよ」プリシラが慰めた。「そのころには、あの二年生たちのように、飽きあきして世なれした顔もできるわ。自分が小さな存在だって感じるのは、たしかにつらいけど、私みたいに図体が大きくて、不格好だって気がするよりましよ……私ったら、大の字になったらレッドモンド中に手足が届きそう、そんな感じがしたわ……だって、大勢のなかで、私だけ、背丈が二インチ(一インチは約二・五センチメートル)は高かったのよ。さすがに私は、二年生に踏みつぶされる心配はないけど、象と間違えられるんじゃないか、とか、じゃが芋を食べて、でかくなりすぎたプリンス・エドワード島民(8)の見本だって思われやしないか、気がかりだったわ」

「大きなレッドモンド大学は、こぢんまりしたクィーン学院とはちがうのに、それを許せないのが問題なのね」アンは、もちまえの明るい人生哲学の切れはしをかき集め、赤裸《あか》《はだか》になった心をおおい包んだ。「クィーン学院を出たときは、学生のみんなを知っていたし、めいめいに自分の居場所があったわ。クィーン学院で終わった暮らしの続きを、無意識のうちに、レッドモンドに期待していたから、足もとから大地がすべり落ちていくような心地がするのね。この気持ちを、リンドのおばさんや、イライシャ・ライトの奥さんに知られなくて、ありがたいわ。これからもわかりっこないもの。もし知れたら、おばさんたち、『だから言わんこっちゃない』と得意顔になって、これは終わりの始まりだって思うでしょうからね。だけどまだ、始まりがやっと終わったところなのよ」

「その通りよ。アンらしくなってきたわね。私たち、じきに新しい環境にも慣れて、知りあいもできるわ、そうすれば何もかもうまくいくわよ。ところでアンは気づいたかしら？　今朝、女子化粧室のドアの前に、女の子が一人、ずっと立っていたでしょう……きれいな人よ、とび色の瞳で、口もとをゆがめているの」

「ええ、もちろん気づいたわ。寂しそうにして、友だちがいない顔つきをしていたのは、あの人だけだったもの、まるで私の気持ちと同じだったわ。私にはプリシラがいたけど、あの人には誰もいなかったわ」

「独りぼっちで寂しそうだなって、私も思ったわ。あの子、こちらへ何度か来ようとしたけど、来なかった……恥ずかしがり屋なのね。私たちのところへ来ればよかったのに。私も、自分が象みたいな気がしてなかったら、あの人のところへ行ったんだけど、男の子たちがみんな大階段から叫んでいるのに、あの広いホールを横切ってつかつか歩いていくなんて、できなかったの。今日見た新入生のなかで、あの人がいちばんきれいだったわ。でも、レッドモンドもまだ初日だから、『好意はあてにならず、美貌は無益なり』(9)かもしれないわね」プリシラは笑ってしめくくった。

「お昼がすんだら、旧セント・ジョン墓地へ行ってみるわ」アンが言った。「お墓へ行って、元気が出るかどうか、わからないけど、緑の木立に親しめそうなところは、あそこだけだもの。木のそばにいたいの。古い墓石にすわって、目を閉じて、アヴォンリーの森にいるんだって想像するわ」

ところがアンはそうはしなかった。旧セント・ジョン墓地は興味を惹かれるものが多く、むしろ目を大きく見開いたのだ。二人は正門から入り、飾り気がなく堂々とした石のアーチを通りすぎた。天辺には、立派なイングランドのライオン(10)がのっていた。

「インケルマンの地、野の茨《いばら》は、いまだ血にそまり
荒涼たる戦勝の丘は、高く語り伝えられるであろう」(11)

とアンは引用しつつ、胸にせまるものをおぼえながら、ライオンを見あげた。あたりは緑陰《りよくいん》濃く、涼しく、地面は青草におおわれていた。風も心地よく、そよ吹いていた。二人は、草のしげる長い小道を、行きつもどりつして、墓銘を読んだ。今よりのどかな時代にきざまれた碑文《ひぶん》は、風雅であり、言葉をつくした長いものだった。

「郷士《ごうし》アルバート・クローフォード、ここに眠る」アンは、すりへった灰色の墓碑を読みあげた。「『長年にわたり、キングスポートにて、国王陛下の兵站部《へいたんぶ》管理官をつとめぬ。

一七六三年のパリ条約（12）まで軍務に服し、同年、健康上の理由にて退役す。勇敢なる軍人にして、最良の夫、最良の父、かつ最良の友なりき。一七九二年十月二十九日、八十四歳にて没す』これはプリシラむきの墓銘ね。たしかに『想像の余地』があるわ。こうした人生は、冒険に富んでいたでしょうね！　亡き人の人徳をたたえる言葉として、これにまさるものはないわ。だけど生前に、まわりの人たちは、こうしたほめ言葉の数々を、本人に語ったのかしら」

「ここにもあるわ」プリシラが言った。「聞いて……『アレグザンダー・ロスを追慕《ついぼ》して。一八四〇年九月二十二日没、享年四十三。この碑は、故人が二十七年の間、忠実に仕《つか》えあげし人物が、親愛と感謝の証として建立せり。故人は、その長年の忠節につき、全幅の信頼と愛情を受けるに値する友として遇《ぐう》さる』（13）」

「すばらしい碑文ね」アンは、しみじみと言った。「これ以上の墓碑銘はないわ。私たちはみな、何かに仕えているもの。その何かに忠実だったという事実を、墓碑に誠実にきざんでもらえたら、それ以上の言葉はいらないわ。プリシラ、この小さな灰色のお墓、悲しいわ……『いとし子を偲《しの》んで』ですって。それからこっちは、『いずこかに葬《ほうむ》られし者を追悼して建立す』とあるわ。本当はどこに埋葬されたのかしら。プリシラ、近ごろのお墓じゃ、こんなに興味深くないでしょうね。あなたの言うとおりよ……私、しょっちゅう来るわ。大好きになったもの。あら、誰かいるわ……並木道のつきあたりに、女の人が」

「今朝、レッドモンドで見かけた子よ。私、五分ほど前から、あの人を見てるんだけど、きっかり六回、並木道をこちらへ歩き出そうとして、六回、まわれ右をしてもどったの。よほどの人見知りか、良心にやましいことでもあるのね。行って声をかけましょうよ。大学よりも、この墓地のほうが近づきになりやすいわ」

二人は、草深い長い並木道を歩いて、柳の大木のもと、灰色の墓石に腰かけている名も知らぬ少女に近づいていった。その娘は実に美しかった。生き生きとして枠《わく》にはまらない魅惑的な美貌の持ち主だった。髪は繻子《サテン》のごとくなめらかで、茶色の栗のようなつやがある。丸みをおびた頰は柔らかく、ふっくらと輝き、とび色の瞳は大きく、ビロードの深みがあり、その上に黒い眉が奇妙にとがっていた。そしてゆがめた口は紅い薔薇のようだった。茶色のしゃれたスーツを着こなし、すそから最新モードの小さな靴がのぞいている。くすんだ桃色の麦わら帽子は金茶色のひなげしの花輪で飾られ、帽子作家《アーティスト》の手になる「芸術品」という雰囲気が、言葉では表しがたいものの、まぎれもなく漂っていた。プリシラはふと、自分の帽子は田舎の店で飾りつけたものだと思い出し、肩身がせまくなった。アンはアンで、リンド夫人に型をとってもらい、自分で縫ったブラウスが、この娘のいきな装いにくらべると、いかにも田舎じみて野暮ったく見えるのではないかと、きまりが悪かった。その瞬間、二人ともひき返したくなった。

しかし、二人の足はすでに立ち止まり、灰色の墓石をむいていた。退却するには遅かった。なぜなら、とび色の目の少女は、二人が話しに来たものと察して、すぐに立ちあがり、近よって手をのばし、ほがらかな、親しみやすい笑みを浮かべたからだ。その表情には、人見知りも、やましさの影もなかった。

「お二人は、なんというお名前かしら」その娘は熱心にたずねた。「知りたくて死にそうだったの。今朝、大学であなたたちをお見かけして。ねぇ、ひどいとこだったわね。あのときは、こんなことなら、家に残って結婚すればよかったたって思ったわ」

思いがけない結びに、アンとプリシラは、ほがらかに笑いだした。とび色の瞳の娘も笑った。

「本当にそう思ったんだもの。実際、結婚することもできたのよ。さあ、みんなでこの墓石にすわって、友だちになりましょう。簡単よ、私たち、おたがいを好きになるわ……今朝、大学でお二人を見て、すぐにわかったの。あなた方のところへ行って、お二人を抱きしめたいって、どんなに思ったことか」

「なぜそうしなかったの？」プリシラがたずねた。

「決心がつかなかったのよ。どんなことだろうと自分じゃ決められないの……優柔不断で悩んでるの。決めたとたんに、やっぱり別のほうが正しい気がして。手に負えない災難よ。だけど生まれつきだもの、自分を責めても仕方がないわ、自分を責める人もいるけどね。というわけで、お二人のそばへ行って、声をかける決心がつかなかったの。そうしたかったんだけど」

「内気な人なのかと思ったわ」アンが言った。

「まあ、内気だなんて。フィリッパ・ゴードンに欠点は数あれど……内気は入ってないわ……それとも内気は美徳かしら……私、略してフィルよ。どうかフィルと呼んでね。あなたたちの名前は？」

「こちらは、プリシラ・グラント」アンが指さした。

「こっちは、アン・シャーリー」今度はプリシラがさした。

「私たち、プリンス・エドワード島から来たの」二人はそろって言った。

「私はノヴァ・スコシアのボーリングブルック（14）出身よ」フィリッパが言った。

「ボーリングブルックですって！」アンが叫んだ。「まあ、私の生まれたところよ」

「本当？　じゃあ、あなたもブルーノーズ（15）ね」

「でも、そうじゃないの」アンは否定した。「ダン・オコンネル（16）だったかしら、人は厩《うまや》で生まれても馬にはならない（17）と言ったのは。私は骨の髄までプリンス・エドワード島民よ」

「それでもボーリングブルック生まれで嬉しいわ。ご近所同士みたいでしょ。そういうのが好きなの。秘密を打ち明けても、赤の他人に言うのとはちがうもの。私は秘密を話さずにいられないの、胸にしまっておけないのよ……努力してもだめ。私の最大の欠点ね……それから、さっきも言った優柔不断。信じてもらえるかしら……ここへ来る前、帽子を決めるのに三十分もかかったの……この墓地へ来るのによ！　最初は、羽根がついた茶色のにしようと思ったけど、頭にのせたとたん、ふちがへなっとした、このピンクのほうが似あう気がしたの。そこでかぶってピンでとめたら、やっぱり茶色が良くなって、結局、二つベッドに並べて、目をつぶって帽子《ハット》ピンでついたら、ピンクに刺さったから、こちらにしたの。似あうかしら。ねえ、聞かせて、私の顔、どう思って」

天真爛漫《てんしんらんまん》な問いかけを大まじめに聞かれて、プリシラはまた笑った。しかしアンは、思わずフィリッパの手を握りしめて言った。

「今朝、大学で見かけた女子のなかで、いちばんきれいだったわ」

フィリッパのゆがんだ口もとに、魅惑の微笑がほころび、小さな白い歯がのぞいた。

「私もそう思ったわ」ふたたび仰天する返答だった。「でもね、その通りだと言ってくれる人がほしかったのよ。自分の外見さえ判断できないの。きれいだと思ったとたんに、そうじゃない気がして、みじめになるの。大年よりの大おばが、陰気なため息をついて、口癖のように言うんだもの。『お前さんときたら、こんなに変わるもんかね』って。おばさんたちは子どもというものは、大きくなると、そりゃあ可愛い赤ん坊だったのに、大好きだけど、あの大おばは大嫌い。だから、お嫌じゃなかったら、あなたはきれいだって、しょっちゅう言ってちょうだい。自分がきれいだと信じられたら、よっぽど気持ちがいいもの。あなたたちも、お望みなら、喜んで言ってあげるわ……良心にとがめることなく言えるわ」

「ありがとう」アンも笑った。「だけど、プリシラも私も、見た目には自信があるから、保証してもらわなくても、大丈夫、お気づかいは無用よ」

「まあ、私を笑ってるのね。あきれた見栄っぱりだと思ってるんでしょ。でもそうじゃないの。私、虚栄心なんて、かけらもないの。ほかの女の子に美点があれば、ほめ言葉の出し惜しみはしないのよ。お二人と知りあいになれて、嬉しいわ。土曜に来てからというもの、ホームシックで死にそうだったの。ひどい気分よ。ボーリングブルックじゃ、名家の有名人なのに、キングスポートでは、ただの人！　何度も気がふさいだわ。あなたたち、どこに住んでるの？」

「セント・ジョン通り三十八番地よ」

「ますます結構ね。私は、ウォレス通りの角を曲がったとこだもの。でも、下宿は気に入らないわ。寒々として寂しいの。部屋はひどい裏庭にむいてるの。世界一みっともない裏庭よ。しかも猫が……ええ、キングスポート中の猫が全部、夜になると集まってくるの、全部じゃなくても、半分はいるにちがいないわ。私だって、猫は好きよ、ちろちろと暖かく燃える暖炉の前で、敷物に眠っている猫ならね。だけど、真夜中の裏庭に集まってくる猫は、まったく別の生きものよ。最初の晩、私ったら一晩中、泣き明かしたの。でも猫も同じだったのよ。次の朝の私の鼻ったら、見物《みもの》だったわ。家を出るんじゃなかったって、どんなに思ったことか！」

「そんなに優柔不断で、よくレッドモンドに来る決心がついたわね」プリシラが面白そうに聞いた。

「とんでもない、自分で決めたんじゃないわ。父が望んだのよ。父は、何が何でもそのつもりだったの……理由はわからないけど。この私が、文学の学士号をめざして勉強するなんて、滑稽でしょう？　勉強ができないわけじゃないのよ、大丈夫、脳味噌はたっぷりあるもの」

「まあ！」プリシラは返答に困った。

「本当よ。ただ、頭脳を使うことがむずかしいの。それに大学の学士さまって、博識で、威厳があって、賢くて、もったいつけている人たちでしょう……そうにちがいないわ。だから私は、レッドモンドに来たくなかったけど、父の願いをかなえるために来たの。父は、それは優しい人だもの。それに家にいたら、結婚する羽目になってたわ。母がその気で……何が何でも結婚なさいって。母は決断力があるのよ。だけど私は、あと二、三年は、結婚なんて、まっぴら。身をかためる前に、思いきり楽しみたいわ。この私が、文学の学士になるのも滑稽だけど、落ちついた奥さんになる姿は、もっと見当がつかないもの。まだ十八なのよ。だから結婚するくらいなら、進学のほうがましだと思ったの。それに、どの人と結婚するか、この私が、どうやって決めるのよ」

「そんなにたくさんお相手がいたの？」アンが笑って言った。

「山ほどね。男の子ったら、私に夢中なんだもの……本当よ。だけど、候補になりそうなのは、二人だけ。あとは若すぎて、貧乏すぎるの。私はお金持ちと結婚するもの」

「どうして？」

「だって、この私が、貧乏人の妻になるなんて、想像できないでしょ？　家事は何一つできない上に、浪費家よ。私の夫は財産家でなくてはね。だから二人にしぼりこむことができたの。でも、二人からでも選べないの、二百人から決めるのと同じくらい、むずかしいわ。どっちを選んでも、別の人と一緒になればよかったって、死ぬまで悔やむに決まってるわ」

「その……フィリッパは、どちらの人のことも……愛してなかったんじゃないの？」アンは少々口ごもった。会ったばかりの相手に、深遠なる神秘であり、また人生に変化をもたらす恋愛について話すのは、容易ではなかったのだ。

「もちろんよ。私は誰のことも愛せないわ。愛するなんて、私には無縁だし、望んでもいないの。愛は人を奴隷に変えてしまう、私はそう思うわ。男の人はいい気になって、あなたを傷つけるのよ。それがこわいの。でも、アレックとアロンゾはちがうわ、気だてのいい人よ。両方とも大好きだから、どっちが好きかわからないの。それが問題なのよ。アレックは最高に美男子よ。ハンサムじゃなきゃ、結婚できないわ。性格もいいし、黒い巻き毛がきれいだし、でも完璧すぎるのよ……完璧な夫なんて、好きになれないわ……欠点が一つもないなんて」

「じゃあ、アロンゾと一緒になればいいじゃない」プリシラがまじめに言った。

「アロンゾなんていう名前の人と、結婚するなんて！」フィルは物うげに言った。「耐えられないわ。だけどアロンゾの鼻は気品があるの。一族に形のいい鼻の人がいると、あてにできてありがたいでしょうね。私の鼻はあてにならないもの。今のところは、ゴードン家（18）の形を受けついでるけど、のちのち、バーン家（19）の特徴が出るんじゃないか、心配よ。毎日、気になって鏡でたしかめてるの、ゴードン家の形を保っているか。母はバーン一族で、バーン家らしいバーン家の鼻よ。見ればわかるわ。私は形のいい鼻が好きなの。アン・シャーリー、あなたの鼻はとてもすてきね。鼻のおかげでアロンゾに傾きかけたけど、でもアロンゾじゃね！　というわけで決められなかったの。帽子みたいに決められたら……二人を並んで立たせて、目をつぶって、帽子ピンでつく……それができれば簡単なんだけど」

「あなたが実家を離れて、アレックとアロンゾは、どう思ったのかしら」プリシラがたずねた。

「まだ希望を持ってるわ。二人には、私の決心がつくまで待ってほしいと話したの。喜んで待ってくれるわ。どちらも私を崇拝してるもの。その間、私は楽しむつもりよ。レッドモンドでも、恋人が大勢できるでしょうね。恋人がいなくちゃ楽しくないわ。だけど、新入生の男子ったら、野暮ったいわね。かっこいい人は一人だけ。あなたたちが来る前に帰ったんだけど、友だちが、ギルバートって呼んでたわ。その友だちときたら、こんなに目玉が飛び出てるのよ。あら、もう行くの？　まだ帰らないでよ」

「そろそろ行かなくては」アンはどことなくよそよそしく言った。「遅くなるし、勉強もあるから」

「じゃあ二人とも下宿に遊びに来てね」フィリッパは立ちあがり、アンとプリシラに両腕をまわした。「私もうかがわせて。仲よしになりたいの。二人が大好きになったもの。だけど私が軽薄なんで、嫌気がさしたかしら」

「そうでもないわよ」アンは、抱きしめてきたフィリッパに、心をこめてほほえみ返した。

「私は見かけの半分も馬鹿じゃないのよ。フィリッパ・ゴードンを、神が創りたもうたままに受けいれてね、欠点もひっくるめて。そうすれば、きっと私を好きになるわ。この墓地はきれいなとこね。死んだら、ここに埋められたいわ。あら、このお墓は、まだ見てないわ……鉄の手すりのなかよ……ほら、見て、墓石に書いてある、シャノン号とチェサピーク号の戦闘(20)で亡くなった海軍将校候補生の墓ですって、まあ！」

　アンは手すりの前に立ち止まり、すりへった墓石を見つめた。すると、ふいに胸が高鳴り、古い墓地に枝をさしかわす並木も、木陰をおとした長い小道も、アンの視界から消えうせ、かわりに、一世紀近く昔のキングスポートの港が浮かびあがった。やがて霧のなかから、フリゲート艦が、「流星さながら光彩はなつイングランド国旗」(21)を鮮やかにはためかせ、巨大な姿をゆっくりとあらわした。背後から、もう一隻《いっせき》の軍艦もあらわれた。その後甲板《こうかんぱん》には、物言わぬ英雄の姿が、祖国の星条旗に包まれて横たわっていた──その人は、勇士ローレンス海軍将校(22)だった。ときの指が、過去へページをめくり、勝者シャノン号が、チェサピーク号を拿捕《だほ》して、意気揚々と港に凱旋《がいせん》した情景を見せたのだった。

「アン・シャーリー、現実にもどりなさい……目をさまして」フィリッパが笑い、アンの腕をひいた。「百年前に後もどりしてるのね、もどってらっしゃい」

　アンがため息とともに夢想からさめると、その瞳は優しく潤んでいた。

「この古い話が前から好きだったの」アンは言った。「勝ったのはイギリスだけど、敗れたアメリカの勇敢な司令官のおかげで、心惹かれるんだと思うわ。このお墓を見ていたら、あの海戦が、身近に、現実味をおびて感じられたの。かわいそうに、ここに眠る海軍将校候補生は、ほんの十八歳だったのね。『勇敢なる戦闘中、致命傷を受け、絶命す』……と墓碑にあるわ。軍人の本懐《ほんかい》なんでしょうね」

立ち去る前に、アンは服にとめていた紫パンジーの小さな花束を外し、激しい海戦に命を落とした少年兵士の墓に優しく手向《たむ》けた。

「ねえ、私たちの新しい友だち、どう思う？」フィリッパが去ると、プリシラがたずねた。

「好きよ。おかしなことばかり話すけど、どこか愛すべきところがあるわ。本人も言っているように、口ぶりの半分も馬鹿じゃないわよ。キスしたくなる可愛い赤ちゃんみたい……この先も、本当の大人にならないのよ」

「私も気に入ったわ」プリシラは、はっきり言った。「ルビー・ギリスみたいに男子の話ばかりだけど、ルビーには腹が立って胸が悪くなるのに、フィルの話は、ほがらかに笑いたくなったわ。どうしてかしら」

「二人はちがうのよ」アンは考えて言った。「ルビーは、いつも男子を意識しているの、恋をもてあそんで、恋愛ごっこをしているのよ。しかも、ルビーが恋人たちの自慢をすると、あなたにはその半分もいないでしょう、と当てつけているような気がするの。ところがフィルは、恋人の話をしても、仲のいい友だちの話をしているみたい。男子をいい友だちだと思っていて、大勢の男子に囲まれているのが楽しいのよ。フィルはもてるのが好きで、もてると思われるのも好きだもの。アレックとアロンゾでさえ……もう、二人の名前を別々に考えられないわ……フィルにとっては遊び友だちで、彼らも、フィルと生涯を通じて遊びたいのね。あの人に会えてうれしいわ。それに旧セント・ジョン墓地に来て良かった。今日の午後、心の小さな根っこを、キングスポートの土におろしたのね。そう願いたいわ。いつまでも植えかえられたままの気持ちでいるのはいやだもの」

第5章　故郷からの手紙

それからの三週間、アンとプリシラは、見知らぬ国に迷いこんだ異邦人の心地だった(1)。だが突然、すべてに——大学、教授陣、クラス、学生たち、勉強、社交に、ぴたりと焦点があい、鮮明に見えるようになった。つまり、ばらばらの断片からなっていた生活が、ふたたび、同じ種類の一つにまとまったのだ。新入生たちも、孤立した個人のよせ集めではなく、一つの学年《クラス》としての意識がめばえた。一年生として団結した心がまえをもち、一年生の応援エールを叫び、一年生の利益を守り、ほかの学年への対抗心と、一年生の抱負をいだくようになった。毎年恒例の「乱闘合戦《アート・ラッシュ》」(2)の日、一年生は二年生に勝利をおさめ、全学の敬意を集め、大いに自信を深めた。というのも、ここ三年ほどは、二年生が「合戦《ラッシュ》」で勝ってきたからだ。今年の勝利が、新入生の旗印のもとに帰《き》したのは、ギルバート・ブライスの戦略にたけた指揮のおかげだった。彼が、兵員たちを配列させる新しい作戦を編み出したところ、二年生は混乱し、新入生に勝利をもたらしたのだ。その功績をたたえて、ギルバートは一年生の級長に選ばれた。それは名誉も責任もある地位で——少なくとも、一年生の目にはそううつった——多くの者が渇望《かつぼう》していた。さらにギルバートは、「ラムズ」入会にも誘われた――学友会ラムダ・シータ（3）を、レッドモンドでは短く縮めて、こう呼びならわしていた――それも新入生には、まれな栄誉だった。入会にあたっては、あらかじめ厳しい試練があり、キングスポートの目抜き通りを、婦人用の日よけ帽《サンボンネット》をかぶり、派手な花柄木綿《キャラコ》のゆったりした料理用エプロンをかけて、丸一日、ねり歩かなければならなかった。これをギルバートはいとも楽しげにやってのけ、知りあいの女性たちに会うと、うやうやしい仕草で日よけ帽をとってあいさつまでした。ラムズに誘われなかったチャーリー・スローンは、ギルバートはよくもあんな真似ができるものだ、自分なら、あのような不面目な真似はできないと、アンに語った。

「だけど、チャーリー・スローンが『木綿《キャリケー》のエプロン』に、『日よけ帽《サンバニット》』（4）をかぶったところを想像してみてよ」プリシラがくすくす笑った。「スローンのおばあちゃんにそっくりよ。でもギルバートはあんな格好をしても、ふつうの服を着ているみたいに男らしかったわ」

アンとプリシラは、気がつくとレッドモンド社交界の中心にいた。こんなに早くことが進んだのは、フィリッパ・ゴードンに負うところが大きかった。彼女は裕福な名士の娘で、由緒ある上流「ブルーノーズ」の家柄だった。加えて、その美貌と魅力――その魅力は彼女に会う者なら誰しも認めるであろう――この二つがあいまって、レッドモンドのあらゆる派閥、クラブ、クラスは、ただちに門戸を開いた。そして彼女のゆくところ、アンとプリシラも同伴した。フィルは、アンとプリシラを「崇《あが》め」、わけてもアン・シャーリーを「崇拝」した。フィルは誠実な娘で、家柄を決して鼻にかけなかった。「われを愛せ、わが友を愛せ」というのが、無意識ながらも、彼女のモットーらしかった。フィルは、みるみる広がっていく交際の輪に、二人をむぞうさにつれていき、アヴォンリーから来た二人の少女（5）は、レッドモンド社交界にやすやすと楽しく入りこんだ。それは、ほかの女子新入生たちの羨望《せんぼう》と驚嘆の的《まと》だった。フィリッパの後ろだてのない学生たちは、最初の一年間、まわりで指をくわえて見ている運命だったのだ。

より堅実な人生観の持ち主であるアンとプリシラにとって、フィルは、いまだに面白くて愛すべき赤ん坊であり、初対面の印象のままだった。だが、フィルは本人も語ったように、頭脳にも恵まれていた。彼女がいつ、どこで、勉強の時間を見つけるのか、それは謎だった。つねに何かしら「愉しいこと」に声がかかり、また彼女の下宿は、夕方ともなれば訪問客であふれていたからだ。フィルには望みどおりの「恋人《とりまき》」も存分にいた。一年生の男子の九割がた、そしてほかの学年の男子の大半が、フィルの微笑をめぐって競争者《ライバル》だった。それをフィルは無邪気に喜び、新しい若者を征服するたびに、上機嫌でアンとプリシラに報告した。おしゃべりのねたにされた哀れな恋人たちは、さぞ耳がほてったことだろう（6）。

「アレックとアロンゾに、いまだ手ごわい恋敵《こいがたき》は出現せず、といったところね」アンがからかった。

「一人もいないわ」フィリッパも認めた。「二人には毎週手紙を書いて、ここで親しくなった男子を、一人残らず知らせているの。アレックもアロンゾも面白がってるはずよ。だけど、いちばん好きな人は手に入らないわ。ギルバート・ブライスったら、私には目もくれないの。私を見ても、可愛い子猫ちゃん、なでなでしようか、といった目つき。理由はよくわかってるわ。クィーン・アン（7）、恨《うら》むわよ。でもアンを憎むべきなのに、あなたが好きでたまらないの。毎日顔を見ないと、憂うつになるくらい。アンは、今まで会ったどんな女の子とも違うの。その独特の目で見つめられると、自分がとるに足らない、軽薄な、人でなしに感じられて、もっと善良で、賢い、強い人になりたいと思って、決意を固めるの。ところが美男子が行く手にあらわれると、きれいさっぱり忘れるのよ。大学生活はすばらしいわ。初日にあんなに嫌だったなんて、おかしいくらい。でも、嫌だったからこそ、アンと友だちになれたものね。アン、もう一度言って、私を少しは好きだって。どうしても聞きたいの」

「少しどころか、たくさん好きよ……いとしくて、可愛くて、魅力的で、ビロードのように柔らかで、爪のない、小さな……子猫ちゃん」アンは笑った。「だけどフィルはいったい、いつ勉強しているの？」

フィルは時間を確保しているにちがいなかった。学年のどの学科も健闘していたからだ。共学をうとんじ、女子のレッドモンド入学に猛反対した気むずかしい数学の老教授でさえ、フィルには一目おかざるを得なかった。フィルは、どの科目も、女子新入生の先頭に立っていたが、英文学だけは別だった。アン・シャーリーが大きく引き離していたからだ。アンにとって、一年めの勉強はやさしかった。この二年間、アヴォンリーでギルバートと勉強に打ちこんだおかげだった。そこで社交に費やすゆとりがあり、人づきあいを満喫した。しかし一瞬たりとも、アヴォンリーと、ふるさとの友を忘れなかった。アンにとって、毎週もっとも幸せなのは、故郷からの手紙を受けとるときだった。アヴォンリーから最初の便りが届いたとき、初めてキングスポートを好きになれそうだと思い、この町でもくつろいで暮らしていける気がした。たよりが届くまでは、アヴォンリーは何千マイルも彼方にある気がしていた(8)が、手紙のおかげでその距離がぐっと縮まったのだ。そして、古い暮らしと新しい生活がしっかりつながり、どうしようもなく別々だった二つが、同じ一つのものになり始めた。最初に届いた包みには、六通、入っていた。ジェーン・アンドリューズ、ルビー・ギリス、ダイアナ・バリー、マリラ、リンド夫人、デイヴィからだった。ジェーンの手紙は、銅板で印刷したような書面で、tの字の横棒も、iの字の点も、一つ残らずついていたが、興味をひく事がらはなく、アンが知りたがっていたアヴォンリー校の話題もなかった。アンが手紙で問いあわせた質問に、何一つ答えていなかったからだ。そのかわりに、最近、かぎ針でレースを何ヤード（一ヤードは約九十一センチメートル）編んだか、アヴォンリーの天気、新しい服の仕立て、頭痛の具合は知らせてくれた。ルビー・ギリスは、ほとばしるような感傷的な文体で、アンがいなくなった嘆きをつづり、何をするにもアンがいなくて寂しいと書いてよこしたが、レッドモンドの「男子たち」はどんなふうかとたずね、あとは大勢の崇拝者たちとの胸もはりさけんばかりの経験が書きつらねてあった。つまりは、なんということもない罪のない書簡で、追伸さえなければ、アンは笑いながら読み終えただろう。ところが末尾に、「ギルバートからの便りによると、彼はレッドモンドで愉快にやっているようね。だけどチャーリーは、それほどでもないみたい」とあったのだ。

ということは、ギルバートは、ルビーに手紙を出しているのね！　結構よ。もちろん手紙を書く権利はあるわ、ただ……‼　実は、最初に送ったのはルビーで、ギルバートは礼儀から返信したにすぎなかったが、そうとは知らないアンは、小馬鹿にしたように手紙をわきへ放り投げた。しかし、ダイアナからのさわやかで、話題豊富な楽しい手紙のおかげで、ルビーの追伸がもたらした苦痛は消え去った。フレッドの話が多かったが、その点をのぞけば、面白いことばかりで、読んでいると、アヴォンリーに帰ったようだった。マリラの文面は、堅苦しく、個性もなく、噂話や感情をまじえないものだったが、太古からの平和の漂う（9）グリーン・ゲイブルズの健全で、素朴な暮らしの息吹きを伝えるもので、そこには、アンへの変わらぬ深い愛情が待っていることをうかがわせた。リンド夫人の手紙は、教会のニュースでもちきりだった。家事の手が離れた夫人は、前にもまして、教会活動に精を出せるようになり、身も心も投じるようになったのだ。目下、アヴォンリーは聖職者が不在であり、夫人は、「代理」として説教に来る牧師のおそまつさに憤慨《ふんがい》していた。

「昨今、牧師になる者は馬鹿しかいないのでしょうか」夫人は歯に衣《きぬ》着せずに書いていた。「ここへ送りこまれる牧師の候補者ときたら、おまけに説教の下らなさときたら！話の半分はでたらめです。もっと始末に負えないことに、まともな教義に聞こえないのです。とりわけ、今の候補者は、最悪です。聖書の句をとりあげておきながら、説教では、たいがい、ほかのことをしゃべるのです。しかも、異教徒がいなくなることは永遠にないだろう、とくるのですからね。馬鹿なことを！　もしそうなら、海外伝道にせっせと送ってきた募金は、すっかり無駄になるのですよ、まったく！　先週の日曜の夜、その男は、次の日曜は、水に浮いた斧頭《ふとう》(10)の説教をします、と予告したのです。でも牧師は聖書に専念すべきで、耳目《じもく》を驚かす話はよすべきです。牧師が、説教のねたを聖書から見つけられないようでは、世も末ですよ、まったく。ところでアンは、どの教会へ行っていますか(11)。きちんきちんと通いなさいよ。とかく家を離れると、教会通いがおろそかになるものですが、大学生は、その点、まことに不信心です。安息日の日曜に勉強をする者も多いそうですね。アンがそんな低きに堕落しないよう、願ってます。どんなふうに育ててもらったか、思い出すことです。それから、友だちを作るときは、気をつけなさい。大学には、どんな輩《やから》がいるものやら、わかったものじゃありません。外見《そとみ》は白く塗った墓（12）でも、中身は貪欲な狼《おおかみ》（13）やもしれませんよ、まったく。島出身ではない青年とは、いっさい、口をきかないのが身のためです。

そうそう、牧師さんが家へ見えた日の話、あんなにおかしなさわぎは、見たことがありません。『アンがいたら、さぞ笑ったろうね』と、マリラに話したところです。マリラでさえ笑ったんだから。牧師さんは背が低くて、小太りで、がに股です。それから、ハリソンさんの家に、年よりの豚がいたでしょう……あの肥《こ》えた大豚ですよ……その豚が、あの日も、グリーン・ゲイブルズの裏庭に迷いこみ、おまけに勝手口のポーチにあがってきたのです、私たちが知らないうちにね。そこへ牧師さんが勝手口へ見えたものだから、豚はあわてて飛び出そうとしたところが、逃げ場といえば、牧師さんのがに股の間だけ。がに股に頭をつっこんだはいいが、豚は大きい、牧師さんは小さいときて、豚は、牧師さんをひょいとすくいあげ、背中にのっけたまま、すたこら逃げたのです。マリラと勝手口にかけつけると、牧師さんの帽子はこっち、杖はあっちと、ふっとんでましたよ。あのときの牧師さんの顔といったら、忘れられません。豚もかわいそうに、死ぬほどたまげてましたよ。これからは、聖書で、豚の群れが崖を下って大湖へ飛びこむくだりを読むたびに(14)、ハリソンさんの豚が、牧師さんをのっけて丘をかけおりた様子が目に浮かぶでしょうよ。あの豚は、悪霊が、体のなかではなくて、背中にのりうつったと思ったことでしょう(15)。双子がそばにいなくて何よりでしたよ。牧師さんのあんな面目丸つぶれの災難を見たんでは、子どものためになりませんからね。小川に入るすんでのとこで、牧師さんは飛びおりるか、転がり落ちるかしたんでしょうけど、豚はわき目もふらずに小川に飛びこんで、それから森へかけあがっていきました。私はマリラとかけおりて、牧師さんを助け起こし、コートをはたいてあげましたよ。牧師さんは無事だったものの、ご立腹でした。あれはうちの豚ではありません、うちでも夏中、手を焼いたんですと言っても、マリラと私にいっさい責任があると思いなすってね。そもそも、牧師さんはなんでまた勝手口にきたんでしょう。アラン牧師は、一度もそんな真似はなさいませんでした。アラン牧師のような方は、アヴォンリーには、当分、望めないでしょう。とはいっても、誰かの損は誰かの得(16)。あの豚は、あれっきり姿を見せないところを見ると、もう二度と出てこないでしょう。

アヴォンリーは、まことに平穏無事です。グリーン・ゲイブルズも、思ったほど寂しくありません。この冬は、もう一枚、木綿糸のベッドカバーを編み始めるつもりです。サイラス・スローンの奥さんが、きれいな新しい林檎の葉模様(17)をご存じなのです。

何か刺激がほしくなると、姪《めい》っ子が送ってくれるボストンの新聞で、殺人事件の裁判を読んでいます。前はそんな真似はしなかったけれど、結構面白いものです。合衆国は恐ろしいとこにちがいないので、アンが行かないよう願ってます。それにしても、当節の娘さんが世界中をうろつきまわる様子といったら、ぞっとします。あちらこちらをさまよい歩いたヨブ記の悪魔《サタン》（18）を思い起こします。神様は、そんなおつもりで娘たちをお創りにならなかったはずですよ、まったく。

アンが行ってから、デイヴィはなかなか良い子にしています。ある日、悪さをしたので、マリラがおしおきに、ドーラのエプロンを一日中かけさせたところ、ずたずたに切り裂きました。そこで私がお尻をひっぱたくと、今度は、私のおんどりを追いかけまわして死なせました。

私の家には、マクファーソン一家がこしてきました。奥さんは立派な主婦で、まことに几帳面な人ですが、庭が雑然として見えるからと、白水仙《ジューン・リリー》を全部ひっこ抜いてしまいました。あれは私が結婚したとき、トーマスが植えてくれたのに。旦那はいい人のようですが、奥さんは、オールドミスの時分の考え方が抜けないんだね、まったく。勉強に根をつめてはいけませんよ。冷えこんできたら、すぐに冬の下着を着ることです。

マリラは、アンのことをあれこれ案じているので、言ってやります。あの子も、昔は分別なしだったけど、今じゃあずっと分別があるから、いい具合にやりますよ、とね」

デイヴィの手紙は、いきなり苦情から始まっていた。

「あンへ、まリラに手紙を書いてください。ぼくが釣りに行くと、橋の手すりに、ぼくをしばりつけるのはやめてって。男の子たちが、からかうんだもの。あンがいなくて、すごく寂しいけど、学校は面白いよ。ジェーン・あンドリューズ先生は、アンよりおっかないです。ゆうべ、ハロウィーンのお化けちょうちん(19)で、りンドのおばちゃんをこわがらせました。おばちゃんは、うんと怒ったよ。それに、じいさんおんどりを、庭中、追っかけて死なせたので、かんかんになりました。殺すつもりじゃなかったのに、なんで死んだのかな、あン、ぼく知りたいな。おばちゃんは、おんどりを、豚の囲いに投げたよ。ぶレアさんに売ると思ったのに。最近、ぶレアさんは、上等な死んだおんどり一羽で、五十セントくれます。りンドのおばちゃんは、自分のために祈ってくださいと牧師さんにたのんだけど、おばちゃんて、どんな悪さをしたの？　ぼく知りたいな。ぼく、りっぱな尻尾のついた凧《たこ》を手に入れたよ。昨日、学校でミルティ・ぼウルターがすごい話をしてくれたの。ほんとのことだよ。先週の晩、ジョー・モウジーじいさんとリーアンが、森の切り株でトランプをしたら、木よりもでっかい黒い大男があらわれて、トランプと切り株をむんずとつかんで、雷みたいな音をたてて消えたって。二人はきっと胆《きも》をつぶしたろうね。黒い男は悪魔《オールド・ハリー》だってミルティは言うけど、そうなの、あン、ぼく知りたいな。すペンサーヴェイルのきンブルさんは、重病で、病因へ行くよ。ごめんなさい、つづりがあっているか、マリラに聞くから待っててね。マリラの話では、きンブルさんが行くのは精神病院で、ほかのところじゃないんだって。体のなかに蛇がいると思ってるんだって。体に蛇がいるって、どんな感じかな。ぼく知りたいな。ろーレンス・ベルの奥さんも病気だよ。リンドのおばちゃんは、あの人の具合が悪いのは、体のことを案じすぎだからって」

アンは手紙をたたみながらつぶやいた。「リンドのおばさんがフィリッパに会ったら、なんて思うかしら」

第6章　公園にて

土曜の午後、フィリッパがアンの部屋へあらわれた。「今日は何をするの？」

「公園へ散歩に出かけるつもりよ」アンが答えた。「うちにいてブラウスを縫って、仕上げなければいけないけど、こんな日に、お裁縫なんてしていられないわ。空気のなかの何かが、私の血にとけこんで、魂のなかで輝いているの。指がむずむずして、縫い目が曲がってしまうわ。だから公園へ行って、松林を歩きましょう（1）」

「アンとプリシラのほかは、誰が行くの？」

「ギルバートとチャーリーよ。フィリッパも一緒なら、みんな喜ぶわ」

「でも」フィリッパは、さえない表情で言った。「私は相手のいないおじゃま虫でしょ。だけど、フィリッパ・ゴードンにとっては、新しい経験になるわね」

「そうよ、新しい経験は世界を広げるわ。一緒に行きましょう。いつもおじゃま虫役をしている、気の毒な人たちの気持ちがわかるわ。ところで、あなたの悩める恋人たちはどうしたの？」

「もうあの男の子たちにはうんざり。今日は、どの男子にもじゃまはさせないわ。それに、少々、落ちこんでるの……淡くて、とらえどころのない空色のブルー《ブルー》で、暗くなるほど深刻じゃないわよ。先週、アレックとアロンゾに手紙を書いて、封筒に入れて、宛て名も書いたのに、封をしなかったら、その晩、おかしなことになったの。もっとも、アレックならおかしがるでしょうけど、アロンゾはだめね。私、急いでて、アレック宛ての手紙……だと思ったの……を封筒から出して追伸を書いて、それから二通、投函したの。そうしたら今朝、アロンゾから返事がきたの。私ったら、アロンゾ宛ての手紙に、アレック宛ての追伸を書いてたのよ、あの人、怒ってたわ。もちろんそのうち機嫌を直すでしょうけど……直さなくてもかまわないけどね……それで今日は気が滅入って、アンとプリシラのところへ来て元気をもらおうと思ったの。フットボール・シーズン(2)が始まると、毎週土曜の午後は忙しくなるわ。私、フットボールに夢中なの。派手な帽子《キャップ》に、レッドモンドのスクールカラーを縞模様にしたセーター(3)を手に入れたわ、それ着て、観戦に行くのよ。もっとも、散髪屋の紅白柱が歩いているみたいでしょうね。ところで、あなたたちのギルバートが、新入生フットボールチームのキャプテンに選ばれたのよ」

「ゆうべ、本人が話してくれたわ」プリシラが返事をした。アンは、機嫌をそこねて答えないだろうと思ったのだ。「ギルバートとチャーリーが下宿に来たの。二人が来るとわかっていたから、ミス・エイダのクッションは、念には念を入れて、見えないところ、手の届かないところへ片づけたのよ。とくに、もりあがるほど刺繍した手のこんだクッションが、すみのいすに置いてあったから、その後ろの床の上に隠しておいたの。あそこなら安全だと思ったのよ。それなのに、信じられないことに、チャーリー・スローンったら、そのいすめがけて歩いていくと、後ろのクッションに気づいて、平気な顔で拾いあげて、一晩中、その上にすわったのよ。ぺっちゃんこにつぶれて、見る影もなしよ！　今日は、お気の毒なミス・エイダにきかれたわ、やはりにこにこしながら、でも、きつくとがめる口調で、なぜクッションにすわらせたのです、って。すわらせたわけじゃないんです……運命と、根っからのスローン家らしさが結びついたからなんです。この二つが一緒になったら、太刀打ちできません、って答えたわ」

「ミス・エイダのクッションも、悩みのたねになってきたわね」アンが言った。「先週も二つ仕上がって、ぎっしり詰めものと、死にそうなほど刺繍がしてあるの。おき場がなくて、階段のおどり場の壁に立てかけてあるんだけど、しょっちゅう倒れて、夜、暗い階段をのぼりおりするとき、つまずくのよ。この前の日曜日、デイヴィス博士が、海難事故にさらされている人たちみなのためにお祈りをなさった(4)とき、『愚かにではあるが、あまりにも深くクッションが愛される(5)家に住む者みなのために』と、心の中でつけ加えてしまったわ。さて、したくができた。ギルバートとチャーリーが、旧セント・ジョン墓地を抜けてやって来るわ。フィル、私たちと一緒に出かける？」

「ええ、プリシラとチャーリーと三人で歩いてもいいならね。それなら、おじゃま虫役でも、我慢できるわ。アン、あなたのギルバートはすてきなのに、どうしてあの出目男とあんなに仲よくしてるの？」

アンは顔をこわばらせた。チャーリー・スローンにさしたる好意はないが、彼もアヴォンリー出身だ。よそ者に笑われる筋あいはない。

「チャーリーとギルバートは、前々からの友だちだもの」アンは冷ややかに言った。「チャーリーはいい人よ。出目は本人のせいじゃないわ」

「そんなはずないわ！　本人のせいよ！　前世の悪行の報《むく》いを受けて、あんな目になったのよ。今日の午後は、プリシラと組んで、あの人をからかってやりましょう。面とむかって馬鹿にしても、気がつかないことよ」

アンは、プリシラとフィリッパを、その頭文字から「いたずらPたち」と呼んでいたが、この二人は、実際に、一見すると愛想のよいいたずらを実行にうつした。おめでたいことに、チャーリーはてんで気がつかず、むしろご満悦だった。こんな女学生を二人もつれて歩くとは、ぼくもなかなかの男ぶりではないか、しかもフィリッパ・ゴードンときたら、学年一の美女だ。アンも肝に銘ずるに違いない。ぼくの真価を正しく評価してくれる女子もいることを、さとるだろう。

ギルバートとアンは、三人の少し後ろをゆっくり歩いた。公園の松林のなか、秋の昼さがりの穏やかで静まりかえった美しさを味わいながら、上り坂になり、また曲がりながら港の海岸をめぐる道をたどった。

「この静けさは、祈りのようね」アンは光満ちる空をあおいだ。「松の木は大好きよ！　あらゆる時代の物語《ロマンス》に深く根をはっているような気がするわ。ときどき松林を静かに歩いて、松の木と話をすると、ほっとするの。ここへ来ると、いつも幸せな気持ちになるわ」

「そして山また山にわけ入れば、いくたの孤独うちよせる
あたかも聖なる魔力にかかりしか
憂《うれ》いは、はらはら散りゆきぬ
風吹きすさぶ松より葉のこぼるるがごとく」(6)

ギルバートは詩を口ずさんだ。

「松を見ていると、人間のささやかな功名心など、微々たるものに思えるね、アン」

「いつか深い悲しみが訪れたら、松のもとへ来て、心を慰めるわ」アンは夢見るように語った。

「きみに深い悲しみなど訪れないように願っているよ」ギルバートは言った。彼にして

みれば、かたわらをゆく生き生きとして喜びにあふれた娘に、悲しみなど結びつけられなかった。至高《しこう》の高みに飛翔する者は、どん底のきわみにも沈みこむこと、また幸福の絶頂を心ゆくまで味わう者こそが、悲哀を身にしみてこうむることを、彼は知らないのだった。

「きっと悲しみは訪れるわ……いつか」アンは思い深げに言った。「今のところ、私の人生は、唇にさし出された栄誉の杯《さかずき》のようよ。でも、その杯には、ほろ苦さもふくまれているの……どんな杯であろうともね。だから私もいずれ、自分の悲しみを味わうんだわ。それに耐えうる強さと勇気をそなえていたいわ。それに、自分の落度のために、悲しみがもたらされないことを願うわ。先週の日曜の夕方、デイヴィス博士がおっしゃったでしょ……神がお与えになる悲しみは、悲しみとともに、慰めと強さももたらすが、みずからの愚かしさと邪悪さがまねいた悲しみは、はるかに耐えがたいと。でも、こんな昼下がりに、悲しみの話はよしましょう。今日はまさに、生きる歓びのためにあるもの」

「ぼくの思い通りになるものなら、アンの人生から、幸福と喜びのほかは、すべて閉めだしたいよ」ギルバートの口ぶりには「この先、危険」という響きがあった。

「まあ、あなたは賢くないのね」アンはあわてて口をはさんだ。「多少の試練と悲しみがあってこそ、人生は発展もするし、円熟味も生まれるわ……だけど、こんなことが言えるのは、気楽にすごしているときだけなんでしょうね。さあ、行きましょう……みんな、あずまやについて、手まねきしているわ」

一同は、こぢんまりしたあずまやに腰をおろし、炎のように紅く、また淡い金色に光る秋の夕焼けをながめた。左手にはキングスポートの町が横たわり、すみれ色にかすむとばりのなか、屋根のつらなりと尖塔がおぼろに見えていた。右手には港が開け、海は、薔薇色と赤銅色《あかがねいろ》に染まりながら夕空に続いていた。目の前には海面が光りまたたき、繻子《サテン》さながらになめらかな銀白に輝いている。むこうには、こざっぱりと刈りこんだように木のないウィリアムズ島（7）が、もやのなかに浮かびあがり、屈強なブルドッグのごとく町を護《まも》っていた。この島の灯台の灯りが、弱々しい星のように、もやを透かしてきらめくと、水平線の彼方から、別の灯がこたえた。

「こんなにあざやかな印象の景色、見たことある？」フィルがたずねた。「ウィリアムズ島がほしいわけじゃないのよ、もっとも、ほしがったところで手に入らないけど。ほら、島の要塞の天辺にいるあの衛兵を見て、旗のすぐそばよ。物語《ロマンス》の世界から抜け出してきたみたい」

「ロマンスと言えば」プリシラが言った。「私たち、ヒース（8）の花を探したの……でも、見つからなかったわ。季節が遅いのね」

「ヒースですって！」アンが叫んだ。「アメリカ大陸にはないでしょう？」

「二か所だけあるの」フィリッパが答えた。「一つは、まさにこの公園。もう一か所も、ノヴァ・スコシアで、場所は忘れたわ。あの有名なスコットランド高地連隊ブラック・ウォッチ(9)が、ある年、ここに野営して、春、兵士たちが、寝床の麦わらをふるって広げたとき、ヒースのたねがこぼれて根づいたのよ」

「まあ、なんてすてき！」アンはうっとりした。

「スポフォード街(10)を通って帰ろうよ」ギルバートが提案した。「『富裕にして高貴なる者たちが住まう壮麗なるお屋敷』(11)を、とっくり見物できるよ。あの大通りは、キングスポート一のお屋敷街で、あそこに家を持てるのは、百万長者だけなんだ」

「そうしましょう」フィルが言った。「あの通りには、小さくて、どうにかなりそうなくらいすてきな家があるの、アンに見せたいわ。百万長者が建てたんじゃないのよ。公園を出て一軒めにあるの(12)。スポフォード街が、まだ田舎道だったころ、自然に生えたにちがいないわ。生えてきたの……建てたんじゃなくて！　あの大通りの屋敷は、私の好みじゃないわ。真新しくて、板ガラスみたいにぴかぴかだもの。ところが、その小さな家は夢のようなの……家の名前もね……だけどそれは、実際にお目にかけてからにするわ」

　公園を出て、松にふちどられた丘をあがると、その家が見えてきた。丘の頂きで、スポフォード街は幅がせばまり、ふつうの道になる。ちょうどそこに、小さな白い木造家屋があった。両側に松がしげり、その枝は、家を守るように低い屋根の上へのびていた。壁は、赤と金に色づいたつたにおおわれ、葉の間から緑色の窓のよろい戸がかいま見えた。前は小さな庭で、低い石垣がとりまいている。十月にもかかわらず庭は美しく、愛らしくて古風な、この世のものとは思えぬ花々と草木が植わっていた……スウィート・メイ(13)、にがよもぎ《サザン・ウッド》(14)、レモン・ヴァーベナ(15)、庭なずな(16)、ペチュニア(17)、きんせんか《マリー・ゴールド》、そして菊の花。そこに、小さなれんがを杉綾模様《ヘリンボーン》(18)にしいた小径が、門から玄関ポーチへつづいている。どこか遠くの田舎の村から、家ごと移築されたのかもしれなかった。何か独特の雰囲気があり、この家にくらべると、すぐ隣の芝生に囲まれた煙草王の広大な屋敷(19)が、やけに粗雑で、これ見よがしで、不作法に感じられた。フィリッパが言うように、自然に生えたものと建てたもののちがいだった。

「こんなに可愛らしい家は見たことがないわ」アンは喜んだ。「前によく感じた、嬉しくて、不思議な胸の痛みをおぼえるわ(20)。ミス・ラヴェンダーの石の家よりもきれいで、風変わりな趣きがあるわ」

「家の名前を見てほしいの」フィルが言った。「ほら……白い字で、門の上のアーチに書いてあるでしょう、『パティの家(21)』って。ぐっとこない？　この大通りには、松の森荘《パインハースト》だの、楡の木高原荘《エルムウォルズ》だの、杉の小農場荘《シダークロフト》だのっていうお屋敷があるのに、ここは『パティの家』よ、もう最高！　大好きよ」

「パティって誰？」プリシラがきいた。

「パティ・スポフォード、この家を所有する老婦人で、姪御《めいご》さんと住んでいるの、何百年かそこら……もちろん、もっと短いわよ、アン。誇張したのは、ただ、詩的な想像力の飛躍よ。お金持ちが何度この家を買おうとしても……今じゃ大変な値段よ……パティは、がんとして売ろうとしないの。後ろは裏庭じゃなくて、林檎の果樹園……もう少し通りすぎると、見えてくるわ……スポフォード街に、本物の林檎の果樹園よ！」

「今夜は『パティの家』の夢を見そう」アンが言った。「なぜかしら、私、あの家の人になったような気がするわ。ひょっとして、いつか、なかを見ることがあるかしら」

「無理ね」プリシラが言った。

アンは謎めいたほほえみを浮かべた。

「そうね、まさかね。でも、そうなると思うわ。妙に、ぞくぞく、むずむずするの……第六感と言うのかしら……いつか私は、『パティの家』と親しくなるらしいわ」

第7章　ふるさとへ帰る

レッドモンドに入学した最初の三週間は長く感じられたが、残りの学期は、風の翼にのって飛ぶようにすぎていった。ふと気がつけば、学生たちはクリスマスの期末試験にむけて、猛勉強のさなかだった。彼らはおおむね良好な成績で修了した。一年生の首席の栄誉は、アン、ギルバート、フィリッパが、各学科を争った。プリシラも好成績をおさめた。チャーリー・スローンは、かろうじて及第して面目を保ったが、すべてが最優秀だったように得々とふるまった。

「明日の今ごろはグリーン・ゲイブルズにいるなんて、信じられないわ」帰省の前夜、アンが言った。「でも本当なのね。そしてフィルはボーリングブルックにいて、アレックとアロンゾと一緒ね」

「会いたくてたまらないわ」フィルはチョコレートをかじりながら素直に認めた。「二人とも、それはすてきな青年だもの。ダンスに、馬車の遠出《ドライブ》に、愉快なことがどっさり。永遠に許さないわよ、クィーン・アン、休暇なのに、うちへ来てくれないなんて」

「フィルの言う『永遠に』は、まあ、三日というところね。ご招待は嬉しいわ……ボーリングブルックへは、いつかきっとうかがいたいけれど、今年はだめよ……家へ帰らなくてはならないの。どんなに家が恋しいか、フィルにはわからないのよ」

「たいして面白くもないでしょうに」フィルは小馬鹿にした。「キルティング・パーティ(1)に、一、二回出て、おしゃべり好きなおばあさんたちが、面とむかって、あるいは陰にまわってアンの噂話をするのよ。寂しくて死んじゃうわよ」

「アヴォンリーで？」アンは、さもおかしそうに言った。

「そうよ、うちに来れば、とびきり豪勢にすごせるのに。ボーリングブルックの人たちは、クィーン・アンに熱狂するわ……その髪、その姿、ああ、アンのすべてに！　アンは特別だもの、大成功をおさめるわ……その栄華のおこぼれに、私もあずかるの……『薔薇にあらねど、薔薇のそばに』(2)というわけよ。とにかくいらっしゃいよ、アン」

「社交界で大人気だなんて、心ひかれる情景が目に浮かぶけど、それに匹敵する絵を、一枚、私も描いてお見せするわ。私が帰っていくのは、田舎の古い農家よ。もともとは緑色だったけれど、今はいくらか色あせた屋根、まわりは葉の落ちた林檎の果樹園、その丘をくだると小川が流れ、むこうは十二月のもみの森。その森で、雨と風の指がかなでる竪琴《ハープ》の音色を聴いて、私は育ったの。近くには池があり、今ごろは灰色に静まりかえっていることでしょう。年輩の婦人が二人いて、一人は背が高くやせていて、もう一人は背が低くて肥ってるの。それから双子の子どもたち。一人はよい子の鑑《かがみ》、もう片方は、リンド夫人に言わせると、『手のつけられない悪戯《いたずら》っこ』。玄関ポーチの上には小部屋があって、懐かしい日の夢の数々が、たちこめているの。羽入りの敷布団は大きくてふかふかして、下宿のマットレスで寝たあとでは、最高のぜいたくよ。そんな光景はいかが？　フィル」

「退屈そうね」フィルは顔をしかめた。

「でも、絵のすべてを一変させることを、まだ言ってないわ」アンは優しい声で続けた。

「その家には愛があるの……世界中のどこを探しても、その家にしかない、誠実で、優しさのこもった愛……その愛が、この私を、待っていてくれるの。愛があるからこそ、私の休暇の光景はすばらしくなるの、たとえ華やかな色彩には欠けるとしても」

フィルは黙って立ちあがると、チョコレートの箱を投げやり、アンに近よって両腕で抱きしめた。

「私も、アンみたいだったらいいのに」フィルはまじめに言った。

次の晩、ダイアナが、カーモディの駅へ迎えに来てくれた。星をちりばめた静かな暗い夜空のもと、二人は馬車で家路についた。小径に入ると、グリーン・ゲイブルズは、あたかも祝祭のたたずまいだった。窓という窓に明かりが灯り、暗闇をついてあかあかと輝くさまは、黒々とした《お化けの森》を背にして赤い炎の花々が揺れているようだった。庭では大きなかがり火が燃え、小さな人影が二つ、嬉しげにおどりまわっていた。

馬車がポプラの下に入ると、その一人が、この世のものとは思えぬ叫び声をあげた。

「デイヴィよ、インディアンの戦さの雄叫《おたけ》びのつもりなの」ダイアナが言った。「ハリソンさんのとこの雇いの男の子に教わって、アンの歓迎のために、練習してきたの。リンドのおばさんは、あれを聞かされると神経がやられるって、こぼしていなさるわ。デイヴィったら、しのび足でおばさんの後ろから近づいて、叫ぶんだもの。アンのために、かがり火をたくんだって、二週間もかかって、枝を積みあげたのよ。火をつけるのに灯油《ケロシン》をかけさせてほしいと、マリラにせがんでたけど、お許しをもらったようね、匂いがするわ。リンドのおばさんは、そんなことをさせたら、デイヴィはおろか、一家もろとも吹き飛ばされてしまうって、最後まで反対なすったけど」

そのころにはアンは馬車をおりていた。その膝にデイヴィが大喜びで抱きつき、ドーラまでアンの手にしがみついた。

「ものすごいたき火でしょ、アン。見て、こうやって火をかくんだよ……ほら、火の粉があがった。アンのために燃《も》したんだよ。アンが帰ってくるんで、ぼく、とっても嬉しかったんだよ」

台所の扉があき、マリラのやせた姿が、室内の灯りを背に黒々とあらわれた。マリラは、暗がりでアンを迎えたいと願っていた。嬉し泣きをしやしないか、心配だったのだ——いかめしくふるまい、喜怒哀楽をあらわさないマリラにとって、胸の底からわきあがる感情をさらけだすのは、体裁《ていさい》が悪かった。その後ろで、リンド夫人は、昔と変わらぬ、気のいい、親切な年輩婦人の様子で立っていた。この私を待っていてくれる、とフィルに語った愛が、祝福と優しさでアンをとりまき包んでいた。つまるところ、昔からのきずな、古い友、懐かしいグリーン・ゲイブルズに勝《まさ》るものはないのだ！　ご馳走がならぶ夕餉《ゆうげ》の食卓にみんながそろったとき、アンの瞳がどんなに星のように輝き、頰は紅潮し、笑い声が鈴のように澄んでいたことだろう！　しかもその夜、ダイアナは泊まることになっていた。懐かしいあのころのままだった！　さらに食卓には、薔薇のつぼみのティーセットが飾られていた(3)！　マリラの性分からすると、それが精一杯の愛情表現だった。

「どうせダイアナと夜っぴて話しこむだろうと思ってね」娘たちが二階へあがるとき、マリラは皮肉な調子で声をかけた。優しさをしめすとき、マリラはきまって皮肉っぽくなるのだった。

「そのつもりよ」アンは嬉しさいっぱいでうなずいた。「でも、先にデイヴィを寝かしつけるわ。どうしてもと言って聞かないの」

「そうだよ」デイヴィはアンと廊下を歩いた。「だれかにお祈りを聞いてほしいんだもん。一人じゃつまらないよ」

「デイヴィは一人でお祈りをするんじゃないのよ、神さまはいつも一緒にいて、耳を傾けてくださっているのよ」

「でも、神さまは見えないもん」デイヴィは言い返した。「ぼく、姿が見える人に聞いてほしいんだ。だけどリンドのおばちゃんとマリラにお祈りは言わないよ、絶対に！」

ところが、デイヴィは灰色のネルの寝まきに着がえても、お祈りを始める気配はなかった。アンの前に立ち、素足《すあし》をこすりあわせて、何やら決めかねている。

「さあ、いい子ね、ひざまずくのよ」アンが言った。

デイヴィはそばへより、アンの膝に顔をうずめたが、ひざまずかなかった。

「アン」くぐもった声がした。「ぼく、ちっともお祈りする気がしないの、もう一週間も……ゆうべも、その前の晩も、しなかったんだ」

「どうして？」アンは穏やかにたずねた。

「話しても怒らない？」彼はたのみこむように言った。

アンは、灰色のネルの寝まきに包まれた小さな体を片膝にのせ、頭を抱きよせた。

「デイヴィが何か話してくれて、私が怒ったことがある？」

「一度もないよ。だけどアンは残念がるよ、そのほうが、つらいんだ。今度のことも、話したら、残念がって……ぼくを恥ずかしく思うよ」

「何か悪さをしたの？　それでお祈りができないのね」

「しないよ……まだ。でもしてみたいんだ」

「デイヴィ、何なの？」

「ぼく……悪い言葉を言ってみたいんだ」デイヴィはやっと白状した。「ハリソンさんのとこで働いてる男の子が、先週、言ったんだ。それから使ってみたくてたまらないの、ずっと……お祈りするときだって」

「じゃあ、言ってごらんなさい」

デイヴィは驚いて、赤らんだ顔をあげた。

「おそろしく悪い言葉だよ」

「言いなさい！」

デイヴィは、まだ信じられない面もちでアンを見あげると、その悪辣《あくらつ》な言葉を、小声でつぶやいた。しかしすぐさまアンの胸に顔をうずめた。

「アン、もう二度と言わないよ……絶対に。言いたくもないよ。悪い言葉だと知ってたけど、こんなに……これほどとは思わなかった……これほどとは」

「そうよ、もう言いたくならないでしょうよ……考えることすらね。それに、私がデイヴィなら、ハリソンさんのとこの男の子とは、あんまりつきあわないわ」

「戦さの雄叫びが、上手なんだけどなあ」いささか心残りの声色だった。

「でも、よくない言葉で、心がいっぱいになるのはいやでしょう……悪い言葉を使うと、心に毒がまわって、あなたのよいところも、男らしいところも、みんな心から追い出してしまうのよ」

「そんなのいやだよ」デイヴィは反省した生まじめな目になった。

「じゃあ、悪い言葉づかいの人とはつきあわないことよ。さあ、お祈りする気になったかしら」

「もちろんだよ」デイヴィはいそいそとアンから転がりおりて、ひざまずいた。「ちゃんとお祈りできるよ。『もしも目ざめる前に命を召されるならば』(4)って、となえるのも、今ならこわくないよ。悪い言葉を言いたかったときは、おっかなかったけど」

その夜、アンとダイアナは、胸のうちを存分に打ち明けあったのだろう。どんな秘密を語りあったか、記録はないが、朝食についた二人は、はつらつとして目を輝かせていた。それは、羽目をはずして何時間もはしゃぎ、本音のおしゃべりを楽しんだ若者だけが持ちうる表情だった。その日まで雪は一度もふらなかったが、ダイアナが古い丸木橋をわたって家に帰ってゆくころ、白い雪ひらが漂い始め、夢も見ずに眠っている朽葉色《くちば》と灰色のまき場と森に舞いおりてきた。ほどなく、遠くの斜面と丘もおぼろにかすみ、紗《しゃ》のようにふりかかる雪のむこうに、うっすらと淡く見えるばかりになった。さながら色あいに乏しい秋という季節が、かすみのごとき花嫁のヴェールを髪にまとい、冬の花婿を待ち受けているようだった。こうしてホワイト・クリスマスとなり、すばらしく楽しい一日をむかえた。午前中は、ミス・ラヴェンダーとポールから手紙と贈り物が届き、アンは居心地のいいグリーン・ゲイブルズの台所で開いた。台所は、デイヴィが恍惚《こうこつ》の表情で鼻をくんくんさせながら言うところの「うまそうな匂い」で満ちていた。

「ミス・ラヴェンダーとアーヴィングさん、新居に落ちつかれたんですって」アンは伝えた。「ミス・ラヴェンダーは、本当にお幸せね……お手紙全体の雰囲気から伝わってくるわ……シャーロッタ四世の便りもあるわ。ボストンが好きになれなくて、大変なホームシックですって。それからミス・ラヴェンダーは、この休みの間にこだま荘へ行って、暖炉に火をおこして家を乾かして、それからクッションにかびが生えていないか、見てきてほしいんですって。来週、ダイアナと行ってくるわ。そうすれば夕方、セオドーラ・ディクスの家へ寄れるもの。彼女に会いたいの。ところで、ルドヴィック・スピードは、まだセオドーラに会いに通っているの？」

「そうらしいね」マリラが答えた。「ルドヴィックはこの先も通うようだが、あんな求婚のしかたじゃ、この先も進まないと、世間は、あきらめているよ」

「私がセオドーラなら、もうちっと男をせかすんだがね、まったく」リンド夫人が言った。たしかにこの夫人なら、間違いなくせきたてるだろう。

フィリッパからも彼女らしい走り書きの便りが届き、アレックとアロンゾが何を言ったか、何をしたか、フィルを見てどんな顔をしたか書かれていた。

「それでもまだ、どっちと一緒になるか決められないの。アンが来て、選んでくれたらいいのに。どうせ誰かに決めてもらわなきゃならないもの。アレックの顔を見たら、心臓がどきんとして、『彼がその人だわ』と思ったけど、アロンゾが来ても、どきんとしたの。心臓はあてにならないのね。今まで読んだ小説では、目安になるはずなのに。アンの心臓なら、正真正銘のうるわしの王子にしか、ときめかないでしょうね。私の心臓は、どこか根本的におかしいのかも。でも最高に楽しくやってるわ。アンがいたら、どんなによかったでしょう！　今日は雪がふって、ご機嫌よ。雪のないクリスマスになるんじゃないか心配だったもの、大嫌いなの。雪のないクリスマスって、百年も水に漬けたような、くすんだ灰色や茶色なのに、グリーンクリスマスって呼ぶんだもの！　その理由はきかないで。ダンドリアリー卿の台詞のように『誰にもわからぬこともある』(5)のよ。アン、路面電車に乗ったら、乗車賃がなかったこと、ある？　この前それをやったの。おそろしかったわ。乗ったときは、五セント銅貨を持ってたの。ところがコートの左ポケットに入れたつもりが、やれやれと席にかけて手で探ったらない。ひやりとしたわ。右のポッケにもない。またひやり。小さな内ポケットを探してもない。いっぺんに二度ひやひやしたわ。

手袋をはずして座席において、どのポケットも調べ直したけどない。立ちあがって体をゆすっても、床に何も落ちないの。車内はオペラ帰りの人で混んでて、みんなにじろじろ見られたけど、そんなことはもう、かまってられなかったわ。

どこにも見つからないから、しまいには、口に入れたのを、うっかりのみこんだのかしら、と思ったくらい。

どうすればいいか、見当もつかなかったわ。頭に浮かんだことといえば、車掌が電車をとめて、私は不面目で恥ずかしい目にあって下ろされるんじゃないかしら、とか、これは注意力散漫による単なるもの忘れで、私はなくしたふりをしてただ乗りをするような不道徳な人間じゃないと言ったら信じてもらえるかしら、とか。アレックかアロンゾがいてくれたらと、どんなに願ったことか。だけど、いてほしかったから、二人ともいなかったの。いてほしくなかったら、いくらでもいてくれたでしょうに。車掌がまわって来ても、どう説明するべきか、まだ決められなかったわ。言い訳を思いついても、信じてもらえない気がして、またちがうのを考えたの。あとは天にまかせるしかないって覚悟したけど、それで得た慰めといえば、嵐のさなかに、『あとは全能の神におすがりするしかない』と船長に言われて、『あんれまあ、船長さん、そんなにひどうござんしたか』って叫んだというおばあさんになったほうがまだまし、というくらいのものよ。

ついに改札のときがきて、すべての望みも絶《た》たれたわ。そして車掌が、私の隣の乗客に箱をさし出したそのとき、悩みの英国コイン（6）をどこにしまったか、思い出したの。のみこんだわけじゃなかったのよ。私、手袋の人さし指から、おしとやかにコインをとり出して、箱に入れたわ。それからみんなにほほえんで、この世は美しいと感じたの」

　こだま荘の再訪は、休暇の楽しい遠出のなかでも、さらなる楽しさだった。アンとダイアナは、昼のお弁当をたずさえ、ぶなの森を抜ける懐かしい道を抜けていった。ミス・ラヴェンダーの結婚式より、こだま荘は閉ざされていたが、今また、しばし開けはなち、ふたたび風と陽ざしを家に通して、小部屋には暖炉の火をちろちろ燃やした。ミス・ラヴェンダーの薔薇の器《ボウル》は、今なお芳香を立ちのぼらせ（7）、空気を満たした。今にも、ミス・ラヴェンダーが足どりもかろく、とび色の瞳を星のように輝かせて、出迎えてくれそうだった。シャーロッタ四世は青いリボンを蝶結びにして、横いっぱいに広げた口で笑いながら、ドアからひょいとあらわれ、ポールも、妖精を空想しながらうろついているかに思われた。

「懐かしい月下の世界をふたたび訪れた（8）幽霊になった気分よ」アンが笑った。「外へ出て、こだまが聞こえるかどうか、ためしてみましょうよ。あの古い角笛を持ってきて。今も台所の扉の後ろにかかっているわ」

　角笛のこだまは、かつてと変わらぬ澄みきった銀鈴《ぎんれい》の音色を響かせ、白雪の川むこうから、いくたびも、もどってきた。やがて、こだまが鳴りやむと、娘たちはふたたびこだま荘に鍵をかけ、薔薇色とサフラン色に暮れていく冬の日没の美しい半時《はんとき》を帰っていった。

第8章　アン、初めて求婚される

旧《ふる》い年は、雪のない黄昏どきを、桃色と黄色の夕焼けに染めて静かにたち去っていった、のではなく、荒れくるう雪嵐のなかで暮れていった。その夜は、強風が凍《い》てつくまき場と暗い窪地に吹き荒れ、地獄に落ちた者のごときうなり声を軒先であげた。雪つぶては窓ガラスに打ちつけ、激しくふるわせた。

「こんな夜は、みんな毛布にもぐりこんで、天からいただいたお恵みを数えているわね」アンは、午後からグリーン・ゲイブルズに泊まりにきたジェーン・アンドリューズに言った。この二人も玄関上のアンの小部屋で毛布にくるまっていたが、ジェーンの脳裏にあったのは、そうしたお恵みではなかった。

「アン」ジェーンはあらたまって切り出した。「話があるの、いいかしら」

アンは前夜、ルビー・ギリスが開いたパーティに出かけて眠かった。おそらくは退屈であろうジェーンの打ち明け話に耳を貸すより、眠りたかった。アンは話の内容を予言者のように察することはなかったが、ジェーンも婚約したのかもしれない。噂によると、ルビー・ギリスは、スペンサーヴェイルの教員と婚約し、相手は、娘という娘が熱をあげている男ということだった。

「幼なじみの四人のなかで、恋人がいないのは、もうじき私だけになりそうね」アンは眠気をこらえながら胸に思い、「もちろん聞くわよ」と声に出して応じた。

「アン」ジェーンは、ますますあらたまった。「兄さんのビリーのこと、どう思って？」

思いがけない質問に、アンは息もとまるほど驚き、混乱した頭で考えた。いったい、私はビリー・アンドリューズをどう思っているのだろう。アンは、彼について何も思ったことがなかった――丸顔で、間抜けで、年中にやけているお人好しのビリー・アンドリューズについて、そもそも誰かが、何かを、考えたことがあるのだろうか。

「その……よくわからないんだけど」アンは口ごもった。「はっきり言うと……どういうこと？」

「ビリーを好き？」ジェーンは単刀直入に言った。

「あの……その……ええ、好きよ、もちろん」アンは息も絶え絶えになりながら、それはまぎれもない真実だろうかと、いぶかった。たしかに、嫌いではない。だが、たまたま彼が視界に入っても何も思わない無関心な寛容さを、好きと明言できるだろうか。ジェーンは何を知りたいのだろう。

「夫にしてもいいくらい、好きかしら？」ジェーンは静かにきいた。

「夫ですって！」アンはもはや寝台に起きあがっていた。自分はビリー・アンドリューズを実のところどう思っているのか、という難問にとりくむには、そのほうが好都合だった。しかし、アンはまた力なく枕に倒れこみ、困惑に息もつけないほどだった。

「誰の夫ですって？」

「アンに決まっているでしょ」ジェーンは答えた。「ビリーはアンと結婚したがっているの。前からあんたに夢中だったのよ……近ごろ、父さんが、上の畑を兄さんの名義にしたんで、所帯が持てるようになったの。だけど兄さんは恥ずかしがり屋で、自分じゃアンにきけないもんで、頼まれたのよ。あんまり気が進まなかったんだけど、やいのやいのと、うるさいから、そのうち機会があればねと、ひき受けたの。アン、どう思う？」

これは夢だろうか。ふと気がつくと、どうしてこんなことになったのか、まるでわからないうちに、嫌いな人や見知らぬ人と、婚約や結婚をしている悪夢があるが、これもその類いだろうか。いや、これは夢ではない。現に、アン・シャーリーは目を開けて寝台に横たわり、隣では、ジェーン・アンドリューズが、兄のビリーの代理で落ちつきはらって求婚しているのだ。アンは身もだえしたいのか、笑いたいのか、自分でもわからなかったが、どちらもできなかった。ジェーンの感情を傷つけるわけにはいかない。

「私……ビリーとは結婚できないわ、わかるでしょう」アンはあえぎつつ、ようやく言った。「そんなこと、考えたこともないもの……一度も！」

「そうよね」ジェーンもうなずいた。「ビリーはひどく内気で、女の人に求婚しようなんて、考えることすらできないもの。でも、よく考えてもらいたいの。ビリーはいい人よ。私の兄さんだけど、そう言わずにはいられないわ。悪い癖はないし、働き者で、頼りがいがあるわよ。『手中の一羽は、やぶの二羽に値する』(1)のよ。アンが望むなら、大学を出るまで、喜んで待つそうよ。もっとも、兄さんの希望としては、この春、植えつけが始まる前に、一緒になりたいんですって。アンをいつまでも大事にしてくれるわ、きっとそうよ。アンが兄嫁になってくれたら、私も嬉しいわ」

「ビリーとは結婚できないわ」アンは断言した。そのころには理性をとりもどし、かすかな怒りさえおぼえていた。馬鹿げているではないか。「考えてもらっても、無駄よ。ビリーにそういう好意は持っていないの。そう伝えて」

「そうよね、断られると思っていたわ」ジェーンは、最善はつくしたと感じながらも、あきらめの吐息をついた。「きいても無駄だって兄さんに言ったんだけど、どうしてもって、ひき下がらなかったの。わかったわ、これがアンの答えね。でも、あんたが後悔しないように願っているわ」

ジェーンは冷ややかに言った。ビリーがどれほど恋にのぼせていようと、アンを説きふせて結婚できる見こみなどないことは、彼女も重々、承知していた。にもかかわらず、いささか恨みがましさもおぼえた。アン・シャーリーなんて、しょせんは、ただのもらわれてきた孤児、親類縁者もいないくせに、この私の兄さんを……アヴォンリーのアンドリューズ家の一員を、袖にするとは、上等よ、おごれる者は久しからず(2)よ。ジェーンは意地悪く思った。

一方のアンは、ビリー・アンドリューズと結婚しなくて後悔するという考えに、暗がりで思わずしのび笑いをもらした。

「ビリーが力を落とさないように願っているわ」アンは優しく言った。

ジェーンは枕の上で、頭をそらすように身じろぎした。

「大丈夫よ、兄さんは落ちこんだりしないわ。分別があるもの。それにビリーは、ネティ・ブリュエットのことも大好きなの。母はむしろ、だれよりもネティをお嫁さんに望んでいるわ。やりくり上手で、倹約家だもの。アンに見こみがないとわかれば、兄さんはネティと一緒になるでしょう。だから今日のことは、誰にも言わないでね」

「もちろんよ」アンは請けあった。いったい誰が言いふらすだろう、ビリー・アンドリューズはアンと結婚したかったのだが、次に好きなのはネティ・ブリュエットで、結局、そのネティ・ブリュエットと所帯を持つ、だなんて！

「そろそろ寝ましょう」ジェーンは言った。

ジェーンはすぐさま眠りについた。彼女は、あらゆる点でマクベス(3)とは異なるものの、アンの眠りを殺した(4)ことは明らかだった。求婚された乙女は、明け方まで(5)寝つけず、横たわっていた。しかし胸に渦まく想いは、ロマンチックなものとは、ほど遠かった。もっとも、一夜が明けると、思い出し笑いもできるようになった。ジェーンが帰っていくと――まだ彼女の口ぶりと態度は、いささか冷ややかだった。なぜならアンは、アンドリューズ家に嫁《とつ》ぐ栄誉を、恩知らずにも、拒絶したのだ──アンは玄関上の部屋にもどり、戸を閉めると、ようやく心ゆくまで笑った。

「このおかしなできごとを、誰かに話したいわ！　でも無理ね。相手といえば、ダイアナしかいないけど、誰にも言わないとジェーンと約束してなくても、今のダイアナには話せないわ。フレッドに筒抜けだもの……きっとそうよ。とにかく、私は初めて求婚されたのね。いつかそんな日がくるとは思っていたけど……代理人にプロポーズされるとは、想像もしなかったわ。おかしいわね……でもなぜか、棘《とげ》が刺さったような痛みもあるわ」

棘がどこにひそんでいるのか、アンはわかっていたが、口にはしなかった。彼女は、「誰か」に初めて求婚される場面を、心ひそかに想い描いてきたのだ。アンが夢見るあこがれのプロポーズは、つねにロマンチックで美しかった。その「誰か」は、眉目《びもく》秀麗にして、黒い瞳、気品あふれる姿、優れた語り口の持ち主でなければならなかった。求婚者が、見惚《みと》れるような麗しの王子《プリンス》であり「イエス」と答える相手であっても、あるいはアンが心残りをにじませつつ、美しい言葉で望みはないのですと断る相手であっても。

たとえ後者であっても、断りの言葉は細やかな心づかいで語られ、承諾の次に好ましいほどであり、相手はアンの手に接吻し、生涯変わらぬ熱愛を誓って立ち去るのだ。そしてそれは、誇らしくも、哀愁をおびた美しい思い出として、アンの胸に残るはずだった。

その胸ときめくはずの経験が、ただ、滑稽に終わったのだ。ビリー・アンドリューズは、父親から上の畑をゆずられたという理由から、妹に求愛させ、おまけにアンが断れば、ネティ・ブリュエットが喜んで「ビリーと所帯を持つ」という。これがまさしくロマンスの現実なのだ！　アンは笑った——それから、ため息をついた。夢見る乙女心から、甘い花が、散り失せたのだ。こうしたほろ苦い経験を重ねるうちに、人は物ごとをありふれて、平凡に受けとめるようになるのだろうか。

第９章　迷惑な求婚者、ありがたい友人

レッドモンドの二学期は、一学期と同じようにあっという間に――フィリッパに言わせると、「ひゅうっと音をたててすぎ去った」。アンは学生生活のすべてを満喫していた――活気あるクラスで競いあい、新しい友を作り、有益な友情を深め、親しい仲間と陽気に楽しみ、アンもその一員であるさまざまな社交グループで活躍し、視野と興味の幅を広げていった。アンは勉強にも力を入れた。英文学でソーバーン奨学金（１）を勝ちとろうと決意したからだ。奨学金があれば、来年度もレッドモンドに通えるのだ、マリラのささやかな貯えに手をつけなくとも――アンは、それは絶対にするまいと、心に決めていた。

ギルバートも奨学金をめざして全力をつくしていたが、ひまさえあれば、セント・ジョン通り三十八番地を、足しげく訪ねた。しかも、ほとんどの学校行事にアンをエスコートした。レッドモンドで二人が噂になっているのを知り、アンは憤慨《ふんがい》したが、どうしようもなかった。ギルバートのような昔からの友だちを、ないがしろにはできなかった。とりわけ、彼が急に礼儀をわきまえ、慎重にふるまうようになったから、なおさらだっ

た。ギルバートにしてみれば、レッドモンドの男子学生が一人ならずも、彼の後がまをねらい、ほっそりして、赤い髪に、宵の明星の魅惑的な灰色の瞳をした女子学生に近づこうとしている危険な状況では、そうせざるを得なかった。最初の一年に、フィリッパが男子を征服した勝利の行進には、進んで犠牲者になろうとする若者がむらがっていたが、アンは、彼らにはエスコートをさせなかった。しかし、ひょろりとやせて頭のいい一年生、小柄で太った愉快な二年生、背が高くて博識の三年生が、好んでセント・ジョン通り三十八番地を訪問し、クッションであふれた客間で、「なになに学」「なになに主義」から軽い話題まで、アンと語りあった。この三人を、ギルバートは警戒していた。そこで、アンへの本当の気持ちを不用意にあらわにして、彼らが有利にならないよう、充分に気をくばっていた。アンにとっては、ギルバートは、アヴォンリー時代の男友だちにもどってくれたのであり、ギルバートも、そうふるまうことで、今のところ、対抗馬としてリストにあがっているアンの崇拝者たちの優位に立てたのだ。気のあう友としては、ギルバートほど満足のゆく人はいないと、アンは、正直に認めていた。彼が馬鹿げた考えをきれいに捨ててくれたのもありがたかった。実際、アンは、自分にそう言い聞かせていた――その一方で、なぜギルバートがそうなったのか、時間をかけてひそかに考えてもいた。

その冬を台なしにした不愉快なできごとは、一つだけだった。ある晩、チャーリー・

スローンが、ミス・エイダのいちばん大切なクッションに、しゃちほこばって腰をおろし、「いつかチャーリー・スローン夫人になる」と約束してくれますかと、アンにたずねたのだ。ビリー・アンドリューズの代理人求婚のあとであり、アンのロマンチックな感受性も、それほどこたえなかったが、そうでなければ傷ついていただろう。だがそれでも、胸のひき裂かれるような幻滅を味わった。アンは怒ってもいた。今までチャーリーに、そうした期待をいだかせるような言動は、決して、してこなかったはずだ。だがいったい、スローン家に何が期待できよう？　レイチェル・リンド夫人なら、さも軽蔑したように、そう語るだろう。チャーリー全体に漂うものごし、口ぶり、雰囲気、言葉づかいからは、スローン家独特の匂いが発散していた。さながら彼は、ありがたい名誉でもさずけている様子だった──それは疑いようもなかった。ところが、名誉とは思わないアンが、できるだけ丁重に、思いやりをこめて断ったところ──たとえスローンでも感情はあり、不当に傷つけてはならないのだ──スローン家の性分は、さらに正体をあらわにした。彼は、アンの空想する、求愛をこばまれた人物とは異なるひき下がり方をした。つまり腹をたて、それを顔に出した。二言、三言、実に失礼なことまで言った。アンは思わずかっとなり、手厳しくやり返したところ、その鋭い舌鋒は、さすがに鈍感なスローンの感受性をもつきとおし、急所に達した。チャーリーは帽子をつかみ、まっ赤な顔で家から飛び出した。アンも、階段でミス・エイダのクッションに二度つまずきながら二階へかけあがり、ベッドに身を投げ出し、屈辱と怒りの涙にくれた。自分としたことが、スローンごときと喧嘩をするとは、しかもチャーリー・スローンの言葉に、自分を怒らせる力がありうるとは、ああ、落ちぶれたものだ——ネティ・ブリュエットの恋敵《こいがたき》にされるより、ひどい！

「あんないやな人、二度と会いたくないわ」アンは枕に顔をうずめ、復讐心《ふくしゅうしん》をこめてすすり泣いた。

もっとも、チャーリーを避けることはできなかったが、傷つけられた彼のほうで近づかないよう気をくばり、以後、ミス・エイダのクッションは、つぶれることもなかった。チャーリーは、往来や校舎でアンと顔をあわせると、至極《しごく》冷ややかに会釈した。古くからの学友だった二人の関係は、一年近く、かように不自然だった！　やがてチャーリーは、そのやぶれた愛情を、丸々と太り、薔薇色の頬、獅子鼻、青い目をした背の低い二年生の女子にうつした。彼女は、チャーリーの愛を価値あるものとして感謝した。そこでチャーリーはアンを許し、見くだした態度ながらも、ふたたび礼儀正しくなった。すなわち、どことなく横柄な態度で、アンが失ったものを見せつけようとした。

ある日、アンは興奮して、プリシラの部屋へかけこんだ。

「これを読んでみて」アンは手紙を投げわたした。「ステラからよ……来年レッドモンドに来るんですって……ステラの計画、どう思う？　もし実現したら、すばらしいわ。

できるかしら？」

「何の話かわかれば、返事もできるんだけど」プリシラは、ギリシア語の辞書をおいてステラの手紙をとりあげた。ステラ・メイナードは、クィーン学院の親友で、卒業後は、教鞭をとっていた。

「私、教師をやめるつもりよ、アン」ステラは手紙に書いていた。「来年度は大学に通うことにしたの。クィーン学院で三年まで学んだから、大学では二年に入るの。へんぴな田舎の学校で教えるのは、もううんざり。そのうち『田舎女教師の試練』という物語を書くわよ。悲惨な現実主義《リアリズム》の一編になるでしょう。女教師は暢気《のんき》に暮らして何もしていないくせに、三か月ごとに給料をもらってる、なんていう印象をぶちこわすでしょうよ。私の書く物語は、教師の真実を伝えるのよ。お気楽な仕事で高給をとってるくせに、と誰かに言われずに一週間が終わるなら、昇天の服《ローブ》を注文して、『さっさといっぺんに』(2)あの世へ行ってもいいくらいだもの。地方税の納入者たちが、いかにも軽蔑したように、『お前さんは楽して稼いでるな。教室にすわって、子どものおさらいを見てりゃいいもんな』って言うの。最初は反論したものだけど、今じゃ、利口になったわ。本来、事実は確固たるものだけど、誰かがいいことを言っているわ。事実は、誤解の半分も確固たるものじゃない(3)と。だから今では、毅然《きぜん》としつつもほほえんで、雄弁なる沈黙を守っているの。学校では九年生まで受け持っているから、なんでもかんでも、少しずつ教えなきゃいけないのよ、みみずの体内の研究から太陽系まで。最年少の生徒は四歳——母親が『足手まといにならないように』、教室へよこすの——おまけに最年長は二十歳——この先、畑仕事をするよりは、学校へ行って教養を身につけるほうが楽だって『突然ひらめいた』んですって。ありとあらゆることを、一日六時間の授業につめこむんだもの、子どもたちも、活動写真（4）につれて行かれた低学年の男の子みたいに、『さっきのが何だったか、まだわからないうちに、もう次を見なきゃいけない』という気分でしょうね。その子はそうこぼしたの。私だって同じ気持ちよ。

おまけに私に届く手紙ときたら！　トミーの母親は、息子の算数が、親の思うほど進んでいないと書いてよこすの。うちのトミーはまだやさしい引き算をしているのに、ジョニー・ジョンソンは分数をやっている、ジョニーは、うちの子の半分も利口じゃないのに、どういうわけかって。それからスージーの父親は、娘が手紙を書くと、なぜつづりが半分も間違っているのかたずねてくるし、ディックのおばさんは、一緒にすわっているブラウン少年が不良で、悪い言葉を教えるから、席を替えてくれとたのむのよ。

財政の問題は——これはよすわ。神は、破滅させたい人を、まず田舎の女教師にする（5）のよ！

やれやれ、愚痴をこぼして、気が楽になったわ。いろいろ書いたけど、二年間、楽しくやってきたの、でもレッドモンドへ行くわよ。

それについて、ちょっとした考えがあるの。ご存じの通り、私は下宿が嫌いで、四年間の下宿暮らしにうんざりしているのに、さらに三年なんて、耐えられないわ。だから、どうかしら、アンとプリシラと私の三人で、一緒に暮らさない？　キングスポートのどこかに小さな家を借りて、自炊するの。いちばん安上がりだと思うわ。家事をしてくれる人は必要だけど、すぐ間にあうの。前にジェイムジーナおばさんの話をしたでしょう？　名前に似合わず、人一倍優しいおばさんよ(6)。名前は、自分ではどうしようもないものね！　おばさんが生まれる一月前、ジェイムズという父親が海で溺れて死んだので、ジェイムジーナと名づけられたの。私はいつも、ジムジーおばさんと呼んでいるわ。おばさんは、最近、一人娘が結婚して、海外へ布教に行ったので、広い家に一人になって、寂しがってるの。たのめば、キングスポートへ来て家事をしてくれるわ。アンもプリシラも、おばさんが大好きになるわよ。考えれば考えるほど、すてきな計画でしょ。私たち、楽しく自由に暮らすのよ。

アンとプリシラが賛成なら、現地にいるあなたたちが、この春、手ごろな家を探すのがいいんじゃないかしら。新学期の秋まで待つよりいいわ。家具つきが見つかれば何よりだけど、家具はなくても、自分たちの持ちものや、家族の古い知りあいの屋根裏からかき集めるわ。とにかく、なるたけ早く決めて、返事をちょうだい。ジェイムジーナおばさんも来年の予定があるから」

「いいアイディアね」プリシラが言った。

「同感よ」アンも嬉しそうにうなずいた。「もちろんここはいい下宿だけど、下宿はわが家ではないもの。試験が始まる前に、さっそく探しましょう」

「思い通りの家を見つけるのは、なかなかむずかしいわよ」プリシラは警告した。「あんまり期待しちゃだめよ、アン。いい場所にある、いい家は手が届かないわ。みすぼらしい小さな家で満足するのよ、ふつうの人たちが住んでいる、どこかの通りでね。かわりに、内側の暮らしをすてきにして、外側をおぎないましょう」

そこで二人は家探しに出かけたが、望みどおりの物件を見つけるのは、プリシラが案じた以上にむずかしかった。家具つき家具なしともに、数はあれど、広すぎ、せますぎ、また家賃が高く、大学から遠かった。やがて試験となり、それも終わった。だが学期も最後の週となっても、アンの言う「夢の家」(7)は夢のままだった。

「あきらめて秋まで待つほうがいいかしら」プリシラは気落ちして言った。二人は公園をそぞろ歩いていた。四月の空は青く、そよ風の吹く心地よい一日、港は真珠色の薄もやにおおわれ、海は乳皮をはったミルクのように光りまたたいていた。「秋になったら、雨露をしのぐ小屋でも見つかるかもしれないし、もしだめでも、下宿なら、いつでもあるものね」

「今は心配ごとはよして、この気持ちのいい午後を楽しみましょう」アンはうっとりあたりを見わたした。すがすがしく冷たい空気は、かすかに松やに《バルサム》の香り《アロマ》をふくんでいた。頭上の空は水晶《クリスタル》のように澄んで青く——祝福の大杯をさかさに伏せたようだった。「今日は、春が私の血潮のなかで歌っているの。四月の魅力が、大気に満ちているのよ。今の私は、幻を見て、夢を見ているのね(8)。西風が吹いているからよ(9)。西風って大好き。希望と喜びを歌っているもの、そうでしょ。東風が吹くときまって、軒にふりかかる寂しい雨や、灰色の岸辺にうちよせるくすんだ色の波が思い浮かぶの。年をとったら、東風の日はリウマチが痛むかもしれないわ」

「毛皮と冬服を脱ぎすてて、今日みたいに、初めて春の装いで出かけるのは気持ちがいいわね」プリシラが笑った。「新しく生まれ変わったような気がしない?」

「春は、何もかもが新しいわ。春そのものも、いつも新しいの。どの春も、前とはちがって、その春だけの美しいものをふくんでいるのよ。ほら見て、あの小さな池のまわりの草むら、あんなに青々して。柳もなんて芽吹いているんでしょう」

「試験も終わったし……もうじき終業式……今度の水曜ね。来週の今日は、家へもどってるのよ」

「嬉しいわ」アンは夢見るような目をした。「したいことがたくさんあるもの。勝手口の踏み段にすわって、ハリソンさんの畑をわたってくるそよ風に吹かれたり、《お化けの森》で羊歯を探したり、《すみれの谷》ですみれをつんだり。プリシラ、夢のようなピクニック(10)に出かけた日を、おぼえている? それから、蛙の歌声や、ポプラの葉のささやきも聞きたいわ。でも、キングスポートも好きになったから、秋にもどってこられるのが嬉しいわ。ソーバーン奨学金がもらえなかったら、三年に進めなかったところよ。マリラのささやかな貯えに手をつけるなんて、できないもの」

「あとは家さえ見つかったら!」プリシラはため息をついた。「キングスポートの町を見てよ……どこもかしこも家また家なのに、私たちの一軒はない(11)のね」

「やめましょう、プリス、『最上のものは、これから来たる』(12)よ。古代ローマ人のように、私たちも家を見つけるの、あるいは建てるのよ。今日のような日は、私の前むきな辞書に、失敗という言葉はないわ」

二人は日没まで、去りがたい思いで公園を散策し、春という季節の驚くべき奇跡、輝かしさ、不思議さにひたった。帰りは、パティの家を見て楽しもうと、いつものようにスポフォード街を通った。

「何か不思議なことが、今、起きそうな予感がする……『親指がちくちくするの』(13)」坂をあがりながらアンは言った。「すてきなおとぎ話の本のなかにいるような心地よ。まあ……まさか……ああ! プリシラ・グラント、あれを見て、これは、本当のことよね。それとも、幻を見ているのかしら」

プリシラは目をむけた。アンの親指と目に、間違いはなかった。パティの家のアーチ門に、小さく、ひかえめな看板が下がっていた。「貸家、家具つき、お問いあわせは中へ」

「プリシラ」アンはささやいた。「私たち、パティの家を借りられるかしら？」

「無理だと思うわ」プリシラははっきり答えた。「あんまりすてきすぎて、ありえないわ。今どき、おとぎ話みたいなことは起きないのよ。私なら期待しないわ。あとでがっくりきたら、つらいもの。家賃にしても、私たちの予算をこえているわ。いいこと、ここはスポフォード街なのよ」

「どっちにしても、たしかめなくてはね」アンは心に決めたように言った。「今夜は、お訪ねするには遅いから、明日また来ましょう。ああ、プリス、このすてきな家を借りられたら！　一目見たときからずっと、私の運命は、パティの家と結ばれているような気がしていたの」

第10章　パティの家

次の夕方、アンとプリシラは、決意を胸にひめた足どりで、杉綾模様《ヘリンボーン》に煉瓦《れんが》をしいた、ささやかな庭の小径を歩いた。四月の風が松の枝に歌い、その木立には、こまどりたちのさえずりがにぎやかに響いていた――羽をふくらませた威勢のいいこまどりたちは、小径にも跳びはねていた。しかし二人の娘は、おずおずと呼び鈴を鳴らした。すると、年老いたいかめしい召使いがあらわれ、招じ入れた。扉を開けると、すぐに広々とした居間だった。暖炉には小さな火が明るく燃え、かたわらに、二人の婦人が腰かけていた。この二人もまた、いかめしく、昔風だった。一人は七十歳くらい、もう片方は五十がらみに見えるが、そのほかはよく似ていた。二人とも、驚くほど大きな水色の目に、はがねぶちの眼鏡をかけていた。どちらも室内帽《キャップ》をかぶり、灰色のショールをはおり、棒針の編み物を、急ぐでもなく休むでもなく編み、揺りいすをゆるやかにゆすりながら、黙ったまま、二人の娘を見た。それぞれの老婦人の後ろには、大きな白い瀬戸物の犬が、一匹ずつすわっていた。体には緑色の丸い点々が飛び、緑色の鼻と緑色の耳がついていた(1)。アンはたちまち、この犬たちのとりこになった。パティの家の双子の守護神のようだった。

少しの間、誰も口をきかなかった。アンとプリシラは緊張して声が出なかった。老婦人と陶器の犬たちは、話好きではないようだった。アンは部屋を見わたした。なんてすてきだろう！　部屋にはもう一つ扉があり、松林にむかって開き、物おじしないこまどりたちが、そのあがり段まで来ていた。床のあちらこちらには、マリラがグリーン・ゲイブルズでこしらえたような三編みの敷物（2）がある。こんな代物《しろもの》は、アヴォンリーでさえ時代遅れだが、このスポフォード街にあるとは！　すみには磨きこまれた大きな木のふり子時計（3）が置かれ、こちこちという響きも高く、重々しく時をきざんでいる。暖炉の上は感じのいい小ぶりの食器棚で、ガラス戸の奥に、趣味のいい瀬戸物の小品が光っていた。壁には、古い印刷絵と人の影絵像《シルエット》（4）がかかっている。一角には階段が二階へ続き、最初の低いおどり場には、細長い窓と、すわってみたくなるような腰かけがあった。何もかもアンが思っていた通りのたたずまいだった。

そのころには沈黙にも耐えられなくなり、プリシラが、アンをひじでつつき、口火を切るよう、うながした。

「私たち……あの……貸家の看板を見たんです」アンは、ミス・パティ・スポフォードと見受けられる年かさの婦人にむかい、こわごわ口を開いた。

「そうですか」ミス・パティは答えた。「あの看板は、今日、外すつもりだったのです」

「では……もう遅かったんでしょうか」アンは悲しげに言った。「ほかの人に決まったんですね？」

「いいえ、どなたにも貸さないことにしたのです」

「まあ、それは残念です」アンは思わず叫んでいた。「私、この家をとても愛しているんです。お借りできたらと、どんなに願ったことか」

ミス・パティは編み物をおき、眼鏡を外してふくと、またかけ直し、初めてアンを一人の人間として見直した。もう片方の婦人もそっくり同じ真似をしたので、鏡にうつる姿を見るようだった。

「愛している、ですとな？」ミス・パティはその言葉を強めた。「本当に愛している、という意味ですか？　それとも、ただ外観が気に入った、というのですか？　近ごろの娘さんたちときたら、大げさな言葉を好き勝手に使うものですから、本当はどういう意味だか、わかりゃしません。私の若い時分にゃ、考えられませんでした。あのころの娘は、自分の母親や救世主イエスさまを愛している、と言うような口ぶりで、かぶを愛している、なぞとは言いませんでした」

その点について、アンに、やましいところはなかった。

「私、心からこの家を愛しているんです」アンは穏やかな口ぶりで語った。「去年の秋、初めてこの家を見てから、ずっとです。来年は下宿を出て、大学の友だち二人と暮らそうと、小さな貸家を探していたところだったんです。ですから、この家が貸家になったと知って、どんなに嬉しかったことでしょう」

「家を愛してくださるなら、お貸ししますよ」ミス・パティが言った。「マリアも私も、借り手がことごとく気に入らなかったので、貸さないことにしようと、今日決めたのです。貸さなきゃならないわけじゃありませんから。貸さなくても、ヨーロッパへ行くくらいの費用はあります。そりゃあ、足しにはなりますが、お金のために、今まで家を見に来たような連中にわが家をまかせるのはご免です。でも、あなたはちがう。この家を愛して、大切にしてくださるでしょう。ええ、お貸ししましょう」

「でも……お家賃に、私たちの手が届けばいいんですけど」アンは口ごもった。

ミス・パティは金額を示した。アンとプリシラは顔を見あわせ、プリシラが首をふった。

「すみません、そんなに払えないんです」アンは失望をこらえて言った。「ごらんの通り、私たちはただの学生で、貧乏なんです」

「いくらなら払えるのです？」ミス・パティは編み物の手を休めずにたずねた。

アンが予算を言うと、ミス・パティは重々しくうなずいた。

「それで結構ですよ。先ほども申しあげたように、家を貸す必要にせまられているわけではないのです。裕福ではありませんが、ヨーロッパへ行く貯えはあります。ヨーロッパへは一度も行ったことがありませんでしてね。行くつもりもなければ、行きたいとも思わなかったので。ところが、ここにいる姪《めい》のマリア・スポフォードが行きたがりましてね。マリアのような若い者を、一人で世界旅行なぞに出せませんから」

「そ……そうですね」アンは小声で答えた。ミス・パティは大まじめだったからだ。

「そうですとも。そこで私は、マリアの面倒を見るために同行するのです。私も楽しみですよ。私は七十ですけど、まだ生きることに飽きてはいませんからね。もっと前に思いつけば、とっくにヨーロッパへ行っていたでしょうよ。二年か、三年、留守にします。六月に船で発ちますから、それから鍵をお送りしましょう。家財はすべて、いつでも使えるように残していきます。とくに大切なものは、二、三、しまっていきますが、あとはそのままに残しておきます」

「陶器の犬も残してくださいますか？」アンは、おそるおそるたずねた。

「それがご希望で？」

「ええ、とてもすてきなんですもの」

嬉しげな表情が、ミス・パティの顔中に広がった。

「あの犬たちのことを、私も、それは大事にしてるのですよ」誇らしげに言った。「何しろ、百年以上、昔のものですからね。兄のアロンが、五十年前にロンドンから持ち帰ってより、ずっと暖炉の両側にすわっているのです。スポフォード街という名前は、私の兄さんにちなんでいるのですよ」

「立派な紳士でした」ミス・マリアが初めて口をきいた。「きょうび、あんな殿方は、お目にかかれません」

「マリア、あんたにとっては、いいおじさんでしたね」ミス・パティは見るからに心動かされた表情になった。「おぼえていてくれたんだね、すばらしいことです」

「これからもずっと、おぼえてますよ」ミス・マリアが、しみじみと語った。「今でも目に浮かぶようです。おじさまが、この暖炉の前に立って、手を後ろに組んで、そう、上着のすその下でね、そうやって私たちにほほえみかけてくだすっているお姿が」

ミス・マリアは、ハンカチをとり出し、目をぬぐった。しかしミス・パティは、感傷の世界からビジネスにきっぱり話をもどした。

「犬はこのままにして行きましょう、大切にするとお約束してくださるならね。名前はゴグとマゴグ(5)です。右をむいているのがゴグ、左をむいているのがマゴグ。それからもう一つ、ご異存はないと思いますが、この家を、パティの家と呼んでください」

「もちろんです。名前も、この家の魅力なんですもの」

「あなたは、ものわかりがいいようだ」ミス・パティは大いに満足した。「信じられますか？　家を見に来た人は一人残らず、借りている間、パティの家の看板を、門から外してもいいか、とたずねたのですよ。はっきり言ってやりました、名前もこの家の一部ですよって。兄が遺言で私にのこしてくれたときから、ここはずっとパティの家なのですから、私とマリアの息のあるうちは、パティの家です。あの世へ行ったら、次の持ち主が、好きずきに、馬鹿げた名前で呼べばいいのです」ミス・パティはしめくくった。まるで「あとは野となれ山となれ」(6)とでも言っているようだった。「それでは、契約する前に、家中、ごらんになってはいかが?」

家を見れば見るほど、アンとプリシラは喜んだ。一階は広い居間のほかに、台所とこぢんまりした寝室があった。二階は三室あり、一つは大きく、二つはせまかった。アンは見事な松林にむいた小さな部屋がとりわけ気に入り、自分の部屋になればと願った。そこは淡い青色の壁紙がはられ、昔懐かしい、ろうそくを立てる燭台がつきだした小さな化粧台が置かれていた。菱形ガラスのはまった窓には、青いモスリンのカーテンがかかり、その下は腰かけで、勉強や夢想におあつらえむきだった。

「何もかもがすてきすぎで、明日、目がさめたら、一夜のはかない夢になっているんじゃないかしら」帰り道、プリシラが言った。

「ミス・パティとミス・マリアは夢からできている(7)人ではなさそうよ」アンが笑った。「あの二人が『世界漫遊』をするなんて想像できる?……とくに、あのショールと室内帽のいでたちで」

「旅行に出れば、外すでしょうよ。でも、編み物は、どこへでも持っていくんでしょうね。編み物なしではいられないようだもの。ウェストミンスター寺院（8）へ行っても編んでいるわよ。その間、私たち、パティの家に暮らすのね……それも、スポフォード街で。今からもう大富豪になったみたい」

「私は、喜びを歌う朝の星たち（9）になった気がするわ」アンが言った。

その夜、フィル・ゴードンが、セント・ジョン通り三十八番地へ来て、アンの寝台に身を投げ出した。

「ああ、みんな、私ったら、くたくたで死にそう。故郷のない男（10）になった気分だわ……それとも影のない男だったかしら。とにかく、私、ずっと荷造りしてたの」

「最初に何をつめるか、それをどこにしまうか、決められなくて疲れたんでしょ」プリシラが笑って言った。

「その通り。おまけにやっとこさつめこんで、大家さんとお手伝いさんにトランクにすわってもらって鍵をかけてから気がついたの。終業式にいるものを全部、一番下にしまいこんでたのよ。また鍵を開けて一時間もかきまわして、やっととり出したわ。これだ、と思って、つかんでひっぱり出すと、ちがうんだもの。だけどアン、ののしり言葉は口にしなかったわよ」

「そんなことは言っていないわ」

「だって、そんな顔をするんだもの。でも白状すると、気持ちは、ばちあたりに近かったわね。ひどい鼻風邪をひいて……鼻をすすってハッハッ、息はハーハー、くしゃみはハクション、これっばかり。頭韻を踏んだ苦しみね(11)、クィーン・アン、私をはげましてちょうだいな」

「いいこと、木曜の晩には、アレックとアロンゾが待つふるさとへもどっているのよ」

フィルは悲しげに首をふった。

「また頭韻じゃないの。鼻風邪のときは、アレックとアロンゾに用はないの。ところで、二人とも、どうしたの？　よく見ると、体の内側から、虹色の光がさしてるみたい。まあ、本当に光り輝いてる！　何があったの？」

「今度の冬から、パティの家に住むの」アンは晴ればれと答えた。「家に住むの、いいこと、下宿じゃないの！　家を借りたのよ。ステラ・メイナードも来て、おばさんが家事をしてくださるの」

フィルは飛びあがると鼻をふき、アンの前にひざまずいた。

「アン……プリシラ……私も仲間に入れて。ええ、きっといい子にするから。部屋がなければ果樹園の小さな犬小屋に寝るわ……あったもの。どうか私も入れて」

「お立ちなさい、お馬鹿さんね」

「今度の冬、私も一緒に暮らしていいと言ってくれるまで、この膝は、床から動かさないわ」

アンとプリシラは顔を見あわせた。それからアンが重い口を開いた。「もちろん私たちだって、フィルと暮らしたいわよ。でも、率直に言うと、私は貧乏なの……プリシラも……ステラ・メイナードもお金がないの……家計はつましくて、食事も質素よ。フィルも同じ生活をしなければならないのよ。でもフィルはお金持ちでしょ、下宿のごちそうが何よりの証拠よ」

「まあ、そんなことを私が気にするっていうの？」フィルは悲劇的な調子でたずねた。「牛舎で肥《ふと》らせた牛肉を、寂しい下宿で食べるくらいなら、友だちと一緒に、野菜の夕ごはんを囲むほうがいいわ⑿。私のことを、全身、胃袋みたいに思わないで。仲間に入れてくれるなら……喜んでパンと水で暮らすわ……でもジャムをほんのしゅこしつけてね」

「それに」アンがつづけた。「家事もたくさんあるのよ。ステラのおばさん一人では手がまわらないもの。めいめいが家の用事をするのよ。でもフィルは……」「働きもせず、紡ぎもせず⒀、でしょ」自分で言葉をついだ。「だけど家事をおぼえるわ。一度、お手本を見せてもらえばいいの。それにベッドメイクはできるのよ、おぼえておいてね。もっとも、お料理はできないけど。それから、私は癇癪《かんしゃく》を起こさないわ、大事でしょ。天気のことでも決して愚痴《ぐち》をこぼさないし、ますます大事でしょ。だから、お願い！　こんなに何かをお願いするのは生まれて初めてよ……それにしてもこの床、固くて痛いわね」

「もう一つあるわ」プリシラがきっぱり言った。「レッドモンド中が知っていることだけど、フィルは毎晩のようにお客さんを呼ぶでしょ。でも、パティの家では無理よ。私たち決めたの、友だちを呼ぶのは、金曜の夜だけにしようって。一緒に暮らすなら、決まりを守ってもらわなくてはね」

「もちろんよ、私が守らないとでも思うの？　喜んでしたがうわ。私もそんな決まりを作るべきだったのに、作る決心も、守る決心もつかなかったの。でも、二人が決めてくれるなら、ありがたいわ。運命を共にさせてくれないなら、絶望のあまりに死んで、化けて出《で》るわよ。パティの家の玄関先、ちょうどあがり段のところにとりつくわ。みんなが出入《はい》りするたんびに、私の幽霊にけつまずいて転ぶわよ」

ふたたびアンとプリシラは、雄弁なる沈黙のうちに顔を見あわせた。

「そうね」アンが言った。「ステラに相談しないと確約はできないけど、彼女も反対しないと思うわ。私たちは、来てくれてもいいし、心から歓迎するわよ」

「質素な暮らしに嫌気がさしたら、出ていってもいいのよ。わけをたずねたりしないから」プリシラが言葉をそえた。

フィルは床から飛びあがり、歓声をあげて二人に抱きつくと、大喜びで帰っていった。

「いろいろと、うまくいけばいいけど」プリシラがまじめに言った。

「うまくいくようにするのよ」アンがはっきりと答えた。「私たちの小さいながらも楽しきわが家に、フィルはうまくとけこむと思うわ」

「そうね、フィルは、わいわい大騒ぎをする友だちとしてはいい人よ。それに人数が増えると、寂しい懐具合も助かるわ。でも、フィルに共同生活ができるかしら。一緒に暮らせる人かどうかは、夏と冬を共にしないとわからないものよ」

「そうね、その点は、私たちみんなが試されるのよ。分別のある大人としてふるまいながら、自分が暮らし、ほかの人とも暮らすの。フィルは少し分別が足りないけど、わがままな人じゃないわ。私たち、パティの家で、みんなで楽しく、仲よく暮らせると思うわ」

第11章　人生の移り変わり

アンは、ソーバーン奨学金を勝ちえた栄光に顔を輝かせてアヴォンリーへ帰った。村人たちは、アンがあまり変わらないと本人に言ったが、その口ぶりには、あてが外れた驚きと、いささかの失望もいりまじっていた。アヴォンリーもまた変わらなかった。少なくとも初めのうちは、そう感じられた。しかし帰省して最初の日曜日、教会のグリーン・ゲイブルズの家族席にすわり、礼拝の会衆を見わたすと、小さな変化にいくつも気づいた。アンはすべてを瞬時に理解して、アヴォンリーといえども、時は移ろいゆくとさとった。まず、説教壇には、新任の牧師が立っていた。信徒の席からは、見慣れた顔ぶれが、一人ならず、永遠に失われていた。あの懐かしい「エイブじいさん」は予言を終え(1)、ピーター・スローン夫人は最後のため息をつき終えた(2)(そうであってほしいものだが)。ティモシー・コトンは、レイチェル・リンド夫人に言わせると、「二十年もあの世へいく練習をして、やっとこさ死ぬことができた」(3)。ジョサイア・スローン爺さんは、ひげをこざっぱり切りそろえたため、棺桶に横たわる姿を見ても、誰も本人だとわからなかった(4)。彼らはみな、今や教会裏の小さな墓地に眠っていた。さらにビリー・アンドリューズは、ネティ・ブリュエットと結婚した！　二人は、その日曜日、そろって「人前にあらわれた」。ビリーは誇らしさと幸せに顔を輝かせて、羽根飾りと絹の装束をまとった花嫁を、ハーモン・アンドリューズ家の席に案内した。アンは瞳がおどるのを隠して、目を伏せた。クリスマス休暇の冬嵐の夜、ジェーンが、ビリーの代理で求婚したことを思い出したのだ。ネティにも、ビリーは、傷心に打ちひしがれたりしなかったのだ。ジェーンは、ネティにも、兄の代わりに求婚したのだろうか。それともビリーは勇気をふるい起こし、みずから運命の求愛をしたのだろうか。アンドリューズ家の面々は、家族席にいるハーモン夫人から聖歌隊のジェーンにいたるまで、一族そろって、花婿のビリーと同様、鼻高々の満悦顔だった。ジェーンは、アヴォンリー校の教職をやめたところで、秋には本土の西部へ行くことになっていた。

「アヴォンリーじゃ恋人ができないのさ、まったく」レイチェル・リンド夫人は皮肉を言った。「西部のほうが健康にいいんだとさ。体が弱かったなんて、聞いたこともないがね」

「ジェーンはいい人よ」アンは友に誠実だった。「人の気をひくような真似は全然しなかったもの、誰かさんのように」

「たしかに、男の子を追っかけたりはしなかったよ、アンの話がそういう意味ならね」リンド夫人は言った。「だけど、あの子も結婚したいのさ、ほかの娘と同じさね、まったく。ほかにどうして西部くんだりへ行く理由があるのかね。あんな寂しいとこ、唯一のとりえときたら、男が山ほどいて、女が足らないことくらいじゃないか。そうに決まってるよ！」

しかし、この日、アンがうろたえつつ驚きに目を見はったのは、ジェーンではなく、聖歌隊でジェーンのそばにすわるルビーだった。彼女に何があったのだろう？　前にもまして美しかったが、青い瞳は異様に光り、頰は熱っぽく紅潮していた。しかもひどくやせ、賛美歌集を持つ両手は、透けそうなほど華奢《きやしゃ》だった。

「ルビー・ギリスは病気なの？」教会から帰ると、リンド夫人にたずねた。

「ああ、急に進む肺結核で、死にかかってるよ」夫人はにべもなく言った。「みんな知ってるのに、知らないのは本人と家族だけでね、あの一家は病気を認めようとしないのさ。あの一家にたずねたところで、あの子は完璧に元気だって言うんだよ。冬に喀血《かっけつ》してから教えることもできないのに、本人は、秋の新学期から、また教えるつもりでね、ホワイト・サンズ校が希望だとさ。かわいそうに、学校が始まるころにゃ、あの娘《こ》はお墓のなかだろうに、まったく」

アンは衝撃のあまり言葉もなかった。あの幼《おさな》なじみの級友ルビー・ギリスが、死にかけている。そんなことがありえようか。ここ数年、二人は離れたまま大人になったが、学校時代からの懐かしく、親密なきずなは、失われていなかった。ルビーの病気を知り、心ゆさぶられたアンは、かえって古いきずなを痛いほどに感じた。あの輝くばかりにあでやかで、ほがらかで、色っぽかったルビー！　彼女は、死とはどうしても結びつかなかった。礼拝が終わると、ルビーは、明るく真心のこもった言葉をかけ、月曜の夕方、うちに来てほしいとせがんだ。

「だって、火曜と水曜の夜は外出するんだもの」ルビーは声をひそめながらも得意そうにささやいた。「カーモディのコンサートでしょ、それにホワイト・サンズでパーティよ。ハーブ・スペンサーがつれてってくれるの。いちばん新しい恋人よ。だから、きっと明日来てね。アンとゆっくり話がしたいの。レッドモンドのことを教えてちょうだい」

おそらくルビーは、最近の恋愛話を聞かせたいのだろう。しかしアンは行く約束をした。ダイアナもつきあうと言ってくれた。

「ルビーにはずっと会いたかったんだけど」月曜の夕方、グリーン・ゲイブルズを出ると、ダイアナが語った。「実のところ一人じゃ行けなかったの。つらくてたまらないのよ、ルビーは咳きこんでぜいぜいするの。咳がひどくて口がきけなくても、何でもないふりをするの。ルビーは命がけで病気と闘ってるのに、治る見こみはないそうよ」

二人は、夕暮れの赤い道を言葉もなく歩いた。高いこずえに、こまどりは夕べの歌をさえずり、金色にそまる大気に歓びの歌声が響きわたっていた。畑のむこうの沼地と池からは蛙の澄んだ鳴き声が聞こえている。その畑では、まいた種が命の芽生えにうごめき始め、ふりかかる陽ざしと恵みの雨にふるえていた。あたりにはラズベリーの若木がはなつ、強く、甘く、すこやかな匂いがした。静まりかえった窪地に白いもやが広がり、せせらぎの川面に、すみれのような星々がうつり青く瞬《またた》いていた。

「なんてきれいな夕焼け」ダイアナが言った。「アン、空を見て、まるで島が浮かんでるみたい。下のほうにのびてる紫の雲が島の岸辺で、そのむこうの澄んだ空が、金色の海よ」

「夕焼けの空へ、ポールが作文に書いた月光の小舟をこいで行けたらいいのに（5）……おぼえている？……どんなにすてきでしょうね」アンは夢想からさめて言った。

「そこには私たちの過去が、すべてあるのよ……遠い日の春と花たちのすべてが。ポールが夕焼け空の国で見た花壇には、かつて私たちのために咲きひらいた薔薇もあったのよ」

「よしてよ、そんな話」ダイアナが言った。「何もかも昔話になったおばあさんみたいじゃないの」

「ルビーのつらい話を聞いてから、なんだかおばあさんになったような気がして」アンは言った。「ルビーが死にかかっているのが本当なら、ほかのどんな悲しいことだって、本当になりそうだわ」

「イライシャ・ライトさんの家に、少し寄ってもいい？」ダイアナがたずねた。「アトッサおばさんに、このジャムをおすそ分けするよう、母に頼まれたの」

「アトッサおばさん？」

「あら、まだ聞いてない？　おばさんはスペンサーヴェイルのサムソン・コーツの奥さんで……イライシャ・ライトのおばさんよ。うちの父のおばでもあるわ。冬にアトッサおばさんのご主人が亡くなって、貧乏な独り暮らしになったんで、ライト家が引きとったの。母は、うちで面倒をみるべきだって言ったけど、父が猛反対してね。アトッサおばと暮らすなんて、とんでもないって」

「そんなに恐ろしい人なの？」アンはつい口をすべらせた。

「おばさんがどんな人か、あの家から逃げ出す前にわかるわよ」ダイアナは意味ありげに言った。「父の言葉を借りると、おばさんの顔は手斧《ておの》みたいで……空気を切り裂くの。しかも毒舌はもっと切れ味が鋭いんだから」

アトッサおばは、もう遅い時間というのに、ライト家の台所で、種芋《たねいも》にするじゃが芋を切っていた。色のさめた古い部屋着をはおり、白髪頭は乱れていた。「無理して感じよくふるまう」のを嫌い、わざと無愛想にするのだった。

「そうかい、あんたがアン・シャーリーかい」ダイアナが紹介すると、アトッサおばは言った。「噂は聞いてるよ」ろくな話は耳にしちゃいないよ、という口ぶりだった。「アンドリューズのおかみさんから、あんたが帰省したと聞いてね。おかみさんの話によると、ずいぶん、ましになったそうじゃないか」

とはいうものの、アンにはまだ改善の余地があるとアトッサおばが見ているのは、疑いようもなかった。アトッサは、わき目もふらずに種芋を切りつづけた。

「おかけなさいと言っても、無駄だろうね？」嫌みっぽくたずねた。「どうせここにゃ、あんたがたの面白いようなものはありゃしませんよ。ほかの者もみんな出はらってるし」

「母から、ルバーブのジャム（6）を一鉢、ことづかったんです」ダイアナは愛想よく言った。「母が今日こしらえたんですよ。おばさんがお好きだろうからって」

「そりゃどうもね」アトッサは苦々しげに言った。「あんたの母さんのジャムは、口にあわなくてね……甘すぎるんだよ。でも、少しは食べてみようかね。あたしゃ、春から食欲がなくて、丈夫とはほど遠いんだよ」アトッサおばは、もったいをつけてつづけた。

「なのに今も働いてるのさ。このうちじゃ、働かない者は、ご用済みだからね。お手間じゃなきゃ、手を貸して、ジャムを配膳室《パントリー》にしまっとくれ。今夜中に、急いで芋を片づけちまうんでね。お嬢さんがたは、こんな仕事はしたことあるまいね。手が荒れるんで、いやなんだろ」

「畑を貸しに出すまでは、私もよく種芋を切りました」アンはほほえんだ。

「私なんか、今でもしてるわ」ダイアナが笑った。「先週は三日も」それから茶目っ気たっぷりにつけ加えた。「そのあとは、毎晩、両手にレモンジュースをぬって、子山羊革《キッド》の手袋をはめるのよ」

アトッサおばは、ふんと鼻であしらった。

「下らん雑誌を山ほど読んで、まあまあ、馬鹿げた知恵をしいれたこと。よくもまあ母親が許すもんだ。いつだっておまえさんを甘やかすんだから。ジョージが結婚するとき、あの女は女房にゃむかないよと、みんなして案じたもんだったが」

アトッサおばは、重苦しいため息をついた。ジョージ・バリーの縁談のとき、ぴんときた虫の知らせが、不幸にも的中したといわんばかりだった。

「おや、もうお帰りかい」二人が立ちあがると、アトッサおばは言った。「そうだろよ、あたしみたいなばあさんと話したとこで、楽しかないだろうよ。男衆《おとこし》が出はらってて、おあいにくさま」

「私たち、ちょっと、ルビー・ギリスのところへ寄るんです」

「そうかい、何とでも言い訳はあるさ、なるほどね」アトッサおばは愛想よく言った。「いきなり来たかと思ったら、あっという間に出てくんだから、ろくなあいさつもなしに。大学生だってんで、気どっててさ。ルビー・ギリスにゃ、近づかないほうが利口だよ。医者の話じゃ、肺病はうつるんだとよ。ルビーは、今に何かもらってくると思ってたよ。

去年の秋も、ボストンくんだりまでふらふら出歩いて。家に居つかない者《もん》は、決まって何かしら病気をもらってくるもんだ」

「出かけない人も病気にはなります、死ぬことだってあります」ダイアナが大まじめに言った。

「そういうのは本人のせいじゃないんだよ」アトッサおばは負けずにやり返した。「ダイアナ、あんた、六月に結婚すんだってね」

「その噂は、ほんとじゃありません」ダイアナは顔をほのかに赤らめた。

「そうかい、あんまり先のばしにしなさんなよ」アトッサおばは意味ありげに言った。「あんたの顔形《かおかたち》はすぐに衰えるよ……あんたのとりえときたら、肌の色つやと、髪だけなんだから。しかもライト家は、おそろしく移り気だよ。シャーリーお嬢さんや、あんたは帽子をかぶんなさい。鼻のそばかすときたら、目もあてられない。ああ、おまけに、その赤毛ときたら！　もっとも、人はそっくり神さまのお創りになった通りだがね！　マリラ・カスバートによろしく言っとくれ。あたしがアヴォンリーへ来てから、いっぺんも顔を見せないが、不平をこぼしてもしょうがない。カスバート家はつねづね、このへんの連中より、一段上だと思ってんだから」

「ね、おばさんて、ひどいでしょ」二人が小径へ逃げるように出ると、ダイアナがあえぎつつ言った。

「イライザ・アンドリューズさんよりひどいわ(7)」アンも答えた。「でも考えてもみてよ。アトッサなんていう名前が一生ついてまわるのよ(8)。誰だって気むずかしくもなるわ。コーデリアという名前だと想像すればよかったのに。気が楽になったでしょうよ。私も、アンという名前が好きじゃなかったころ、効き目があったわ」

「ジョージー・パイは、年をとったら、おばさんそっくりになるわよ」ダイアナが言った。「ジョージーのお母さんは、アトッサおばさんと、いとこ同士だもの。とにかく、用事が済んで、ほっとしたわ。おばさんて、本当に意地悪ね……何にでも悪気をこめるの。うちの父ったら、おばさんの笑い話をするのよ。以前、スペンサーヴェイルの教会に、ご立派で、信仰心があつくて、だけど耳の遠い牧師さんがいたの。ふだんの話も聞きとれないのよ。あの教会では毎週、日曜の夕方に、祈禱会を開いて、集まった信徒さんが順に立って、お祈りをして、聖書の句の話をするんだけど、ある晩、アトッサおばさんが急に立ちあがって、お祈りや説教をするどころか、教会中の人を一人残らず、こきおろしたの。一人ずつ名ざしして、前にどんなことをしたか、ここ十年の喧嘩ざたや醜聞《スキャンダル》を、洗いざらいぶちまけたのよ。おまけに捨て台詞に、このスペンサーヴェイルの教会のむかつくこと、こんなとこ、二度と敷居をまたぐもんか、この教会に裁《さば》きあれ、って言ってのけたの。おばさんが肩で息をしてすわると、何も聞こえなかった牧師さんが、すかさず信心深い声で言ったのよ、『神よ、われらが妹の祈りを聞き入れたまえ！

アーメン！』って。うちの父の言いまわしを、アンにも聞かせたいくらい」

「話といえば」アンは、重大な打ち明け話でもするように切り出した。「このごろ考えているんだけど、私、短い小説が書けるかしら……雑誌にのるような作品が」

「もちろんよ」ダイアナは興奮して息をつめた。「前に物語クラブ⑼で、はらはらするような物語を書いたじゃない」

「そうだったわね、でもそういった小説じゃないの」アンは微笑した。「今はまだ考えているだけよ。実際に書くのはこわいの、失敗したら恥ずかしいもの」

「いつかプリシラが言ってたわ。モーガン夫人も、初期の小説は、ことごとくつき返されたんですって。でもアンの小説なら大丈夫。今の編集者は、もっと見る目があるもの」

「レッドモンド三年のマーガレット・バートンという女子学生が、去年の冬、小説を書いて、『カナダ婦人』に載ったの。少なくとも、あれくらいなら、私も書けると思うわ」

「『カナダ婦人』に載せてもらうの？」

「最初は、もっと大手の雑誌にあたってみるわ。どんな作品を書くか、それ次第だけど」

「何を書くつもり？」

「まだわからないわ。いい筋書き《プロット》をつかみたいわね。編集者の立場からすると、筋書きが重要らしいの。決まっているのは、主人公《ヒロイン》の名前だけ。アベリル（10）・レスターよ、きれいでしょ？　でも誰にも言わないでね。ダイアナとハリソンさんにしか話していないの。ハリソンさんは、励ましてくれなかったわ……近ごろじゃ、紙くず同然の駄作がわんさと書かれているがな、アンも大学へ一年も通ったからにゃ、もうちった、まともになったと思ったが、ですって」

「ハリソンさんに小説の何がわかるというのよ」ダイアナは小馬鹿にしたように言った。

ギリス家は明かりが灯り、来客でにぎわっていた。客間の両端では、スペンサーヴェイルのレナード・キンブル、カーモディのモーガン・ベルの二人がたがいににらみあっていた。にぎやかな娘たちも立ちよっていた。ルビーは白い服をまとい、その瞳も、頬も、きわめて輝いていた。ひっきりなしに笑い、おしゃべりに興じていたが、ほかの娘たちが帰ると、アンをつれて二階へあがり、新しい夏服の数々を見せた。

「ほかに青い絹地もあるんだけど、まだ仕立ててないの。夏服には少し厚ぼったいから、秋までとっておくわ。私、ホワイト・サンズで教えるつもりよ。この帽子、どうかしら。昨日、アンが教会でかぶってたのは可愛かったわ。でも私はもっと派手なのが好みよ。下にいる困った男の子たちのこと、気がついたかしら。二人とも相手より長く居すわろうって決めて来るの。私はどちらも、何とも思ってないのに。私が好きなのは、ハーブ・スペンサーよ。あの人こそ運命の人だって、本気で思うことがあるわ。クリスマスのころは、スペンサーヴェイルの校長先生をそう思ってたんだけど、なんだか嫌気がさして。お断りしたら、あの人ったら、どうにかなりそうだったわ。今夜は、下の二人の男の子が来なければよかったのに。アンとゆっくりおしゃべりしたかったもの。つもる話があるの。私たち、いつも仲よしだったわね」

ルビーは、アンの腰に片腕をまわし、軽やかに笑い声をあげた。しかし二人の目があった瞬間、ルビーの瞳の輝きの奥に、アンは胸の痛むような何かを見てとった。

「アン、ちょくちょく来てね」ルビーはささやいた。「一人で来て……アンと二人で会いたいもの」

「ルビー、具合はどうなの」

「具合ですって！　すっかり元気よ。こんなに調子がよかったことはないくらい。もちろん、冬に喀血したときは弱ったけど、この血色を見てちょうだい。病人には見えないでしょ、この通りよ」

ルビーの声は鋭いほどだった。彼女は気分を害したように、アンにまわした腕をふりほどき、一階へかけおり、さらにはしゃいで、二人の青年をさんざん冷やかした。あまりに夢中なありさまで、ダイアナとアンは居場所もない心地で、早々にいとまを告げた。

第12章　「アベリルのあがない」

「アン、何をうっとりしてるの？」

夕暮れどき、アンとダイアナは、せせらぎの流れる美しい窪地をそぞろ歩いていた。羊歯の葉は揺れ、さまざまな小草が青々としていた。野生の梨《なし》は白いカーテンをはりめぐらしたように花を咲かせ、甘い香りをはなっていた。

夢想からさめたアンは、幸福なため息をもらした。

「小説の筋書きを考えていたのよ」

「いよいよ書き始めたのね」ダイアナは興味をそそられ、にわかに顔を輝かせた。

「まだ二、三ページよ。でも、物語の全体像は、だいたいできたわ。アベリルにぴったりの筋書きをこしらえるのに時間がかかったの。浮かんでくるあら筋はどれも、アベリルという名の乙女にふさわしくなかったのよ」

「名前を変えられなかったの？」

「不可能よ。やってみたけど、だめだったわ。ダイアナの名前も変えられないけど、それ以上よ。アベリルが実在するような気がして、どんな名前をつけても、後ろにアベリルがいるみたいに姿が重なって見えるの。でも、やっと主人公にふさわしい筋書きを思いついて、次は、わくわくしながら、ほかの登場人物の名前をつけたの。どんなに楽しいか、ダイアナにはわからないでしょうね。いろいろな名前を考えて、何時間も夜ふかししたくらい。男の主人公は、パーシヴァル・ダルリンプル（1）よ」

「全員の名前をつけたの？」ダイアナはもの足りなさそうにたずねた。「もしまだなら、私にも、一人つけさせてほしかったのに……重要な人物じゃなくていいから。そうすれば、私も創作に加わったような気がするでしょ？」

「レスター家に住みこみで働いている男の子なら、いいわ」アンはゆずった。「重要人物じゃないけど、残っているのはその子だけなの」

「レイモンド・フィッツオズボーン（2）にして」ダイアナは言った。学校時代に、アン、ジェーン・アンドリューズ、ルビー・ギリスの四人で活動した「物語クラブ」のおかげで、こうした名前のストックはたっぷり記憶にあった。

アンは賛成しかねる面もちで首をふった。

「せっかくだけど、農場の雇い人にしては、貴族的すぎるわ。フィッツオズボーンなんていう人物が、豚にえさをやって、たきぎを拾うなんて、私には想像できないわ。ダイアナはできるの？」

ダイアナは納得がいかなかった。アンに想像力があるなら、なぜ想像できないのだろう。だが、それはアンがいちばん心得ているのだ。結局、小間使いの男の子は、ロバート・レイと名づけられ、必要に応じて、ボビーと愛称で呼ばれることになった。

「この小説で、いくらもらえるの？」ダイアナがたずねた。

アンは報酬を考えていなかった。求めているのは名声であり、堕落した金銭ではなかった。文学にかけるアンの夢は、まだ損得勘定に汚されてはいなかったのだ。

「私にも読ませてね」ダイアナはせがんだ。

「書きあがったら、ダイアナとハリソンさんに読んであげる。手厳しく批評してもらいたいの。だけどほかの人には、雑誌に載るまで見せないわ」

「結末はどうなるの？……ハッピーエンド、それとも不幸せになるの？」

「どうしようかしら。私は、悲しい終わり方にしたいの、ずっとロマンチックだもの。でも、編集者は暗い結末をきらうの。ハミルトン教授もおっしゃったわ、天才のみが不幸な結末を書くべしと」

　それからアンは、謙虚に結んだ。「私は天才とはほど遠いもの」

「私はハッピーエンドがいちばん好き。アベリルとパーシヴァルを結婚させるのよ」ダイアナはフレッドと婚約してより、結婚の約束こそ物語の結末にふさわしいと思っていた。

「でもダイアナは、悲しい物語を読んで泣くのが、好きでしょ？」

「そうね、物語の途中ではね。でも最後は、万事丸くおさまるのがいいわ」

「悲劇的な場面を、一つ、入れなくては」アンは考えこんだ。「ロバート・レイに事故でけがをさせて、死ぬ場面を作ろうかしら」

「だめよ、ボビーを殺して消すなんて」ダイアナは笑いながらも抗議した。「私の男の子なんだから、生きて活躍してほしいわ。殺すなら、ほかの人にして」

それからの二週間、アンは文学の執筆に邁進《まいしん》し、そのときどきの気分によって、もがき苦しみ、有頂天になった。妙案を思いついて大喜びし、またつむじ曲がりの登場人物が思うように動いてくれないと絶望した。それがダイアナには理解できなかった。

「自分の思う通りに動かすのよ」ダイアナは言ってのけた。

「それができないのよ」アンは嘆いた。「アベリルほど手に負えないヒロインもいないわ。作者が考えてもいない言動をしようとするの。前に書いたところがみんな台なし、最初から書き直す羽目になるのよ」

とはいうものの、小説は完成した。アンは、玄関上の切妻の部屋に、ダイアナと二人になると、読んで聞かせた。「悲劇的な場面」も、ロバート・レイを死なせずに書きあげた。朗読しながら、アンは、ダイアナの表情に目を光らせていた。ダイアナは、ここぞという場面で思い通りに泣いてくれたものの、結末には、いささか不満げだった。

「どうしてモーリス（3）・レノックスを死なせたのよ」口をとがらせた。

「悪人だもの」アンは言い返した。「罰を受けるべきよ」

「モーリスがいちばん好きなのに」ダイアナは理屈にあわないことを言った。

「でも、一度死んだからには、死人のままでいてもらわないと」アンはいささか腹を立てた。「生かしておいたら、アベリルとパーシヴァルを苦しめつづけるわ」

「そうね……アンが改心させないかぎりはね」

「改心なんかさせたら、ロマンチックじゃなくなるわ、話も長くなるし」

「それもそうね。とにかく、エレガントな物語だわ。アンは有名になる、それは確実よ。タイトルはつけたの？」

「ええ、ずっと前に決めたの。『アベリルのあがない』よ。響きがきれいで、頭韻を踏んでいるでしょ(4)。ダイアナ、遠慮なく言って。私の小説、欠点があったかしら」

「そうね」ダイアナは言いよどんだ。「アベリルがケーキをこしらえるところが、ロマンチックじゃないわ、ほかの場面と釣りあわないの。料理なんて、誰でもするもの。ヒロインは、炊事なんてすべきじゃないわ、私はそう思うけど」

「あら、そこに面白み《ユーモア》があるのよ。あそこは、全体を通して、いちばんよくできた場面の一つよ」この点については、アンの言い分は正しかったと言えよう。

　ダイアナは賢明にも、それ以上の批評はさしひかえた。しかしハリソン氏を納得させるのは、はるかに困難だった。彼はまず、よけいな説明が多すぎると語った。

「派手な美文調を、ばっさり削ることだな」むげに言いはなった。

アンは不愉快に思いながらも、その通りだと承知していた。そこで、愛着のある描写の大半を、無理矢理、削除したが、厳しいハリソン氏が納得するまで簡潔にするには、三回も書き直す羽目になった。

「よけいな説明は、すっかりとったんですよ、夕焼けの場面をのぞいて」書き直したアンは言った。「この夕焼けだけは、削れません、いちばんいいところだもの」

「筋書きとは何の関係もないがな」ハリソン氏は言った。「それに、都会を舞台にして、金持ち連中なんぞ、書くべきじゃなかったよ。やつらの何を知ってるんだ。なぜここアヴォンリーを舞台にしない……もちろん、地名は変えにゃならんよ。さもないと、レイチェル・リンドが、自分がヒロインだと思いかねないからな」

「ここを舞台にして書くなんて、できないわ」アンは反論した。「アヴォンリーは、世界でいちばん好きよ。でも、物語の舞台にするほどロマンチックじゃないもの」

「いいや、アヴォンリーにも、ロマンスはたんとあったさ……悲劇もあまたにな」ハリソン氏はまじめな顔をした。「それなのに、おまえさんの登場人物ときたら、どこにもいそうもない現実離れした連中ばかり。おまけに、しゃべりすぎ、大げさな言葉の使いすぎだ。そういや、ダルリンプルのやつが、二ページにもわたってしゃべくりまくる場面があったな、あの娘っこに、一言も口をはさませずに。実際に男が、そんな真似をしてみろ。投げとばされるこった」

「そんなことはありません」アンは、厳しく言い返した。アベリルに捧げられた、うるわしく詩的な言葉を、男性の口から語られたら、いかなる乙女心もとろけるだろう。アンはひそかに信じていた。それにアベリルが、あの品格があり、女王さながらのアベリルが、男を「投げとばす」とは、人聞きの悪い。アベリルは、「求婚者たちに丁重にお断りをする」に決まっているではないか。

「いっこうにわからんのだが」ハリソン氏は、さらに情《なさ》け容赦《ようしゃ》なくたずねた。「モーリス・レノックスは、なぜアベリルを射止めないんだ？　ダルリンプルより、倍も男前じゃないか。たしかに悪党ではあるが、行動力がある。それにひきかえ、パーシヴァルときたら、ただ、ぼけーっとして」

「ぼけーっとして」とは、何たる言い草だ。「投げとばす」より、さらにひどい！

「モーリス・レノックスは悪人なんです」アンは怒った。「どうしてみんな、パーシヴアルより、モーリスが好きなの？　わからないわ」

「パーシヴァルは好人物すぎて、癪《しゃく》にさわるのさ。今度、男を書くなら、人間が本来持ってる毒気も、少しは入れるこった」

「アベリルは、モーリスなんかと結婚しません、彼は悪党なんですよ」

「アベリルが改心させるのさ。女というものは、男を改心させることができる。もっとも、くらげみたいな骨なし男じゃ、無理だがな。お前さんの小説は悪くはない……面白いと言ってもよかろう、それは認めるよ。だがな、読むに値する小説を書くには若すぎる、あと十年、待つんだな」

アンは胸に誓った。次に書いたら、人に意見など求めるものか。やる気がそがれてしまう。そこでギルバートには、小説を書いた話はしたものの、読んで聞かせようとはしなかった。

「うまくいって、活字になったあかつきには、ギルバートに見せてあげましょう。でも、だめだったら誰にも見せないわ」

マリラは、そうした計画が進んでいるとは夢にも知らなかった。だがアンは、想像のなかで、雑誌にのった小説を、マリラに読んで聞かせる様子を思い浮かべていた。マリラに、これはいい物語だね、とほめさせて……想像では、どんなことも可能である……それから、作者は自分だと、得意になって種明かしするのだ。

そしてある日、アンはかさばる細長い封筒を、郵便局に持参した。若さと世間知らずがもたらす楽天的な自信から、宛て先は、「大手」雑誌社のなかでも最大手《さいおおて》になっていた。ダイアナも、アンにおとらず興奮していた。

「結果はいつごろ来るの？」ダイアナがきいた。

「二週間はかからないはずよ。ああ、採用されたら、どんなに嬉しくて、光栄でしょう！」

「きっと採用されるわ、それで二作めをたのんでくるのよ。そのうちモーガン夫人みたいな有名人になるのね。アンと知りあいで、私も鼻高々になるんだわ」ダイアナには、少なくともかけがえのない美徳があり、友の才能と長所を、うらやむことなく絶賛するのだった。

それから一週間は、甘い夢が続いたが、やがて苦い目ざめが訪れた。ある夕方、ダイアナが玄関上の切妻の部屋へあがると、アンは泣いたような目をしていた。テーブルに、細長い封筒と、しわのよった原稿があった。

「小説がもどってきたの？」ダイアナはわが目を疑い、叫んだ。

「ええ」アンはぽつりと答えた。

「その編集者は、頭がおかしいんだわ。どうしてですって？」

「理由はなかったわ。採用と認められませんでしたと印刷した紙切れが入っていただけよ(5)」

「私、前からあの雑誌はたいしたことないと思ってたのよ」ダイアナは腹を立てた。

「載ってる小説は、『カナダ婦人』の半分も面白くないくせに、値段だけ高いの。米国の編集者は、アメリカ人《ヤンキー》じゃない者に偏見があるのよ。気を落とさないでね、アン。モーガン夫人だって、何作もつき返されたんだから。今度は『カナダ婦人』に送るのよ」

「そうするわ」アンは勇気をふるい起こした。「掲載されたら、そこに印をつけて、米国の編集者に一冊送りつけるわ。でも、あの夕焼けのシーンは削るわね。ハリソンさんの言う通りだったのよ」

というわけで、夕焼けの描写は外された。だが思い切って削除したにもかかわらず、『カナダ婦人』の編集者もまた、「アベリルのあがない」を、すぐさま送り返してきた。ダイアナは、読まなかったにちがいないと憤慨し、ただちに購読契約をうち切る、とまで宣言した。一方のアンは、二度めの拒絶を、絶望のあまり、かえって冷静に受けとめ、小説を屋根裏のトランクにしまいこんだ(6)。かつて物語クラブで書いた作品の数々も、そこに眠っていた。ただし、その前に、ダイアナに頼まれて仕方なく、小説の写しを渡した。

「これで私の文学の野心も、消えてしまったわ」アンはつらそうに言った。

この結末はハリソン氏には語らなかった。しかしある夕べ、彼は、小説は採用されたのかねと、遠慮なくたずねてきた。

「いいえ、編集者は採《と》らなかったわ」アンは簡潔に答えた。

ハリソン氏は、顔を赤くした娘の繊細な横顔を、ちらと見やった。

「なるほど。だがな、書き続けるんだろう?」ハリソン氏は励ますように言った。

「もう小説は二度と書かないわ」アンは明言した。目の前で文学への扉を閉ざされ、希望を失った十九歳の結論だった。

「わしなら、あきらめないよ」ハリソン氏は考えながら言った。「わしなら、ときどきは書くぞ。ただし、やたらと原稿を送りつけて、編集者をわずらわせたりしないさ。それに、自分の知っている人間、知っている土地を書くだろうよ。登場人物にも、ふだんの言葉をしゃべらせる。おてんとさまは、淡々と昇らせて、淡々と沈ませる、当たり前のことに大げさな説明はつけないさ。それに悪党を書くなら、チャンスを与えてやる……人生をやり直すチャンスを与えてやるのさ。世間には、たしかに、どうしようもない悪人もいる。だがな、そうはめったにいないさ……もっとも、リンド夫人に言わせると、わしらはみな悪人だそうだが、たいていは、どっかに少しはいいとこもあるもんさ。とにかく、書き続けるんだよ、アン」

「いいえ、あんなことをして馬鹿だったのよ。レッドモンドを卒業したら、教師に専念するわ。小説は書けないけど、教えることはできるもの」

「大学を出たら、そろそろ亭主をつかまえるころだな」ハリソン氏は言った。「あんまり結婚を先送りにしなさんなよ……わしみたいに」

アンは席をたつと、足どりも荒く家路についた。ハリソンさんて、ときどき、本当に我慢がならないんだから。男を「投げとばす」に、「ぼけーっとしてる」ときて、今度は「亭主をつかまえる」だなんて、もう!!

第13章　神をあざむく罪人の道(1)

デイヴィとドーラは、日曜学校へ出かけるしたくを終えた。めずらしいことに、二人だけで行くのだ。リンド夫人は日曜学校には欠かさず出席するのだが、今朝はねんざして足を引きずり、家にいることにした。今日の双子は、教会で、一家の代表もつとめることになっていた。アンは前の晩から、カーモディの友人宅へ泊まりに出かけ、マリラは持病の頭痛がぶりかえしていた。

デイヴィは、二階からのろのろおりてきた。ドーラは、リンド夫人に身なりを整えてもらい、玄関で待っていた。デイヴィは、自分でしたくをした。ポケットには、日曜学校に献金する一セント硬貨と、教会に献金する五セント硬貨も入れた。片手に聖書、もう片手には日曜学校の季刊テキストも持った。学科も、訓話集(2)と教理問答を、しっかり暗記していた。デイヴィは勉強したのだ——というか、うむを言わせずやらされたのだ——リンド夫人の台所で、先週の日曜に午後ずっと。というわけでデイヴィの心は、平安に満たされているはずだった。ところが、訓話と教理問答を勉強したにもかかわらず、心中は凶暴な狼さながらだった。

彼がドーラのもとへおりると、リンド夫人が、台所から足を引いて出てきた。

「きれいにしたかい？」夫人は厳しくたずねた。

「うん……見えるとこはね」彼は反抗的なしかめ面で答えた。

夫人はため息をついた。デイヴィの首すじと耳があやしいとふんだのだ。だが、身体検査をしようにも、彼は一目散に逃げ出すだろう。今日は走って追いかけられない。

「お行儀よくなさいよ」夫人は二人に言って聞かせた。「土ぼこりのなかを歩かないように。教会の入口で、ほかの子と立ち話をするんじゃないよ。座席でそわそわ、もじもじしないように。訓話集を忘れずに。献金はなくさずに、ちゃんと入れなさいよ。お祈りのときは、ひそひそ話をしないように。お説教はきちんと聞くんだよ」

デイヴィは返事もせず、足を踏みならして小径へ出た。ドーラがおとなしく続いた。彼のはらわたは煮えくりかえっていた。自分はひどい目にあっているのだ――デイヴィはそう思っていた。リンド夫人がグリーン・ゲイブルズに来てから、何かにつけて、おせっかいと指図《さしず》だ。リンド夫人は、同居人が九歳だろうと、九十歳だろうと、しつけをせずにはいられない性分なのだ。つい昨日の昼も、ティモシー・コトンたちと釣りに行ってもいいか、マリラにきいたのに、横から口を出して反対したのだ。彼はまだ怒っていた。

小径から街道へ出るなり、デイヴィは立ち止まり、思い切り顔をしかめてみせた。ぞっとするほどひどい形相で、これが彼の特技だと承知しているドーラでさえ、二度ともとにもどらないのではないか、心底、案じたほどだった。

「こんちきしょう、おばさんなんか」デイヴィは怒りを爆発させた。

「まあ、デイヴィ、ののしり言葉はだめよ」ドーラは仰天して息をとめた。

「『こんちきしょう』はちがうよ……本当ののしり言葉じゃないよ。でも、かまうもんか」平気で口ごたえした。

「でも、悪い言葉を使うにしても、日曜日はやめて」ドーラはせがんだ。

彼はいっこうに反省していなかったが、内心では、少々言いすぎたと感じていたのだろう。

「じゃあ、自分でののしり言葉を発明するよ」デイヴィは言いはなった。

「神さまのばちがあたるわよ」ドーラがこわい顔をした。

「神さまなんか、意地悪じいさんのろくでなしだ」デイヴィは言い返した。「神さまは知らないのさ、男には『うっぷん晴らし』がいるんだよ」

「デイヴィったら!!!」ドーラは、デイヴィが天罰を受け、この場で死ぬと思ったが、何も起きなかった。

「リンドのおばさんに指図されるのは、もう我慢ならない」デイヴィは、つばを飛ばした。「アンとマリラは、ぼくを監督する権利があるよ、だけど、おばさんにはない。おばさんがするなと言ったことを、一つ残らずやってやる。見てろよ」

　彼は黙ったまま、底意地の悪い知恵をめぐらせた。デイヴィはまず、ドーラが驚きに目を丸くしている前で、道ばたの草むらから街道へ出て、ここ四週間、雨がなく、たまりにたまった細かな土ぼこりに、くるぶしまで足をうずめ、がむしゃらに足をかきまわして歩いた。全身が、土ぼこりに包まれた。

「こんなのは、ほんの手始めさ」デイヴィは勝ち誇って言ってのけた。「次は、教会の入口で立ち止まって、誰かれかまわずおしゃべりしてやる。そわそわ、もじもじして、ひそひそ話もしてやるぞ。訓話集なんか、おぼえてないって言ってやる。献金も捨ててやるぞ、今すぐ」

　デイヴィは猛々《たけだけ》しくも嬉々として、一セントと五セントの硬貨を、バリー家の柵のむこうめがけて、力まかせに投げつけた。

「悪魔《サタン》のしわざね」ドーラが非難した。

「ちがうやい」彼は怒鳴った。「自分で考えついてやったんだい。ほかにも思いついたぞ。日曜学校も、教会も、行ってやるもんか。コトンの子どもたちと遊ぶんだ。あの子たち、今日は日曜学校へ行かないんだ、お母さんが留守で、やかましく言う人がいないんだって。昨日、聞いたんだ。行こう、ドーラ。思い切り遊ぼう」

「私、行きたくない」ドーラはあらがった。

「来るんだ。来ないなら、この前の月曜日、学校でフランク・ベルが、おまえにキスしたこと、マリラに言いつけるぞ」

「しょうがなかったのよ。そんなことするなんて、思わなかったんだから」ドーラは赤面して叫んだ。

「だけどフランクをぶたなかったし、怒らなかったじゃないか」デイヴィはやりこめた。

「来ないなら、それもマリラにばらしてやる。さあ、まき場を歩いて近道しよう」

「あそこは牛がいてこわいよ」かわいそうに、ドーラは、どうにか逃れようと抵抗した。

「よく言うよ、牛がこわいだってさ、あはは」彼はあざわらった。「どの牛も、ドーラより年下じゃないか」

「でも、私よりも大きいもん」

「牛は何もしないさ。さあ、来いよ。嬉しいな。大人になったら、教会通いなんて、しち面倒くさいこと、するもんか。ぼくは天国にだって、自分で行けるもん」

「安息日を守らないと、天国じゃないほうへ行くわよ」不運なドーラは、意に反してデイヴィについて行く羽目になった。

しかし、デイヴィに、おそれはなかった――まだ今のところは。地獄ははるか彼方だが、コトンきょうだいと釣りに出かける楽しみは、目の前にぶら下がっている。ドーラも元気を出せばいいのに。今にも泣き出しそうに、後ろばかりふりかえって、男の楽しみが台なしだ。女の子なんか、くたばれだ。だがさすがに、今度は「こんちきしょう」とは言わなかった、たとえ胸の中でも。もっとも、一度言ったことは、後悔していなかった——まだ今のところは——だが、一日に何度も未知なる神を試すような真似は、しないほうが身のためだ。

裏庭で遊んでいたコトン家の子どもたちは、デイヴィがあらわれると、歓声をあげてむかえた。ピート、トミー、アドルファス、ミラベルと、コトン家の子どもだけだった。母親も姉たちも出かけていた。ドーラは、せめて女の子のミラベルがいて幸いだったと思った。男の子ばかりではないかと案じていたのだ。とはいうものの、そのミラベルは、男子に負けずおとらず始末に負えない子で——騒々しく、日に焼けて、無鉄砲だった。だが少なくともスカートははいているのだ。

「釣りへ行こうと思って、来たのさ」デイヴィは高らかに宣言した。

「やったー」コトン家の子どもたちは金切り声をあげ、一同は、かけ足でみみず掘《ほ》りにむかった。先頭は、ブリキの空き缶を下げたミラベルだった。ドーラは、できることならすわりこんで泣きたかった。ああ、あの憎らしいフランク・ベルがキスさえしなければ！　デイヴィなど言い負かして、大好きな日曜学校へ行けたのに。

その魚釣りだが、さすがに彼らも、池へ出かける度胸はなかった。教会へむかう人々に見つかるからだ。するとコトン家の裏の森を流れる小川へ行くほかない。だがそこには、鱒《ます》がしこたまいて、すてきに楽しい朝となった——少なくとも、コトン家の子どもたちにとっては、間違いなかった。デイヴィも、見かけは愉快そうだった。もっとも彼は、思慮分別までかなぐりすてたわけではなく、用心はおこたらず、ブーツと靴下を脱いで素足になり、さらにトミー・コトンの胸当てつきズボン《オーバーオール》も借りた。その格好なら、ぬかるみも、沼も、森の下草も平気だった。ドーラは、見るからに苦悶の表情を浮かべていた。聖書と訓話集をしっかり胸にかかえ、魚のいる淵《ふち》から淵へうろつく一同の後をついてまわった。本当なら、今ごろは、大好きな日曜学校で、敬愛する先生の前にすわっていたのに、と思えば、やるせなかった。それなのにこんなところで、野蛮人さながらのコトンきょうだいと、森をさまよい歩いているのだ。ドーラは、ブーツを汚さぬよう、きれいな白いドレスを破かぬよう、しみをつけぬよう、気をくばった。ミラベルが、エプロンを貸そうと言ってくれたが、冷ややかに断った。

日曜日の常ではあるが、鱒はよく食らいついた。一時間もすると、神をあざむいた者たちも心ゆくまで釣りあげて家へもどり、ドーラは大いに安堵《あんど》した。次に、一同がけたたましく鬼ごっこを始めると、ドーラはおすまし顔で、庭に伏せた鶏かごに腰かけていた。それから一同は豚小屋にのぼり、屋根のふち板に、自分たちの頭文字《イニシャル》を彫りつけた。そこからデイヴィは、鶏小屋の平らな屋根と、その下のわらづかを見はらし、妙案を思いついた。すなわち鶏小屋の屋根にあがり、やっほーと叫びながらわらに飛びこむという最高の遊びを、三十分続けたのだ。

しかし、背徳の悦楽には、必ず終わりが訪れる。池の木橋をわたる車輪の音がして、人々が教会から帰ってきた。デイヴィも家へもどらなければならない。

トミーのオーバーオールを脱ぎ、もとの正しいいでたちになった彼は、ひもに通した自分の鱒から顔をそむけ、ため息をついた。家に持ち帰ったところで、どうにもならないからだ。

「どうだ、面白かったろう?」丘のまき場を下りながら、デイヴィはふてぶてしく言った。

「ちっとも」ドーラは言い切った。「デイヴィだって、楽しくなかったはずよ……本当は」彼女にしては、めずらしくあざやかな洞察力だった。

「楽しかったさ」デイヴィは叫んだが、異論を唱えるにしては、むきになりすぎる者の声だった(3)。「ド、ド、ドーラがつまらないのは当たり前さ……ただすわってんだもん……がんこならば(4)みたいに」

「私、コトンの家の子とは遊ばないの」ドーラは傲然《ごうぜん》と言った。

「いい連中だよ」彼は言い返した。「ぼくたちよか、ずっと愉快にやって、好きなことをして、誰の前でも言いたいことを言って。ぼくも、これからはそうするよ」

「人前で言えないことは、たくさんあるわ」ドーラは言いはった。

「ないね」

「あるわよ。じゃあ、きくけど」ドーラはまじめくさってたずねた。「牧師さんの前で、『おす猫《トムキャット》』（5）って言える？」

これは難問だった。デイヴィもこれほど具体的な言葉で、言論の自由を試されるとは、心の準備ができていなかった。だがドーラの前で、つじつまなどあわなくてもいいのだ。

「言うわけないよ」デイヴィはむっとして答えた。『おす猫』は、宗教の言葉じゃないもん。動物の話なんか、牧師さんにしないよ」

「言わなきゃいけなかったら？」ドーラはひき下がらなかった。

「『男の猫ちゃん《トーマス・プッシー》』（6）って言うさ」

「私の考えでは、『紳士の猫《ジェントルマン・キャット》』（7）のほうが上品だわ」ドーラは思案して言った。

「お前の考えなんか！」彼は小馬鹿にした。

デイヴィは心安らかではなかったが、それをドーラに認めるくらいなら死んだほうがましだった。今や、ずる休みをした胸のすく爽快感は、跡形もなく消え失せ、健全なことに、良心の呵責《かしやく》に、彼の胸は痛み始めていた。やはり、日曜学校と教会へ行くべきだったのかもしれない。リンドのおばさんは、いばっているが、台所の食器棚にいつもクッキーの箱をおき、惜しみなくふるまってくれる。間の悪いことに、もう一つ思い出した。先週、新しい通学ズボンを破いたとき、おばさんはきれいに縫い、マリラに黙っていてくれたのだ。

ところがデイヴィの悪徳の盃は、まだ満たされていなかった。一つ罪を犯せば、糊塗《こと》するために、さらに罪を重ねる。それを彼は思い知ることとなった。その日は、リンド夫人と昼食をとった。夫人は口を開くが早いか、デイヴィにたずねた。

「今日、日曜学校に、みんな来てたかい？」

「はい、おばさん」デイヴィはつばを飲みこんだ。「みんな、いたよ……一人を別にして」

「訓話集と教理問答はちゃんと言えたかい？」

「はい、おばさん」

「献金はしたかい？」

「はい、おばさん」

「マルコム・マクファーソンの奥さんは、教会にいらしてたかい？」

「知らないよ」これは少なくとも本当だったが、デイヴィはうろたえた。

「来週、婦人援護会はあるんだって？」

「はい、おばさん」——デイヴィの声がふるえた。

「祈禱会はどうだって？」

「えっと……わからないよ」

「聞いてなきゃだめでしょう。お知らせは注意して聞きなさい。ハーヴィー牧師さんは、聖書のどこをお読みになったかい？」

ここでデイヴィは、最後まで自分にあらがっていた良心を、水と一緒にあわてて飲みこむと、何週間か前におぼえた訓話集の一節を、よどみなくそらんじてみせた。幸い、リンド夫人の質問はこれで終わったが、彼はもはや昼食を楽しむどころではなかった。デザートのプディングも一皿しか食べられなかった。

「どうしたんだい？」リンド夫人は驚きに目を見はった。「具合でも悪いのかい？」

「いいや」デイヴィは口ごもった。

「顔色が悪いよ。午後は、表へ出ないほうがいいね」リンド夫人は案じた。

「リンドのおばさんに、いくつ嘘をついたか、わかってるの？」昼食後、二人だけになると、ドーラがつめよった。

責めたてられたデイヴィは、やけくそになり怒った。

「知るもんか。それに、かまうもんか。黙れ、ドーラ・キースめ」

あわれなデイヴィは、人目につかないたきぎの裏に一人でこもり、神をあざむく罪人はどんな目にあうか、そのなれの果てに思案をめぐらせた。

アンが帰宅すると、グリーン・ゲイブルズは夜の闇と静寂に包まれていた。アンは疲れていて眠く、すぐベッドに入った。先週、アヴォンリーではいくつも宴会があり、遅くまで出かけていたのだ。枕に頭をのせると、ほぼ寝かかっていた。そこへ、静かにドアが開き、嘆きすがる声がした。「アン」

アンは眠たげに起きあがった。

「デイヴィ？　どうしたの？」

白い寝まき姿が部屋を横切り、ベッドに飛び乗った。

「アン」デイヴィはすすり泣き、首にしがみついた。「アンが帰ってきて、よかったよ。誰かに話さなきゃ、眠れないんだ」

「何を話すの？」

「ぼく、とても苦しいの」

「何が苦しいのよ、坊や」

「ぼく、今日、とても悪い子だったんだ。もう、おそろしく悪い子……今までいちばん」

「何をしたの？」

「言うのがこわいよ。もう、ぼくを好きになってくれないよ。今夜はお祈りもできなかったよ。何をしたか、神さまに話せなかったんだ。神さまに知られるのが恥ずかしくて」

「でもね、どのみち、神さまはお見通しよ」

「ドーラもそう言ったよ。だけど、あのときは神さまも気づかなかったかもしれないよ。それに、アンに先に話したいんだ」

「いったい何をしたの？」

デイヴィは、ひと息に、洗いざらい白状した。

「日曜学校をさぼったの……それからコトンの子たちと釣りへ行って……リンドのおばさんに大嘘を山ほどついて……ああ、半ダースも！……それから……ぼく……ののしり言葉も言って……それに近い言葉だよ……それから神さまの悪口を言ったよ」

沈黙が広がった。アンの無言の意味を、どう解釈すべきか、デイヴィはわからなかった。アンは呆れはて、二度と口をきいてくれないだろうか。

「ぼくをどうするの？」小声できいた。

「何もしないわ。あなたはもう罰を受けたもの」

「まだだよ、何のおしおきも」

「悪いことをしてから、デイヴィは、ずっと楽しくなかったでしょう？」

「そうだよ！」彼は力をこめて答えた。

「それはね、デイヴィの良心が、あなたに罰を与えていたからよ」

「良心って何？　ぼく知りたいな」

「デイヴィのなかにあるものよ。悪いことをすると、いつも良心が教えてくれるの。それでもやめないと、いやな気持ちにさせるの。気づいたことがあるでしょう？」

「あるよ。でも、それが何なのか、知らなかったよ。そんなもの、なけりゃいいのに。そうすれば、もっと楽しくやれるのに。良心って、どこにあるの？　ぼく知りたいな。おなか？」

「いいえ、魂のなかよ」アンは思わず笑みをこぼし、暗がりをありがたく思った。まじめな話は厳粛にしなければならない。

「魂のなかじゃ、とりはずせないね」彼はため息をついた。「それで、マリラとリンドのおばさんに言いつけるの？」

「誰にも言わないわ。悪いことをして、デイヴィは後悔しているもの、そうでしょ」

「そうだよ！」

「それなら、もう二度と、こんな悪いことはしないわね」

「うん、だけどね……」彼は用心してつけ加えた。「ほかの悪いことはするかも」

「じゃあ、悪い言葉を使わないように、それから日曜学校をずる休みしない、悪いことをして隠そうと、嘘をつかない」

「しないよ。そんなことしても、いいことないもん」

「では、神さまにおわびをして、お許しをお願いなさい」

「アン、は許してくれたの？」

「ええ、坊や」

「そんなら」デイヴィは嬉々として言った。「神さまのお許しは、もうどうでもいいや」

「デイヴィ！」

「わかったよ……お願いするよ……するったら」アンの口ぶりに、途方もないことを言ったらしいと察した彼は、あわてて言い、ベッドからはいおりた。「いやじゃないよ、神さまに、お許しを頼むんでしょ……神さま、お願いです、今日は、悪い行いをしました、ごめんなさい。これから、日曜日は、いつもいい子にしますから、お許しください
……どう？　アン」

「いいわ。お利口だから、すぐベッドにもどりなさい」

「うん。あれ、もうつらい気持ちじゃないよ、いい気分だ。おやすみなさい」

「おやすみ」

アンは安堵の吐息とともに床についた。やれやれ――なんと眠いこと！――しかし次の瞬間――。

「アン！」デイヴィがベッドの脇にもどってきた。彼女は重い瞼をこじ開けた。

「今度は何なの？」忍耐強くたずねた。

「知ってる？　ハリソンさんて、上手につばを飛ばすんだよ。ぼくも練習したら、同じくらい飛ぶかな」

アンは起きあがった。

「デイヴィ・キース。まっすぐベッドにもどりなさい。今夜はもう、私の前をうろちょろしないで！　さっさと行きなさい！」

デイヴィは退出の順序は気にせずに(8)、飛んで出ていった。

第14章　天からのお召し

一日は名残りを惜しむようにすぎ、ようやく日が暮れて（1）も、アンは、ルビーとともにギリス家の庭に腰かけていた。暖かく、かすみのかかる夏の昼下がりだった。世界はまばゆいばかりに花々が咲き、のどかな谷間にもやが漂い、森の小道は影がさし、野はアスターの紫に飾られていた。

その夕方、アンは月明かりのもとホワイト・サンズの海岸へ馬車で遠出するのをあきらめ、ルビーとすごすことにした。この夏は、そんなふうに日暮れどきを送ることが多かった。もっとも、こんなことをして誰かのためになるのだろうかと自問することも、しばしばだった。ルビーを訪ねた帰り、二度と行くまいと心に決めることもあった。

夏が終わりに近づくにつれ、ルビーの顔色は青ざめ、ホワイト・サンズの学校はもはやあきらめていた――「父が、来年まで教えないほうがいいと言うから」――しかし好きな刺繡も、次第に手につかなくなっていた。彼女はそれほど弱っていた。にもかかわらず、ルビーはつねに陽気にふるまい、希望にあふれ、とり巻きの恋人たち、恋敵たちの競争、報われない男たちの絶望について語り、内緒の話をした。だからこそアンは、気が進まないのだった。かつては、たわいもなく、おかしかった話が、今ではつらかった。死が、命の身勝手な仮面をすかして、こちらをのぞいていた。にもかかわらず、ルビーは、アンにしがみつくかのように、じきに会いに来る約束をするまで帰らせてくれなかった。アンの度重なる見舞いにリンド夫人は眉をひそめ、肺病がうつるとこぼし、マリラも案じた。

「ルビーに会うと、いつも疲れきって帰ってくるようだが」マリラが言った。

「あんまり悲しくて、恐ろしくて」アンは力なく答えた。「ルビーは、自分の容体《ようだい》をちっともわかっていないの。それなのに、どういうわけか、私の助けを求めて……希《こいねが》っているような気がするの……だから助けてあげたいのに、私にはできないの。二人でいると、ルビーが見えない敵と闘っているのを見ているような気になるの……か弱い力で、やっと敵を押し返そうとしているところを。だから家へ帰ると、ぐったりしてしまうの」

しかしこの夕方は、その苦悩も、さほどアンの胸にこたえなかった。ルビーは、いつになく寡黙《かもく》だった。パーティや馬車の遠乗り、ドレス、「男の子たち」の話をしなかった。刺繍は手もつけずにかたわらにおき、ハンモックに身を横たえていた。やせほそった肩に白いショールをはおり、長い金髪を三編みにしていた——遠い学校時代、ルビーのつややかなお下げ髪を、アンはどんなにうらやんだことだろう！——今や、ルビーはその髪を両肩にたらし、ピンでとめあげてもいなかった(2)――頭痛がすると言うのだ。その夜は、肺病の頬の赤らみも消え、ルビーの面ざしは青白く、子どものように幼かった。

月が銀色の空にのぼり、まわりの雲は真珠色に輝き、地上の池もにぶく光った。ルビーの家のむこうは教会で、隣は古い墓地だった。白い墓石が月明かりに照らされ、暗い森を背に、浮かびあがって見えた。

「月明かりで見ると、墓地って、なんて奇妙でしょう!」ルビーは唐突に口を開き、「幽霊がいそう!」と身をふるわせた。「もうじきなのね、私があそこに葬《ほうむ》られるのは。アンも、ダイアナも、そしてみんなが、ずっと生きていくのに、元気いっぱいで……それなのに私はあそこへ行くのよ……あの古い墓場へ……死人になって!」

驚きにうろたえ、アンは、しばし言葉が出なかった。

「アンは、わかってるんでしょう?」だがルビーは話をとめなかった。

「ええ」アンの声が小さくなった。「わかっているわ、ルビー」

「みんなが知ってるのね」ルビーは苦々しく言った。「私だって、わかってるの……この夏の間、ずっとわかってた。でも、認めたくなかった。だって、アン」――ルビーは腕をのばし、衝動にかられ、すがりつくように、アンの手をとった――「私、死にたくないの。死ぬのがこわいの、こわいの」

「どうしてこわがることがあるの？」アンは優しくたずねた。

「だって……その……何も、天国に行けないことを恐れてるんじゃないのよ。私は教会の信者だもの。でも……天国は、ここことは全然ちがうでしょう……そう思うと……こわくなるの……それに……きっと……ホームシックになるわ。もちろん天国はきれいでしょうよ、聖書に書いてあるもの……でも、私が慣れ親しんだところじゃないわ」

ふとアンは、フィリッパ・ゴードンから聞いた笑い話を思い出した――ある老人が、あの世をさして、ルビーと同じように言ったのだ。そのときは面白おかしく聞こえた――アンもプリシラも大笑いした。ところが今、ルビーの小きざみにふるえる青ざめた唇が語ると、少しもおかしくなかった。むしろそれは悲しく、痛ましかった――そして真実だった！　たしかに天国は、ルビーが慣れ親しんだ世界であるはずがなかった。ルビーの派手で浮ついた暮らし、浅はかな理想と夢には、生から死への旅立ちという大きな変化に備《そな》えるものは、何一つなかった。ルビーにとって、あの世は異質で、現実離れして、望みもしないところでしかないのだろう。どう言えば、ルビーの助けになれるだろう。アンは力なく考えた。自分に、何かの言葉が、かけられるだろうか？

「ルビー、私、思うんだけど」アンは、ためらいながら語り出した――というのも、心の奥底にある深い考えを、それも、今生《こんじょう》と来世《らいせ》という荘厳な神秘について、以前の子どもじみた考えではなく、おぼろげながらも、やっと形になり始めたばかりの新しい考えを語るのは、むずかしかったのだ。ことに、ルビー・ギリスのような相手に話すのは、誰にとっても至難のわざだろう――「もしかすると私たち、天国を、大きく誤解しているのかもしれない……そこがどんなところで、何を私たちに与えてくれるのか。あの世は、たいていの人たちが思っているほど、この世の暮らしと、ちがわないと思うの。この世に生きているときと同じような暮らしが続くと思うの……私たち自身のままで、同じように……ただ、善良であろうとすること……崇高《すうこう》であろうとすることは、今よりたやすくなるかもしれない。妨げになるものも困難もなくなって、ものごとが、はっきり見えるようになるのよ。だからこわがらないで」

「それが、どうしてもできないの」ルビーは痛々しく言った。「たとえ天国が、アンの言う通りだとしても……でも、アンだって、たしかじゃないでしょ……アンの想像にすぎないかもしれないわ……天国はまったく同じじゃない、そんなはずないわ。私は、この世で、生きていきたい。こんなに若いのよ。自分の人生を生き切っていないの。生きようと必死で闘ってきた……それなのに、無駄だった……私は死ななければならない……好きなものを、何もかも、あとに残して」

アンは耐えがたい苦しみの中にすわっていた。気休めの嘘は言えなかった。ルビーが語ったことは、すべて真実なのだ。ルビーは愛するものを何もかも、残して逝《い》こうとしていた。彼女は俗世の地上にのみ宝を貯え、人生のささいなこと――移ろっていくもののためだけに生きてきた――そして永遠へ続く大切なこと、つまり、この世とあの世のへだたりに橋をかけ、死を今の住処《すみか》から次の住処へ――人生の黄昏から晴れやかな真昼への単なる通過にしてくれる大切なことを、なおざりにして生きてきたのだ。神は、天国でルビーを慈《いつく》しむだろう――アンは信じていた――そしてルビーもまた学ぶだろう――しかし今、ルビーの魂は、その道理もわからないまま、無力にも、自分の知っていることと愛したものだけにしがみついている、それも不思議はないのだ。

ルビーは片ひじをついて起きあがり、きらめく美しい青い瞳を、月明かりの夜空へむけた。

「私、生きたい」その声はふるえていた。「ほかの女の子たちのように生きたい……結婚したい……それから……子どもを産みたい。私、いつも赤ちゃんが好きだったでしょう？　こんなこと、アンにしか言えなかった。アンならわかってくれるもの。それから、かわいそうなハーブ……あの人は……私を愛してる、私も彼を愛してるわ。ほかの男の子なんか、私には何でもなかった。あの人だけ……もし生きられたら、あの人の奥さんになったのに、幸せになれたのに。ああ、アン、私、つらい」

ルビーはまた枕にもたれ、激しくすすり泣いた。アンはわがことのように苦しみながら、ルビーの手を握りしめた――沈黙のまま思いやりをこめて。それはただたどしく不器用な言葉よりも、ルビーを慰めたのだろう、やがて彼女は落ちつき、泣きやんだ。

「アンに話して良かった」ルビーはひっそりと言った。「すっかり話して、楽になった。夏中、ずっと話したかった……アンが来てくれたときに、相談したかった……なのに、できなかった。自分が死にかけているなんて口にしたら、ほかの人に言われても、ほのめかされても、死ぬのが確実になるような気がした。だから言わないようにして、考えることすら避けていた。昼間、まわりに人がいて楽しいときは、考えないでいるのもむずかしくなかった。でも、夜が来て眠れないと……本当にこわかった。そんなときは、もう逃げられないの。死がそばへ来て、私の顔をじっとのぞきこむの。しまいには恐ろしさのあまり、叫び声をあげそうなくらい」

「ルビー、もうこわがらないで。勇気を出して、すべてはうまくいくって信じて」

「やってみるわ。アンが教えてくれたことをよく考えて、信じるように努力するわ。アン、なるたけちょくちょく来てね」

「そうするわ、ルビー」

「もう……あまり長くないと思うの、私にはわかるの。だからほかの誰よりも、アンにそばにいてほしいの。一緒に学校へ通った女の子のなかで、アンのことがいちばん好きだった。アンは絶対に私をねたんだり、意地悪をしなかった、そんな子もいたのに。昨日は、エム・ホワイトが来てくれたの。エムと私は、学校時代の三年間、大の仲よしだったでしょ。それなのに、学芸会で喧嘩をして、口をきかなくなった(3)。馬鹿みたいね。今となっては、そんなことがみんな馬鹿げて思えるの。でも昨日、エムと仲直りしたわ。エムったら、何年も前から、私と話がしたかったのに、私が返事をしないと思ってたんですって。私も一度も話しかけなかった、どうせ口をきいてくれないと思いこんでたもの。人はたがいに誤解しあって、おかしいわね」

「人生のもめごとは、たいてい誤解から生じるのね。そろそろ、おいとましなくては。遅くなるから……それにルビーも、なかへ入ってね、外は湿気《しけ》ているわ」

「またすぐに来て」

「ええ、近いうちに。私で力になれることがあれば、喜んでさせてもらうわ」

「そうね。アンはもう力になってくれたの。今はそんなにこわくないわ。おやすみ、アン」

「おやすみ、ルビー」

アンは月光を浴びながら、ゆっくりした足どりで家路についた。この晩、アンのなかで何かが変わった。人生に異なった意味と、より深い目的が生じたのだ。表面的には、今までと同じ日々が続くだろう。しかし、深いところが揺さぶられたのだ。アンの生涯は、蝶のように派手ではあったが哀れなルビーの人生と、同じであってはならない。命を終えるとき、この世とはまったく異質な来世に恐れおののきながら――つまり慣れ親しんできた考え、理想、抱負が、そぐわないのではないかと恐れながら、あの世へむかうようであっては、ならないのだ。たとえその場では美しくすばらしいものであっても、人生のささいなものを、生きる目的にしてはならないのだ。この上なく高潔なるものを追い求め、実践しなければならないのだ。天上の暮らしは、この地上から始めねばならないのだ。

この夜、庭でかわした別れのあいさつは、永遠のものとなり、アンがこの世のルビーに会うことは二度となかった。次の夜、アヴォンリー村改善協会は、カナダ西部へ旅立つジェーン・アンドリューズの送別会を開いた。若者たちが軽やかな足どりでおどり、輝く瞳で笑い、陽気なおしゃべりに興じていたそのとき、アヴォンリーの一人の魂が、天に召されていった。それは無視することも、逃《のが》れることもできない、天からのお召しだった。翌朝、ルビー・ギリスの訃報が家々へ伝わった。ルビーは眠っているうちに、苦しむことなく、安らかに息をひきとった。その顔には、ほほえみが浮かんでいた――死は、ルビーが恐れていた薄気味悪い幽霊のようではなく、結局は、優しい友のごとく訪れ、この世からあの世への敷居をこえて導いてくれたのだ。

葬儀のあと、レイチェル・リンド夫人は、あんなに美しい死に顔は見たことがないと、声を強めて言った。純白の死装束《しにしょうぞく》をまとい、アンが飾った優美な花々にかこまれて横たわるルビーのかれんさは、人々の記憶に残り、後々までアヴォンリーに語りつがれた。もとよりルビーは美しかった。だがそれは現世的で、世俗的な美しさだった。あたかも、見る者の目に（4）見せびらかすような、ある種の高慢さがあった。その美貌に精神の輝きはなく、知性に磨かれることもなかった。しかし今や、死の手がふれ、神によって清められ、かつてはなかった優雅な体つき、清純な面ざしがひき出されたのだ――それはルビーが、この先も生きて、人を愛し、深い悲しみと、尽きせぬ女の喜びをへることで、そなわるはずのものだった。アンはうつむき、涙にかすむ目で幼なじみを見つめながら、この表情こそ、神がルビーに与えんとされたものと思い、いつまでも心にきざむことにした。

葬列が家を出る前、母親のギリス夫人は、アンを誰もいない部屋に呼び入れ、小さな包みを手わたした。

「これを受けとってください」夫人はむせび泣いた。「あの子も、アンに持っていてほしいことでしょう。ルビーが刺繍していたテーブルセンターです。まだ仕上がっていませんけれど……亡くなる前の日の午後、あの子のかわいそうな細い指が、最後に針を刺したままになっています」

「人は必ず、未完の仕事を、あとに残して逝くんだね」リンド夫人は涙を浮かべた。

「でも、代わりに終わらせてくれる人も、必ずいるんだよ」

「古くからの知りあいが本当に死んでしまったなんて、実感がわかないわ」ダイアナと家路をたどりながら、アンが語った。「ルビーは、最初に亡くなった同級生ね。遅かれ早かれ、一人、また一人と、残った私たちも、後に続くのよ」

「そうなんでしょうね」ダイアナは気がのらないふうに答えた。彼女は、こうした話題には興味がなかった。むしろ葬儀のあれこれを語りあいたかった――たとえば、白いビロードをはった美しい棺《ひつぎ》、ギリス氏が、愛娘《まなむすめ》のためにどうしてもと用意したものだった――レイチェル・リンド夫人は、「ギリス家ときたら、いつ何時《なんどき》も、たとえ葬式でさえ、見栄をはるんだから」と言ったものだった――そしてハーブ・スペンサーの悲嘆に沈んだ顔、姉さんの一人が悲しみにとり乱して嘆いたこと――ところがアンは、そうしたことは話そうともせず、想いにひたっているようだった。ダイアナは、アンの想いに何のかかわりもなければ、権利もない（5）ようで寂しく感じた。

「ルビー・ギリスは、よく笑うお姉ちゃんだったたね」ふとデイヴィが口を開いた。「天国へ行っても、笑うかな、アヴォンリーにいたころみたいに」

「そうよ」アンが答えた。

「まあ、アンったら」ダイアナは、いささか当惑した笑みを浮かべてたしなめた。

「どうして？　ダイアナ」アンはまじめに問いかえした。「天国では笑わないの？」

「それは……その……よくわからないけど」ダイアナはまごついた。「なんだか正しくない気がするもの。教会で笑うのは、悪いことでしょ」

「でも、天国と教会は、ちがうでしょうよ……ときには」アンが言った。

「そんならいいな」デイヴィが勢いこんだ。「もし天国が、教会みたいなとこだったら、ぼくは行きたかないよ。教会って退屈なんだもん。どっちにしたって、当分は天国には行かないよ。ホワイト・サンズのトーマス・ブリュエットさんみたいに、百まで生きるんだ。あのおじいさんは、四六時中、煙草を吸って、ばい菌を全部いぶして、やっつけてるから、長生きなんだって。ぼくも、もうじき煙草を吸っていい？」

「だめよ、吸わないでもらいたいわ」アンはまだ心ここにあらずだった。

「じゃ、ぼくがばい菌にやられたら、どんな気がするの？」デイヴィはせまった。

第15章　夢は逆さまに

「あと一週間で、レッドモンドにもどるのね」アンは言った。勉強、クラス、学友たちのもとへ帰ると思うと幸せだった。何よりも、これからパティの家で暮らす楽しい情景を胸に織りあげていた。まだ住んでいないにもかかわらず、あの家を思うだけで、暖かく居心地のいいわが家の心地がした。

だが、この夏もまたすこぶる幸せだった――夏の太陽と青空のもとですごした楽しいひととき、健康に生きる者のはつらつとした喜びのとき、友との旧交を温め、さらに深めるとき、より気高く生き、より忍耐強く働き、より楽しく遊ぶことを学んだひととき。

「人生の教訓は、大学で学ぶとはかぎらないのね」アンは思った。「人生は、いたるところで大切なことを教えてくれるのよ」

ところがアンの喜ばしい夏休みは、最後の週で台なしになった。小鬼《インプ》のいたずらさながらの事件が起きて、夢が逆さまになったようだった(1)。

「近ごろ、また小説を書いてるかね?」ハリソン氏がにこやかにたずねた。夕暮れどき、アンとハリソン夫妻は、お茶を飲んでいた。

「いいえ」アンはそっけなく答えた。

「何も悪気で言ったんじゃないんだ。こないだ、ハイラム・スローンの奥さんが言うには、一か月前、モントリオールのローリングス純正ベーキングパウダー社(2)宛ての大きな封筒が、郵便局に投函されたそうな(3)。それで奥さんは、はて、誰ぞが、懸賞小説に応募したな、と思ったらしい。あのベーキングパウダーの名前が入った、もっとも優れた小説に、賞金が出るそうな。奥さんによると、宛て名書きはアンの筆跡じゃなかったそうだが、もしや、おまえさんかと思ったもんでな」

「まさか！　その懸賞は見ましたけど、賞金目当てに書こうなんて思いもしないわ。しかもベーキングパウダーの広告小説を書くなんて、そんな恥ずかしいこと。ジャドソン・パーカーが、売薬の広告を、塀に出そうとしたくらいひどいわ」

かくも堂々と言いはなったアンだったが、まさかその恥辱の谷間(4)が自分を待ち受けていようとは、夢にも思わなかった。その夕方、ダイアナが一通の手紙を手に、玄関上の切妻の部屋に飛びこんできた。その目は輝き、頰は紅潮していた。

「アン、あなたに手紙よ。郵便局へ行ってきたの、アンに届けようと思って。ねえ、早く開けて。私の思っている手紙なら、嬉しくて舞いあがってしまうわ」アンは、狐につままれた心地で封を切り、タイプ打ちの文面に目を通した。

P・E島アヴォンリー
グリーン・ゲイブルズ
アン・シャーリー様

拝啓
貴殿の優秀なる小説『アベリルのあがない』が、先ごろ弊社が開催いたしましたコンテストにおきまして、二十五ドルの懸賞金を獲得されましたことを、慶んでお知らせ申しあげ、ここに小切手を同封いたします。小説は、カナダの主要新聞数紙に掲載すべく、手はずを整えております。さらには顧客のみなさまへ配布するパンフレットにも印刷する所存です。弊社にご関心をお寄せいただき、ありがとうございました。
敬具
ローリングス純正ベーキングパウダー株式会社

「どういうことなの？」アンはぽかんとした。

ダイアナは手をたたいた。

「ああ、思った通りだわ、賞をとると思ってたの……きっとそうなるって。アンの小説を、私が、コンテストに応募したの」

「ダイアナ……バリー！」

「ええ、そうなのよ」ダイアナは嬉しさいっぱいで、ベッドのはしに腰かけた。「募集を見て、すぐにアンの小説を思いついたの。最初は、アンが送るように言おうと思ったけど、承知してくれない気がして……あの小説に自信をなくしてたでしょ。だから、もらった写しを送ることにしたの、内緒でね。それなら賞に落ちても、アンにはわからないし、気落ちすることもないでしょ。落選作は返却されないもの。でも賞をとったら、アンは驚いて、喜んでくれると思って」

ダイアナは、格別、人間観察に優れているわけではないが、このときばかりは、歓喜していないアンの顔色に気づいた。たしかに、驚いてはいる――しかし喜びはどうなのだ。

「どうしたの、アン、ちっとも嬉しそうじゃないわ！」ダイアナは叫んだ。

アンは即座に、作り笑いを浮かべた。

「私を喜ばせようとしてくれて、ダイアナの献身的な気持ちは、ただただ、嬉しいわ」アンはゆっくり言った。「でも……あんまり意外で……合点がいかないの……わからないのよ。私の物語には、一言も書いてなかったでしょ……」その言葉を言おうとして、アンは思わず息をつまらせた――「ベーキングパウダーって言葉が」

「私が書き入れたのよ」ダイアナは種明かしをした。「お茶の子さいさいよ……昔、物語クラブにいた経験が役に立ったの。ほら、アベリルがケーキを作る場面があったでしょ。そこに、ローリングス純正品を使ったから、上手に焼き上がったって書いたの。それから最後の段落で、パーシヴァルがアベリルを両腕に抱きしめて、『愛しき人よ、これからのうるわしい歳月が、我らの家庭の夢をかなえてくれるであろう』って言う場面にも加えたわ。『わが家では、ローリングス純正品以外のベーキングパウダーは決して使うまい』ってね」

「ああ」哀れなアンは、冷水《れいすい》を浴びせられたように息をとめた。

「こうしてアンは、二十五ドル、勝ちとったのよ」ダイアナは嬉々として続けた。「プリシラから聞いたんだけど、『カナダ婦人』は、一作載っても、たったの五ドルですって！」

アンは、忌々しい小切手のピンクの紙切れを、ふるえる手でさし出した。

「受けとれないわ……これは、当然、ダイアナのものよ。書き直して、送ったんだもの。私なら……絶対に送らなかったわ。あんたが受けとるべきよ」

「私が受けとるわけないでしょう」ダイアナは軽蔑したように言った。「たいしたことはしてないもの。受賞者の友だちというだけで、充分に光栄よ。じゃあ、帰るわね。お客さんがあって、郵便局からまっすぐ帰らなきゃいけなかったんだけど、ここへ寄って、手紙の中身を知りたかったの。アンにいいことがあって、私も嬉しいわ」

アンはつと身をのり出すと、ダイアナを抱き、頬にキスをした。

「あんたは、世界でいちばん優しくて、誠実な友だちよ」アンの声が、かすかにふるえていた。「私を喜ばそうとしてくれた心づかいに、感謝しているわ、それは本当よ」

ダイアナは喜び、かつ当惑しつつ帰っていった。一方、哀れなアンは、罪のない小切手を、あたかも殺人の謝礼金のように机の引出しに放りこむと、ベッドに倒れ、恥ずかしさと、感受性が踏みにじられた思いで涙に暮れた。ああ、この不名誉は、決して晴らせないだろう——絶対に！

日暮れどき、オーチャード・スロープで果報を聞いたギルバートが、いそいそとお祝いにあらわれた。ところがアンの顔色に、おめでとうの言葉も立ち消えた。

「どうしたの？　ローリングス純正品の賞をとって、晴ればれしていると思ったのに。とにかく、すごいじゃないか！」

「ギルバート、あなたまで」アンは、「ブルータス、お前もか」（5）といった響きで嘆いた。「あなたなら、わかってくれると思ったのに。どんなにひどいことか、わからないの？」

「正直に言うと、見当もつかないよ。何がいけないんだい」

「何もかもよ」アンはうめいた。「永遠に面目を失った気持ちよ。わが子の体中に、ベーキングパウダーの広告を入れ墨されたら、母親は、どんな気がすると思って？　私も同じ心境よ。あのささやかな小説には愛着があったの、最善をつくして書いたもの。それが、ベーキングパウダーの広告レベルにおとしめられたのよ、冒瀆よ。クィーン学院の文学の講義で、ハミルトン教授がおっしゃったでしょ。志低く、尊敬に値しない動機からは、一語たりとも書くべからず、つねに至高なる理想を追い求めよって。それなのに、ローリングス純正品の広告小説を書いたなんてお聞きになったら、どう思われるかしら。それに、レッドモンドに知れわたったら！　からかわれて、笑いものにされるわ！」

「そんな目にはあわないよ」と言いながら、ギルバートは不安になった。アンは、あの目ざわりな三年生の男子の反応を、とりわけ気にしているのだろうか。「大学のみんなも、ぼくと同じように考えてくれるよ……つまりアンは、ぼくらの大半と同じように、格別、経済的に恵まれているわけじゃない。一年間、自費で通うために、こうやって地道にかせいだって思ってくれるよ。それにぼくは、懸賞小説が志が低いとか、尊敬に値しないとか、馬鹿げているなんて、思わないよ。そりゃあ誰だって、文学の傑作を書くほうがいいだろう……でも一方では、下宿代に学費も払わなきゃいけないからね」

この常識的で、実際的な意見を聞いて、アンは少々気も晴れた。少なくとも笑いものにされる不安はなくなった。しかし、理想を踏みにじられた深い傷は残ったままだった。

第16章　関係の調整

「ここはどこよりも家庭的なところね……自分のうちよりも、わが家みたい」フィリッパ・ゴードンがあたりを嬉しげに見わたした。黄昏どき、パティの家の住人が広い居間に勢ぞろいしていた――アン、プリシラ、フィル、ステラ、ジェイムジーナおばさんの五人、猫のラスティ、ジョーゼフ、サラ猫の三匹、さらにゴグとマゴグ。暖炉の火影《ほかげ》が壁におどり、猫たちは喉を鳴らしていた。金色の炎が照りはえる暗がりに、温室咲きの菊の花がクリーム色の月のごとく輝いている。フィルの崇拝者の一人から贈り届けられた大きな鉢だった。

この家に落ちついて三週間がたっていた。そのころには、この試みはうまくいくだろうと、誰もが考えていた。大学にもどった最初の二週間は、喜ばしい興奮のうちにすぎた。めいめいが家財道具をおさめ、小さな所帯をまとめ、異なる意見を調整するのに忙しかったのだ。

アヴォンリーから大学へもどるとき、アンは、さほど寂しがらなかった。休暇をしめくくる数日が楽しくなかったからだ。アンの当選作は島の新聞に載った。ウィリアム・

ブレア氏の雑貨屋でも、小説を印刷したピンク、緑、黄色のパンフレットを、カウンターに山積みにして、一人残らずお客に配った。ブレア氏はアンにも贈呈分として一束、送ったが、彼女はすぐさま台所のストーブにまとめて放りこんだ。もっとも、アンが屈辱をおぼえたのは、自分の理想の高さゆえであり、アヴォンリーの人々は、彼女の受賞を実にすばらしいと思った。友人の多くも心から賞賛した。ただ、わずかにいる敵は、嫉妬まじりに軽蔑してみせた。ジョージー・パイは、アン・シャーリーはあの物語を書き写しただけだ、何年か前に、たしかに新聞で読んだと言った。スローン一家は、チャーリーが求婚を「むげに断られた」と知ったのか、あるいは察したのか、とにかく、さほど名誉なことでもない、その気になりゃ誰でも書けると負け惜しみを言った。アトッサおばは、お前さんは小説を書くようになったそうだが、まことに残念だ、アヴォンリーに生まれ育った者ならそんな真似はしないが、どこの馬の骨とも知れないみなし児なんぞを引きとるから、ああ、このざまだと、アンにむかって言った。レイチェル・リンド夫人でさえ、作り話を書くのが正しいのかどうか、内心では疑っていたが、二十五ドルもの小切手を思えば、まずは承知してくれた。

「たまげたよ、あんな嘘っぱちにあんな大金を払うとはね、まったく」夫人はなかば誇らしげに、なかば辛辣《しんらつ》に語った。

こうしたもろもろを思うと、出発のときが来て、アンはむしろほっとした。大学へもどり、知恵と経験をつんだ二年生となって、にぎやかな始業日に、大勢の友と再会するのは嬉しかった。プリシラ、ステラ、ギルバートがいた。チャーリー・スローンは、歴代のどの二年生よりも偉ぶっていた。アレックかアロンゾか、まだ決められないフィル、そしてムーディー・スパージョン・マクファーソン。彼はクィーン学院を出てより教職についていたが、母親が、そろそろ教師をやめて牧師になる勉強に打ちこむころあいだと考えたのだ。ところが、かわいそうに、大学生活の初《しょ》っぱなから、ひどい目にあった。ある晩、同じ下宿先の二年生が六人、無情にも、彼に襲いかかり、頭の半分を刈りあげたのだ。不運なムーディー・スパージョンは、髪がのびるまで、そのなりで暮らす羽目になった。彼は、アンに苦り切って語った。ぼく、本当に牧師にむいているのか、ときどき、わからなくなるよ。

ジェイムジーナおばさんは、パティの家にむかえる準備が整ってから、越してくることになっていた。家主のミス・パティは、鍵と手紙をアンに送り、ゴグとマゴグは客用寝室の寝台下の箱にしまった、飾りたければ出してよいと書いていた。追伸に、絵をかけるなら気をつけてもらいたい、居間の壁紙は五年前にはりかえ、自分もミス・マリアも、なるたけ新しい壁紙に穴をあけたくない、ほかはすべてアンにまかせる、と添えてあった。

娘たちは、巣作りを満喫した！　フィルが言うように、結婚するような楽しさだった。

しかも夫にわずらわされることなく、家庭作りの面白さを味わえるのだ。おのおのが小さな家を飾りつけ、住み心地がよくなる品々を持ちこんだ。プリス、フィル、ステラは、小物と絵をたくさん持参した。その絵だが、ミス・パティの新しい壁紙などおかまいなしに、思い思いに壁にかけられた。

「ここを出るとき、パテで穴をうめるのよ……ミス・パティにはわかりっこないわ」反対するアンに、彼女たちは言った。

ダイアナは、松葉をつめたクッションをアンにくれた。ミス・エイダは、恐ろしいほどすばらしく（1）刺繍したクッションをアンとプリシラに贈った。マリラは、砂糖煮《プリザーヴ》をつめた大箱を送ってよこし、感謝祭（2）にも食品を一かご送るとほのめかした。リンド夫人は、アンにパッチワーク・キルトを一枚与え、さらに五枚、貸してくれた。

「これを持ってきなさい」夫人は押しつけがましかった。「屋根裏のトランクにしまいこんで虫に喰わせとくより、使ってもらったほうがましだからね」

だが、このキルトにわざわざ近づく勇敢な虫など、いなかったであろう。防虫剤の匂いが強烈で、室内で使えるようになるまで、まる二週間、パティの家の果樹園で干さねばならなかったのだ。それはまさしく、上流階級の住まうスポフォード街では、めったに拝《おが》めない光景だった。すると、「お隣」の人づきあいの悪い老百万長者が、赤と黄色の派手な「チューリップ・パターン」のキルトを買いたいと言って来た。リンド夫人がアンに贈った一枚だった。なんでも、おっかさんがよくこんな刺し子《キルト》を縫ってたので、思い出のよすがに、何としてもほしいと言うのだ。アンは売ろうとせず、百万長者は大いに落胆したが、このあらましをリンド夫人に書き送ったところ、すっかり気をよくした夫人は、そっくりなのがもう一枚あるから、おゆずりしましょうと返事をよこした。というわけで、煙草王はキルトを手に入れ、どうしてもベッドにかけると言いはり、ハイカラ好みの妻をげんなりさせた。

その冬、リンド夫人のキルトは大活躍した。パティの家は長所があまたあるものの、欠点もあった。まことに寒いのだ。霜のおりる夜、娘たちは、リンド夫人のキルトにありがたくくるまり、キルトを貸してくださった夫人の有徳の行いが神に評価されますように、と願った。アンは、一目ぼれしたあの青い部屋をもらった。プリシラとステラは、広い部屋に暮らし、フィルは、台所の上のせまい部屋にほくほく顔で満足していた。ジェイムジーナおばさんは、居間の奥の部屋に入ることになっていた。そしてラスティは、最初のうちは、玄関のあがり段で寝起きしていた。

新学期が始まって数日後、レッドモンドからの帰り道、アンは、すれ違う人が、自分を見ては、ひそかに優しい笑みを浮かべるのに気づいた。どこかおかしなところでもあるのだろうか。帽子が曲がっているのか、ベルトがゆるんでいるのか。首をのばし、たしかめたとき、初めてラスティが目に入った。

アンの後ろから、かかとのすぐそばを小走りについてくるそれは、アンの知る猫族のなかでも、もっとも寂しげな姿をしていた。子猫の年ごろはとうにすぎ、ひょろりとやせて、みすぼらしかった。両耳はちぎれ、片目はちょうどけがをしていた。片方の頬も、滑稽なほどはれている。おまけに色は、黒毛の猫をくまなくあぶり焦がしたら、こんなふうにやせこけて、薄汚く、見苦しい野良猫になるだろう、といった色あいだった。

「しっ」追い払っても、猫は行こうとしない。アンが立ち止まると、猫もすわり、けがのないほうの目で、アンを非難がましく見あげる。歩き出すと、またついてくる。アンはあきらめ、パティの家の門まで、ついてくるにまかせた。そして猫の目の前で扉を閉め、これで見おさめだと安心していた。ところが十五分後、フィルが戸を開けると、玄関のあがり段に、さび茶色《ラスティ》の猫がいた。おまけに、あっという間になかへかけこみ、アンの膝に飛びのると、ねだるように、また勝ち誇ったように「みゃーお」と鳴いた。

「アンの猫なの?」ステラがこわい顔をした。

「まさか」アンはうんざりして言った。「帰りに、どこかからついてきたの。追い払えなかったのよ。こら、おりなさい。きれいな猫なら好きだけど、あんたみたいな見てくれの猫は苦手よ」

だが猫はおりなかった。そのおす猫は涼しい顔でアンの膝に丸くなり、喉まで鳴らし始めた。

「この猫、アンを引きとったつもりのようね」プリシラが笑った。

「猫なんかに引きとられたくないわ」アンはがんとしてはねつけた。

「かわいそうに、おなかが空いてるのよ」フィルがあわれんだ。「ほら、骨が、皮から飛びだしそうよ」

「じゃあ、たっぷり食べさせましょう。そうすれば、もとのところへ帰るわ」アンはきっぱり言った。

というわけで、猫はえさをもらい、表へ出された。ところが翌朝になっても、あがり段に腰をおろし、戸が開くたびに飛びこんできた。冷遇されても動じず、アンのほかは誰にも目もくれなかった。娘たちは不憫《ふびん》がって食べものをやったが、一週間たち、なんとかしなければならないという話になった。猫の器量はよくなっていた。目も頬も治り、肉づきもよくなった。くつろいで顔を洗う姿も見せるようになった。

「でも、やっぱり飼えないわ」ステラが言った。「来週、ジェイムジーナおばさんが、サラ猫をつれて来るのよ。二匹も飼えないわ。そんなことをしたら、このさび茶《ラスティ》の猫が、のべつまくなしにサラ猫と喧嘩するでしょうよ。生まれつきの闘士だもの。ゆうべも、煙草王の猫と、互角に激しい闘いをくり広げて、全戦力を結集させて（3）相手を大敗させたのよ」

「追い出さなくてはね」アンはうなずきながら、議論の的となっている猫を暗く見やった。ラスティは子羊のごとくおとなしく、炉辺の敷物で喉を鳴らしていた。「でも、問題は……どうするの？　このか弱い女の子たち四人が、家から出ていこうとしない猫を、どうやって始末するのよ」

「クロロフォルムをかがせるわ」フィルがはっきり言った。「いちばん苦しめない方法よ」

「猫にクロロフォルムをかがせるなんて、私たちの誰がやり方を知っているの？」アンは沈痛な面もちになった。

「私が知ってるわ。私の数少ない……残念ながら数少ない……実用的な特技の一つなの。家で何匹か始末したわ。朝、猫をつかまえて、おいしい朝ごはんをやるの。それから古い麻袋を用意して……裏口に一つあったわ……その袋に猫をのせて、木箱をかぶせるの。それから二オンス（約六十cc）入りのクロロフォルムを一瓶、コルク栓を抜いて、箱のふちからなかへ入れて、箱に重しをして、夕方までおいとくの。猫は眠るように安らかに、丸くなって死んでるわ。痛みもなく……もがき苦しむこともなく」

「簡単そうに聞こえるけど」アンは疑わしげだった。

「簡単ですとも。まかせてちょうだい。ちゃんとやるから」フィルは頼もしげに言った。

クロロフォルムが調達され、翌朝、ラスティは死の悲運へおびきよせられた。彼は朝ごはんをもらい、口のまわりをなめると、アンの膝へあがってきた。アンはやりきれなくなった。このいとけない生きものは、私を愛している――私を信じ切っている。どうして息の根を止める一味になど入れよう。

「さあ、つれていって」アンはあわててフィルに言った。「殺人犯になったような気がして」

「猫は苦しまないのよ」フィルは慰めてくれたが、アンは逃げ出した。

運命を決する処理は、裏口で決行され、その日は、誰も近づかなかった。ところが、夕方、ラスティを埋葬しなければならないと、フィルが言い出した。

「プリスとステラは、果樹園に墓穴を掘ってちょうだい」フィルが命じた。「アンは、私と一緒にきて、箱を持ちあげるの。これが、いつもいちばん嫌なところよ」

二人の共犯者は、心重く、足音もひそめて、裏口へむかった。フィルがおそるおそる箱の重石を持ちあげた。そのとき、かすかに、だがまぎれもなく、「にゃあ」と箱から声がした。

「死んで……いないわ」アンは息をのみ、呆然として裏口のあがり段にすわりこんだ。

「そんなはずないわよ」フィルは信じなかった。

ふたたび、小さく鳴き声がした。生きているのは明らかだった。二人は顔を見あわせた。

「どうするの？」アンがたずねた。

そこへステラがあらわれた。「どうして来ないのよ？　お墓の用意はできたわ。『なにゆえに、なおも静まりかえり、すべてのものが黙しているのだ』(4)」冗談めいて引用した。

「『おお、否《いな》、死者の声が、遠くの瀑布のごとく聞こゆ』(5)」すみやかにアンも引用で返し、神妙な顔つきで箱を指さした。

笑い声があがり、はりつめていた気持ちがほぐれた。

「朝まで、ここにおいておきましょう」フィルがまた石をのせた。「この五分ほど鳴かなかったから、あれは、死にぎわのうめき声だったのよ。それとも私たち、気がとがめて、動転して、空耳だったのかも」

ところが翌朝、箱を持ち上げると、ラスティは元気よく一っ飛びでアンの肩にのり、愛情をこめてアンの顔をなめ始めた。こんなに健康な猫は、またとないほどだった。

「あら、木箱に節穴があいてる」フィルがうめいた。「気がつかなかった。それで死なかったんだ。またやり直しよ」

「いいえ、もういいの」にわかにアンが言った。「ラスティは二度と殺さない。私の猫よ……だから、みんなもどうにか我慢して」

「わかったわ。その代わり、ジェイムジーナおばさんとサラ猫に話をつけてよ」ステラはいっさいの騒動から手を洗いたい(6)といった口調で言った。

そのときより、ラスティは家族の一員となった。夜は裏口の靴ふきクッションに眠り、ぜいたくに暮らした(7)。ジェイムジーナおばさんが来るころには、丸々として毛づやもよく、まずまずの見てくれとなった。しかしキプリング(8)の猫のように「ひとりで歩いていく」わがもの顔の猫(9)だった。あらゆる猫に鋭いかぎ爪をむけ、また、あらゆる猫がラスティに爪をむけた。ラスティは、スポフォード街の貴族然とした猫を、一匹ずつ打ち負かしていった。人間は、アンだけになつき、アンだけを愛した。ほかの者は、なでることすらかなわなかった。さわろうものなら、怒ってうなり出し、不敵な言葉でののしるような声さえあげた。

「あの猫の態度、もう耐えられないわ」ステラが言った。

「あの子は可愛い、年よりの猫ちゃんよ」アンは言い返すと、つんとして愛猫を抱きしめた。

「サラ猫とうまくいくかしら」ステラは悲観していた。「果樹園で、夜な夜な猫が喧嘩してうんざりしてるのに、この居間でもやられては、かなわないわ」

やがてジェイムジーナおばさんが到着した。アン、プリシラ、フィルの三人は、いささか案じつつ、その到来を待ち受けていたが、おばさんが、炉辺の揺りいすに腰をすえると、あたかも一同はひれ伏し、崇《あが》めたてまつらんばかりになった。

ジェイムジーナおばさんは、小柄な老婦人だった。丸みのある小さな三角形の顔、大きくて優しい青い目には抑えようのない若さが輝き、娘のような希望の光を宿していた。頬は桜色で、雪のように白い髪は、昔風に少しふくらませて両耳にかかっていた。

「旧式の結い方ですよ」おばさんは、夕焼け雲のような薄紅のきれいなものを、せっせと棒針で編みながら言った。「でも、私自身が旧式ですからね、着ているものにしろ。だから考え方が古くても、道理にあいますよ。そのほうがいいと言うんじゃありませんよ。実際、よくないこともかなりでしょう。けれど昔風の考え方に、いい具合になじんでますからね。新しい靴は見てくれはいいものですが、古靴のほうが、はき心地はいいものです。私もこの年になりましたから、靴も考え方も、思う通りにさせてもらいますよ。ここでの暮らしも気楽にさせてもらいます。あなた方は、私に面倒をみてもらって、お目付役をしてほしいのでしょうが、そんな真似はしません。お嬢さん方は、どうふるまうべきか、もう充分にわかる年ごろですからね。というわけで私の考えでは」ジェイムジーナおばさんは、若々しい瞳をきらめかせて結んだ。「みなさん方は、好き好きに、破滅への道を行くこともできるんです」

「誰か、この猫たちを離して」ステラが身ぶるいして頼んだ。

ジェイムジーナおばさんは、自分のサラ猫のほかに、ジョーゼフもつれていた。もともとはヴァンクーヴァー（10）へ転居した親友の猫だったという。

「つれて行けないので、もらってくれとたのまれて、断れなかったのですよ。すばらしい猫ですよ……つまり、気だてがよいのです。毛の色がいろいろなので、ジョーゼフというのですよ(11)」

その通りだった。ステラがうんざり顔で語る言葉を借りると、はぎれ袋が歩いているような猫だった。地は何色か、言いようがないのだ。足は、白いところに黒ぶち模様。背中は灰色で、片側に大きな黄色い斑点、反対側に黒いぶちが一つ。しっぽは黄色で、先は灰色。耳は、片ほうが黒、もう片ほうは黄色。片目のまわりが黒いので、むくつけき海賊のようにも見える。ところが実際は、おとなしく、穏やかで、人なつこい性分だった。ほかの点はともかく、ある意味で、ジョーゼフは野の百合のようだった。働きもせず、紡ぎもせず、ねずみもとらえない(12)。栄華をきわめたソロモンでさえ(13)、かくも柔らかなクッションで眠り、かくなる美食を愉しむことはなかっただろう。

ジョーゼフとサラ猫は、別々の箱に入れられて急行便で届いた。箱から出され、えさをもらうと、ジョーゼフは、気に入ったすみのクッションを選んだ。一方のサラ猫は、悠々たるそぶりで暖炉の前に陣どり、顔を洗い始めた。彼女は体格のいい、灰色と白のきれいな毛なみをした猫で、たとえ平民出身でも決してそこなわれない威厳があった。ジェイムジーナおばさんが洗濯婦からもらった猫だったのだ。

「その人の名前がサラというので、私の主人が、サラ猫と呼んだのです」ジェイムジーナおばさんが説明した。「八歳で、ねずみとりの腕はぴかいちですよ。でもね、ステラ、心配にはおよびませんよ。サラ猫は、絶対に喧嘩をしません。ジョーゼフもめったにしません」

「でもここでは、防衛のために戦わざるをえないのよ」ステラが言った。

ちょうどそのとき、ラスティがあらわれた。彼は上機嫌で居間を半分ほど跳ねていったところで、二匹の侵入者に気がつき、ぴたりと立ち止まった。尾は三倍にもふくれ、背中の毛はさか立ち、挑《いど》みかかろうと弓なりになった。ラスティは頭を低くかまえ、憎悪と挑戦の恐ろしい金切り声をあげ、サラ猫に飛びかかった。

すると、この悠然たるサラ猫は顔を洗うのをやめ、不思議なものでも見る目で、ラスティに一瞥《いちべつ》をくれると、小馬鹿にしたように、すご腕の前足をすばやく一ふりして、猛攻撃を迎え撃った。ラスティは、あっけなく敷物に転がり、呆然と起きあがった。おのれの横っ面をはり倒すとは、何者だ？　ラスティは狐につままれたように、サラ猫を見つめかえした。攻撃するか、すまいか。一方のサラ猫は、また涼しい顔で背をむけ、毛づくろいを始めた。ラスティは攻撃しないことにした。それきり二度としなかった。このときより、サラ猫がこの寝ぐらを支配し、ラスティは決してちょっかいを出さなかった。

ところがそのとき、軽率にも、ジョーゼフが起きあがってあくびをした。面目丸つぶれのラスティは復讐心に燃えていたため、今度は彼に襲いかかった。ジョーゼフは生まれつき温厚だが、ときには互角に戦い、また申し分なく戦う。その結果、引き分けの喧嘩が度重なることとなった。二匹は、毎日、顔をあわせるなり、喧嘩を始めた。アンはラスティに味方し、ジョーゼフを毛嫌いした。ステラは途方にくれたが、ジェイムジーナおばさんは笑うだけだった。

「気のすむまで喧嘩をさせなさい」おばさんは我慢強かった。「じきに仲よくなります。それにジョーゼフは運動が必要です……太りすぎですからね。それにラスティも、この世に猫は、自分だけではないと知るべきです」

結局、ジョーゼフとラスティは事態を受け入れ、不倶戴天《ふぐたいてん》の敵から、盟友となった。二匹は、同じクッションに手をかけあって眠り、たがいの顔を大まじめになめあった。

「これで私たちみんなが、おたがいに慣れたのね」フィルが言った。「私は皿洗いと、床のはき掃除をおぼえたわ」

「でも、猫をクロロフォルムで始末する腕前は、見せてくれなくていいのよ」アンが笑った。

「あれは節穴のせいよ」フィルは言い返した。

「節穴があってよかったですよ」ジェイムジーナおばさんが重々しく言った。「なるほど、子猫は溺死させなくてはなりません。さもなければ、この世は猫だらけになります(14)。でも、まともな大人の猫は死なせてはいけません……卵でも吸わないかぎり」

「ここへ来たときのラスティを見たら、おばさんも、まともだなんて思わなかったわ」ステラが言った。「悪魔にそっくりだったもの」

「悪魔というものは、そんなにみにくくないものですよ」ジェイムジーナおばさんが考え深げに言った。「もしみにくい悪魔がいたなら、たいした悪さはしません。私が思うに、悪魔は、ハンサムな紳士の姿をしているのですよ」

第17章　デイヴィの手紙

「みんな、雪がふってきたわ」十一月の夕方、フィルが家に入ってきた。「庭の小径いちめんに、きれいな小さい星形や十字形が散ってるの。雪ひらがこんなに見事だなんて、前はちっとも気がつかなかった。素朴な暮らし《シンプル・ライフ》は、こうしたものに目をとめるゆとりがあるのね。みんな、ありがとう、この生活をさせてくれて。ほんとに嬉しいのよ、バター一ポンドが五セント値あがりして、この私が気をもむなんて」

「値あがりしたの？」家計係のステラがたずねた。

「そうよ……はい、頼まれたバター。買い物も上手になったわ。恋愛ごっこより楽しいくらい」フィルはまじめに言った。

「なんでもかんでも値あがりして、嫌になるわ」ステラがため息をついた。

「案じることはありません。ありがたいことに、空気と神さまのご加護は、今のところ、ただですよ」ジェイムジーナおばさんが言った。

「笑いもよ」アンがつけ加えた。「笑うことにはまだ税金がかからないわ。良かった、だって、これからみんなで大笑いするんだもの。デイヴィの手紙を読んであげようと思って。あの子、この一年で、つづりは見違えるほど上達したわ、アポストロフィーは、まだ苦手だ(1)けどね。デイヴィには、面白い手紙を書く才能があるの。夜のつらい勉強にとりかかる前に、これを聞いて、笑ってた。

「アンへ」と手紙は始まっていた。「一筆、お知らせします。うちはみんな元気です。アンも元気でありますように。今日は少し雪がふってます。マリラは、空でおばあさんが羽布団をふるっていると言います。空のおばあさんって、神さまの奥さんなの？　ぼく知りたいな。

リンドのおばさんは具合が悪かったけど、もう良くなりました。先週、地下室の階段から落っこちたんです。とっさに、牛乳桶やシチュー鍋がどっさりのった棚につかまったので、棚が外れて、おばちゃんもろとも落ちて、すごい音がしました。マリラは初め、地震かと思ったそうです。

シチュー鍋が一つでこぼこになり、リンドのおばさんは肋骨を痛めました。お医者さんが来て、肋骨の塗り薬をくれたのに、話を聞き間違えて、すっかり飲んでしまいました。よく死ななかったものだって、お医者さんは驚いたけど、死ななかったし、肋骨も治りました。おばちゃんは、どのみち医者なんてものは、あまりわかっちゃいないんだと言っています。だけど、シチュー鍋は直せないので、マリラは捨てる羽目になりました。先週は感謝祭でした。学校はお休みで、ご馳走を食べました。ぼくはミンスパイト、チョクラット（2）、七面鳥のロースト、フルットケーキ、ドーナツ、チーズ、ジャム、ケーキを食べました。マリラはそんなに食べると死ぬと言ったけど、死ななかったよ。ドーラは、ごはんのあとで耳痛《みみいた》になりました。でも痛いのは耳じゃなくて、おなかの耳痛でした。だけどぼくは、どこも耳痛にならなかったよ。

新しい先生は男の人です。先生は冗談でいろんなことをします。先週は、ぼくたち三年生の男子に、どんな奥さんがいいか、女子には、どんな夫がいいか、作文を書かせました。先生はそれを読んで、笑いすぎて死にそうになりました。これがぼくの作文です。読みたいだろうと思ってね。

『ぼくの理想の奥さん

奥さんは、お行儀がよくて、時間通りにごはんを出してくれて、言うことを聞いてくれて、いつもぼくに礼儀正しくしなくてはいけません。年は十五でなくてはなりません。かわいそうな人には親切にして、家をきれいに片づけて、気だてがよくて、教会へきちんと行かなくてはいけません。きれいで、巻き毛でなくてはなりません。そんな理想の奥さんをもらったら、ぼくは、とてもいいだんなさんになるでしょう。女の人は、ご主人に優しくするべきです。かわいそうに、夫のいない女の人もいます。終わり』

先週、アイザック・ライトの奥さんのお葬式で、ホワイト・サンズへ行ったら、そのご主人がほんとに悲しがっていました。リンドのおばさんの話だと、ライトの奥さんのおじいさんは、羊を盗んだそうです。でもマリラは、死んだ人を悪く言ってはいけないって。どうしてなの、ぼく知りたいな。死んでるんだから、言ってもばれないでしょ？

この前、リンドのおばさんに、ノアの方舟《はこぶね》のころも生きてたのって聞いた（3）ら、かんかんに怒りました。気を悪くさせるつもりはなかったんだよ。知りたかっただけなのに。ねえ、おばちゃんて、ほんとに生きてたの？

ハリソンさんは、犬を始末しようと思って、首をつるしたのに、おじさんが墓穴を掘ってる間に、生き返って納屋へ逃げました。もういっぺんつるして、今度は死にました。ハリソンさんは新しい手伝いの人を雇ったけど、とっても不器用です。ハリソンさんの話だと、両足とも左ぎっちょの人みたいなんだって。その雇いの人は、怠け者だってバリーのおばさんは言うけど、おじさんに言わせると、怠け者じゃなくて、働いて手に入れるよりも、手に入るようにお祈りするほうが楽だと思ってるんだって。

ハーモン・アンドリューズのおばさんとこは、賞をもらった自慢の豚が、ひきつけを起こして死にました。リンドのおばさんは、あんまり得意になるから天罰だって。でも、それじゃあ豚がかわいそうです。ミルティ・ボウルターは病気です。お医者さんが出した薬は、とてもまずい味でした。四分の一ほど、代わりに飲んであげようと言ったのに、ボウルター一家はけちんぼだから、ミルティは自分で飲んで、その分、お金を節約すると言いました。ボウルターのおばさんに、どんな手管で男をつかまえるのって聞いた(4)ら、おばさんはえらく怒って、私は知らない、男を追いかけまわしたことなんかないって言っていました。
アヴォンリー村改善協会は、公会堂を塗り直すことになりました。みんな、あの青にはうんざりだそうです(5)。
ゆうべ、新しい牧師さんを、お茶に呼んだら、パイを三切れも食べました。ぼくがそんなことをしたら、リンドのおばさんは食いしん坊って呼ぶのに。しかも牧師さんは早食いで、大口でがっつきました。マリラはいつもそんな真似をしてはいけないと言うのに、男の子がしちゃいけないことを、どうして牧師さんはしてもいいの？ぼく知りたいな
これでニュースは終わりです。キスを六つ送ります。x x x x x x。ドーラからは一つ、これです。x。
アンを愛する友、デイヴィ・キースより
追伸　アン、悪魔のお父さんて誰なの、ぼく知りたいな」

第18章　ミス・ジョゼフィーン、アンお嬢ちゃんを忘れず

クリスマス休暇となり、パティの家の少女たちはそれぞれ実家へ帰ったが、ジェイムジーナおばさんは残ることになった。

「いろいろご招待はいただきましたよ。でも、どちらへうかがうにしろ、猫を三匹もつれてお邪魔はできませんからね。といって、かわいそうに、三週間近くも猫たちをおき去りにはできません。えさやりを頼むのにふさわしいご近所さんでもいればともかく、この通りは、百万長者ばかりですから。ここに残って、みなさん方のために、パティの家を暖めておきますよ」

アンはいつものように楽しい期待に胸ふくらませて帰省した――だが、それは必ずしも満たされなかった。アヴォンリーは、「古老」も記憶にないほど早く訪れた冬の寒さと嵐に束縛され、グリーン・ゲイブルズも、文字通り、深い雪の吹きだまりに閉ざされていた。その不運な休暇中、毎日のように大嵐が吹き荒れ、晴れた日でも、絶えまない風に雪が舞いあがった。街道はようやく通れるようになったかと思うと、また雪にうまり、外出もままならなかった。アヴォンリー村改善協会は、帰省中の大学生たちを歓迎

して、三晩、パーティを開こうとしたが、どの夜も激しく荒れ、誰一人として出かけられず、あきらめるほかなかった。アンがグリーン・ゲイブルズを愛し、大切に思う心に変わりはなかったが、パティの家がたまらなく恋しかった。暖かな炉端、ジェイムジーナおばさんの快活な瞳、三匹の猫、女の子たちの陽気な会話、金曜の夜、遊びにきた学友たちとまじめに、また愉快に語らう楽しみ。

アンは寂しかった。休みの間中、ダイアナは重い気管支炎で家にこもり、グリーン・ゲイブルズへ来ることもできなかった。アンもめったにオーチャード・スロープへ行けなかった。《お化けの森》を抜ける懐かしい道は、雪が深く、歩けなかったのだ。遠まわりして凍りついた《輝く湖水》をわたろうにも、同じありさまだった。ルビー・ギリスは、白雪におおわれた墓地に眠っていた。ジェーン・アンドリューズは、西部の大平原で教師をしていた(1)。ギルバートは、なるほど、今なおアンに忠実で、行けるものなら毎晩でも雪を踏みわけてグリーン・ゲイブルズに来たが、彼の訪問は、かつてとは異なっていた。アンは、彼のひんぱんな来訪を恐れるようになっていた。ふと会話がとぎれ、顔をあげると、ギルバートのはしばみ色の目が、その真剣な瞳の奥に、誤解しようのない表情を浮かべて、アンを見つめているのだ。それが身の置きどころもなく恥ずかしかった。おまけに見つめられると、アンの顔が赤らみ、熱くほてるのが、さらにきまりが悪かった。それでは、まるで――まるで――とにかく、ひどく気恥ずかしかった。

アンは、パティの家に帰りたかった。あの家なら、常に誰かがいて、彼との微妙な間あいを和らげ、楽にしてくれる。ところがグリーン・ゲイブルズでは、ギルバートが来ると、マリラは双子をつれ、すぐさまリンド夫人の部屋へあがるのだ。その意図するところは間違えようがなく、アンはどうしようもなく腹立たしかった。

しかし、デイヴィは心から幸せだった。朝は大喜びで表へ飛びだし、シャベルで雪をかいて井戸とめんどり小屋まで道を作った。マリラとリンド夫人が、アンを喜ばせようと競ってクリスマスのご馳走をこしらえると、彼は嬉々として平らげた。さらに学校の蔵書から、手に汗握る物語を借りて読んでいた。その勇敢なヒーローは、やけに災難にまきこまれる不思議な才能に恵まれているものの、決まって地震か火山噴火が起きて吹き飛ばされて窮地を脱し、おまけにめでたい展開となって、華々しく物語は終わるのだ。

「ものすごく面白いんだよ、アン」デイヴィは夢中だった。「聖書より、こっちを読みたいよ」

「そうでしょうね」アンはほほえんだ。

デイヴィは不思議そうにアンをうかがった。

「アンったら、ちっとも驚かないんだね。そう言ったら、リンドのおばちゃんは胆《きも》をつぶしたのに」

「私は驚かないわ。九つの男の子なら、聖書よりも、冒険活劇を読みたがるものよ。でも、もっと大きくなったら、聖書がどんなにすばらしい本か、わかるようになってほしいし、きっとそうなると思うわ」

「聖書も、ところどころは面白いよ」デイヴィも認めた。「今は、ヨセフの物語……あれはすごいよ。でもぼくがヨセフなら、ぼくなら兄さんたちを許さないよ(2)。そうとも、一人残らず首をはねるよ。そう言ったら、リンドのおばちゃんは頭に来て、ぴしゃりと聖書を閉じて、今度そんなことを口にしたら、もう読んであげませんって。だから日曜の午後、おばちゃんが読んでくれる間は、黙ってるんだ。何か思っても、次の日に学校でミルティ・ボウルターに話すんだ。それでエリシャと熊の話をしたら、ミルティはおっかながって、それからは、ハリソンさんのはげ頭をからかわないよ(3)。アン、プリンス・エドワード島にも熊がいるの？　ぼく知りたいな」

「今はいないわ」アンは上の空で答えた。外では風が吹き、雪つぶてが激しく窓をたいていた。「ああ、この嵐、やむのかしら」

「神のみぞ知るだね」デイヴィは何気なく言い、また本にもどった。

ところが今度は、アンも唖然とした。

「デイヴィ！」高い声でとがめた。

「リンドのおばちゃんも言ったよ」デイヴィは口ごたえをした。「先週の夜、マリラが『ルドヴィック・スピードとセオドーラ・ディクスは、いつか、結婚するのかね』って言ったら、『神のみぞ知る』って……こんなふうに」

「おばさんでも、そんなことを言ってはいけないわ」リンド夫人を立てるか、デイヴィのしつけをとるかのジレンマに、アンは迷わず答えを出した。「誰であろうと、みだりに神さまの名前を口にして、軽々しく言ってはいけません。二度としないように」

「牧師さんみたいに、ゆっくり、重々しく言ってもだめ？」まじめにたずねた。

「それでもいけません」

「じゃあ言わないよ。ルドヴィック・スピードとセオドーラ・ディクスは、ミドル・グラフトンに住んでて、リンドのおばちゃんによると、ルドヴィックは百年も求婚してんだって。二人とも、じきに年よりになって、結婚できなくなっちゃうね。ギルバートが、アンにそんなに長々とプロポーズしなければいいな。アンはいつ結婚するの？　リンドのおばちゃんは一緒になるのは間違いないって」

「リンドのおばさんったら……」アンは腹が立ったものの、その先は言わなかった。ところが「おしゃべりばあさんなんだから」と、デイヴィが涼しい顔をして言葉をついだ。

「みんながそう呼んでるよ。だけどほんとに間違いないの？　アン、ぼく知りたいな」

「つまらないことを聞くんじゃありません」アンは頭をそらし、大またに歩いて部屋を出た。台所には誰もいなかった。アンは窓辺に腰をおろした。暮れやすい冬の黄昏どき、陽はすでに沈み、風もやんでいた。青白く寒々とした月が、西に広がる紫色の雲からのざわめいていた。空は暗かったが、西の地平線にそって、黄色い光が帯のように明るく、さえざえと輝いていた。散らばった光がそこに集まったようだった。遠くの丘は、黒衣の聖職者が一列にならんだようなもみの木立にふちどられ、光の帯を背に、きわだって黒々と見えた。アンは、音もなく静まりかえった雪原を見わたした。荒涼とした夕暮れ、味気ない光のもと、世界は冷たく、生命《いのち》の気配もなかった。アンはため息をついた。彼女は孤独だった。その胸のうちは切なかった。来年度は、レッドモンドに通えるだろうかと、いぶかっていたのだ。その見込みはなさそうだった。二年めに受けとった奨学金は一つのみで、微々たる金額だった。といって、マリラの貯えを使うわけにはいかない。三年が始まる前の夏休みに、充分な学費を稼ぐあてもほとんどなかった。

「来年度は、休学するしかないわ」アンはやるせなく思った。「もう一度、田舎の学校で働いて、卒業までの学費を貯めよう。でも、そのころには友だちは卒業して、パティの家に住めないわね。でもいいわ！　気弱になるのはよしましょう。いざとなったら、自分で働いて、卒業できるんだもの、感謝しなくては」

「あれ、ハリソンさんが、雪をかきわけて小径をやってくるよ」デイヴィが言い、走り出ていった。「郵便を持って来てくれたんなら嬉しいな。三日も受けとってないんだもん。あの困った自由党のやつらが何をしたのか読みたいな。ぼくは保守党だから、自由党に目を光らせておくんだよ」

ハリソン氏は郵便を持ってきた。ステラ、プリシラ、フィルからの愉快な手紙は、アンの憂うつを晴らした。ジェイムジーナおばさんの便りもあり、暖炉に火をたやさず、猫はみな元気で、室内の植木も心配ないと書かれていた。

「こちらはたいした寒さですよ。だから猫たちは家のなかで休ませています……ラスティとジョーゼフは居間のソファ、サラ猫は私のベッドの足もとです。夜中にふと目がさめて、異国のへき地にいる娘を思うとき、サラ猫が、ごろごろ喉を鳴らす音が聞こえると、心が安まります。インドでなければ私も案じないのですが、インドの蛇は恐ろしいという話ですからね。サラ猫が喉を鳴らしても、蛇の心配はなかなか消えません。何ごとも神を信頼していますが、蛇は別です。神はなぜ、蛇をお創りになったのでしょう。あれは神がお創りになったのではない、悪魔《オールド・ハリー》が手を貸したと思いたいくらいです」

アンは、タイプ打ちの薄い郵便を最後に残しておいた。重要な手紙だとは思わなかったのだ。ところが読み終えたアンは身じろぎもせず、涙をためていた。

「どうしたんだい」マリラがたずねた。

「ミス・ジョゼフィーン・バリーが亡くなったの」アンは沈んだ声で答えた。

「とうとう亡くなったんだね。かれこれ一年以上、わずらっていたもんで、バリーさんとこは、いつ報せが来てもおかしくないと、心づもりをしていたんだよ。ひどく苦しんだそうだから、これで楽になって良かったよ。あの人は、いつもアンによくしてくださったね」

「最期《さいご》まで心にかけてくださったの。この手紙は、ミス・バリーの弁護士さんからで、遺言で、私に千ドルのこしてくださったのよ」

「わあ、すごい大金だ」デイヴィが叫んだ。「その人って、アンとダイアナが、お客さんの寝室のベッドに飛び乗ったら、そこに寝てたおばちゃんでしょ。ダイアナから聞いたよ。それでこんなにたくさんのこしてくれたの？」

「静かにしてね、デイヴィ」アンは優しくたしなめ、感無量の面もちで玄関上の切妻の部屋へ静かにあがった。残ったマリラとリンド夫人は、心ゆくまで、この報せについて語りあった。

「お金をもらっても、アンは結婚するのかな」デイヴィは心配そうだった。「夏に、ドーカス・スローンがお嫁に行ったとき、言ってたよ。食べてけるだけのお金があれば、世話のやける亭主なんか、いらないけど、たとえ八人の子持ちの男やもめでも、義理の姉さんと暮らすよか、ましだからって」

「デイヴィ・キース、黙りなさい」リンド夫人が厳しく叱った。「子どもが、そんなみっともない物言いをして、まったく」

第19章　間奏曲

「今日は二十歳の誕生日なんです。私の十代が永遠に去っていきました」アンは炉辺の敷物に膝をかかえてすわり、そこにラスティを抱いていた。そしてジェイムジーナおばさんは、お気に入りの揺りいすで読書をしていた。居間は二人だけだった。ステラとプリシラは委員会へ出かけ、フィルは二階でパーティの着つけをしていた。

「なんとなく寂しいのでしょう?」ジェイムジーナおばさんが言った。「十代は、人生のすてきな季節ですからね。もっとも、私から十代が去っていったことは、一度もありませんよ、嬉しいことに」

アンは笑った。

「おばさんなら、そうですね。百歳になっても十八のまま。ええ、たしかに私は寂しくて、少し失望しているんです。ステイシー先生が、以前おっしゃったんです。二十歳になるころには、人の性格は、よかれ悪しかれ決まってしまうと。ところが今の私は、理想とはちがうんです。欠点《ひび》だらけで」

「誰しもそうですよ」ジェイムジーナおばさんがほがらかに言った。「私の性格なんて、百か所もひび割れてます。ステイシー先生は、二十歳にもなれば、性格はこちらへ進むか、あちらへ行くか、一つの方向に定まって、あとはその道筋にそって成長するとおっしゃったのでしょう。心配いりませんよ、アン。まず、神さまと隣人と自分自身への義務を果たして、あとは愉快にすごすのです。これが私の哲学です、いつもうまくいきましたよ。ところで、フィルは今夜どこへ出かけるのです？」

「舞踏会です。そのためにすてきなドレスを仕立てたんですよ……クリームがかった黄色いシルクに、薄いレースを飾って、フィルの茶色い髪ととび色の目に、よく映えるんです」

「『シルク』とか『レース』という言葉には、魔法がかかっていますね。言葉の響きだけで舞踏会に飛んでいきたくなるわ。それに黄色いシルクだなんて、日光のドレスのようですね。私も黄色いシルクのドレスにあこがれたものですが、最初は母が、次には主人が、耳も貸してくれませんでした。天国へ行ったら、まっ先に黄色いシルクのドレスを手に入れますよ」

アンの笑い声が響くなか、フィルが栄光の雲をたなびかせて（1）おりて来て、壁にかかる細長い卵形の鏡に姿をうつした。

「うつりのいい鏡は、気分をひきたててくれるわ。部屋の鏡は、顔が緑色に見えるもの。アン、私、きれいかしら」

「フィルったら、どんなに自分がきれいか、本当にわかっているの？」アンはつくづくと見とれた。

「もちろんわかってるわ。姿見と男性たちは、何のためにあるのよ。私が聞きたいのは、そんなことじゃないの。すそは全部まつってあるかしら？　スカートはまっすぐ？　髪の薔薇は、もっと下のほうがいい？　上すぎない？……体が傾いてるように見えるでしょ。でも、耳にさわってくすぐったいのは嫌なのよ」

「みんなきちんとなっているわ。それにフィルの南西の片えくぼがすてきよ」

「アンのとりわけ好きなところは……心からほめてくれるところよ。少しも嫉妬心がないもの」

「なぜ嫉妬する必要があるのです」ジェイムジーナおばさんがたずねた。「アンは、あなたほど美人ではないかもしれませんよ、でもずっときれいな鼻をしていますよ」

「わかってます」フィルも認めた。

「鼻のおかげで、いつも慰められてきたわ」アンは正直に言った。

「それにアンは、額にかかる前髪もすてきよ。ちっちゃなカールが、垂れさがりそうで、絶対に落ちてこなくて、きれいなの。それにひきかえ、私の鼻は気がかりよ。四十歳になるころには、バーン家の鼻になってるわ。四十の私って、どんなふうかしら」

「年輩の小太りの奥さまよ」アンはからかった。

「そうはならないわ」フィルはくつろいで腰かけ、エスコートの男性を待った。「まだらの猫のジョーゼフ、膝に乗っちゃだめ。毛だらけになったら、ダンスに行けないわ。それから、アン、私は小太りになんかならないわよ、結婚はしてるでしょうけど」

「アレックと？　アロンゾと？」アンがきいた。

「どちらかでしょうね」フィルはため息をついた。「一人に決められたらの話だけど」

「決めるのは、むずかしくないはずですよ」ジェイムジーナおばさんが叱った。

「私はシーソーみたいに生まれついてるんですもの、踏ん切りがつかずに、揺れてるんです」

「あなたは、もっと精神を落ちつけなさい、フィリッパ」

「精神を落ちつけるのは、ごもっともですけど、楽しいことをどっさり見のがしてしまうわ。それにアレックとアロンゾをご存じなら、なぜ一人に決められないか、わかってくださるでしょうよ。甲乙つけがたいほどすてきだもの」

「ならば、もっとすてきな男性と一緒になることです」ジェイムジーナおばさんが案を出した。「ほら、フィルに夢中の四年生がいましたね……ウィル・レズリー⑵、なんともきれいで大きな優しい目をして」

「大きすぎて、優しすぎて……牛の目みたい」フィルは残酷なことを言った。

「ジョージ・パーカーはどうです？」

「何も言うことはないわ。いつ見ても、糊づけしてアイロンをかけたばっかりって感じ」

「マー・ホルワージーは？　彼に欠点はないでしょう」

「だめよ、貧乏じゃなければ彼でもいいけど、私はお金持ちと一緒になるんです、ジェイムジーナおばさん……それに見た目がいいこと……これが不可欠よ。ギルバート・ブライスがお金持ちなら結婚するんだけどな」

「まあ、そうなの？」アンはいくらか邪険に言った。

「われはそうした考えは少しも好まぬ、されど、われ自身もギルバートとは一緒にならぬ、まさか、ありえぬ」フィルが女王の口ぶりで語ってみせた(3)。「でも、つまらない話はよしましょう。私もいつかは結婚する羽目になるんだもの。そのいやな日は、なるたけ先にのばすわ」

「愛してもいない人と結婚してはなりませんよ、何のかんのと言ってもね、フィル」ジェイムジーナおばさんが言った。

「おお、奥ゆかしき昔ながらの恋心よ
今は、はや、時代遅れとなりにけり」

フィルは茶化したように声をふるわせて歌った。「馬車が来た、急いでいくわ……バイバイ、時代遅れのお二人さん」

フィルが出ていくと、ジェイムジーナおばさんは真顔になり、アンをまじまじと見た。

「あの娘《こ》は美人だし、優しくて、気だてもいいけれど、ときどき頭がどうにかなるのかしらね」

「フィルの頭なら大丈夫です」アンは笑いをこらえた。「あれがフィルの話し方なんです」

ジェイムジーナおばさんは、かぶりをふった。

「ならいいんですけどね。そう願いますよ、私はフィルが好きですから。けれどあの子の話は、理解できません……お手あげです。まるで違うのですから、私の知っているほかの女の子とも、私自身が経験したいろんな女の子とも」

「おばさんは、今まで、何人の女の子でいらしたの？」

「六人くらいかしらね、アン」

第20章　ギルバート、語る

「今日は、ずっとどんより曇って、退屈ね」フィルがあくびをして、たいぎそうにソファでのびをした。もとより居すわっていた二匹の猫はソファから追い出され、機嫌をそこねた。

アンは『ピクウィック・ペイパーズ』(1)から顔をあげた。春の試験も終わり、ディケンズを読む楽しみにひたっていた。

「私たちには退屈な一日だけど」アンは思い深げに語った。「人によっては、すばらしい一日かもしれないわ。天に昇るほど幸せな人もいるでしょう。今日、どこかで、偉大なことが行われたかもしれない……優れた詩が書かれ……立派な人物が生まれたかもしれない。恋にやぶれた人もいるかもしれないわ」

「まあ、最後の一つはよけいよ、すてきな考え方が台なし」フィルがぼやいた。「恋にやぶれるなんて、考えたくもない……不愉快なことはみんな嫌」

「フィルったら、不愉快なことから、一生、逃れられると思って？」

「まさか。現に今、直面してるわ。アレックとアロンゾは、楽しいことではないでしょ。

いつになったら答えが出て、この悩みが、人生から消えるのかしら」

「フィルは、何だってまじめに考えないのね」

「どうしてまじめでなくちゃいけないの？　そんな人は、はいて捨てるほどいるわ。世間には、私みたいな人間も必要よ、世の中を楽しませるのよ、みんながみんな、知的で、まじめで、深刻ぶって、死ぬほど本気だったら、世界は恐ろしいことになってるわ。私の使命は、ジョサイア・アレンが言うように、『喜ばせること、魅了すること』(2)よ。ねえ、白状なさい、私がいたおかげで、この冬、パティの家は、陽気で、楽しかったでしょう？」

「そうね」アンはあっさり認めた。

「それにみんなが、私のことを愛してるでしょ……私をいかれていると思っているジェイムジーナおばさんでさえ。なのに、どうして変わらなくちゃいけないの。ああ、眠い。ゆうべは一時まで起きて、身の毛もよだつ幽霊小説を読んでたの。そんな本をベッドで読み終えたあと、布団から出て、明かりを消しに行けると思う？　無理よ。幸い、ステラが遅く帰ってきたから助かったけど、そうじゃなきゃ、朝まで煌々《こうこう》とつけっぱなしだったわ。ステラの声がしたから、部屋に呼んで、私の窮地を説明して消してもらったの。もし自分で明かりを消しに行ったら、ベッドに入るとき、きっと、何かが私の両足をつかんだわよ。ところでアン、ジェイムジーナおばさんは、この夏はどうなさるの？」

「この家にいらっしゃるわ、幸せものの猫たちのためにね。ご自宅へもどって家を開けるのは手間だし、人のうちへ泊まりに行くのも面倒だっておっしゃるの」

「アン、何を読んでるの？」

「『ピクウィック・ペイパーズ』よ」

「その本を読むと、必ずおなかが空くの」フィルが言った。「おいしそうな食べものがたっぷりで、登場人物が、ハムに卵、ミルクパンチ（3）をしょっちゅう楽しんでるんだもの。だからこの本を読むと、たいてい食器棚へ飛んでいって、中をかきまわすのよ。考えただけで、おなかが空いてきたわ。配膳室《パントリー》に、何かおいしいものある？　クィーン・アン」

「今朝、レモンパイを焼いたから、一切れ食べていいわよ」

配膳室めがけてフィルが走り去ると、アンはラスティをつれて果樹園へ出た。春浅い夕暮れ、空気はみずみずしく、かぐわしい香りがした。一方、公園にはまだ雪があり、その港通りでは、四月の陽があたらない松の根もとに、薄汚れた雪が小さく残っていた。そのために港通りはぬかるみ、たそがれの大気は冷たかった。しかし雪のとけたところは青草が萌え、ギルバートは、ひっそり奥まった一角に、甘い香りをはなつ白いメイフラワー（4）を見つけた。彼は両手いっぱいに花をつんで公園からやって来た。

果樹園のアンは、大きな灰色の石に腰かけていた。薄紅《うすべに》の夕焼けを背にして、葉の落ちた白樺の枝が、優雅に下がっている詩的な光景をながめていた。アンは夢想にふけっていた――そこは壮麗なるお屋敷で、陽あたりのよい中庭と豪華な大広間には、アラビアの香料がかぐわしくたきしめられ、アンは女王として、また女主人として君臨していた。ちょうどそこへ、ギルバートが果樹園を抜けてあらわれ、アンは眉をひそめた。近ごろでは彼と二人きりにならないよう心がけていたが、今、彼につかまってしまったのだ。ラスティまでアンから離れて行った。

ギルバートは、アンと並んで丸い石に腰をおろし、メイフラワーをさし出した。

「この花を見ると、ふるさとのことや、学校の懐かしいピクニックを思い出さないかい(5)」

アンは受けとり、花束に顔をうずめた。

「私は今、サイラス・スローンさんの農場のやせ地にいるのね(6)」アンはうっとりして、つぶやいた。

「実際、アンは、二、三日中に帰るんでしょう？」

「それが二週間先なの。帰省する前に、フィルとボーリングブルックへ行くのよ。ギルバートは、私より先にアヴォンリーへ帰るのね」

「いいや、この夏は帰らないんだ。『デイリー・ニューズ』(7)の編集部で働く話をもらって、引き受けることにしたんだ」

「そうなの」アンはぼんやりと答え、ギルバートのいないアヴォンリーの夏を思いめぐらした。なぜか、それは楽しそうには思えなかった。「そうだったの」アンは何でもないふうに言った。「よかったわね、本当に」

「ああ、その仕事をずっと望んでいたんだ、おかげで来年の学費の足しになるよ」

「あんまり無理しちゃだめよ」アンはそう言ったものの、自分でも何を言っているのかわからなかった。フィルが来てくれればいいのにと、ひたすら願った。「ギルバート、あなたは、この冬、休みもとらずに勉強したんだもの。気持ちのいい夕方ね。今日、むこうのあの曲がった木の下に、白いすみれが群れなして咲いていたの。まるで金鉱を発見したような気がしたわ」

「きみはいつも金鉱を発見しているんだよ」ギルバートは言った——彼もまた上の空で。

「もっと咲いているか、見に行きましょうよ」アンはあせって持ちかけた。「フィルも呼ぶわ、それから……」

「アン、今は、フィルも、すみれも、どうでもいいんだ」ギルバートは静かに言うと、アンの手を握りしめ、離さなかった。「話があるんだ」

「言わないで」アンはせがむように叫んだ。「だめよ……お願い、ギルバート」

「ぼくは言うよ。もうこのままではいられないんだ。アン、ぼくはきみを愛している。きみもわかっているだろう。ぼくが……どんなにきみを愛しているか、言葉では言えないくらいだ。いつの日か、ぼくの妻になると、約束してくれるかい？」

「それは……できないわ」アンはみじめに答えた。「ああ、ギルバートったら……もう……何もかもぶちこわしにして」

重苦しい沈黙が流れ、アンは面《おもて》をあげられなかった。やがてギルバートがたずねた。

「ぼくのことを、少しも愛していないのかい？」

「ええ……そういう意味では。友人としては、大好きよ。でも愛してはいないわ」

「ぼくに希望をくれないのかい？　いつかぼくを愛してくれると……いつかは」

「無理よ、できないわ」絶望のあまり、声が大きくなった。「あなたを愛するなんて、絶対にできないわ……そういう意味では……ギルバート、二度とこの話はしないで」

ふたたび沈黙が訪れた――それはあまりに長く、あまりにいたたまれず、ついにアンは顔をあげた。するとギルバートの顔は、唇まで青ざめていた。そして彼の瞳は――アンは、身をふるわせて目をそむけた。そこにロマンチックなものなど何もなかった。求婚とは、グロテスクか、あるいは――ぞっとするようなものでしかないのだろうか。ギルバートのこの表情を、いつか忘れられるだろうか。

「ほかに誰かいるのかい？」最後に、ギルバートは低い声でたずねた。

「いいえ……まさか」アンは一生懸命になって言った。「そんな意味で好きな人は、一人もいないわ……世界中の誰よりもあなたが好きよ、ギルバート。私たち……これからも友だちでいましょう」

ギルバートは、かすかな苦笑いをもらした。

「友だち！　友だちじゃ満足できないんだ。ぼくは、アンの愛がほしい……それなのにきみは、絶対に無理だと言うんだね」

「ごめんなさい。許してちょうだい、ギルバート」アンはこう告げるのが、やっとだった。いったいどこへ行ったのだろう。空想のなかでいつも求婚者たちを断り、あきらめさせた、あの洗練されて優雅な受け答えの数々は。

ギルバートは力なく、アンの手を離した。

「アンに悪いところなど、何もないよ。きみは、ぼくを愛している、そう思ったときもあったけれど、ぼくの思いすごしだった、それだけのことだよ。さようなら、アン」

アンは部屋へもどった。松の枝がかかる窓辺の腰かけにすわり、泣きくずれた。計り知れないほど貴重な何かが、人生から消え失せた気がした。それはもちろんギルバートとの友情だった。それをなぜこんな形で、失わねばならないのだろう。

「ハニー、どうしたの？」月夜の薄明かりの中へ、フィルが入ってきた。

アンは答えなかった。このときのアンは、フィルが、千マイル彼方にいればいいのにと思った。

「ギルバート・ブライスを断ってきたんでしょう。馬鹿ね、アン・シャーリー！」

「愛してもいない人の求婚を断るのが、馬鹿なの？」無理矢理、答えさせられたアンは、冷ややかに言った。

「アンったら、自分の目で愛を見ているのに、わからないのね。愛とはこういうものだと想像のなかで創りあげて、現実の愛もそんなふうに見えるはずだと思いこんでるのよ。あら、この私が、生まれて初めてまともなことを言ったわ。どこからひらめいたのかしら」

「フィル」アンは頼んだ。「お願いだから出ていって、しばらく一人にさせて。私の世界はひっくり返って、粉々になったの。それを建て直したいの」

「ギルバートのいない世界を？」そう言って、フィルは出ていった。

ギルバートのいない世界！　アンは、その言葉を愁い顔でくり返した。それはあまりにわびしく、荒涼とした世界ではないだろうか。ああ、すべてはギルバートがいけないのだ。彼が美しい友情を台なしにしてしまった。これからは、彼との友情なしで生きていくすべを身につけなければならないのだ。

第21章　すぎ去りし日の薔薇

ボーリングブルックですごした二週間は、すばらしく楽しかった。もっとも、ギルバートを思うたびに、鈍い痛みと満たされない感慨が胸の底を流れたが、彼を思いわずらう時間はさほどなかった。ゴードン家の美しい屋敷「柊の丘荘《マウントホリー》」（1）はにぎやかで、フィルの男友だちや女友だちであふれていた。馬車の遠乗りにダンス、ピクニック、舟遊びと、目がまわるほどで、すべてをひっくるめてフィルは、「お愉しみの大騒ぎ《ジャンボリー》」と生き生きとした顔で呼んだ。アレックとアロンゾも決まって居あわせていた。彼らは、気まぐれなフィルと踊るほかに、何かをしているのだろうか。アンはいぶかしむほどだった。二人とも男らしい好青年だったが、どちらが良いかという判断には口をはさまなかった。

「どっちと結婚すべきか、アンの意見をあてにしてたのに」フィルはこぼした。

「自分で決めなさい。夫選びにかけては、フィルは、大したベテランだものね」アンはいささか辛辣に先日のしっぺ返しをした。

「まあ、それとこれとは別よ」フィルは正直に言った。

ボーリングブルックの滞在中、もっとも心に残るできごとは、自分の生家を訪ねたことだった――小さくて粗末な黄色い家、通りから外れたその家を、アンはいくどとなく、くり返し胸に思い描いてきたのだ。アンは喜びに光る目で家を見つめ、フィルと門を入った。

「ほとんど想像していた通りよ」(2)アンは言った。「窓辺にすいかずらはないけど、門のそばにライラックの木が本当にあったわ……そして窓には、モスリンのカーテン。今も壁が黄色に塗ってあって嬉しいわ」

すらりとした、やせぎすの女性が扉を開けた。

「ええ、シャーリーさんは、二十年前、ここに住んでましたよ」アンの問いに答えた。「この家を借りてたんです。おぼえてますとも、二人とも、あっという間に熱病で亡くなって、お気の毒でしたよ。赤ん坊をのこしてね。その子も、もうとっくに死んだでしょうが。弱々しい子でした。トーマスさんご夫婦が引きとったんですよ……自分らの子どもだけじゃ足りないみたいに」

「その子は死ななかったんですよ」アンはほほえんだ。「私が、その赤ん坊なんです」

「こりゃあびっくりだ！　まあ、大きくなって」女性はまるで、アンが赤ん坊ではないことに驚いたように声をあげた。「こっちへ来て、顔を見せてくださいな。まあ、よく似てること。顔の色つやなんか、お父さんそっくり。あの人も赤毛でね。だけど目もと、口もとは、お母さん似だ。奥さんはいい人でしたよ。うちの娘《こ》は、学校で奥さんに教わってね、先生に夢中でしたよ。ご両親は、一緒にお墓に入っておいでですよ。熱心な仕事ぶりのお礼に、教育委員会が、お二人のお墓をたてたんです。さあ、中へどうぞ」

「家中、見せてもらえますか」アンは熱心にたのんだ。

「もちろんですとも。どうぞ、ご自由に。そんなにかかりゃしませんよ……せまいとこですから。台所を建て増してくれと、亭主に頼んでるんですがね、やり手じゃないもんで。そこは客間で、二階は、二間ありますよ。好きに見てまわってくださいな。私は赤ん坊の子守りがありましてね。東の部屋が、あんたが生まれたとこですよ。そういや、お母さんは、日の出を見るのが好きだって言ってましたねえ。あんたはちょうど、日が昇ったときに生まれて、お母さんが最初に見たのは、あんたの顔を照らした朝日だったと聞いたもんですよ」

アンはせまい階段をのぼり、万感胸にせまる思いで、東にむいた小部屋に入った。そこはアンにとって聖地だった。この部屋で、母は、やがて母親となる日を心待ちにして、この上なく幸せな夢の数々を紡いだのだ。神聖なる誕生のとき、この部屋で、赤い朝日が母と子を照らしたのだ。そしてここで、母は息をひきとったのだ。アンは涙にうるむ目で、うやうやしくあたりを見わたした。それはアンにとって、人生における珠玉のひとときとなり、記憶のなかに永遠の輝きをはなつこととなった。

「考えてみると……私が生まれたとき、お母さんは、今の私より若かったのね」アンはつぶやいた。

階下へおりると、玄関ホールに女主人がいて、色あせた青いリボンで結んだほこりだらけの小さな包みをさし出した。

「古い手紙ですよ。この家へ移ってきたとき、二階のクローゼットで見つけたんです。何だかわかりませんけど……わざわざなかまで見なかったもので。だけど表の宛て名は『ミス・バーサ・ウィリス』とあって、お母さんの娘時代の名前ですよ。よかったら、お持ちなさい」

「まあ、ありがとう……ありがとうございます」アンは思わず声をあげ、喜びに顔を輝かせて、大事そうに包みを受けとった。

「家にあったのは、これだけでしてね」女主人は言った。「家具は、医者の支払いで売り払ったし、お母さんの服やら小物やらは、トーマスの奥さんが持ってきましたよ。長持ちはしなかったでしょうよ。トーマスの腕白どもだ、何でも壊しちまうちびっ子でしたよ、私の記憶では」

「私、母のものを何一つ、持っていないんです」アンは声をつまらせた。「手紙をくださって、どんなにありがたいか……いくらお礼を言っても足りないくらいです」

「いいんですよ。それにしても、あんたの目は、お母さんそっくりだ。あの人も、こんな目をして話してくれたもんでしたよ。お父さんは不器量だったが、気だてのいい人でね。二人が一緒になったときにゃ、みんなして言ったもんだよ。あんなに愛しあってる夫婦はまたとはいまいって……かわいそうにね、長く生きられなくて。だけど、生きてる間は、そりゃあ幸せだったからね。それがよっぽど肝心だよ」

アンは屋敷にもどり大切な手紙を読みたかったが、その前に、巡礼すべき場所が、もう一つあった。アンは一人、ボーリングブルックの古い墓地へ歩いていった。父と母が葬られているのは、緑豊かな一角だった。アンは、持参した白い花束を両親の墓にそなえた。それから急いで柊の丘荘へ帰ると、部屋に閉じこもり手紙を読みふけった。父が書いたものもあれば、母がしたためた書簡もあった、といっても、多くはなく——十二通だった——ウォルターとバーサは、婚約中、ほとんど離れなかったのだ。歳月の流れに、便せんは黄ばみ、筆跡は色あせ、また薄れ、にじんでいた。しみが浮き、しわもよった書面に、深遠なる叡智《えいち》の言葉はつづられていなかったが、行間には愛情と信頼がこもり、今は忘れ去られたものの甘やかさが漂っていた——それはすでに死して長い恋人たちが、遠い昔、たがいを想いやった優しさだった。バーサ・シャーリーは手紙を書く才能に恵まれていた。ときは流れても、今なお、美しさとかぐわしさの漂う言葉づかいと考え方が、魅力的な人となりを浮かびあがらせていた。手紙は思いやり深く、親密で、二人だけの神聖なものだった。アンにとって、もっとも嬉しい一通は、彼女が生まれたあと、少し留守をした父に宛てられたものだった。そこには、若い母が「赤ちゃん」を誇らしく思う言葉にあふれていた――赤ん坊が、いかに賢く、ほがらかで、数え切れないほどの愛らしさをそなえているか。

「眠っているこの子を、いちばん愛しています。そして目をさましているこの子を、もっと愛しています」バーサ・シャーリーは、そう追伸に書き添えていた。おそらくは、母が最後にペンをとった文章だろう。そのとき死は、母のそばまでせまっていたのだから。

「今日は、私の人生で、もっとも美しい一日だったわ」その夜、アンはフィルに語った。「私、お父さんとお母さんに、やっと出会ったの。手紙を読んで、両親が生きていたんだって実感したの。私はもう、みなし児じゃないわ。まるで一冊の書物をひもといたら、ページの間に、すぎ去りし日の薔薇が、今なお甘く、愛《いと》しく咲いているのを見つけたような気持ちよ」

第22章　春、グリーン・ゲイブルズへ帰る

暖炉の炎が、グリーン・ゲイブルズの台所の壁に光と影を踊らせていた。春の黄昏は肌寒かったが、開けはなった東の窓から、かすかに甘い夜のささやきが流れていた。マリラは炉辺に腰かけていた——少なくとも体はそこにあった。しかし心は、昔歩いた道のりを若々しい足どりでさまよっていた。近ごろのマリラは、双子の編み物をしなければならないと思いながらも、こうしてときをすごすことが多くなっていた。

「私も年をとったんだね」マリラは独りごとをつぶやいた。

だが彼女は、いくらかやせて骨ばったほかは、九年前と少しも変わらなかった。いくらか白いものが増えた髪を、今も同じようにねじりあげ、固い髷《まげ》にまとめ、二本のヘアピン——前と同じピンだろうか——でさしていた。ところが面《おも》ざしは、まるでちがっていた。どことなくユーモアのセンスをほのめかしていた口もとの表情が、今では、はっきりあらわれていた。まなざしは、より優しく、穏和だった。ほほえみも、前よりひんぱんに、柔らかに、こぼれるようになっていた。

マリラは来《こ》し方をふりかえっていた。不幸ではなかったが窮屈だった子ども時代、い

ろいろな夢を用心深く胸に隠しているうちに希望もしおれていった娘時代、その後は、灰色に塗りこめられた、人づきあいのせまい、単調な歳月が、平板な中年時代に長くつづいた。しかし、そこへアンが来たのだ——愛情深い心と空想の世界をそなえた、生き生きして、想像力豊かで、活発な子どもが、いろどりと温もりと輝きをもたらし、荒野のようだった人生に薔薇の花を咲かせたのだ。マリラは、六十年の人生のうち、生きていたと言えるのは、アンが来てからの九年間しかなかった気さえした。そのアンが、明日の夜、帰ってくる。

台所の扉が開いた。リンド夫人だろうと顔をあげると、アンが立っていた。すらりとして、星のように目を輝かせ、両手いっぱいにメイフラワーとすみれの花を持って。

「アン・シャーリー！」思わずマリラは叫んだ。驚きのあまり、生まれて初めて自制心も忘れて、わが娘を両腕にかかえ、花束ごと胸に抱きしめると、つややかな愛らしい顔に熱烈なキスを浴びせかけた。「明日の晩だとばっかり思ってたよ。カーモディからどうやって帰ってきたんだい」

「歩いたのよ、大好きなマリラ。クィーン学院のころは、よく歩いて帰ったでしょ。トランクは明日、郵便配達の人が持ってきてくれるわ。私、急に里心《さとごころ》がついて、一日早くもどってきたの。ああ！　五月の夕暮れを歩いて、なんてすてきだったでしょう。やせ地でこのメイフラワーをつんだの。《すみれの谷》を通ったら、まるで大きな鉢いっぱいにすみれを生けたようだったわ……可愛い空色のすみれよ。かいでみて、マリラ……胸いっぱいに香りを吸いこんでみて」

マリラは律義に鼻をふんふんさせたが、すみれの匂いよりもアンに興味があった。

「さあ、おかけ、疲れたろう。すぐごはんにするよ」

「今夜は、丘の後ろからきれいな月が昇っているの。カーモディから帰る道すがら、蛙たちが私に歌を歌ってくれたわ！　私、あの音色が大好きよ。子どものころ、春の夕暮れに味わった幸せな思い出のすべてにつながっているの。ここへ初めて来た晩のことを、決まって思い出すわ。マリラはおぼえているかしら」

「そりゃあ、おぼえているよ」マリラは力をこめて言った。「忘れるものかね」

「あの年は、沼地や小川で、蛙たちが、さかんに歌ってたわ。夕闇せまる窓辺で、じっと耳を傾けながら、どうして嬉しそうにも、悲しそうにも聞こえるのか、不思議に思ったものよ。ああ、家に帰るって、いいわね！　レッドモンドはすばらしいし、ボーリングブルックも楽しかったわ……でも、グリーン・ゲイブルズこそ、わが家よ」

「ギルバートは、この夏、帰らないそうだね」マリラが言った。

「ええ」アンの声色が気にかかり、マリラは抜かりのない目を、ちらと送った。しかし見たところ、アンは、鉢にすみれを生けるのに夢中なようだった。「ほら、きれいでしょう？」アンは言葉を途切らせることなく続けた。「一年は一冊の本よ、そうでしょ、マリラ。春のページは、メイフラワーとすみれでつづられているの。夏は薔薇、秋はかえでの紅葉、冬は柊《ひいらぎ》と常緑樹よ」

「ギルバートは試験がうまくいったのかい」マリラはあきらめなかった。

「すばらしいの、彼はクラスでいちばんよ。ところで、双子とリンドのおばさんはどこ？」

「レイチェルとドーラは、ハリソンさんのとこだよ。デイヴィは、ボウルターの家へ行ったがね、おや、ちょうど帰ってきたようだ」

デイヴィはかけこんでくるや、アンを見て立ち止まり、歓声をあげて飛びついた。

「アン、帰ってきたんだね、嬉しいな！　ぼくね、去年の秋から、二インチものびたんだよ。リンドのおばちゃんが今日、巻尺で計ってくれたの。ほら、前歯を見て、抜けたんだ。リンドのおばちゃんが、歯を糸でしばって、反対のはしをドアに結《ゆわ》えてから、ばたんと閉めたんだよ。抜けた歯は、二セントでミルティに売ったの。ミルティが集めてるんだ」

「いったい、どうして歯なんぞほしがるんだい」マリラがたずねた。

「首飾りを作るんだよ、インディアンの酋長《しゅうちょう》ごっこをするんだ」デイヴィは、アンの膝によじのぼった。「ミルティったら、もう十五本も集めたんだよ。みんながミルティに売る約束をしたから、今さらぼくらが集めようとしても、手遅れなんだ。ボウルター一家は、商売上手だね」

「ボウルターさんの家で、いい子にしていたかい？」マリラが厳しくきいた。

「うん。だけどぼく、いい子でいるのに、飽きちゃった」

「デイヴィ坊や、悪い子でいるほうが、もっと早く飽きるのよ」アンが言った。

「そうだけど、飽きるまでは面白いもん」彼は口ごたえした。「あとでごめんなさいって、反省すればいいんだから」

「反省しても、悪いことをした結果は消えません。デイヴィったら、忘れたの？　去年の夏、日曜学校をずる休みしたことを。あのとき、悪いことはする価値がないって、自分で言ったでしょ。今日は、ミルティと何をしたの？」

「ええと、魚釣りをして、猫を追いかけまわして、野鳥の卵を探して、こだまにむかって叫んだよ。ボウルターさんちの納屋の裏のやぶに、すっごいこだまがいるんだ。ねえ、こだまって何？　アン、ぼく知りたいな」

「きれいな女の子の姿をした精霊《ニンフ》（1）よ。遠くの森に暮らして、丘から世間を笑っているの」

「どんな格好？」

「髪と目は黒くて、首と腕は雪のように白いわ。でも、その美しい姿を、命に限りある人間は見ることができないの。鹿よりもかけ足が速いんだもの。だから人真似をする声を聞くことしかできないの。夜になると、ニンフが呼びかける声も、星空の下で笑っている声も、聞こえるわ。でも見ることはできないの。追いかけても、ひらりと飛んでいって、いつも一つ隣の丘から、私たちを笑っているの」

「アン、それって本当、それとも大嘘？」デイヴィは目を丸くした。

「デイヴィったら」アンは失望の色を浮かべた。「妖精のおとぎ話と、嘘の区別もつかないの？」

「じゃあ、ボウルターさんちのやぶから返ってくるあの生意気な声は何なの？　ぼく知りたいな」彼は食い下がった。

「もう少し大きくなったら説明してあげる」

年の話が出たところで、デイヴィは別の話題を思いついたらしく、少し考えてから、神妙な顔でささやいた。

「アン、ぼく、結婚するつもりだよ」

「いつ？」アンもおとらず神妙な顔つきになった。

「もちろん、大人になってから」

「それを聞いて安心したわ。お相手は？」

「ステラ・フレッチャー、学校で同じクラスなんだ。あんなに可愛い女の子、アンだって見たことないよ。もしぼくが大人になる前に死んだら、ステラを見守ってあげてね」

「デイヴィ・キース、馬鹿なことをお言いでないよ」マリラが厳しい顔をした。

「馬鹿なことじゃないよ」デイヴィは傷ついた声で言い返した。「ぼくの未来の奥さんなんだよ。ぼくが死んだら、ぼくの未来の未亡人でしょ？　それにステラは、年寄りのおばあさんしか、面倒を見てくれる人がいないんだよ」

「アン、おいで、夕はんにするよ」マリラが口をはさんだ。「あの子を図にのらせるんじゃないよ、あんな与太話をして」

第23章　ポール、岩辺の人たちが見えなくなる

その夏、アヴォンリーでの暮らしは愉しかったが、休暇の喜びのさなかにも、アンは「そこにあるべきなのに、失われてしまった何か」(1)が存在する感覚にとらわれていた。もっとも、それがギルバートの不在によるものとは、たとえ自分の胸中だけにしろ、アンは認めなかっただろう。だが祈禱会やアヴォンリー村改善協会の集まりのあと、ダイアナとフレッド、また大勢の男女の二人づれが、さも楽しげに星明かりの薄暗い田舎道をそぞろ歩くかたわら、アンは一人で家路をたどるとき、言いようのない孤独が胸にしみた。それは理屈で片づけられる痛みではなかった。ギルバートは、手紙くらい送れそうなものを、一通たりとも来なかった。ダイアナにときどき届いているのは知っていた。しかしアンは、彼の近況をたずねようとはしなかった。一方のダイアナも、アンに手紙が来ていると思い、わざわざ彼の様子を伝えなかった。ギルバートの母親は明るく、気さくで、感じのいい婦人だが、気がきくわけではなく、決まって公衆の面前で、それも常にひときわ甲高い声で、近ごろ息子から便りがあるか、アンに問いかける困った癖があった。かわいそうに、アンは、ばつが悪そうに顔を赤らめるばかりで、「このごろ

は、あまりありません」と蚊の鳴くような声で答えた。それをブライス夫人はもちろん、世間はみな、単なる娘らしいはぐらかしだと解釈していた。

そうしたことを別にすると、アンは夏を楽しんだ。六月はプリシラが泊まりに来て、愉快にすごした。彼女が帰ると、七月と八月は、アーヴィング夫妻とポール、シャーロッタ四世が「石の家」にもどってきた。

こだま荘は、ふたたびにぎわいをとりもどし、笑い声が、えぞ松のならぶ懐かしい裏庭に響き、そのこだまは忠実に、たえず川むこうから返ってきた。

「ミス・ラヴェンダー」は前にも増して優しく、美しいほかは変わらなかった。ポールは彼女を崇拝し、二人の仲むつまじさは、はた目にもうるわしかった。

「でも、『お母さん』とは呼ばないんです」ポールはアンに語った。「それは、ぼくの本当のお母さんを呼ぶ言葉だから、ほかの人には使えないの。先生なら、わかってくださるでしょう。だから『ラヴェンダーお母さん』と呼ぶんです。お父さんの次に好きで……先生よりも、少し好きなんです」

「そうよ、そうでなくてはならないわ」アンが答えた。

ポールは十三歳になり、年のわりに長身だった。顔だちも瞳も変わらず美しく、彼の想像の世界は、今なおガラスのプリズムのごとく、そこに当たるものすべてを虹の七色により分けた。ポールとアンは、森へ、野へ、海岸へ、楽しくそぞろ歩いた。この二人ほど申し分のない「心の同類」はまたとなかった。

シャーロッタ四世はすっかり娘らしくなっていた。今では髪を大きなポンパドールに結いあげ、懐かしき遠い昔《オールド・ラング・サイン》(2)の青いリボンの蝶結びは、もはや見られなかったが、そばかすの散った顔も、獅子っ鼻も、笑うと大きく広がる口も、かつてのままだった。

「シャーリーお嬢様、私、ヤンキー(3)なまりになったでしょうか」シャーロッタ四世は不安げにたずねた。

「気づかないけれど」

「それを聞いて安心しました。実家じゃ、みんなして言うんです。たぶん私を怒らせたいんですよ。ヤンキーなまりなんて嫌ですよ。ヤンキーが嫌だと言うんじゃありませんよ、あの人たちは文明人ですから。もっとも私は、いつなんどきでも、懐かしきプリンス・エドワード島を与えたまえ、ですけどね」

ポールは、最初の二週間を、アヴォンリーの祖母アーヴィング老夫人の家ですごした。そこでアンがポールを出迎えたところ、彼は海岸へ行きたくてじれていた——海辺には、ノーラ、金色お姫さま《ゴールデン・レディ》、双子の船のりがいるだろう。ポールは待ち遠しさに、夕食を終える間も待てないほどだった。果たして、彼の目には見えるだろうか、岬のむこうからノーラが妖精《エルフ》(4)のような顔をのぞかせて、ポールを待ちうけている姿が。ところが、夕闇のなかを海岸からもどってきた彼は、ひどく冷静だった。

「岩辺の人たちが見つからなかったの？」アンがたずねた。

ポールは栗色の巻き毛を悲しげにふった。

「双子の船のりも、金色お姫さまも、来てはくれなかった。ノーラはいたよ……でも、前とはちがっていた、ノーラは変わってしまった」

「そうね、ポール、変わったのはあなたなのよ」アンが言った。「岩辺の人たちにとって、ポールは大人になりすぎたの。あの人たちは、子どもたちとしか遊ばないの。双子の船のりも月光の帆をかけた真珠色に輝く魔法の小舟にのって会いに来ることは、もうないでしょう。金色お姫さまにしても、黄金の竪琴《ハープ》を弾いてくれることは、ないでしょうよ。ノーラでさえ、そのうち会ってくれなくなるわ。人は、大人になる代償を支払わなければならないの。おとぎの国をあとに残して行かなければならないのよ」

「あんたたち二人は、相も変わらず、愚にもつかないことを、おしゃべりしていますね」アーヴィング老夫人が、なかば甘やかすように、なかばとがめるように言った。

「いいえ、前とはちがうんです」アンは厳粛《げんしゅく》な面もちで、かぶりをふった。「私たちは、どんどん賢くなっていく。それがなんともいえず悲しいんです。前の半分も面白くなくなってしまいました。言葉とは、自分の考えを隠すために与えられたのだ（5）と知ってしまったんです」

「そんなことはありませんよ……言葉は、自分の考えを、たがいに伝えるために与えられたのですよ」老婦人は大まじめに言った。彼女はタレーラン（6）など聞いたこともなく、警句も知らなかった。

八月の金色に輝く夏の盛り、アンはこだま荘に二週間滞在し、幸福な日々をすごした。その間、アンは、セオドーラ・ディクスに長々と求婚しているルドヴィック・スピードをせかし、めでたく縁談をまとめたが、このいきさつは、アンの別の物語にくわしく書き記した通りである（7）。アーヴィング家の年上の友人アーノルド・シャーマン（8）も同じときに居あわせ、人生のさまざまな愉悦を、少なからず添えてくれた。

「すばらしい休暇でした」アンが言った。「たっぷり英気を養なった気分です。あと二週間すると、キングスポートとレッドモンド大学へ、パティの家へ帰ります。ミス・ラヴェンダー、パティの家は、大切な場所なんです。私には二つの家があるような気がします……一つはグリーン・ゲイブルズ、もう一つはパティの家。それにしても、夏はどこへ行ってしまったのでしょう。あの春の夕暮れ、メイフラワーの花をつんで帰省してから一日とたっていない気がするのに。子どものころは、夏の始めに、その終わりが見えなかった。夏は、まるで終わりのない季節のように私の前にのびていたんです。ところが今では、『それは片手の幅、それは一つの物語』（9）でしかないなんて」

「ギルバートとは、昔のように仲のいい友だちなの？」ミス・ラヴェンダーは静かにたずねた。

「前と同じように友だちですよ」

ミス・ラヴェンダーは首をふった。

「何かがおかしいわ。さし出がましいようだけど、何かあったの？　喧嘩でもしたの？」

「いいえ。ただ、彼は友情以上のものを求めているのに、私は、それにこたえられないんです」

「たしかなの？　アン」

「ええ、その通りです」

「とても、とても残念だわ」

「どうしてかしら。ギルバート・ブライスと結婚するべきだって、みんなが思っているなんて」アンはすねた。

「それは、あなたたちが、おたがいのために創られて、生まれてきたからです……だからですよ、アン。青くさい頭をそらさなくてもいいの。事実なんですから」

第24章　ジョウナス⑴登場

プロスペクト岬⑵にて
八月二十日
つづりに――E――のついた――親愛なるアンへ（とフィルから手紙が届いた）。この手紙を書き終わるまで、瞼が閉じないよう、つっかえ棒をしておきます。夏の間、音沙汰なくて、お恥ずかしいわ、ハニー。でも、ほかの友だちにもご無沙汰だったのよ。返事を書くべき手紙が山積みなので、心に腰ひもをしめ⑶、鍬《くわ》を入れて⑷とりかかります。ごめんなさい、比喩を二つ、一緒にして。眠くてたまらないの。ゆうべ、父のふたいとこのエミリーと一緒に、ご近所を訪問したところ、ほかにも何人かお客さんがあったんだけど、かわいそうに、その人たちが帰ったとたん、奥さんと三人の娘さんが散々にこき下ろしたの。きっと私とエミリーも、戸を閉めて出るが早いか、まな板にのせられたんでしょうね。家へもどったら、まさにそのご近所のお宅に雇われている男の子が猩紅熱《しょうこうねつ》⑸にかかってるらしいって、リリー夫人が教えてくれたの。リリー夫人は、こうした愉快なことを言う人なのよ。私、猩紅熱がこわくて、ベッドに入っても、考えてしまって眠れなかったわ。少しうとうとしたと思ったら、恐ろしい夢を見て寝返りばかり打って。そうしたら午前三時、高熱が出て、喉はひりひり、頭も割れそうに痛くて、目がさめたわ。猩紅熱にかかったんだとパニックになって起きあがって、エミリーの『家庭の医学』を探して症状を読んだの。そうしたらアン、全部当てはまったのよ。最悪だとわかったから、ベッドにもどって、あとは独楽《こま》のようにぐっすり眠ったわ(6)。だけど、どうして独楽は、ほかのものより深く眠るのかしら、見当もつかないわ。ところが今朝になったら元気だったの。そもそも猩紅熱のはずがなかったのよ。もし昨夜《ゆうべ》うつったなら、こんなに早く症状が出るわけないもの。昼間なら気がつくんだけど、夜中の三時じゃ、論理的に考えられないのね。

私がプロスペクト岬で何をしているのか、アンは不思議に思ってるでしょうね。夏はいつも海辺で一か月ほどすごすの。父のふたいとこにあたるエミリーが、プロスペクト岬で「高級下宿」をやってて、父が行きなさいと言うのよ。だから二週間前、例年のように来たら、年よりの「マーク・ミラーおじさん」が、これまた例年のように、古ぼけた二輪馬車《バギー》と、「何でも用」と呼んでる馬で、駅までむかえに来てくれたわ。親切なおじいさんで、桃色の薄荷飴《ペパーミント》を一つかみくれるの。薄荷というと、信心深い飴という感じがするわ——たぶん子どものころ、教会へ行くと、ゴードンの祖母が、教会でいつも薄荷の飴をくれたからよ。一度、薄荷の匂いについてたずねたことがあったの。「これが聖者の香り（7）なの？」って。だけど、マークおじさんの薄荷飴は、食べたくなかったわ。ポケットから、はだかのままの飴を手で探り出して、さびた釘やら何やらをとりのけてから、渡してくれるんだもの。でもお年よりの親切心を傷つけたくなかったから、気づかれないように、道中、ぽつんぽつんと飴をまいて行ったわ。ところが最後の一つを落としたとき、マークおじさんが、少々とがめる口調で言ったのよ。「フィル嬢ちゃんや、飴をいっぺんこに平らげるんでねえよ（8）、腹痛《はらいた》おこしちまうでな」って。

エミリーの宿には、私のほかは五人しかお客がいないの――老婦人が四人、若い男性が一人。食卓の右隣は、リリー夫人。ここが痛い、そこがつらい、あそこが具合が悪いと、こと細かにならべることに気味の悪い楽しみを味わう人よ。この夫人の前で、病気の話はできないわ。「ああ、どんな病気か、よく存じてますよ」と首をふって――何から何まで、くどくど聞かされる羽目になるの。ジョウナスの話では、いつだか、脊髄癆《せきずいろう》の歩行障害（9）の話を聞こえよがしにしてみせたら、どんな病気か存じてますよ、あたしは十年もわずらって、旅医者に診てもらって、やっと治ったんですの、と言ったんですって。

ジョウナスって誰、ですって？　少し待って、アン・シャーリー。ふさわしいときと場面になったら、すっかり書くから。彼のことは、ご大そうな老婦人がたと一緒にはできないの。

食卓の左隣は、フィニー夫人。四六時中、嘆き悲しむような陰気な声で話すの――今にも泣き出すんじゃないかって、はらはらするくらい。人生とは、まさしく涙の谷間でございます、笑うなんてもってのほか、ほほえむだけでも軽薄な、まったく不埒《ふらち》でございます、という印象を与える人よ。私に対しては、ジェイムジーナおばさん以上に点が辛いの。でも、ジェイムジーナおばさんは、その埋めあわせに可愛がってくださるけど、フィニー夫人はそれもないの。

むかい側は、ミス・マリア・グリムズビー。私がここへ来た初日に、雨になりそうですねって話しかけたら――ミス・マリアは笑ったわ。駅からの道中がきれいでした、と言ったら――笑ったわ。まだ少し蚊が残ってるみたいですね、と言っても――笑った。プロスペクト岬はいつも変わらずきれいですね、と言ったら――やっぱり笑った。万一、「うちの父は首をくくり、母は毒をあおり、兄は刑務所にいて、私は肺病の末期なんです」と言っても笑うわよ。ご本人には、どうしようもないのよ――そんなふうに生まれついたのね。だけど、うんざりして、やりきれないわ。

四人目の老婦人は、グラント夫人。優しいおばあさんだけど、人の長所しか言わないから、話好きなのに、つまらないの。

さて、いよいよジョウナスよ。

最初の日、食卓のむかいに若い男の人がすわってて、まるでこの私を赤ん坊のころから知ってるみたいに笑いかけてきたの。マークおじさんから彼のことは聞いてたわ。名前はジョウナス・ブレイク、セント・コロンビア(10)から来た神学校の学生で、この夏、プロスペクト岬の布教教会をあずかっているんですって。

それがまたみっともない青年なの――本当よ、こんなにみにくい若者は見たことがないくらい。図体が大きくて、たがが外れたみたいな体つきで、足が滑稽なくらい長いの。髪は麻みたいな色で長くてつやがないし、目は緑、口も大きいの。耳といったら――それは考えないようにするわ。

でも、声がすてきなの――目をつぶっていると、うっとりするわ――それに、間違いなく魂と気だてがきれいな人よ。

私たち、すぐに親しくなったわ。もちろん彼はレッドモンドの卒業生で、そうしたつながりもあるの。一緒に魚釣りをして、小舟をこいで、月明かりの砂浜を歩いたわ。月の光で見ると、それほど不器量じゃなかった。むしろ、ああ、彼ったら、すてきだったわ。魅力が全身から立ちのぼっていたの。老婦人がたは――グラント夫人をのぞくと――ジョウナスに感心してないわ、彼は笑って冗談ばかり飛ばすし――おばさま方よりも、私みたいな軽薄者と居たがっているのが、見え見えだからですって。

でも、どういうわけか、私が軽薄だって、彼には思われたくないの。馬鹿みたいね。麻袋色の髪をしたジョウナスという名前の、別に知りあいでもない人が、私のことをどう思うか、なぜ気になるのかしら？

　この前の日曜日、ジョウナスは村の教会でお説教をしたわ。もちろん私も行ったけど、彼が本当にお説教をするなんて、ぴんとこなかったの。あの人が牧師をつとめるという事実も――これから牧師になるという事実も――壮大な冗談のような気がしてならなかった。

　ところが、ジョウナスはお説教をした。彼が十分ほど話したころには、自分が実にちっぽけで、とるに足らない存在に思えて、私なんか肉眼じゃ見えないだろうと思ったわ。ジョウナスは、女性について一言も語らなかったし、私を見ることもなかったけれど、その場ですぐに悟ったの。いかに自分が浅ましく、軽薄で、心のせまくてつまらない、浮ついた女性だろうと。そしてジョウナスの理想の女性と、いかに大きく隔たっているか。その女性は堂々として、強く、気高いのよ。お説教をしている彼は、それは真剣で、真心がこもって、誠実だったわ。どこをとっても牧師の鑑《かがみ》だった。私ったら、よくもあの人をみにくいだなんて思ったものよ――もっとも本当にそうなんだけど！――でも、神霊のこもった瞳と、知的な額をそなえてるの。平日は、そこに前髪が無造作にたれて隠れてる(11)の。

　すばらしいお説教で、永遠に聞いていられるくらいだった。でも、お話を聞いたあとは、どうしようもなく自分がみじめに感じられたわ。ああ、私もアンのようだったらよかったのに。

帰り道、彼は後ろから追いついて、いつものように、にかっと陽気に笑いかけてくれた。だけどその笑顔には、もうだまされなかった。本当のジョウナスを知ったんだもの。そして思ったの。ジョウナスは、本当のフィルを、いつか知ることがあるのかしら——まだ誰も、アンですら、見たことがない本当の私を。

「ジョウナス」と私は呼んだわ——ブレイク牧師と呼ぶのを忘れたの。ひどいでしょ。でも、そんなことは、どうでもいいときがあるのよ——「ジョウナス、あなたは牧師になるために生まれてきたのね。それ以外の職業なんて、あり得ないわ」

「ああ、そうだよ」彼はまじめに答えたわ。「ほかのものになろうと、長い間がんばってみたんだよ……牧師になりたくなかったのさ。でも、結局、これがぼくに与えられた仕事だとわかったんだ……だから、神の助けを頂きながら、努力していくつもりだよ」

その声は低くて、敬虔《けいけん》だったわ。彼は、その天職を、熱心に立派に、なしとげるだろうと思ったわ。生まれつきと訓練によって、牧師という彼の職業を手助けするにふさわしい女性は、なんて幸せでしょう。その女《ひと》は、思いつきの気まぐれな風に吹かれて揺れる羽のような軽々しい人ではないの。彼女はどの帽子をかぶるべきか、いつもわかってるの。おそらく一つしか持たないのよ。牧師は裕福じゃないもの。そもそも帽子が一つしかなくても、全然持っていなくても、気にもかけないの。だって彼女にはジョウナスがいるんだもの。

アン・シャーリー、私がブレイクさんに恋をしたなんて、言うのも、ほのめかすのも、思うのも、やめてよ。この私が、ひょろりとして貧乏で、みっともない神学生を好きになれると思う？——それもジョウナスという名前の。マークおじさんの口癖を借りると、「そりゃあ不可能ですぜ、おまけに、ありっこねえですぜ」よ。

おやすみなさい。

フィル

追伸　たしかに不可能よ——大いに残念ながら、それは真実よ。私は幸せで、みじめで、おびえてるの。だって彼は、絶対に、私を好きにならないもの、私にはわかるの。それに私が、この先、まずまずの牧師の妻になれると思う？　しかもこの私が、教会でお祈りを最初にとなえて、信者さんに復唱してもらうなんて、誰が期待すると思う？

P・G

第25章　うるわしの王子《プリンス・チャーミング》(1) 登場

「家ですごそうか、出かけようか、考えているんです」アンはパティの家の窓から、海岸公園の松林へ遠く目をむけた。「ジェイムジーナおばさん、今日の午後は、何もしなくてもいい、幸せな昼下がりなんです。だから家ですごそうかしら、暖炉に気持ちよく火が燃えて、お皿いっぱいにおいしいラセット林檎があって、猫が三匹、仲よく喉をごろごろ鳴らして、緑色の鼻をした非の打ちどころのない瀬戸物の犬が二匹いるこの家で。それとも公園へ行こうかしら、灰色の松林と、港の岩場を洗う灰色の海に心がひかれる公園へ」

「もし私がアンほど若ければ、公園を選びますよ」ジェイムジーナおばさんは、編み棒でジョーゼフの黄色い耳をなでた。

「前におばさんは、私はあなたたちの誰よりも若いのですよって、おっしゃったと思いますけど」アンが茶目っ気たっぷりに言った。

「ええ、心のなかはね。でも足腰は、あなたたちほど若くないと認めますよ。表へ出て、新鮮な空気を吸っておいでなさい。近ごろ顔色が悪いですよ」

「じゃあ、公園へ行ってきます」アンは落ちつかない様子で言った。「今日はおとなしく家でくつろぐ気分じゃないんです。一人で、自由気ままに、のびのびしたいんです。だけど公園は人気《ひとけ》がないでしょうね。みんなフットボールの試合へ行っているから」

「なぜ行かなかったのです？」

「『誰も誘っちゃくれなかったんです、旦那様、と彼女は言った』（2）というところです……もっとも、あの苦手な小柄なダン・レインジャーは別ですけど、あの人とは、どこへも行きたくないんです。でも彼の気持ちを傷つけるのはかわいそうだから、試合には興味がないと言ったんです。それでいいんです、どのみち今日はフットボールを見る気分ではないので」

「表へ出て、新鮮な空気を吸っておいでなさい」ジェイムジーナおばさんはくり返した。「だけど傘をお持ちなさい。ふりそうですよ。足のリウマチが痛みますから」

「リウマチになるのはお年よりだけですよ」

「どんな人でも、足にリウマチをわずらいます。ただ老人は、心にリウマチをわずらうんです。ありがたいことに、私はかかっちゃいませんよ。心がリウマチになったら、棺桶を選びに行くほうがましですからね」

十一月――深紅の日没の月、去っていく渡り鳥たち、深くもの悲しい海の音色、松を揺らして吹きすさぶ風の歌。アンは、松のしげる公園の小径をさまよい歩いた。自分で語ったように、心にかかる霧を、強い風が吹き飛ばすにまかせたのだ。かつてのアンには、心にかかる霧を思いわずらう習慣はなかった。だがレッドモンドにもどり三年生になってから、なぜかしら人生は、昔のように完璧できらめく明るさを伴なってアンの精神をうつすものではなくなっていた。

うわべだけを見れば、パティの家の暮らしは、勉強、学校、遊びが、以前と同じように楽しく続いていた。金曜日の夕方、あかあかと燃える暖炉が照らす居間に、来客がつどい、冗談と笑い声が夜どおし響き、かたわらでは、ジェイムジーナおばさんが喜びに満ちた笑顔で、めいめいに笑みかけていた。フィルが手紙に書いた「ジョウナス」は、足しげく、セント・コロンビアから早朝の汽車で急いできて、遅い列車で帰っていった。彼は、パティの家全員の人気を集めていたが、ジェイムジーナおばさんは首をふり、昔の神学生はこうではなかったと意見をのべた。

「彼は、まことにいい若者ですよ」フィルに語った。「しかし牧師というものは、もっと重々しく、威厳に満ちているべきです」

「男の人が大笑いすると、キリスト教徒じゃなくなるの?」フィルがたずねた。

「男の人なら……かまいません。私は、牧師の話をしているのです」さらにおばさんは念を押した。「ブレイクさんを、もてあそんではなりません……絶対になりませんよ」

「もてあそんでなんかいないわ」フィルは反論した。

ところがアンをのぞいて、誰もその言葉を信じていなかった。一同は、フィルがこれまでと同様に面白半分でいると考え、みっともない真似をしていると、本人に厳しく言ったのだ。

「ブレイクさんは、アレックや、アロンゾとはちがうのよ」ステラは容赦なかった。

「物ごとを本気に受けとる人よ、あんたのせいで傷つくかもしれないわ」

「私がジョウナスを傷つけられるだなんて、本当に思ってるの？」フィルが言った。「そう思えたら、どんなにいいか」

「フィリッパ・ゴードン！　あんたがそんなに薄情者だったとは。ひどい言い草ね、男の人を傷つけられたら、どんなにいいかだなんて！」

「そうは言ってないわ。正しくくり返してちょうだい。私が彼を傷つけられると思えたなら、どんなにいいか、と言ったの。それだけの力が、私にあればいいのに」

「てんでわからないわ。フィルは、ブレイクさんを、わざと自分にふりむかせようとしてるのよ……自分はどうするつもりもないくせに」

「できることなら、あの人にプロポーズさせるつもりよ」フィルは穏やかに答えた。

「もうお手あげね」ステラは匙《さじ》をなげた。

金曜の夜は、ときにはギルバートも訪れた。彼はいつも上機嫌で、飛びかう冗談に、打てば響く才気で応じていた。アンを追い求めることも避けることもなく、顔をあわせれば、愛想よく丁寧に話しかけたが、初対面の人に接するようなふるまいだった。幼なじみの懐かしい友情は、あとかたもなく消え失せていた。アンはそれを痛いほど感じたが、彼が自分のために落胆した例の件から立ち直って良かった、ありがたいと、自分に言い聞かせた。あの四月、夕暮れの果樹園で、アンは彼をひどく傷つけた。ギルバートはしばらく立ち直れないのではないかと案じたが、心配には及ばなかったのだ。男は死んでうじ虫に食われてきたが、色恋沙汰で死んだためしはない(3)。さしあたってギルバートが死ぬ恐れなど、いっこうになかった。彼は人生を楽しみ、野心と熱意に満ちていた。たかが一人の女が美しくも冷たいからといって、やけを起こすような無駄な真似はしないのだ(4)。ギルバートとフィルが、いつまでも冗談を言いあうのを聞きながら、アンはいぶかしんだ。彼を愛せないと告げたとき、ギルバートの瞳に浮かんだあの表情は、自分の思いすごしにすぎなかったのだろうか。

ギルバートの後任につきたがる者は引きもきらなかったが、アンは恐れることも、非難することもなく(5)、けんもほろろに断った。真実のうるわしの王子があらわれるまで、その場しのぎの代用など、作るまい。この灰色に曇る日、風の吹く公園で、アンは自分に厳しく言い聞かせた。

ふいに、ジェイムジーナおばさんの予言通り、雨が音をたて激しくふり出した。アンは傘をさして坂をかけおりたが、港通りへ出たところで、一陣の突風がふきつけ、傘はたちまちあおられて裏返った。なすすべもなく傘にしがみついたそのとき――間近で声がした。

「失礼ですが……ぼくの傘に、お入りになりませんか」

アンは顔をあげた。すると背が高く、美男で、ひときわ上品な顔だち――黒々として愁いをふくんだ謎めいた瞳――心とろける音楽のようないい声――そう、まさにアンの夢描いてきたヒーローが、生身の肉体をまとい、目の前に立っていたのだ。わざわざあつらえても、これほど理想通りにはできなかっただろう。

「ありがとう」アンはうろたえた。

「さあ、岬の小さなあずまや（6）へ、急ぎましょう」見知らぬ人は言った。「にわか雨があがるまで、そこで待ちましょう。どしゃぶりは、そんなに長くないでしょうから」

言葉づかいは、ありふれたものだった。だが、ああ、その声の響き！　しかも語りながらアンに注がれるほほえみ！　彼女の胸があやしくときめいた。

二人は一緒にあずまやへかけこみ、息を切らせて恵みの屋根の下に、腰をおろした。アンは笑いながら、不実な傘をかかげてみせた。

「傘がひっくり返って、命なきものの非情さ（7）を思い知りました」アンはほがらかに言った。

彼女のつややかな髪に、雨つぶが光っていた。結った髪のほつれ毛は、小さく巻いて首すじと額にかかっている。その頬は紅潮し、大きな目は星のように輝いていた。そんなアンを、今しがた出会った人は、うっとり見おろしている。じっと見つめられて、アンは顔が赤らむのがわかった。この人は誰だろう。えりにレッドモンドの紅白の校章をとめている。レッドモンドの学生なら、入学して間もない一年生を別にすると、少なくとも顔くらいは知っている。ところがこの洗練された青年は、見るからに新入生ではなかった。

「ぼくたち、同じ学校なんですね」アンの校章を見て、彼はほほえんだ。「充分な自己紹介になりますね。ぼくはロイヤル・ガードナー(8)と申します。あなたは、ミス・シャーリーではありませんか。先だっての夕方、勉強会で、テニスンの論文を読まれたでしょう？」

「ええ、でも私、ちっともあなたを思い出せないんです」アンは率直に打ちあけた。「何年生ですか？」

「まだどこにも所属していない気分ですよ。二年前、レッドモンドで一年と二年を終えたんですが、それからずっとヨーロッパへ行っていたんです。今は文学部を修了するために、もどってきたところです」

「私も三年です」アンが言った。

「ぼくたちは学校が同じで、学年も同じなんですね。あなたに会えたおかげで、ぼくの二年間が、いなごに食い荒らされた無益な歳月（9）ではなかったと、自分を納得させることができますよ」その人は、魅惑的な瞳に、深い意味をこめて語った。

雨は小一時間ふりつづいた。しかし、はるかに短く感じられた。雨雲が切れ、十一月の淡い陽光が港と松林へにわかに斜めにさすと、アンは、その人と肩をならべて家路についた。パティの家の門につくまでに、彼は家を訪ねてもよいかたずね、アンの承諾を受けた。アンの頰はほてり、胸が高鳴り、指先まで脈打っていた。ラスティが膝にのぼりキスをしようとしたが、飼い主は心ここにあらずだった。このとき彼女の胸は、ロマンチックな興奮にあふれんばかりで、耳のちぎれた猫どころではなかった。

その夕方、パティの家に、ミス・シャーリーあての小包が届いた。箱には大輪の薔薇が十二本ならんでいた。こぼれ落ちたカードを、フィルは臆面《おくめん》もなくひろいあげ、差出人の名前と、裏に書かれた詩の一節を読みあげた。

「ロイヤル・ガードナーですって！」フィルは叫んだ。「まあ、アン、ロイ・ガードナーと知りあいなの！」

「午後、雨ふりの公園で初めて会ったの」アンはあわてて説明した。「私の傘がひっくり返って、傘に入れてくださったのよ」

「まあ、そう！」フィルは興味津々で、アンをのぞきこんだ。「そんなありふれたことで、十二本の上等な薔薇に、優雅な詩までつけて贈ってよこすかしら。それに誰かさんが、カードを見たとたん、紅薔薇みたいにまっ赤になるかしら。アン、汝《なんじ》の顔は、汝を裏切れりよ」

「馬鹿なことを言わないで。フィルは、ガードナーさんを知っているの？」

「妹さん二人と面識があって、彼のことも聞いてるわ。キングスポートの名門の人なら、誰でも知ってるわよ。ガードナー家は、ノヴァ・スコシアのブルーノーズの中でも、いちばん裕福で由緒ある家柄だもの。ロイは評判の美男子で頭もいいの。二年前にお母さまが体調をくずしたとき、大学を休んで、外国での療養につきそったの……お父さまは他界されてるから。休学は無念だったでしょうに、立派に親孝行をしたという話よ。ふむ……ふむ……くん……くん、ロマンスの匂いがする(10)。アンが少しうらやましいけど、それほどでもないわ。だってロイ・ガードナーは、ジョウナスじゃないもの」

「ごちそうさま！」アンは頭をそらした。その夜、アンは遅くまで目ざめていた。眠りたいとも思わなかった。目をさまして思い描く空想のほうが、夢の国のいかなる想像よりも魅惑的だったのだ。ついに本当の王子があらわれたのだろうか。アンの目を、思いをこめて見つめた輝く黒い瞳を回想しながら、そう思いたい気持ちに傾いていた。

第26章　クリスティーン登場

パティの家の娘たちは身じたくをしていた。二月となり、三年生が四年生を送るパーティが開かれるのだ。アンは青い部屋の鏡に、わが身をうつし、娘らしい満足を味わっていた。きわめて美しいドレスをまとっていたのだ。もともとはクリーム色の絹地の飾り気のないスリップドレスで、透けたシフォンが重なっていた。それをフィルが、クリスマス休暇に家へ持ち帰ると言って、小さな薔薇のつぼみを、シフォン地一面に刺繍したのだ。フィルは手先が器用で、大学中の女子が羨望《せんぼう》のまなざしをむけるドレスが仕上がった。パリから服をとりよせるアリー・ブーンでさえ、アンがドレスのすそをひいてレッドモンドの大階段をのぼっていくと、あこがれの目で薔薇の刺繍を追った。

アンは白い蘭（1）を一輪、髪に飾り、鏡でたしかめた。ロイ・ガードナーが、この送別会のために何本も送ってくれたのだ。その夜、白い蘭を飾る女子など誰もいないと、アンはわかっていた——フィルは部屋に入るなり、見とれた。

「今夜は、アンのための夜ね、なんてきれいでしょう。十夜のうち九夜は、私のほうが光り輝くけど、十夜めに、突然、アンがぱっと花開いて、私をしのぐのよ。どうしたらそんなことができるの？」

「服のせいよ、馬子《まご》にも衣裳よ」

「ちがうわ。この前の晩も匂い立つようにきれいだったけど、リンド夫人が縫った青いネルの古いシャツブラウスだったもの。かりにロイが、まだ理性と感情をうばわれていないとしても、今夜こそ、そうなるわ。だけどアンに蘭の花は似あわないわ。やきもちじゃないの、アンには、そぐわないの。あまりにもエキゾチックで……南国的で……尊大だもの。とにかく髪にさしてはいけないわ」

「そうね、じゃあよすわ。私も蘭は好きじゃないの、自分らしくない気がして。ロイも蘭をたびたび送ってくれるわけじゃないのよ……私は身近な花が好きだって知っているもの。蘭は、よそを訪問するときに持っていく花ね」

「ジョウナスは、今夜のために、可愛らしいピンクの薔薇のつぼみを送ってくれたわ……だけど……本人は来てくれないの。貧民街《スラム》で祈禱会を開くんですって！　あの人、来たくないのよ。アン、こわいわ、ジョウナスは、ほんとは私のことなんか、ちっとも好きじゃないのよ。だから私、考えてるの。嘆き暮らして死ぬか、それとも勉強をつづけて文学士号をとって、分別のある立派な人になるか」

「分別のある立派な人には、なれそうもないから、嘆き暮らして死ぬほうがいいわよ」

アンは冷たく答えた。

「まあ、薄情ね！」

「フィルのお馬鹿さん！　ジョウナスがあんたを愛していることくらい、よくわかっているでしょ」

「だけど……言葉にして、言ってくれないの。それに私も、あの人に言わせることができないのよ。たしかに、そんな顔つきはするわよ。でも、ただ汝の瞳で、われに語りかけ（2）られても、嫁入り道具のドイリー刺繍や、テーブルクロスのふちかがり《ヘムステッチ》（3）にとりかかる理由にはならないわ。そうした手仕事は、ほんとに婚約するまで始めたくないの。神意をためすようで、おそれ多いわ」

「ブレイクさんは、フィルに結婚を申しこむのがこわいのよ。あの人は貧しくて、フィルが今まで住んできたような家を与えることもできない。いつまでたっても求婚しない理由は、それだけよ、わかるでしょう」

「そうかもしれない」フィルは悲しげに認めたが、「そうだ」――と、にわかに顔を明るくした――「あの人が求婚してくれないなら、私がする、それだけのことよ。きっとうまくいくはずよ。悩むのはもうよすわ。ところで、ギルバート・ブライスが、クリスティーン・スチュアート（4）とよく出かけてるんですって、知ってた？」

　アンは、細い金色のくさりを首にかけようとしていたが、突然、とめ金がかからなくなった。とめ金に――あるいは、アンの指先に、何かが、起きたのだろうか。

「知らないわ」アンはそ知らぬ様子で答えた。「クリスティーン・スチュアートって誰？」

「ロナルド・スチュアートの妹よ。この冬、キングスポートで音楽を勉強してるの。会ったことはないけど、美人で、ギルバートは夢中だそうよ。アンがギルバートを断ったときは腹が立ったけど、アンの運命の人は、ロイ・ガードナーだったのね。今はわかるわ。結局、アンは正しかったのよ」

アンとロイ・ガードナーの結婚は決まったも同然だと女の子たちが言うと、アンは顔を赤らめたが、このときはちがった。ふいにアンは気分が沈み、フィルのおしゃべりが下らなく、送別会も退屈に感じられた。アンは、かわいそうにラスティの耳を殴りつけた。

「今すぐクッションからおりなさい、この猫ったら！　いつもの下の部屋へ行きなさい」

アンは蘭を手に、階下へおりた。居間では、ジェイムジーナおばさんが、暖炉の前にコートを一列につるし、暖めていた。ロイ・ガードナーはアンを待つ間、サラ猫をかまっていた。このめす猫はロイを評価せず、決まって背をむけたが、パティの家の女性たちはみな心から彼を好いていた。とりわけジェイムジーナおばさんは、ロイの常に変わらぬ、うやうやしく、礼儀正しい物腰、感じのよい訴えかけるような声の調子にほれこみ、こんなにいい青年には、お目にかかったことがありません、アンは幸運な娘ですよ、と言い切った。そうした評価を耳にすると、アンは落ちつかない心境になった。たしかにロイの求愛は、乙女心を満たすロマンチックなものだった。だが——ジェイムジーナおばさんや女の子たちに、当然のことと思われるのは、わずらわしかった。この夜も、ロイはアンにコートを着せかけながら、詩的なほめ言葉をささやいたが、彼女は、いつものように頬を染めることも胸ときめくこともなかった。レッドモンドまで歩く短い道中に、ロイは、アンの口数が少ないのに気がついた。女子化粧室から出てきたときは、少し顔色が悪いとも感じた。ところが、パーティの会場へ入るや、アンの血色と顔の輝きが、にわかによみがえった。彼女はこの上なく楽しげな表情を浮かべ、ロイにむきあった。彼もアンにほほえみ返した。「深く、黒く、ビロードのような微笑」とフィルが呼ぶ顔つきで。だが実のところ、アンはロイなど見ていなかった。アンはめざとく気づいていた。部屋のむこうの棕櫚《しゅろ》の下で、ギルバートが一人の女性と立ち話をしている。あれがクリスティーン・スチュアートにちがいない。

その娘は、さっそうとした美人だった。中年になると恰幅がよくなりそうな堂々とした体格で、背が高く、大きな濃紺の瞳に、象牙の肌、そしてなめらかな黒髪が輝いていた。

「あの人、私が今まであこがれてきたとおりの姿をしているわ」アンはみじめに思った。

「薔薇の花びらの顔色……星のようなすみれ色の瞳……ぬばたまの黒髪……ああ、すべてをそなえている。コーデリア・フィッツジェラルド（5）という名前じゃないのが不思議なくらい！　でも体つきは、私ほど良くないわね、鼻の形はとくに」

そう結論づけ、アンはわずかに慰められた。

第27章　打ち明け話

その冬の三月は、内気でおとなしい子羊のようにやって来た。日中はさわやかで金色の陽がさし、頬がひりつくほど寒かった。毎日、霜のおりる桃色の黄昏が訪れ、月光が照らす妖精の国《エルフランド》へ、少しずつ暮れていった。

パティの家の娘たちには、四月の年度末試験が影を落としていた。一同は猛勉強をしていた。フィルでさえ、意外な根気強さで、教科書とノートにかじりついていた。

「私、数学でジョンソン奨学金を勝ちとるわよ」フィルは落ちついて宣言した。「ギリシア語なら簡単だけど、あえて数学でとるわ。私が本当は聡明だということを、ジョウナスに証明したいの」

「ジョウナスは、フィルの巻き毛の下の脳味噌よりも、大きなとび色の目と、口をゆがめてにっこりする笑顔が、好きだと思うわ」アンが言った。

「私の娘時分は、数学にくわしいだなんて、お嬢さんらしくないと思われたものです」ジェイムジーナおばさんが口をはさんだ。「でも時代は変わりましたからね、いちがいに変化が良いとは思いませんが。ところでフィル、お料理はできますか？」

「いいえ、ジンジャーブレッド（1）しか作ったことがないんです、それも失敗しました……まん中がへこんで、まわりが高くなって、どんなのか、おわかりでしょ？　でも私が本気で料理を習ったら、数学で奨学金をとれる頭脳だもの、同じくらい上達するわよ」

「おそらくね」ジェイムジーナおばさんは用心深かった。「女性の高等教育を非難するのではありませんよ。私の娘も、文学の修士号をとりました。でも、あの子は炊事もできます。大学の教授が数学を教える前に、私が料理をしこみましたから」

三月半ばには、ミス・パティ・スポフォードから手紙が届いた。もう一年、ミス・マリアと海外に滞在するという。

「ですから、みなさん方は、次の冬もパティの家に暮らして結構です」と書かれていた。「マリアと私は、エジプトを一めぐりしてきます。あの世へ行く前にスフィンクス（2）を見たいと存じまして」

「あのおばさま二人が、『エジプトを一めぐりしてくる』ところを想像してみてよ！　スフィンクスを見あげながら編み物をするんじゃないかしら」プリシラが笑った。

「もう一年ここに住めて、とても嬉しいわ」ステラが言った。「二人の帰国が、気がかりだったの。楽しき小さなわが家は解散……巣ごもりしている私たちひよっこが、また下宿というつらい世の中に放り出されるところだったもの」

「私、公園を歩いてくるわ」フィルが本を脇においた。「八十歳になったとき、今夜、公園へ行ってよかったと思うでしょうから」

「どういうこと？」アンがたずねた。

「一緒にきて、教えてあげる」

散歩に出かけた二人は、三月の夕暮れの神秘と魔法に魅了された。静かで穏やかな夕方は、偉大で、ほの白く、物思いを秘めた静寂に包まれていた――その静けさには、しかし、魂の耳を、体の耳をすますようにとぎすませれば聞こえる、透きとおったかすかな音色が無数に織りこまれていた。二人が松林の長い小径をそぞろ歩くと、その先は、深紅に燃えたつ冬の夕陽へ続くようだった。

「詩心さえあれば、今すぐ、家へ帰って詩を書くんだけど」フィルが足をとめた。「ちょうど木立の途切れたところで、松の緑の枝先に、薔薇色の夕陽がさしていた。「ここは、すべてがすばらしいわね……雄大で、清らかな静けさ、つねに考えているような黒々とした松」

「森は、神の最初の神殿なり」(3)アンがそっと引用した。「こうした場所では、敬虔な気持ちになって、崇拝の念をいだかずにいられないわ。松林を歩くと、神さまがすぐ近くにいらっしゃるように感じるの」

「アン、私は世界でいちばん幸福な娘よ」突然、フィルが打ち明けた。

「とうとうブレイクさんに結婚を申しこまれたのね」アンは高ぶりをおさえて言った。

「ええ。それなのに私ったら、プロポーズの間に三回もくしゃみをしたの。みっともないでしょ。でも彼が言い終える前に、『はい』って返事をしたわ……あの人の気が変わって、やめてしまうのがこわかったの。私、ぼうっとするくらい幸せよ。ジョウナスが、この浮ついた私を好きになってくれるなんて、前は信じられなかったもの」

「本当に浮ついているわけじゃないわ」アンはまじめに言った。「浮ついて見える表面の下に、優しくて、誠実で、可愛らしい女心があるのよ。それをどうして隠すの？」

「そうせずにはいられないの、クィーン・アン。あんたの言う通りよ……心は浮ついてないわ。でも、浮ついた皮膚が心をおおって、ぬぎ捨てられないの。ポイザー夫人が言うように、私はもう一度、卵から生まれ直して別の人になるべきなんだわ(4)、自分で変えてしまう前に。だけどジョウナスは、本当の私を理解して、愛してくれるの、浮ついたところもひっくるめて。私もあの人を愛してる。愛してると気づいたときは、驚いたわ。人生で、あんなに驚いたことはないくらい。不細工な人と恋に落ちるなんて、あり得ないと思ってたもの。しかも、この私が、たった一人の恋人に決められたなんて。それもジョウナスという名前の人に！　だけどジョーと呼ぶつもりよ。ぴりっとして、すてきでしょ。アロンゾなんて呼び名はつけられないわ」

「アレックとアロンゾはどうするの？」

「どちらとも結婚はできないと、二人にはクリスマスに話したわ。どちらかと一緒になれると思ってたなんて、今思えば、不思議な気がするわ。あんまり二人が嘆くから、かわいそうになって、私も泣いたの……声をあげてね。だけど私が結婚できる相手は、この世に一人しかいないとわかったもの。ひとたび自分で決心してみると、簡単だったわ。それが確信できて嬉しいの。しかもこれは私自身の確信で、ほかの人の確信じゃないんだと自覚していることも、すばらしいわ」

「ずっと続けられると思う？」

「自分で決心するという意味？　わからないけど、ジョーが、役に立つ決まりを教えてくれたの。迷うときは、八十歳になったとき、しておけば良かったと思うことをなさいって。それに、どのみち彼は決断が早いの。一軒の家に、いろんな考えがありすぎるのは厄介だから助かるわ」

「フィルのご両親はなんておっしゃるかしら」

「父は大して言わないでしょう。私のすることは何でも正しいと思ってるから。でも母は、口を出すわよ。母のおしゃべりったら、鼻と同じくらい、バーン家の特徴なの。でも最後は丸くおさまるでしょうよ」

「ブレイクさんと一緒になったら、今まで持っていたものを、いろいろとあきらめなくてはならないのよ」

「でも、彼がいるわ。だからほかは惜しくないの。来年の六月に結婚するつもりよ。ジョーは、この春、セント・コロンビアの神学校を卒業して、貧民街《スラム》のパターソン街にある小さな伝道教会を受けもつの。この私が、貧民街よ！　でも彼となら、貧民街でもグリーンランドの氷の山(5)でも行くわ」

「お金持ちとしか絶対に結婚しないと言っていた娘が、今はこれですからね」アンは、松の若木にむかって語りかけた。

「若気のいたりを思い出させないでちょうだい。貧乏になっても、裕福だったころと同じように、陽気にやるわよ、見ててちょうだい。お料理に、服の仕立て直しも習うわ。パティの家では、市場の買い物をおぼえたもの。それに私、夏中、日曜学校で教えたこともあるのよ。ジェイムジーナおばさんは、私がジョーと結婚したら、彼の職業人生が破滅するって言うけど、そんなことはないわ。たしかに私は、分別も落ちつきもないけど、それを上まわる美点があるの……人に好かれる才能よ。ボーリングブルックの祈禱会に、舌たらずの男の人がいて、その人が言うのよ。『電灯《れんとう》のごとく輝《かや》けぬなら、ろうそくのごとく輝《かや》け』って。私は、ジョーの小さなろうそくになるつもりよ」

「フィルったら、もうどうしようもないわね。あのね、私はあんたを愛しているからこそ、愛想のいい、当たりさわりのない、お世辞のお祝いは言えないの。でも、フィルが幸せになって、私も心から嬉しいわ」

「わかってる。アンの大きな灰色の目に、本物の友情があふれてるもの。そのうち私も同じ目をして、アンを見ることになるのね。アンは、ロイと結婚するんでしょう?」

「いとしのフィリッパ、有名なベティ・バクスターを知っているでしょう? 彼女は『男が求婚する前に断った』のよ。その名高いレディと、はりあうつもりはないわ。私は『求婚』される前から、断ることも、承諾することもしないわ」

「ロイはアンに夢中よ、大学中が知ってるわ」フィルは気がねなく言った。「アンも、彼を愛してるんでしょ?」

「そ……そう思うわ」アンはしぶしぶ言う羽目になった。こんな告白をするからには、顔を赤らめるべきだと思ったが、そうはならなかった。にもかかわらず、ギルバート・ブライスやクリスティーン・スチュアートの噂話を聞くと、決まって頬が赤くほてった。あの二人は自分には何の関係もない——まったく関係がない。それなのになぜ顔が赤らむのだろう。その理由を、アンは分析しようとはしなかった。ロイのことは、もちろん愛していた——どうにかなりそうなくらいに。この感情をおさえることなどできようか。何しろロイは、アンの理想通りではないか。あの黒くきらめく瞳、訴えるような声に、誰が抵抗できようか。レッドモンドの女子の半数が、猛烈にアンをうらやんでいるのだ。しかもアンの誕生日には、美しいソネットを、すみれの箱にそえて贈ってくれた! その一字一句を、アンは暗記していた。恋人に贈る詩としては、上出来だった。もちろん、キーツやシェイクスピア（6）の水準にはおよぶべくもないが――アンもそこまで恋に溺れてはいなかった、しかし雑誌にのるくらいのできばえだった。何よりもそれは、アンに捧げられた詩なのだ――ローラや、ベアトリーチェや、アテネの乙女（7）ではなく、このアン・シャーリーに。アンの瞳は明けの明星――その頰の紅色は朝焼けからそっとうばいしもの――その唇はエデンの園の薔薇より赤し、と語調をそろえた韻律で描かれ、胸が高鳴るほどロマンチックだった。ギルバートなら、アンの眉毛に捧ぐソネットを書くなぞ、夢にも思わないだろう。だがギルバートとは、冗談が通じるのだ。一度、ロイに笑い話をした――ところが彼は、意味を解さなかった。アンは、同じ話をギルバートにして、二人で仲よく笑い転げたことを思い返した。ユーモアのセンスを欠く男性と暮らす人生は、長い目で見れば、いささか退屈ではないだろうか、アンは不安にもなった。だが、いったい誰が、憂愁にして謎めいたヒーローに、物ごとの滑稽な面を理解しろと期待するだろう。まったく、理不尽な話ではないか。

第28章　ある六月の夕暮れ

「いつも六月の世界に生きたら、どんな感じかしら」夕暮れどき、アンは、かぐわしい花ざかりの果樹園を抜け、玄関先へ歩いてきた。その石段にマリラとリンド夫人が腰かけ、その日、二人が参列したサムソン・コーツ夫人の葬儀について話していた。ドーラは、二人の間にすわり、熱心に勉強していた。ところがデイヴィは草にあぐらをかき、愛嬌のある片えくぼの顔は、さえない表情でふさいでいた。

「そんな世界は飽きてしまうよ」マリラがため息をついた。

「そうかもしれないけど、今の気分から言うと、今日のように何もかもすてきなら、飽きるまでに時間がかかると思うわ。六月は、すべてに愛されているのよ。デイヴィ坊や、この花の季節に、どうしたの、十一月のような憂うつな顔をして」

「ちょっと具合が悪いんだ、生きるのに疲れたんだよ」若き悲観主義者《ペシミスト》は語った。

「十歳で？　まあ、なんて悲しいこと！」

「ふざけてるんじゃないよ」デイヴィは重々しく言った。「ぼくは……い……意気消沈《いきしょうちん》しているの」――英雄的な苦労のすえ、この大そうな言葉を思い出した。

「どうして？」アンは、デイヴィのかたわらに腰をおろした。

「ホームズ先生が病気になって、新しい先生が来たんだけど、算数を十問、月曜までにしなさいって。そんなことをしたら、明日は丸一日つぶれちゃうよ。土曜日に宿題をさせるなんて、不公平だよ。ミルティ・ボウルターはやらないって言ったけど、マリラはしなさいって。カーソン先生なんか、嫌いだい」

「デイヴィ・キース、自分の先生をそんなふうに言うもんじゃありません」リンド夫人が叱りつけた。「カーソン先生はいい娘さんで、馬鹿げたところもありません」

「それじゃあ、あんまり魅力的な人ではないようね」アンが笑った。「少しは馬鹿げたところがある人のほうが、すてきだもの。だけど私は、リンドのおばさんよりも、先生を評価しているわ。ゆうべ祈禱会でお見かけしたけど、かならずしも分別でこりかたまっている目じゃなかったわ。さあ、デイヴィ坊や、美徳の心をとり直して(1)。『明日は新しい一日』(2)よ。算数なら、できるだけ手伝ってあげるから。算数を心配して、この光と闇のはざまの美しいひとときを無駄にしてはだめよ」

「うん、わかったよ」デイヴィの表情が明るくなった。「アンが手伝ってくれるなら、宿題をやってから、ミルティと釣りに行けるね。アトッサおばさんのお葬式が、今日じゃなくて明日ならよかったのに。ぼくも行きたかったんだ。だってミルティに聞いたんだ、アトッサおばさんのことだから、きっと棺桶から起きあがって、お葬式に来た人たちに嫌みを浴びせるだろうって、お母さんが言ったんだって。だけどマリラに聞いたら、そんなことはなかったって」

「かわいそうなアトッサも、棺の中じゃ、すっかりおだやかな顔をしてましたよ」リンド夫人がおごそかに言った。「生前は、あんなに優しい顔は一度もしなかったのにね、まったく。あの人が死んだからといって、涙をこぼした人はあまりいなかったね、哀れなお年寄りだよ。イライシャ・ライトの家じゃ、アトッサがいなくなって肩の荷がおりたようだが、あの一家を責める気はこれっぽっちもありませんよ」

「この世を去っても、悲しんでくれる人が誰もいないなんて、そんなつらいことはないわ」アンは身ぶるいした。

「親は別にすると、アトッサを愛した人はいなかったよ、それはたしかだ、ご亭主でさえもね」リンド夫人が言い切った。「アトッサは四番目の女房でね、ご亭主には、結婚癖みたいなものがあったのさ。ところがアトッサと一緒になってからは、ほんの二、三年しか生きなかったよ。お医者によると、消化不良で死んだそうだが、私は、アトッサの毒舌にやられたと常々言ってるんだよ、まったく。かわいそうに、アトッサはご近所のことなら、何でも知ってたのに、自分のことはわからなかったんだね。とにかく、あの人は死んでしまった。次なるさわぎはダイアナの結婚式だ」

「ダイアナが結婚すると思うと、不思議で、恐ろしいわ」アンは息をつくと、両膝をかかえ、《お化けの森》を透かしてダイアナの部屋に輝く灯りに目をむけた。

「友だちのお祝いごとの何が恐ろしいんだかね、見当もつかないよ」リンド夫人は声を強めた。「フレッド・ライトは立派な農場を持ってるし、模範的な若者だよ」

「でも、昔のダイアナが結婚したがっていたような、荒々しくて、威勢のいい、不良青年じゃないわ」アンはほほえんだ。「もちろんフレッドはいい人だけど」

「それがいちばん大事だよ。それともダイアナに、悪い男と一緒になってほしいのかい？　アンも不良と一緒になりたいのかい？」

「まさか、悪い人とは結婚しないわ。でも、悪くなろうと思えばできるけれど、そうはしない男の人が好きよ。その点、フレッドは、絶望的に善人だわ」

「あんたもそのうち分別がつくよう願ってるよ」マリラが言った。

マリラの口ぶりはかなり厳しかった。アンがギルバート・ブライスを断ったと知り、マリラは悲しみ、落胆していたのだ。アヴォンリーはその噂で持ちきりだった。どこからもれたのか不明だったが、チャーリー・スローンが当て推量をして、それを事実のように語ったのかもしれない。あるいはダイアナがフレッドに秘密をもらし、軽率にも彼がしゃべったのかもしれない。いずれにせよ、知れわたったのだ。もはやブライス夫人は、近ごろ息子から手紙は来るかと、人前にしろ、二人きりのときにしろ、たずねなくなった。冷ややかに会釈をして通りすぎるだけだった。アンは、ほがらかで若々しい心持ちのギルバートの母を好いていたため、ひそかに悲しんだ。マリラは何も言わなかった。リンド夫人は、腹の立つあてこすりをアンに浴びせた。もっとも、次なる新情報が、この有徳のご婦人の耳に入ると、つまりムーディー・スパージョン・マクファーソンの母親を介して、アンには大学に別の「恋人」があり、その人は裕福な美男子で、善良にして、すべてを兼ねそなえていると知ってからは、あてこすりもやめたが、内心では、ギルバートに承諾すれば良かったものを、といまだに思っていた。もちろん金持ちは結構である。だが実際家のリンド夫人でさえ、豊かさが何よりも本質的な条件だとは考えていなかった。もしアンが、ギルバートより、そのよその美男子を「好いている」なら、これ以上言うことはない。しかしリンド夫人は、アンが財産に目がくらみ誤った結婚をしまいか、心底、案じていた。一方のマリラは、アンを理解していたため、そうした懸念はなかったが、物ごとの全体的な枠組みが、何かあやまった方向へ進んだ気がしてならなかった。

「おさまるべきとこに、おさまりますよ」リンド夫人が陰気に語った。「ときどき間違ったところへおさまることもありますがね、アンもそうなるんじゃないかと思いますよ、神さまの手助けがないかぎりはね、まったく」リンド夫人はため息をついた。おそらく神の手助けはないだろうと無念だったのだ。といって、この夫人も、自分から間に入るほどの勇気はなかった。

アンは《木の精《ドライアド》の泉》へそぞろ歩き、白樺の大木のもと、羊歯のしげみに丸くなってすわった。すぎ去った夏の日、ここで、しばしばギルバートと腰をおろしたのだ。大学が夏休みに入ると、彼はふたたび新聞社へ働きに行った。ギルバートのいないアヴォンリーは味気なかった。手紙も来なかった。決して届かない手紙を、アンは恋しがっていた。実のところ、ロイからは週に二通も届いた。それは洗練された美文で、回顧録や伝記のなかで麗々しく読まれるたぐいの書簡だった。読んでいるとアンは、前にもましてロイへの深い愛をおぼえたが、不思議で、切羽つまり、苦しいような胸の躍動は決してなかった。だがその感情は、ギルバートからの手紙を見たとき、アンにわきあがった。ある日、ハイラム・スローン夫人からわたされた封筒の宛て名が、ギルバートのいつもの黒インクで書かれ、縦の線を直立にひく彼の筆跡だったのだ。アンは急ぎ帰り、東の切妻の部屋に入るや、夢中で封を切った――ところがそれは、タイプで打った大学の会の報告書だった――「これだけで、それ以上は何もなかった」(3)。アンは罪のない手紙を部屋のすみにほうり投げ、腰をすえ、ロイにあてて格別に優しい書簡をしたためた。

ダイアナの結婚は、五日後にせまっていた。オーチャード・スロープの灰色の家は、パンや菓子を焼き、祝いの酒を醸《かも》し、茹でたり煮たりの大忙しだった。昔ながらの大がかりな結婚式が開かれるのだ。アンは十二の年にかわした約束を守り、花嫁《ブライズ・メイド》のつきそいをつとめることになっていた。ギルバートはキングスポートから帰り、新郎《ベスト・マン》のつきそい役をするのだ。アンは、さまざまなしたくのにぎわいを楽しんだが、その底に、かすかな胸の痛みもたえずおぼえていた。ある意味では、かけがえのない幼な友だちが失われようとしているのだ。ダイアナの新居は、グリーン・ゲイブルズから二マイル（約三・二キロ）も離れていた。昔のように四六時中行き来するつきあいは、もう望めないだろう。アンは、ダイアナの部屋の灯りを見ながら、長い歳月、この灯りがどれだけ自分にむかって輝き続けてくれたか、あらためて思い知った。間もなくこの灯りは、夏の夕闇のむこうに瞬くこともなくなるのだ。そう思うと悲しみが胸にせまり、大つぶの涙が二つ、灰色の瞳にこみあげた。

「ああ」アンは思った。「人は大人になって……結婚して……変わっていかなくてはならない。なんてつらいことでしょう！」

第29章　ダイアナの結婚式

「やっぱり、ピンクの薔薇こそ、本当の薔薇ね」オーチャード・スロープの西むきの切妻の部屋（1）で、アンは、ダイアナのブーケに白いリボンを結んだ。「ピンクの薔薇は、愛と誠実の花よ」

ダイアナは、緊張の面もちで部屋の中央に立っていた。白いウェディングドレスに身を包み、黒い巻き毛を白く透きとおるヴェールでおおっていた。アンは何年も前にダイアナとかわしたセンチメンタルな誓いを守り、親友にヴェールをかぶせたのだ。

「何もかもきれいよ。ずっと昔に思い描いた通りだわ。あのころの私ったら、ダイアナが結婚したら、別れなければならないんだって想像して、泣いたのよ（2）」アンが笑った。「私が夢見ていた通りの花嫁姿よ、『美しいかすみのようなヴェール』をかぶって、私はあんたのつきそいをして。だけど、ああ！　私、パフスリーブじゃないわ……でもこのレースの短い袖のほうがずっと可愛いわね。それに私の胸もはりさけなかったし、フレッドもそれほど憎たらしくないわ」

「私たち、別れるわけじゃないのよ」ダイアナが言った。「遠くへ行くんじゃないもの。

これまでと同じように仲よくしましょうね。アンと私は、遠い昔にたてた『誓い』をずっと守ってきたのよ」

「そうね、誓いを忠実に守って、美しい友情をつちかってきたわね。喧嘩をしたり、冷たくしたり、思いやりのない言葉を言ったりして、友情を破ったことは一度もなかったわ。これからもずっとそうしましょうね。だけどこれからは、まったく同じというわけにはいかないわ。ダイアナは、ほかに大事なことができるんだもの。私なんか蚊帳《かや》の外よ。リンドのおばさんが言うように、『人生とはそうしたもの』なのね。おばさんは、大事にしてきた『煙草縞《じま》』(3)の棒針編みのベッドカバーを一枚、ダイアナにくださったでしょ。私も結婚したら一枚くださるそうよ」

「アンが結婚するとき、アンのために花嫁のつきそいになれないのが残念だわ」ダイアナは嘆いた。

「来年の六月、フィルがブレイクさんと結婚するときも、私はつきそいをするの。これで最後にしなくてはね。諺《ことわざ》にあるでしょ、『花嫁のつきそいを三度つとめると、花嫁になれない』って」アンは窓に顔をよせ、桃色と雪白の花ざかりの果樹園をのぞいた。

「ダイアナ、牧師さんがお見えになったわ」

「ああ、アン」ダイアナは息をのみ、ふいに青ざめ、ふるえだした。「ああ、アン……とてもこわいの……最後までやり通せないわ……きっと気絶してしまうわ」

「気を失ったら、雨水をためた大だるへ引きずって行って、あんたをつっこんであげる」アンは情け容赦《ようしゃ》なく言った。「元気をだして。結婚式が、そんなに恐ろしいはずないでしょ。みんな結婚式をあげて、ぴんぴんしているんだから。私なんか、こんなに冷静で落ちついてるわ。しっかりなさい」

「あんたも自分の番がくればわかるわよ、独身のアン。あら、お父さんが二階へあがってくるわ。ブーケをちょうだい。ヴェールはちゃんとなってる？　顔は青くない？」

「すばらしくきれいよ。最後にお別れのキスをして。ダイアナ・バリーには、二度とキスをしてもらえないもの」

「これからはダイアナ・ライトがしてあげるわよ。ほら、お母さんが呼んでる、行きましょう」

そのころ流行っていた昔ながらの素朴な流儀にしたがい、アンは、その腕をギルバートにあずけて客間へおりた。階段の上で、二人はキングスポートからもどってより、初めて顔をあわせた。ギルバートは、ちょうどその日、ついたばかりだった。彼は、礼儀正しくアンと握手をした。元気そうだったが、少しやせたことに、アンはすぐに気づいた。彼の顔色は悪くなかった。それどころか、柔らかな白いドレスで着飾り、つやめく豊かな髪に鈴蘭をさしたアンが廊下を歩いてくると、ギルバートは頰を染め、その紅潮は、いつまでも彼の面ざしに残った。二人そろって来賓《らいひん》でこみあう客間に入ると、感嘆のささやきが部屋中に広がった。「なんと見栄えのいいカップルだろうね」感にたえない様子でリンド夫人がマリラに耳打ちした。

フレッドがまっ赤な顔で、一人でゆっくり入ってきた。続いてダイアナが父親と腕を組み、長いすそをひいて入場した。彼女は気絶しなかった。式がとどこおるような不都合も起きなかった。それから祝宴がもよおされ、にぎやかなお祭りさわぎとなった。やがてたそがれが青い夜へ移り変わるころ、フレッドとダイアナは、月明かりの中、馬車で新居へ出発した。そしてギルバートは、アンをグリーン・ゲイブルズへ送って歩いた。

この夕方、仲間たちと愉快にすごすうちに、二人には、かつての友情らしきものがよみがえっていた。ああ、この懐かしい道をまたギルバートと歩くのは、なんといい気持ちだろう！

その晩は静まりかえり、咲きほこる薔薇のささやき——ひな菊《デイジー》の笑い声——草の奏でる笛の音色——といった優しい音の数々が、すべて一つにとけあい聞こえるようだった。見慣れた畑の上に明るい月がのぼり、世界を照らしていた。

「アン、家へ入る前に、《恋人たちの小径》を散歩してもいいかな？」《輝く湖水》にかかる橋をわたりながら、ギルバートがたずねた。湖面に月がうつり、大輪の金の花が水中に咲いたようだった。

アンはこころよく承知した。その夜、《恋人たちの小径》は、まさしく妖精の国《フエアリーランド》を抜ける道すじだった——月光の織りなす白い魔法を浴びて、かすかに輝く神秘のところとなり不思議な力に満ちていた。かつて、こうしてギルバートと《恋人たちの小径》を歩くのは危険きわまりないひところもあった。しかし今は、ロイとクリスティーンのおかげで安心だった。だがアンは、ギルバートと快活に語らいながらも、クリスティーンのことをしきりに考えている自分に気づいた。クリスティーンとは、キングスポートを離れる前にいくたびか会った。アンは楽しく親切にふるまい、クリスティーンもまた楽しく優しかった。実際、二人は親しい友となった。にもかかわらず、その親しさが友情に深まることはなかった。クリスティーンは明らかに心の同類ではなかった。

「夏はずっとアヴォンリーにいるのかい？」ギルバートがきいた。

「いいえ、来週、島東部のヴァレー・ロードへ行くの。エスター・ヘイソーンから、彼女の代わりに七月と八月、教えてほしいと頼まれたの。その学校は夏学期があって、エスターは体調がすぐれないので、私が代用教員をするの。ある意味では嫌じゃないわ。このごろはアヴォンリーにいても、よそ者になったようだもの。悲しいけど……本当なの。子どもたちがあっという間に大きくなって、びっくりするくらい、もう立派な男の子と女の子……いえ、若い男女よ……この二年の間に、私の教え子たちの半分は、大人になったわ。前はギルバートや、私や、同級生たちがつどっていた場所に、若い子たちがいるのを見ると、ずいぶん年をとった気がするの」

アンは笑い、それから吐息をついた。自分が年齢を重ね、常識をわきまえ、賢くなったように感じられたのだ――もっとも、それがアンの若さの証だったが。そしてアンは胸につぶやいた。あの懐かしく、愉快な日々に帰りたい。かつて人生は、希望と夢想からなる薔薇色のかすみのむこうに見えていた。そして今となっては、永遠に失われた名状しがたい何かをはらんでいた。それはいったいどこへ行ったのだろう――あの輝きと夢は(4)。

「かくして世は移り変わる」(5)ギルバートは現実的な言葉を引用したが、どことなく上の空だった。クリスティーンのことを思っているのかしら、アンはいぶかった。ああ、アヴォンリーは寂しくなるだろう……ダイアナも去っていった!

第30章　スキナー夫人のロマンス（1）

ヴァレー・ロード駅で汽車をおりたアンは、あたりを見わたし、迎えの人を探した。下宿先はミス・ジャネット・スィートという人物の家だった。エスターの手紙から思い描いていたミス・スィートらしき人物は見あたらなかった。だが、視界にはただ一人、年輩の女性がいて、郵便袋をつみあげた荷馬車にうずもれるように乗っていた。体重は、ひかえめに見つもっても二百ポンド（一ポンドは約四百五十四グラム）はあるだろう。顔は、中秋の名月《ハーヴェスト・ムーン》さながらに丸くて赤く、目鼻だちがうもれているところまで月に似ていた。その人は、黒い毛織りの服を窮屈そうに着ていたが、十年も前の流行だった。土ぼこりをかぶった小さな黒い麦わら帽子に黄色いリボンをまいて蝶々に結び、色あせた黒いレースの指なし手袋をはめていた。

「こっちだよ」その人は馬車のむちをふるい、アンに呼びかけた。「ヴァレー・ロードの新しい先生かい？」

「ええ」

「ああ、思った通りだ。ヴァレー・ロードは別嬪《べっぴん》の女先生がくるんで有名でね。ところがミラーズヴィルは不美人が来るんで知られてるんだよ。今朝、ジャネット・スィートに頼まれてね、先生を迎えに行ってもらえまいかと。それであたしゃ言ったんだよ。『よござんすよ、その先生が郵便袋にうもれても気にしなけりゃね。あたしの馬車ときたら、郵便袋をつむにはちょっくら小さい、おまけにあたしゃ、トーマスよか肥《こ》えてるもんでね！』と。ちょっくら待ってな、先生、郵便袋をちょっとばかしどかして、先生をどうにか押しこんだげましょう。ジャネットの家まで、ほんの二マイルだよ。トランクは今夜、隣の雇い人の小僧がとりにきますから。あたしゃ、スキナー……アミーリア・スキナーだよ」

やっとのことでアンは馬車に押しこんでもらったが、その間中、彼女はおかしそうに一人で笑みを浮かべていた。

「クロや、出発」スキナー夫人は、丸々とした両の手で手綱《たづな》をたばねた。「郵便配達をするのは今日が初めてでね。トーマスがかぶの畑を掘りおこすもんで、代わりを頼まれたんだよ。ちょっくら腰かけて、腹ごしらえしてから出てきたのさ。この仕事はなかなか気に入ってるよ。むろん、少しは退屈だども、すわったまんま考えごとしたり、ただすわってたり。さあ、クロや、とっとこな。早いとこ帰りたいもんでね。あたしがいないと、トーマスがひどく寂しがるでね。ほれ、所帯を持って、まだ日が浅いもんで」

「そうだったんですか！」アンは礼儀に気をつけて言った。

「ほんのひと月さ。もっとも、トーマスは長いこと求婚してくれたよ。そりゃあロマンチックだったさ」アンは、ロマンスという言葉に似つかわしいスキナー夫人の姿を思い浮かべようとしたが、むずかしかった。

「そうだったんですか！」アンはまた言ってしまった。

「ああ、もちろんだとも。何しろもう一人、私を追いかけまわす男がいたもんでね。とっとこな、クロや。あたしゃ、亭主に先立たれて、長いこと後家だったもんで、もう再婚はしないだろうと、まわりもあきらめてたんだ。ところが、うちの娘が……先生とおんなじで、教師をしてるんだが……西部へ教えに行っちまって、ずんとさみしくなったもんで、そっぽをむくばっかりもやめたんだよ。そこへトーマスがあらわれて、おまけに、もう一人の男もあらわれた……ウィリアム・オウバダイア・シーマンというのがその人の名前でね。どっちと一緒になるか、長いこと決心がつかなくてね、二人がしょっちゅうやって来るもんで、迷ったんだよ、わかるだろ、W・Oは金持ちでね……立派な屋敷に、結構な暮らしぶり、またとない縁談だったよ。とっとこな、クロや」

「どうして一緒にならなかったんですか」アンはたずねた。

「そりゃあ、あの人が、あたしを愛しちゃなかったからだよ」スキナー夫人は大まじめに答えた。

アンは目を丸くして夫人を見つめたが、夫人の顔に冗談めかしたところは微塵《みじん》もなかった。スキナー夫人が、自分の結婚話に滑稽な点はないと思っているのは明らかだった。

「W・Oは女房に死なれて、三年ほど、男やもめでね、妹が世話してたんだよ。ところがその妹が嫁に行ったもんで、家の面倒を見る人がほしくなったのさ。それだけの値打ちはある家でね、そりゃあ見事なお屋敷さ。とっとこな、クロや。もう一人のトーマスは貧乏人で、家といったら、晴れの日に雨もりしないのがとりえといったところ。もっとも見た目はきれいだがね。だけどあたしは、そんなトーマスを愛していた。W・Oのことは、これっぽっちも好いちゃいなかった。だからあたしゃ、自分相手に、とことん議論したのさ。『サラ・クローや』……結婚前はクローという名字でね……『お前さんが望むなら、金持ちと結婚すりゃあいい。でも幸せにゃなれないよ。人間は、ちょっくらでも愛情がなきゃ、この世で仲よくやっちゃいけないよ。トーマスと一緒におなり。トーマスはあんたに惚れてる、お前さんもあの人を愛してる。お前を愛してくれる人は、ほかにゃいないよ』とね。とっとこな、クロや。それでトーマスに、お前さんと一緒になるよ、と言ったんだ。結婚じたくの間は、さすがにW・Oの家の前を通る度胸はなかったよ。立派なお屋敷を見たら迷うんじゃないか心配でね。でも今じゃ、そんな心配はちょっともないよ。トーマスと一緒になって、楽しくて、幸せだよ。とっとこな、クロや」

「ウィリアム・オウバダイアは、どうしたんですか」アンはたずねた。

「ちょっくら騒動はあったさ。でも今じゃ、ミラーズヴィルにいる、やせぎすのオールドミスんとこへ通ってるよ。たぶんその女は、早々《はやばや》に承諾して、先妻よか、いい女房になるだろうよ。W・Oは、先妻とは一緒になりたくなかったんだが、自分の親父さんに言われて求婚したのさ。断られると思ってたんでね。ところがなんと、相手が受けたもんで、弱りはてたのさ。とっとこな、クロや。先妻は家の切り盛りはうまかったが、おそろしくけちだった。同じボンネットを十八年もかぶったんだよ。やっと新しいのを買ったところが、道で会った亭主のW・Oは、自分の女房だと気づかなかったとさ。とっとこな、クロや。あたしもあぶないとこだったよ。W・Oと所帯を持ったら、みじめなことになってたよ、いとこのジェーン・アンみたいにね。ジェーン・アンは、これっぽっちも好いちゃいない金持ちへ嫁に行ったところが、犬よりみじめな暮らしだとさ。先週もうちへ来て言うことにゃ、『サラ・スキナー、あんたがうらやましいよ。今の亭主と広い屋敷に暮らすよか、惚れた男と道ばたの掘ったて小屋に住みたいよ』だとよ。ジェーン・アンの旦那は悪い人じゃあないが、へそ曲がりでね。温度計が三十二度をさしてても、毛皮のコートをはおるのさ。あの男を動かすには、反対のことを言って聞かせるよかないね。そもそも仲よくやるにしても、愛情がないんだから、哀れな人生だよ。とっとこな、クロや。ほれ、ジャネットの家は、この窪地だよ……『路傍荘《ウェイサイド》』⑵って、ジャネットは呼んでるよ、きれいなとこだろ。郵便袋でぎゅうぎゅう詰めだったから、おりたら、ほっとするよ」

「でも、乗せていただいて、とても楽しかったです」アンは本心から言った。

「よしとくれよ！」とはいうものの、スキナー夫人は得意そうだった。「あとでトーマスに話して聞かせるよ。あたしがほめられると、トーマスは決まって喜ぶんでね。とっとこな、クロや。さあ、ついた。先生が学校でうまくいくよう、願ってるよ。家の裏から沼地を通ってくと、近道だからね。だけども、気をつけて歩きなよ。黒い泥にはまったら最後、ずぶずぶ吸いこまれて、最後の審判の日までおさらばだよ。アダム・パーマーとこの牛がそうなってね。クロや、出発」

第31章　アンからフィリッパへ

アン・シャーリーからフィリッパ・ゴードンへ、手紙の書き出し。

親愛なる友よ、そろそろおたよりをするころです。私は今、ここヴァレー・ロードで田舎の「女教師」をしています。下宿はミス・ジャネット・スィートの「路傍荘《ウエイサイド》」です。ジャネットは感じのいい美人です。背が高く、といって高すぎず、どちらかというと太り気味です。けれど抑制のきいた体つきで、たとえ体重であろうと浪費はしないぞ、というような倹約家を思わせます。柔らかな茶色のちぢれ毛を髷《まげ》に結い、ちらほら白髪もあります。太陽のようなほがらかな顔つきに、薔薇色の頬、大きな優しい目は、わすれな草の花の青色です。さらに惚れぼれするほど昔風の料理人です。こちらの消化不良などはおかまいなしに、せっせと脂っこいご馳走をこしらえてくれます。

私はジャネットが好きです。ジャネットも私を好いています――いちばんの理由は、アンという妹さんが、若くして亡くなったからのようです。

「ようこそ、いらっしゃい」私が庭に入るなり、ジャネットははきはき言いました。「あら、予想していた人とは、全然ちがったわ。黒い髪だと思っていたの……妹のアンは黒髪だったのに、あなたは赤毛ね！」

　それから少しの間、第一印象で感じたほど、ジャネットを好きになれないかもしれない、と思いましたが、気をとり直しました。赤毛と言われたくらいで先入観を持つのはやめて、もっと分別を持とうって。たぶん、「金褐色《オーバン》」という語彙を知らなかったのでしょう。

「路傍荘」はきれいで、かわいらしい屋敷です。家は小さくて白く、街道から外れた、気持ちのいい小さな窪地にたっています。街道から家までは果樹園と花畑がいりまじり、玄関へ続く小径は、はまぐり《クオーホグ》の貝がらでふちどられています——ジャネットは、「はまぐり《カウ・ホークス》」と言います。玄関ポーチにはアメリカヅタがからみ、屋根には苔が生えています。私の個室は「客間の隣」のこざっぱりした小部屋で——ベッドと私が、やっと入る大きさです。ベッドの頭の上には、ロビー・バーンズがハイランドのメアリの墓にたたずむ（1）絵がかかり、その墓には、しだれ柳の大木が影を落としています。ロビーの顔は悲嘆に暮れていて、これでは私が悪夢を見るのも当然です。実際、最初の晩は、笑えなくなる夢を見ました。

　客間もこぢんまりして片づいています。一つの窓には、柳の大木の影がさし、室内はエメラルド色に翳《かげ》るほら穴のようです。いすにはすばらしい背おおいがかかり、床には華やかな敷物《マット》が何枚もあります。円卓には本やカードが整とんされ、炉棚には乾かした草《ドライド・グラス》をいけた花瓶がならんでいます。花瓶の間には、棺桶の名札をとっておいたのがならび、気分を引きたてる飾りとなっています――全部で五つあり、ジャネットの両親、兄、妹のアン、前にここで亡くなった雇い人（！）のものまで。近々、急に私が正気でなくなったら、棺桶の名札が原因だと「この書面によって証明」（2）してね。

でも、すべては快適です。ジャネットにそう言ったら、私を気に入ってくれました。エスターは口うるさく、ここは陽当たりが悪くて不健康だ、羽布団に寝るのはよくない、と言うからだところがジャネットは、かわいそうに、エスターを毛嫌いしています。エスターは口うるさく、ここは陽当たりが悪くて不健康だ、羽布団に寝るのはよくない、と言うからだそうです。でも私は、羽布団は大歓迎です。体に悪ければ悪いほど、羽がふかふかしているほど、ありがたいのです。ジャネットは、私の食べっぷりが気持ちがいいんですって。私がエスター・ヘイソーンみたいじゃないか、心配だったのです。何しろエスターは、朝食《こ》は果物と白湯《さゆ》だけ、ジャネットに油料理を作らせまいとするのです。エスターはいい娘ですが、食べ物にやかましいのです。あの人の欠点は、想像力の欠如と、消化不良気味のところです。

ジャネットは、若い男性が見えたら客間を使いなさい、と言います！　だけど訪ねて来る男の人はいません。ヴァレー・ロードでは、若い男性を見かけません、隣家で雇われている男の子だけです――サム・トリヴァーといって、のっぽで、ひょろひょろして、灰色がかった黄色い髪です。この間の晩、ジャネットと私が玄関ポーチで手芸をしていたら、彼が来て、そばの庭の柵に一時間もすわりこんでいたけど、その間、口にした言葉ときたら、「お嬢さん、薄荷飴を食べな！　ほれ、食べな……喉風邪にききますぜ、薄荷飴」と、「今夜は、やけにいなごがぴょんぴょんしてらあ、うん」だけでした。

でも、ここでも恋愛が一つ育っていたのです。どうやら私は、年上の人たちの恋模様に、程度の差はあれ、まきこまれる運命のようです。アーヴィング夫妻は、結婚できたのは私のおかげだって口癖のようにおっしゃるし、カーモディのスティーヴン・クラーク夫人も、私の忠告に感謝しているんですって。でも、私が言わなくても、ほかの人が言ったと思います。もっとも、ルドヴィック・スピードとセオドーラ・ディクスは、私が手を貸さなければ、悠長な求愛がつづくばかりで、進展しなかったでしょう。けれど今度の恋愛は、口出しはせずに見守っています。先日、手を貸して進ませようとしたら、かえってこじれたのです。だからもうお節介はよします。これは会ったときに話すわね。

第32章 ダグラス夫人のお茶会

ヴァレー・ロードでむかえた初めての木曜の夜、ジャネットはアンを祈禱会にさそった。祈禱会に出るというのに、ジャネットは薔薇のように着飾っていた。三色すみれの花をちらした水色のモスリンのドレスでめかしこみ、倹約家の彼女が、よくも罪悪感を持たないものだと思われるほどラッフルがついていた。つば広の白い麦わら帽子にもピンクの薔薇とだちょうの羽根が三本ついている。アンは目を見はったが、あとでおしゃれの理由がわかった——エデンの園の昔より変わらぬ女心だった。

ヴァレー・ロードの祈禱会は、主に婦人ばかりだった。出席者は、女性が三十二人、大人になりかけの少年が二人、そして男性は、牧師のほかは、つれのいない男性が一人だった。アンは思わず、その人物を観察した。美男子ではなく、若くも、あか抜けてもいない。とてつもなく足が長い——あまりに長いため両足をねじりあわせて、椅子の下におさめていた——猫背で、大きな手をしている。髪は散髪が必要なありさまで、口ひげも手入れがゆきとどいていなかった。だが、その顔だちをアンは気に入った。親切さ、正直さ、思いやりがある。ほかにも何かがあったが——定義するのはむずかしかった。

だがアンは、しまいには結論を出した。この人は何かに苦しみ続けてきた強靭《きようじん》な人物で、それが顔つきにあらわれているのだろう。辛抱づよく、またどこか滑稽でもある忍耐力が表情にあった。必要とあらば、火あぶりの刑でも受けようが、熱さにいよいよ身もだえするまでは笑みを浮かべようと努める忍耐強さが感じられた。

祈禱会が終わると、男性はジャネットに近づいた。

「お宅までお送りさせていただけますか、ジャネット」

ジャネットは彼の腕をとった――「まるで十六歳にもならない女の子が、初めて家まで送り届けてもらうように、気どって、恥ずかしそうだったわ」アンは後にパティの家の娘たちに語った。

「ミス・シャーリー、ダグラス氏を紹介させてください」ジャネットは礼儀正しく言った。

ダグラス氏はうなずいた。「お嬢さん、祈禱会であなたを見ていました。なんて可愛らしいお嬢ちゃんだろうと」

こんなことを言われたら、十中八九、アンは不愉快になるだろうが、彼の口ぶりは、真心のこもった親身のほめ言葉に思えた。アンは感謝をこめて微笑をかえし、気をきかせて、二人の後ろから月光のさす道を歩いた。

ジャネットには恋人がいたんだわ！　アンは嬉しかった。ジャネットなら良妻の鑑《かがみ》になるだろう──ほがらかで、倹約家で、心が寛《ひろ》く、料理の達人だ。彼女が独身を通しているのは、自然の法則からしても、もったいない。

「ジョン・ダグラスに頼まれたの。彼のお母さまのところへ、アンをつれて行ってほしいんですって」翌日、ジャネットが言った。「お母さまは、たいがいベッドにいて外出されないの。だから話し相手をほしがって、うちに下宿する人たちにいつも会いたがるのよ。今夜、行ってくださるかしら」

アンは了解した。ところがその昼下がり、ダグラス氏が母親の代理で訪れ、土曜の夕方のお茶会に二人を招待した。

「あのすてきな三色すみれのドレスを着ないの？」家を出るとき、アンはたずねた。その日は暑かった。かわいそうにジャネットは、興奮と厚手の黒い毛織服のために、生きながらあぶられているありさまだった。

「あのドレスでは、ダグラスの老夫人が派手でふさわしくないと思うでしょうからね。もっともジョンは気に入っているけど」切なげに言いそえた。

ダグラスの古い屋敷は、「路傍荘」から半マイルはなれた風の吹く丘の上にあった。家そのものは広々として居心地がよかった。古めかしくて風格があり、かえでの木々と果樹園にかこまれている。裏には、きちんと片づいた大きな納屋がならび、すべてが裕福な暮らしぶりを物語っていた。つまりダグラス氏には、借金も、その催促《さいそく》もないらしい。では、あの耐えしのぶ表情はなんだろう。アンは思案した。

ジョン・ダグラスは戸口で二人を出むかえ、居間に案内した。そこには母親が、君主然として肘かけいすにおさまっていた。

ダグラス老夫人は長身でやせているだろうと、アンは思っていた。息子がそうした体つきだからだ。ところが老夫人はたいそう小柄で、柔らかな桃色の頬に、穏やかな青い目、赤ん坊のような口もとをしていた。黒いシルクの優雅に仕立てた美しいドレスを着て、肩には柔らかな白いショール、雪のような白髪には手のこんだレース帽をのせ、おばあさん人形さながらだった。

「ごきげんはいかが、ジャネットや」老夫人は優しく声をかけた。「またお会いできて、とても嬉しいですよ」年老いた愛らしい顔をあげ、キスを受けた。「こちらが新しい先生ですか。お目にかかれて嬉しく思います。息子ったら、先生をほめそやして、あたくしでもやきもちを焼くくらいです、ジャネットはさぞ焼いてるにちがいありませんよ」

気の毒に、ジャネットは赤面した。アンが礼儀にかなったお決まりのあいさつをしたところで、三人は席についたが、その場の会話は、アンでさえもむずかしかった。いかにも話上手なダグラス夫人を別にすると、誰もくつろいでいなかったのだ。夫人は、ジャネットをそばにすわらせ、ときおり彼女の手をなでた。ジョン・ダグラスは笑みを浮かべつつも、暑苦しい服を着て、見るからに居心地が悪そうだった。ジョン・ダグラスも、にこりともしなかった。

お茶のテーブルで、ダグラス夫人がジャネットに紅茶をつぐよう上品に頼むと、彼女はさらに顔を赤らめて従った。アンは食卓の風景をステラへ書き送った。

「牛タンの冷菜に、鶏肉、苺の砂糖煮、レモンパイ、タルト、チョコレートケーキ、レーズンクッキー、パウンドケーキ、フルーツケーキ……ほかにも二、三種類あったわ、パイもあって……キャラメルパイだったと思うわ。私、いつもの二倍も食べたのに、ダグラス夫人たら、ため息をついて言うの、先生の食欲をそそるものが何もございませんでしたわねって。

『お料理上手なジャネットのおかげで、先生の口が、おごったのかもしれませんわね』夫人は愛想よく言ったわ。『もちろん、ヴァレー・ロードに、ジャネットとはりあおうと思う者はおりませんよ。シャーリー先生、もう一切れパイをいかが？　まだ何もおあがりになってませんよ』

ステラ、そのときの私は牛タンの冷菜一皿、鶏肉一皿、ビスケットを三枚、苺の砂糖煮をたっぷり、パイ、タルト、四角いチョコレートケーキを一切れずつ食べたところだったのよ！」

お茶がすむと、ダグラス夫人は人のいい笑みを浮かべ、息子に言った。「可愛いジャネット」を庭へつれていって、薔薇をつんでおあげなさいな。「あなた方が出ている間、シャーリー先生が話相手になってくださいますよ……ねえ、そうでしょう」夫人は優しく言うと、肘かけいすにおさまり、吐息をつき、悲しげに語り始めた。

「あたくしは体の弱い年よりでしてね、先生。もうかれこれ二十年も、わずらってるんです。二十年ものうんざりするような日々、少しずつ死にむかってきたんですよ」

「おつらいですね！」アンは心をこめて言おうと努めたが、自分が間抜けに感じられただけだった。

「明け方まで持たないだろうって、まわりが案じた夜も、何十ぺんとありましたよ」ダグラス夫人は物々しく続けた。「あたくしがどんな苦しみを経験してきたか、誰もわかってくれませんでしてね……あたくしのほかは、誰もね。でも、それも長くはありませんよ。あたくしの苦難の人生巡礼は、ほどなく終わるのです。あたくしがあの世へ行った後、息子の面倒を見てくれるいいお嫁さんが来てくれそうで、肩の荷がおりましたよ……心底ほっとしてます、先生」

「ジャネットはすてきな女性ですものね」アンは心から言った。

「すてきですとも！　心もきれいなんです」夫人は同意した。「それに完璧な主婦ですよ……あたくしは、ああはいきませんでした。体が弱くてね。息子が賢明な選択をしてくれて、ありがたいですよ。あの子は幸せになる、母はそう願い、信じてるんです。一人息子でしてね、あの子の幸せを心にかけてきたんです」

「もちろんそうでしょう」アンは愚かな受け答えをした。生まれて初めて、アンは愚かしかった。だがなぜそうなったのか、このときは想像もできなかった。アンの手をなでながら、愛らしい笑みを浮かべる天使のごとき老夫人にかける言葉が、どうしても見つからなかった。

「また近いうちにおいでなさいましや、ジャネットや」別れぎわにダグラス夫人は愛しげに言った。「あなたは、あたくしが望む半分も来てくれませんよ。でもそのうち、ジョンがあなたをうちへつれてきて、それからは、ずっといてくれるんでしょうね」

老夫人が話す間、ふとジョン・ダグラスを見やったアンは、驚きに愕然《がくぜん》とした。彼は、拷問を受けている男が、我慢の限界にいたる最後のひねりを拷問台に加えられた（1）ような顔をしていたのだ。彼は具合が悪いにちがいない。アンは頰を染めているジャネットをせかして失礼した。

「お母さまって優しい人でしょう？」街道へ出ると、ジャネットがたずねた。

「え……ええ」アンは上の空だった。ジョン・ダグラスの表情のわけを考えていた。

「お母さまはずっとご病気でね」ジャネットは同情の面もちで言った。「ひどい発作が起きるので、ジョンは、始終、案じているの。発作が起きたとき、雇いの女の子しかいないと心配だからって、家を空けるのも恐れているわ」

第33章　「彼はただ通いつづけた」

三日後、アンが学校から帰ると、ジャネットが泣いていた。彼女に涙は似つかわしくなく、正直なところ驚いた。

「まあ、どうなさったんですか」アンは案じて声をあげた。

「私……今日で、四十歳なの」ジャネットはすすり泣いた。

「あら、でも昨日も、同じような年齢だったけど、悲しくはなかったでしょう」アンは笑みをこらえて慰めの言葉をかけた。

「でも……」ジャネットは喉を鳴らして涙を飲みこんだ。「ジョン・ダグラスは、もう結婚してほしいと頼んでくれないわ」

「してくれますよ」アンはおぼつかなげに言った。「長い目で見てあげなくては」

「長い目ですって！」ジャネットは、いわく言いがたい嘲りの色を浮かべた。「あの人には、二十年も時間があったのに、まだ長い目で見てほしいのかしら」

「ダグラスさんたら、二十年も通っているんですか？」

「そうよ、それなのに、結婚のけの字も口にしない。今となっては、この先も同じでしょう。こんな話は誰にもしなかったけれど、もう誰かに言わないと、どうにかなりそうよ。彼とは二十年前につきあい始めたの、まだ母が生きてたころよ。ジョンが足しげく家に来るようになって、私もそのうちベッドカバーなんかを作り始めたの。ところが、ただ通ってくるだけで、結婚を切り出してくれない。私には、なすすべもなかったわ。それから八年たって母が亡くなって、私に身よりがいなくなったからには求婚してくれると思ったわ。あの人は優しくて、思いやりがあって、私のためにできることは何でもしてくれた。それでも結婚の話をしないの。その後も、ずっとそうよ。世間は私を悪く言うの。一緒にならないのは、ジョンのお母さまが病気がちで、世話が焼けるのを嫌っているからだって。私なら喜んで面倒を見るのに！　でも他人にはそう思わせておいたの。もらい手がない女だって憐れみの目で見られるくらいなら、非難されるほうがましだもの！　だけどジョンが求婚してくれなくて、屈辱的な気持ちよ。どうしてかしら？　理由さえわかれば、こんなに気にしないのに」

「お母さまが、息子を誰とも結婚させたくないのかもしれないわ」アンは言った。

「そんなことはないわ。お迎えが来る前に、ジョンが身を固めるのを見たいものですって、始終言ってるもの。それをジョンにもほのめかしてるわ……この前、アンも聞いたでしょう？　恥ずかしくて、床に穴があったら入りたかったわ」

「さっぱりわからないわ」アンは途方にくれた。ルドヴィック・スピードの一件を思い浮かべたが、これは事情がちがう。ジョン・ダグラスはルドヴィックのような男ではない。

「ジャネット、もっと毅然とした意志のあるところを見せるべきよ」アンは断固として言った。「どうしてもっと前に、追い返さなかったの？」

「できなかったのよ」ジャネットは悲しげに答えた。「だって、ジョンのことが昔から大好きだもの。来ないよりは、来てくれるほうが嬉しいわ。ほかに好きな人もいなかった。だから嫌じゃなかったの」

「でも追い返していたら、男らしく切り出したかもしれないのに」アンは一生懸命になって言った。

　ジャネットは首をふった。

「そうは思わないわ。それにこわくて試せないわ。私が本気だと思いこんで、本当に行ってしまうわ。私は臆病なのよ。でも、これが本心だもの、どうしようもないわ」

「いいえ、あなたならできるわ、ジャネット。まだ手遅れじゃない、断固とした態度を見せるのよ。彼の優柔不断を、これ以上我慢するつもりはないと思い知らせてやるのよ。私も力になるわ」

「どうしましょう」ジャネットは困惑した。「私にそんな度胸があるかしら。長い間ずっとこうしてきたから。でもよく考えてみるわ」

アンは、ジョン・ダグラスに失望していた。彼には好感を抱いていた。だが女心を二十年もてあそぶ類《たぐ》いの男だったとは。ここは一つ、お灸《きゅう》をすえるべきだ。どうなるか、なりゆきを楽しみに見てやろう、アンは彼を懲らしめる心地だった。そのため次の夜、祈禱会へむかう道すがら、ジャネットが自分の「意志」を見せてやると言うと、アンは喜んだ。

「私はもう踏みつけにはされないと、ジョン・ダグラスにわからせるわ」

「その調子よ」アンは力をこめて言った。

祈禱会が終わると、ジョン・ダグラスがやって来て、例によって家まで送り届けようと声をかけた。ジャネットの顔はおびえていたが、固い決意がうかがえた。

「結構ですわ」彼女は冷たく言った。「一人でも帰り道くらいわかります。知っていて当然です、四十年も歩いているんですから。よけいなお手間はいりません、ダグラスさん」

アンは、ジョン・ダグラスを観察していた。すると明るい月光のもと、彼はまた拷問台で最後のひねりを加えられた表情をした（1）。しかし何も言わずに踵《きびす》をかえし、街道を大またに去っていった。

「待って！　待ってください！」アンは夢中で、その後ろ姿に叫んだ。あっけにとられている見物人など眼中になかった。「ダグラスさん、待って！　もどってください」

ジョン・ダグラスは立ち止まったが、ひき返さなかった。アンは街道を走り、彼の腕をつかむと、ジャネットのほうへひっぱった。

「もどってください」アンは懇願した。「誤解です……みんな私のせいなんです。私がジャネットにさせたんです。ジャネットは嫌がったんです……でも、もういいんです、そうでしょう？　ジャネット」

ジャネットは言葉もなくジョンの腕をとり、歩き出した。アンは、二人の後ろからおとなしく家路につき、裏口から静かに入った。

「アンはいい人ね、人助けをしてくれて」ジャネットは皮肉な口ぶりで言った。

「仕方がなかったの」アンは後悔していた。「人が殺されるのを見すごすようで、ダグラスさんを追いかけずにはいられなかったの」

「アンが追いかけてくれて、私もほっとしたわ。ジョン・ダグラスが街道を足早に去っていったとき、私の人生に残っていた喜びと幸せのすべてが、あの人と一緒に行ってしまう気がしたの。恐ろしい心地だったわ」

「どうしてこんなことをしたのか、ダグラスさんはきいてくれた？」

「いいえ、その話はちっとも」ジャネットはぼんやり答えた。

第34章　ジョン・ダグラス、ついに語る

あれで何かが変わるだろうという淡い期待が、アンにはないではなかった。だが何も起きなかった。ジョン・ダグラスはジャネットを訪問し、馬車に乗せて出かけ、祈禱会の夜は家まで歩いて送り届けた。これまでの二十年と同様であり、この先二十年も、同じ調子で続きそうだった。夏が終わろうとしていた。アンは教鞭をとり、手紙を書き、少し勉強した。学校への行き帰りは心楽しかった。朝夕に歩く沼地は美しいところで——ぬかるんだ地面に青々とした苔の生えた小山の合間を縫い、銀色に光る小川が曲がりくねって流れていた。えぞ松がまっすぐにのび、その大枝は青灰色の苔におおわれ、根もとにはあらゆる種類の美しい森の植物がしげっていた。だがヴァレー・ロードの暮らしは、少々退屈だった。もっとも、おかしなできごとも一つあった。

薄荷飴をすすめてくれたのっぽで麻袋色の髪をしたサミュエルとは、彼が夕方に来たときに話をしたきりで、あとは道ばたで偶然、顔をあわせるくらいだった。ところが、八月の気持ちのいい夜、彼はふとあらわれ、玄関わきの丸木のベンチに、かしこまって腰をおろした。ふだんの野良着姿だった。あちこちにつぎのあたったズボン、ひじの抜

けた青いデニムのシャツ、破れた麦わら帽子のいでたちで、麦わらを噛んでいた。まじめな顔をしてアンを見つめるときも噛んでいた。アンは一つ息をついて、本をおき、作りかけのドイリーを手にとった。サムとの会話など論外だった。

長い沈黙のあと、唐突に彼は切り出した。

「おら、あそこを出るつもりだ」いきなり言うと、わらを隣家へむけてふった。

「あら、そうですの」アンは礼儀正しく応じた。

「そうだ」

「それでどちらへ行くんです？」

「そのな、おらの家を持とうと思ってんだ。ミラーズヴィルに、おらに格好のが一軒あってよ、だども、そこを借りたら、嫁をもらいてえなと（1）」

「そうでしょうね」アンはあいまいに答えた。

「ああ」

ふたたび長い沈黙がつづいた。しまいにサムはわらを口から出し、ついに言った。

「おめえさん、おれと一緒にならねえか？」

「なんですって！」アンは息が止まりそうになった。

「おれと一緒にならねえか？」

「それは……結婚する、ということ？」哀れにもアンは、弱々しくたずねるのがやっとだった。

「ああ」

「まだろくに知りあってもいないのに」アンは腹を立て、声を高くした。

「だけんど、所帯を持ちゃ、知りあいになるべよ」

アンはやっとのことで威厳をかき集め、高慢に言った。

「断じて、あなたとは結婚しません」

「じゃあ、おめえさんは、もっとだめなやつと一緒になるかもな」忠告する口ぶりだった。「おれは働きもんで、銀行にちょっとは金もある」

「そんな話は二度としないでちょうだい。どうしてこんなことを思いついたの」と言いながら、アンはおかしさがこみあげ、怒りも和らいだ。それにしても、なんと理不尽な展開だろう。

「おめえさんは、なかなかの美人さんで、粋な歩きっぷりだ。おら、怠け者の嫁はいらねえ。よく考えてみてくれや。当分、おらの気は変わらねえからよ。じゃ、そろそろ行くべ、牛の乳をしぼらにゃ」

アンが求愛に思い描いていた甘い夢は、ここ数年、無惨にうちくだかれ、ほとんど残っていなかった。乙女の胸を刺すひそかな痛みもなく、彼女は存分に笑った。その夜、アンは、ジャネットの前で、かわいそうに、サムの物真似をして、彼の突然の求婚を、二人して無節操なほど笑った。

ヴァレー・ロードでの滞在も終わりに近づいたある午後、アレック・ウォードが馬車を猛烈にかって「路傍荘」に来るや、ジャネットに面会をもとめた。

「大至急、ダグラス家に来てほしいとさ。いよいよあのばあさんも危篤らしい、二十年も死ぬふりをしてきたけども」

ジャネットが走って帽子をとりにいった。アンは、ダグラス夫人の容体が悪いのか、アレックにたずねた。

「いつもの半分も悪くないさ」アレックは静かに答えた。「だからこそ、今度は危ないだろうと思ってな。いつもならわめいて、そこら中を転がるのに、このたびはじっと横になって、ものも言わない。夫人が口をきかないときは重病でね、それはたしかだ」

「ダグラス夫人が、お好きじゃないようですね」アンは好奇心にかられて言った。

「わしは、猫らしい猫は好きだがね、女みたいな猫はごめんだね」謎めいた返事をした。

日も暮れるころ、ジャネットが帰ってきた。

「亡くなったわ」肩を落としていた。「私がつくと、すぐに息をひきとったの。一言だけ、私に言ったわ……『これで息子と一緒になってくれるんでしょうね』って。胸にぐさりときたわ。考えてもみてよ、お母さままで、ジョンに母親がいるから私が結婚しないと思っていたのよ！　だけど私、何も言えなかった……まわりに女の人たちがいたもの。ただ、ジョンが居あわせなくて幸いだったわ」

ジャネットは弱々しく泣き出した。彼女を慰めようと、アンは熱々の生姜のお茶《ジンジャーティー》をいれた。後で生姜ではなく白こしょうを入れたことに気がついたが、ジャネットは気づかなかった。

葬儀を終えた夕方、ジャネットとアンは、玄関ポーチのあがり段にすわっていた。日が沈むころで、風は松林で眠りについていた。北の夜空に稲妻が光り、毒々しい閃光《せんこう》がひらめいた。ジャネットは例のみっともない黒い服を着て、泣いたために目も鼻も赤らみ、さえない風采だった。二人とも口数は少なかった。アンが元気づけようとするのを、かすかにうとんじる気配がジャネットにあった。彼女はむしろ、悲しみに沈んでいたいようだった。

突然、門のかけがねが音を立てて外れ、ジョン・ダグラスが大またで庭に入ってきた。ゼラニウムの花壇も踏みこえ、わき目もふらずに歩いてくる。ジャネットが立ちあがった。アンも立ちあがった。アンはすらりとした若い娘で白いドレスを着ていたが、ジョン・ダグラスは見むきもしなかった。

「ジャネット、ぼくと結婚してくれますか？」

その言葉は、ほとばしるように発せられた。まるで二十年間、語られるのを待ち続け、今、まっさきに語られるべき言葉だというように。

赤く泣きはらしたジャネットの顔は、それ以上、赤くなりようがなく、見苦しい紫色に染まった。

「なぜもっと早く言ってくれなかったんです」重い口ぶりだった。

「できなかったんだ。言わないと約束させられたんだ……母に約束させられたんだよ。十九年前、母がひどい発作を起こして、もう長くはないだろうと覚悟したとき、母が、自分の命があるうちはジャネットに求婚しないでくれと、泣きついてきたんだ。そんな約束はしたくなかった、たとえ母が長くはないとしても……実際、医者は、あと六か月だと言ったんだ。とにかく病気に苦しむ母が、ひざまずいて頼んだんだ。だから断れなかった」

「お母さまは、私のどこが気に入らなかったんです？」ジャネットは叫んだ。

「何もないよ……何も。母はただ、生きているうちは……家にほかの女性を入れるのを嫌がったんだ……どんな女性だろうと。母は言ったんだよ、約束してくれないなら、今すぐここで死ぬ、そうなれば、おまえが殺したことになると。だから約束したんだ。以来、母はずっと約束を守らせ続けた。今度はぼくが母にひざまずいて、自由にしてほしいと頼んだのに」

「どうして黙っていたの」ジャネットは喉をつまらせた。「知ってさえいたら！　なぜ言わなかったのよ」

「誰にも言わないと約束させられたんだ」ジョンの声がかすれた。「聖書にぼくの手をのせて誓わせたんだ。こんなに長くなると知っていたら、絶対に断ったさ。十九年間のぼくの苦しみは、きみにはわかるまい。だが、ぼくがきみを苦しめたこともわかっているよ。それでも結婚してくれるかい？　ああ、ジャネット、お願いだ。話せるようになるが早いか、飛んで来たんだ」

次の瞬間、気のきかないアンはわれに返り、この場に用はないと気づいた。静かに立ち去り、翌朝までジャネットと顔をあわせなかった。その先は、ジャネットが話してくれた。

「なんて残酷で、無慈悲で、嘘つきのおばあさんでしょう！」アンは叫んだ。

「しっ……もう亡くなった人よ」ジャネットはおごそかに言った。「もしまだ生きていたら……でも亡くなったんだもの。だから悪く言ってはいけないわ。それに私、やっと幸せになれたの。だけど理由さえ知ってたら、長く待っても苦しまなかったのに」

「いつ結婚するの？」

「来月よ。もちろん地味にするつもりよ。世間は悪口を言うでしょうね。哀れな姑が、あの世に行ったとたんに、ジョンをせかして結婚したって。ジョンは本当のことを、まわりに話したがっているけど、私、言ったの。『だめよ。なんといってもあなたのお母さまよ。私たち二人だけの胸にたたんで、故人の思い出に泥を塗るような真似はよしましょう。私なら、何を言われようと平気よ。本当のことを知っているんだもの。気にしないわ。すべては亡き人とともに葬りましょう』と。こんなふうに説得したら、わかってくれたわ」

「ジャネットは心が寛《ひろ》いわね、私にはできないわ」アンはまだ怒っていた。

「私の年になれば、いろいろと感じ方も変わってくるものよ」ジャネットは寛大に言った。「それが年齢を重ねて、学んだことの一つね……つまり人を許すことよ。四十歳になれば、二十歳のころよりも、人を許すことが簡単になるのよ」

第35章　レッドモンド最後の一年始まる

「みんな、もどってきたのね。きれいに日に焼けて、戦いに出ていく強者《つわもの》のように喜び勇んでいる（1）わ」フィルがスーツケースに腰かけ、喜びの吐息をもらした。「懐かしいパティの家に再会できて嬉しいわ……それにおばさんに……猫たち。ラスティったら、もう片方の耳もなくしたのね」

「たとえ耳がなくても、世界でいちばんいい猫よ」アンはトランクの荷をほどきながら、ラスティへの変わらぬ愛を示した。当のラスティは再会に狂喜して、アンの膝に体をこすりつけていた。

「おばさんも、私たちがもどってきて嬉しいでしょう？」フィルがたずねた。

「もちろんですとも。でも、きちんと片づけてもらいたいものですよ」ジェイムジーナおばさんは、笑い声をあげておしゃべりをする四人の娘たちのそばに散らかるトランクとスーツケースを、やれやれと見わたした。「つもる話なら、後でもできましょう。私の娘時代のモットーは、まず働け、それから遊べ、でしたよ」

「おばさん、この時代は逆なんです。私たちのモットーは、まず遊べ、それからがり勉で頭につっこめ、なんです。最初に心ゆくまで遊べば、ずっと勉強がはかどるもの」

「牧師さんと結婚するつもりなら、『がり勉で頭につっこめ』などという言い方は、およしなさい」ジェイムジーナおばさんはジョーゼフと編み物を抱きあげ、もうどうしようもない子だとあきらめるような口吻《こうふん》で言ったが、その表情にともなう魅力的な優雅さが、彼女を寮母の女王たらしめていた。

「どうして？」フィルは不平をこぼした。「どうして牧師の奥さんは、お上品ぶって、話さなきゃいけないの？　私はそうはしないわ。パターソン街の住人は、みんなスラングを使ってるのよ……つまり比喩的な表現よ……私も使わなかったら、鼻持ちならない気どり屋の高慢ちきだって思われるわ」

「ご家族にこの話はしたの？」プリシラが、昼食《ランチ》を入れたかごから少しサラ猫にふるまいながらたずねた。

フィルはうなずいた。

「どうだった？」

「母は怒り狂ってたわ。でも私、がんとしてゆずらなかった……この私がよ、今までフィリッパ・ゴードンは、何一つとして自分の考えを守り通したことがなかったのに。父は、もっと冷静だったわ。父は、自分の父親も牧師だったから、聖職者に点が甘いの。父でも、母が落ちついたころあいを見計らって、ジョーを実家へつれていったら、両親とも彼を気に入ったわ。もっとも母は、娘には先々こうなってほしかったという話が出るたびに、棘のあるあてこすりを言ったけどね。というわけで私の休暇は、薔薇をまきちらした小径だった、というわけにはいかなかったの。でもね……私はうまくやりとげて、ジョーを勝ちとったのよ。だからほかはどうでもいいわ」

「あなたにとってはね」ジェイムジーナおばさんが陰気に言った。

「あら、ジョーにとってもよ」フィルは口ごたえした。「まだジョーのことをかわいそうに思ってるのね、どうしてなの？　ジョーはうらやましがられてもいいくらいよ。私の頭脳と美貌と純真な心を手に入れるんだから」

「私たちは、フィルの話の受けとり方を承知していますから結構ですけど」ジェイムジーナおばさんが我慢強く言った。「でも、知らない人の前でそんな物言いはなさいますな。なんと思われることか」

「まあ、人にどう思われるかなんて知りたくないわ。他人が私を見るように自分を見たくはないもの。そんなことをすれば、四六時中、気が安まらないわ。バーンズも、あの詩に書いた願いごとは本気じゃなかったと思うわ⑵」

「そうですとも。私たちはみな、本当は望んでもいないことを願い、祈るのです、自分の胸に手をあててみればわかります」ジェイムジーナおばさんは正直に認めた。「もっとも、そうした祈りは、天高くまでは届きませんけどね。私も、さる女性を許せますように、と祈ったものです。でも、今はわかるんです、本当は許したくなかったのです。その人を許したいと気づいたときには、お祈りなどしなくても許していましたよ」

「おばさんがそんなに長く人を許せないとは、想像もつかないわ」ステラが言った。

「昔はそうだったのです。でも年をとると、恨みを持ち続けるなんて、無意味になるのですよ」

「それで思い出した」アンは、ジョンとジャネットの話をした。

「じゃあ今度は、例のロマンスも教えてよ、アンが手紙でそれとなく匂わせたでしょ？」フィルが催促した。

アンはサミュエルの求婚を熱演した。娘たちは金切声をあげて笑い、ジェイムジーナおばさんも微笑を浮かべた。

「思いをよせてくれた男の人を笑いものにするのは、良い趣味じゃありませんよ」おばさんはたしなめたが、すまし顔でつけ加えた。「もっとも、私もしょっちゅうしてましたけれど」

「おばさんの恋人たちの話を聞かせて」フィルがせがんだ。「引く手あまただったでしょう？」

「過去形じゃありませんよ」おばさんは言い返した。「今でもいますからね。地元に年輩の男やもめが三人いて、ときどき、おずおずと色目をつかってよこすのです。あなた方のようなお子さまたちは、よくおぼえておきなさい、この世のロマンスは、若者が独り占めしているわけではありませんよ」

「男やもめだの、色目だのって、ロマンチックじゃないわ、おばさん」

「そうですよ。でも、若い人たちだって、必ずしもロマンチックではないでしょう。実際、私の恋人も、何人かはロマンチックではありませんでした。そんな哀れな男の子たちを、けしからぬことに、笑い飛ばしたものです。一人はジム・エルウッドといって……いつも白昼夢を見ているような人でした……今、何が起きているのか、わかっていなかったのです。私が『ノー』と言ってから一年後に、その意味に気づいたのです。彼は別の人と結婚して、ある晩、教会の帰り道、奥さんがそりから落ちたのに、やっぱり気づかなかったのです。それからダン・ウィンストン。この人は何でも知りすぎていました。この世のことはもちろん、あの世のことまで、ほとんど承知していて、何を聞かれようと答えられたのです。最後の審判（3）はいつ来るかと問われても、答えたでしょうよ。ミルトン・エドワードは親切で、私も好きだったけれど、結婚はしませんでした。まず一つには、冗談がわかるのに一週間もかかったこと、もう一つ、私に求婚しなかったからですよ。ホレイショウ・リーヴは、恋人のなかではいちばん興味があったけれど、話を飾りたてるものだから、肝心の中身がよくわからなかったのです。嘘をついているのか、想像にまかせてしゃべっているのか、区別がつかなかったのですよ」

「おばさん、ほかの人たちはどうだったの？」

「さあさあ、荷物をほどいてしまいなさい」ジェイムジーナおばさんは、編み棒と間違えてジョーゼフを娘たちにむけてふった。「ほかの人たちはすてきすぎて、笑いものになどできません。私は、あの人たちとの思い出を大切にしたいのです。アン、部屋に、お花の箱が届いてますよ、一時間前に来たところです」

最初の一週間がすぎると、パティの家の娘たちも落ちつきをとりもどし、本腰を入れて勉強を始めた。レッドモンド最後の年をむかえ、卒業式の栄誉賞を目ざして、辛抱づよく奮闘しなければならなかった。アンは英文学に専念し、プリシラは古典に没頭し、フィルは数学を猛勉強した。ときには疲れ、ときにはやる気を失い、またときには栄誉賞を勝ちとる意味を見失うこともあった。そんな心境になったステラは、十一月の雨の夜、青い部屋へあがってきた。アンは、かたわらのランプの灯火《ともしび》が丸い明かりを小さく投げかけるなか、床にすわっていた。まわりに、しわのよった原稿が白雪のようにちらばっていた。

「アン、いったい何をしているの？」

「前に物語クラブで書いた物語を読みかえしているの。気分を盛りたて、かつ有頂天にしてくれる(4)ものがほしかったの。世界が青く見えるくらい勉強したから、部屋にあがってトランクを探したの。お涙ちょうだいの場面や悲劇が満載の物語ばかりで、とてつもなくおかしいわ」

「私、憂うつで、気がふさいでしまったの」ステラは寝椅子《カウチ》に身を投げ出した。「何をしても、無意味に思えるの。私の考えることなんて、何も新しくないんだもの。何もかも、前に考えたことばかり。結局、生きていて何になるの、アン」

「頭が疲れただけよ、だからそんなふうに感じるのよ。それにお天気のせいね。根をつめて一日勉強したあとに、こんな土砂ぶりの夜がくれば、誰だって気がめいるわ、マーク・タプレーならいざ知らず(5)。いいこと、ステラ、生きることには価値があるのよ」

「そうかもね、でも今の私は、それがわからないの」

「じゃあ、考えてみて。かつてこの世に生をうけて、ずっと努力してきた偉大で高潔な人たちのことを」アンは夢見るように言った。「そうした先人に続いて、彼らが勝ちとったことや教えてくれたことを受けつぐことは、価値があるでしょう？　それに、これから生まれてくる偉人たちはどう？　その人たちとインスピレーションを分かちあうことも、価値があるでしょう？　その人たちのために少しでも助けになって、道筋を作ることも、価値があるでしょう？……たった一歩でも未来の人たちを歩きやすくしてあげるのよ」

「そうね、頭では納得できるけど、心のほうは気が滅入って、やる気が出ないわ。雨の晩は決まって、みじめで、暗い気持ちになるの」

「ときには雨の夜もいいものよ……ベッドに横たわって、雨が屋根をたたく音や、松の枝を流れ落ちる音を聞くのはすてきよ」

「雨も、屋根の上ならいいけど、いつもそうとはかぎらないもの。この夏、田舎の古い農家でひどい夜をすごしたの。屋根から雨がもって、ベッドにぽたぽた落ちてきたの。詩情どころじゃなかったわ。『暗き真夜中』に飛び起きて、雨もりをさけて、ベッドを引きずりまわす羽目になったのよ……それがまた昔風の頑丈《がんじょう》なベッドで、目方が一トンよ……まあ、それくらいはあったわ。おまけに、ぽったん、ぽったん、一晩中、響くものだから、しまいには、神経がまいってしまったわ。それに夜、むき出しの床に、大きな雨だれが落ちて、ぼてっ、ぼてっ、と変な音を立てるのが、どんなに薄気味悪いか、アンには見当もつかないでしょうよ。お化けか何かの足音みたいに聞こえるのよ。アンったら、何がおかしいの？」

「このお話よ、物語クラブの小説で、フィルなら、たまらないって言うでしょうね……いろいろな意味で。何しろ登場人物が一人残らず死ぬんだもの。それに、なんてきらびやかで華麗なヒロインたちでしょう……豪華に着飾って！　絹……繻子《サテン》……ビロード……宝石……レース……そうした類いのものしか身につけないの。これはジェーン・アンドリューズが書いたものだけど、ヒロインは、小粒の真珠でふちどりした白い繻子の寝まきで眠るのよ」

「もっと聞かせて」ステラは言った。「人生に笑いがあるかぎり、生きる意味があるような気がしてきたわ」

「こちらは私が書いたもので、ヒロインは舞踏会で『頭のてっぺんからつま先まで最高級の大つぶのダイヤモンドできらめいている』の。でも、美貌も、豪華な装いも、なんの役に立つものか？『栄華の道はただ墓地へ続く』(6)で、殺されるか、失意のうちに死ぬ羽目になって、逃れるすべはないの」

「アンの物語を少し読ませてよ」

「はい、これが私の傑作よ。この陽気なタイトルを見て……『私のお墓たち』。書きながら何クオート（一クオートは約一リットル）も涙を流したわ。女の子たちに読んで聞かせたら、みんな何ガロン（一ガロンは約四リットル）も涙をこぼしたんだから。ジェーン・アンドリューズなんか、その週は、あんまりたくさんハンカチを洗濯物にして、お母さんにこっぴどく叱られたのよ。この物語は、メソジスト教会の牧師夫人がさすらっていく(7)、胸のはりさけそうなお話よ。メソジストにしたのは、いろいろな土地を転々とさせるためよ。主人公は、移り住んだ先々で、子どもを一人ずつ埋葬するの。子どもは九人いて、お墓はそれぞれ遠く離れているの、ニューファンドランドからヴァンクーヴァーまで(8)。子どもたちを一人一人描き分けて、死の床の場面から、お墓や、きざまれた言葉まで、くわしく書いたわ。九人全員を埋葬するつもりだったけど、八人めを死なせたところで、悲劇の創作力も尽きて、九人めは、治る見こみのない廃人として生かすことにしたの」

ステラが『私のお墓たち』を読みながら、悲劇的な場面ごとに笑いをもらすかたわらで、ラスティは、一晩中出歩いていた猫にふさわしく、ジェーン・アンドリューズの物語の上に丸くなって眠っていた。それは十五の美しい乙女が、ハンセン病の療養村へ看護にいく話で――最後はこの病いで亡くなるのだ(9)――アンは、ほかの物語も拾い読みするうちに懐かしいアヴォンリーの学校時代を思いかえしていた。あのころ、物語クラブの仲間たちは、えぞ松のもとや小川のほとりで羊歯のしげみにすわり、物語を書いたのだ。なんと楽しかったことだろう！　読みすすむうちに、あの遠い夏の陽ざし、笑い声がよみがえってきた。ギリシアの栄華もローマの壮麗も(10)、物語クラブの滑稽にして哀れな物語ほど、妙《たえ》なる魔法を織りなすことはなかった。原稿のなかに、アンは包装紙に書いた一編を見つけた。いつどこで書いたのか思い出したアンの灰色の目に、笑いが波のように押しよせた。それはトーリー街道のコップ家で、あひる小屋の屋根をぶち抜いて落ちたときに書いた小品だった(11)。

アンはざっと目を通すと、今度は集中して読み始めた。それはアスターとスイートピーの花々、ライラックの木に暮らす野のカナリア、花壇の守り神が交わす対話《ダイアローグ》だった。

読み終えるとアンは、すわったまま宙を見つめていた。やがてステラが出て行くと、しわのよった原稿をのばし、固い決意をこめて言った。

「私、きっとやってみせるわ」

第36章　ガードナー家、来たる

「この手紙はインドの切手が貼ってあるわ。はい、ジェイムジーナおばさん宛てね」フィルが言った。「こちら三通はステラへ、二通はプリシラへ、それから、ふっくらしてぶ厚い手紙は、ジョーから私に。アン宛てはないわ、ただ印刷の手紙が一通よ」誰も気づかなかったが、フィルが無造作に薄い手紙をわたしたアンが顔を紅潮させた。数分後、フィルが顔をあげると、アンの表情は晴ればれと一変していた。

「アン、何かいいことでもあったの？」

「『若人《わこうど》の友』が、私の短い作品を採用してくれたの、二週間前に送ったのよ」アンは、原稿などは送るたびに採用されるので慣れているかのように話そうと努めたが、むずかしかった。

「アン・シャーリー、なんて名誉なことでしょう！　どんなお話？　いつ掲載されるの？　原稿料はもらった？」

「ええ、十ドルの小切手を同封してくれたわ。それに編集者が、もっと私の作品を読みたいんですって。もちろん読んでもらいますとも。送ったのは、箱にしまってあった古い小品で、手を入れて送ってみたの……でも採用されるとは思わなかったわ……筋書きがないもの」アンは「アベリルのあがない」の苦い経験を思い出して言った。

「アン、その十ドルをどうするの。みんなで街へくり出して、酔っぱらいましょうよ」フィルが提案した。

「そうね、楽しくて下らないお祭りさわぎにむだ使いするつもりよ」アンはほがらかに宣言した。「とにかく、これはけがれたお金じゃないもの……純正ベーキングパウダーの忌々しい広告小説でもらった小切手とちがってね。私ったら、あのお金を有効に使おうと服を何枚か作ったけど、袖を通すたびに、その服が嫌いになったわ」

「考えてもみてよ、パティの家に本物の作家がいるのよ」プリシラが言った。

「大変な責任ですよ」ジェイムジーナおばさんがおごそかに口を開いた。

「その通りよ」プリシラも同じく重々しくうなずいた。「作家なんて、手に負えない牛みたいなものよ。いつ、どんなふうに暴れ出すか、わかったものじゃないわ。アンは、私たちのことを書くかもしれないのよ」

「私が言ったのは、出版される文章を書くという手腕には、重大な責任がともなうということです」ジェイムジーナおばさんは厳しく言った。「アンには肝に銘じてもらいたいですね。私の娘も、外地へ行く前は、小説を書いていたのです。今は、もっと崇高なことに精を出してますけどね。とにかく、娘は言ったものです。私のモットーは、『自分の葬式で読みあげられて恥ずかしい文章は一行たりとも書くなかれ』とね。アンも、文学の方面に乗り出すなら、これをモットーになさい。でも、実を言うと」ジェイムジーナおばさんは困惑顔でつけ加えた。「エリザベスは、このモットーを口にするたびに笑ってましたけどね。あの子はいつだって笑ってばかりで、どうしてそんな子がまた海外宣教師になろうと決意したのか、見当もつきませんよ。決意してくれてありがたいとは思ってますけどね……宣教師になってほしいとお祈りしましたから……でも……ならなきゃ良かったとも思っているのですよ」

言い終えたジェイムジーナおばさんはいぶかしんだ。どうしてこの浮かれたお嬢さん方は、そろって笑っているのだろう。

その日、アンの瞳は、一日中輝いていた。文学の野心が胸に芽ばえ、つぼみへふくらんだのだ。その快活な瞳は、ジニー・クーパーのハイキングへ出かけてもきらめいていた。たとえアンとロイのすぐ前を、ギルバートとクリスティーンが歩く姿を見ても、星のごとき希望の輝きは薄れなかった。アンはあまりに有頂天で、世俗のことなど目に入らなかったが、それでも、クリスティーンの歩き方がみっともないことには気がついた。

「ギルバートったら、彼女の顔しか見ていないのね。男って、こうなんだから」アンは軽蔑したように思った。

「アン、土曜日の午後は、ご在宅ですか?」ロイがたずねた。

「ええ」

「ぼくの母と妹たちが、おうかがいしようと考えているんです」ロイが落ちついて言った。

　そのとき、スリルと言ってもいい何かが、アンに押しよせてきた。だがそれは喜ばしいものではなかった。ロイの家族には会ったことがなかった。アンは、ロイの言葉の重みを理解した。そこには何かとり返しのつかないものがあり、アンは寒気をおぼえた。

「お目にかかれるのが楽しみです」アンは無感動に言ってから、本当に楽しみだろうかと自問した。もちろん、嬉しいはずだった。だが、それはある種の試練ではなかろうか。噂はアンのもとまで伝わっていた。ガードナー家は、「自分の息子、そして自分の兄が、のぼせあがっている相手」を品定めした、という事実である。ロイは、そんな母と妹たちを説得して、訪問させることにしたにちがいない。アンはわかっていた。釣りあいがとれるかどうか、自分は秤《はかり》にかけられるのだ。だが、相手が訪問に同意したということは、彼女たちが望むにせよ、望まないにせよ、一族の一員になりうる存在として、アンを見なしたのだろう。

「自分らしくふるまおう。いい印象を与えようなんて、無理はしないことにしよう」アンは誇り高く考えた。その一方で、土曜の午後は何を着ようか、髪を高く結いあげる新しい髪型のほうが、より似あうのではないかと思案して、ハイキングもさほど夢中になれなかった。その夜には、土曜には茶色のシフォンを着て、髪は低く結うことに決めた。

金曜の午後、娘たちは誰も大学のクラスがなかった。ステラはこの機会に、勉強会の論文を書こうと、居間のすみのテーブルにむかい、まわりの床を、ノートや原稿で散らかしていた。彼女が常々、言うには、書き終えた紙を一枚ずつ投げ捨てねば書けないのだ。ネルのブラウスにサージのスカート（1）をはいたアンは、風に吹かれて歩いて帰ったところで、髪が乱れたまま、床の中央に腰をおろし、鳥の胸骨でサラ猫をかまっていた。ジョーゼフとラスティは、アンの膝に丸くなっていた。温かないい匂いが家中に漂っていた。プリシラが台所で料理をしていたのだ。今しがた部屋へ入ってきたプリシラは、大きなエプロンをかけ、鼻に小麦粉をつけて、飾りの砂糖がけ《アイシング》をしたチョコレートケーキを、ジェイムジーナおばさんに見せた。

このめでたい瞬間、ドアをたたく音がした。誰も気にとめなかった。ただフィルが飛んでいき戸を開けた。その朝買った帽子を、使いが届けにきたと思ったのだ。ところが表に立っていたのは、ガードナー夫人とその令嬢たちだった。

アンはこけつまろびつして立ちあがった。それにつれて二匹の猫は膝から転がり落ちる羽目になり、機嫌をそこねた。アンは無意識のうちに、右手の鳥の骨を左手へ移した。プリシラは、台所の戸口へ逃げこむには、居間を横切らねばならないと気がつくと、動転し、チョコレートケーキを、炉辺《ろへん》のソファのクッションの下に無我夢中でつっこみ、二階へかけあがった。ステラも、あわてふためいて原稿をかき集めた。ジェイムジーナおばさんとフィルだけが平常心を保っていた。二人のおかげで、一同はほどなく、そう、アンでさえも気をとり直し、腰をおろした。プリシラはエプロンを外し、鼻の小麦粉もとって二階からおりてきた。ステラは居間のすみを片づけた。そしてフィルは気のきいた会話を絶やさず、この場を救った。

ガードナー夫人は、長身でやせ型の美人だった。洗練されたドレスを着こなし、誠意も感じられたが、無理してとりつくろったような誠意だった。アイリーン・ガードナーは、母親をそのまま若くしたような娘だったが、誠実味には欠けていた。感じよくしようと心がけているのが、かえって傲慢で横柄に見えた。ドロシー・ガードナーは、ほっそりして快活で、どちらかというと少年のようだった。ロイのお気に入りの妹だというので、アンも好感を持っていた。その茶目っ気のあるはしばみ色の瞳を、夢見る黒い瞳にしたら、ロイにそっくりだろう。このドロシーとフィルのおかげで、訪問は首尾よく運んだ。ただし、雰囲気は少々気づまりだった。不運なアクシデントも二つ起きた。アンの膝から追い出されて二匹だけになったラスティとジョーゼフは追いかけっこを始め、ガードナー夫人の絹のドレスの膝にのぼせて飛びのり、すさまじい勢いでかけおりた。ガードナー夫人は、柄《え》のついた眼鏡をとりあげ、まるで猫を初めて見たように、飛ぶように走る二匹を凝視した。アンは気をもみながらも笑いをそっと飲みこみ、精一杯あやまった。

「猫がお好きなんですの？」ガードナー夫人は、呆れた驚き顔に、寛容さをにじませてたずねた。

アンはラスティを愛していたが、猫好きというほどでもなかった。しかしガードナー夫人の口ぶりが、癇《かん》にさわった。なんの脈絡もなく、ギルバートの母ジョン・ブライス夫人は大の猫好きで、夫の許すかぎり、何匹も飼っていたことを思い出した。

「猫って、可愛い生きものですもの」アンは悪意もこめて答えた。

「わたくし、猫は、どうしても好きになれませんですのよ」ガードナー夫人はよそよそしく言った。

「私は大好きよ」ドロシーが言った。「猫って、とても可愛くて、わがままだもの。犬は気だてが良すぎて、わがままじゃないから、かえって落ちつかないの。だけど猫は、見事なくらい人間的だわ」

「あちらの二匹の犬は、年代もののすばらしい陶器ですね。近くで拝見してもよろしいですか」アイリーンが部屋を横切り、暖炉へむかった。それがはからずも二つめのアクシデントを招いた。アイリーンはマゴグを手にとり、クッションに腰をおろしたが、その下に、プリシラのチョコレートケーキが隠されていたのだ。プリシラとアンは苦悩のまなざしを交わしつつ、なすすべもなかった。アイリーンは、どっしり腰をかけたまま、帰るまで陶器の犬について論じていた。

ドロシーは名残惜しそうに少しあとに残り、アンの手を握りしめ、熱心にささやいた。

「私たち、きっといい友だちになれるわ。ロイが、あなたのことをすっかり話してくれたの。ロイが何でも言えるのは、うちでは私しかいないの、かわいそうなロイ……ママとアイリーンには、秘密なんて打ち明けられないもの、おわかりでしょう。ここで女の子たちと暮らして、楽しいでしょうね！　私もちょくちょく来て、ご一緒してもいいかしら？」

「お好きなだけ来てください」アンも心から答えた。ロイの姉妹の一人は感じが良く、ありがたかった。アイリーンは決して好きになれないだろう、それは確実だった。アイリーンもまた自分を好かないだろう。ただしガードナー夫人の心はつかめるだろう。ともかく試練のときが終わり、アンは安堵の息をもらした。

「語られ、また書かれし悲しき言葉のうちに
もっとも哀れなるは、かくなりえたのに」(2)

プリシラがクッションを持ちあげ、悲劇の調子で引用した。「このケーキ、ぺちゃんこの失敗作と呼べる代物《しろもの》になってしまったわ。それにクッションも台なし。金曜日が不

吉じゃないだなんて、二度と言わないで（3）」

「土曜にうかがうと伝言した者が、金曜に来るべきではありませんよ」ジェイムジーナおばさんが言った。

「ロイが間違えたんだと思うわ」フィルが言った。「あの人ったら、アンと話してると、自分でも何を言ってるんだか、わけがわからなくなるのよ。あら、アンはどこ？」

すでにアンは二階へあがっていた。奇妙なことに泣きたい気分だったが、あえて笑うことにした。ラスティとジョーゼフのあのひどいありさま！　そしてドロシーは、なんと感じのいい人でしょう。

第37章　一人前の学士たち

「いっそ、死んでしまいたいわ、さもなければ、今が明日の晩ならいいのに」フィルがうめいた。

「長生きすれば、どちらの願いもかなうわよ」アンが落ちついて言った。

「そりゃあアンは、平気の平左《へいざ》でいられるでしょうよ、哲学はお手のものだもの。でも私は苦手だから……明日の恐ろしい試験を考えると、おじ気づいてしまうの。万が一、落第したら、ジョーはなんて言うかしら」

「落第なんかしないわよ。今日のギリシア語はどうだったの？」

「わからないわ。いい答案が書けたかもしれないし、あんまりひどい出来で、ホメロスがお墓でひっくり返るかもしれない（1）。ノートにかじりついて勉強したから、もう頭が働かないの。この試験実行《イグザミネイティング》が全部終わったら、フィルちゃんは、どんなに嬉しいでしょう」

「試験実行？　そんな言葉、聞いたこともないわ」

「まあ、私にも言葉を作る権利くらいあるでしょ、ほかの人みたいに」フィルがたずねた。

「言葉は作るものじゃないの……生まれるものよ」アンが言った。

「どうでもいいわ……私もやっと、行く手がぼんやり見えるようになったの、静かな海が広がってて、もう試験という荒波は押しよせてこないのよ。ねえみんな、わかってる？……というか、信じられる？　レッドモンドの生活も、そろそろ終わるのよ」

「実感がわかないわ」アンが悲しげに言った。「ほんの昨日のことのような気がするのに。新入生でごったがえす中、プリシラと二人でぽつんとしていたのが。それがもう四年生で、最後の試験中だなんて」

「有能にして賢明で、あおぎ見られる四年生」(2)フィルが引用した。「私たち、実のところ、入学したころより賢くなったのかしら」

「時にはそうとは思えないふるまいもありますよ」ジェイムジーナおばさんが厳しく言った。

「まあ、ジェイムジーナおばさんたら、おばさんが母親がわりになってくださったこの三年間、私たち、なかなかいい子だったでしょ、大体において、そう思われませんか？」フィルが頼みこむように言った。

「あなた方四人は、今まで大学をそろって出た中で、いちばん可愛く、優しく、優秀な女子学生でしたよ」ジェイムジーナおばさんは言い切った。褒めるべきときは言葉を惜しまないのだった。

「ただし、分別も充分に身についたかどうかは疑わしいですよ。もちろん期待などしていません。分別というものは、経験をつんでこそ身につくのです。大学で学ぶものではありません。大学に四年通ったみなさんと違って、私は大学へ行っていませんが、お嬢さん方よりも、よほど分別がありますよ」

「規則にあてはまらぬこと多し
大学で得られぬ
知識はおびただしく
学校で学べぬこと、山のごとし」

ステラが引用した。

「レッドモンドであなた方は、今では使わない言葉（ラテン語、古代ギリシア語など）や幾何《きか》といった、下らないもののほかに、何かを学びましたか？」ジェイムジーナおばさんがたずねた。

「もちろん学びましたとも」アンが言った。

「この前の勉強会で、ウッドリー教授がしてくださったお話から、私は真実を学びました」フィルが言った。『人生という宴《うたげ》において、ユーモアは、もっとも香り高い香辛料である。きみの失敗を笑え、しかし失敗より学べ。きみの悩みを笑い飛ばせ、しかし悩みから強さを収穫せよ。きみの苦労を冗談にしろ、しかし苦労に打ち勝て』。学ぶ価値があるでしょう、ジムジーおばさん」

「そうですね、フィル。笑うべきことを笑い、笑うべきことではないことを笑わない、それを学んだとき、人は知恵と思いやりを身につけるのですよ」

「アンは、レッドモンドの講義で何を得たの？」プリシラが横からぼそりと言った。

「そうね」アンはゆっくり話し出した。「小さな困難は、笑いのたねと見なすこと、そして大きな困難は、勝利の予兆と考えること。一言でまとめると、それをレッドモンドで学んだわ」

「私が大学で得たことを言い表すには、またウッドリー教授の言葉を引用させてもらうわ」プリシラが言った。「講演でおっしゃったでしょ。『世の中には、われらすべてに、ふんだんにものがある。ただ、それを見る目、それを愛する心、それを自分のもとに引きよせる手さえあれば……男と女に、芸術と文学に、楽しむところすべてに、感謝するところすべてに、ふんだんにものがある』と。大学ではそうしたことを、多少なりとも教わったと思うわ、アン」

「みなさん方のお話から判断すると」ジェイムジーナおばさんが口を開いた。「要するに、普通なら二十年くらいかけて人生の経験を重ねて体得することを……生まれつきのやる気があれば……大学の四年で学べるということですね。これで私も高等教育を認めますよ。今までは疑問に思っていましたがね」

「でも、生まれつきのやる気がない人はどうなるの、ジムジーおばさん」

「生まれつきやる気のない人は、決して学ばないのです」ジェムジーナおばさんは答えた。「大学であろうと、人生であろうと。そうした人は百まで生きようと、生まれてから本当のところは何も学ばないのです。不幸なことですが、本人の責任ではありません。かわいそうな人たちなのです。したがって、やる気のある私たちは、神に感謝しなくてはなりません」

「ジムジーおばさん、やる気って何ですか、教えてください」フィルがたずねた。

「教えられませんね、お嬢さん。やる気のある人は、その答えはわかっているのです。一方、ない人には決してわかりません。だから説明する必要はないのです」

あわただしい日々がすぎ去り、全試験が終わった。アンは、英文学で最優秀の栄誉に浴し、プリシラは古典で、フィルは数学で優等をとった。ステラは、まんべんなく良い成績をおさめた。そしてついに卒業式の日となった。

「以前の私なら、『人生の画期的な出来事』って呼んだでしょうね（3）」アンはロイから贈られたすみれ（4）を箱からとり出し、思い深げに見つめた。もちろんこの花束をつけて行くつもりだった。しかしまなざしは、テーブルにおかれたもう一つの箱へさまよった。なかには鈴蘭の花がこぼれんばかりに入っていた。アヴォンリーに六月がめぐると、グリーン・ゲイブルズの庭に咲く鈴蘭の花のように、みずみずしく、かぐわしかった。ギルバート・ブライスのカードも添えられていた。

ギルバートは、なぜ、わざわざ卒業式に花を贈ってよこしたのだろう。この冬、彼とはほとんど顔をあわせなかった。クリスマス休暇があけてからは、金曜の夕方、パティの家へも一度来たきりで、ほかでも滅多に会わなかった。彼が、最優秀の栄誉とクーパー賞を目ざして猛勉強していたことは、アンも知っていた。そのためギルバートは、学生の社交にほとんど顔を出さなかった。それにひきかえ、その冬、アンの社交生活は、実に愉快だった。ガードナー家の人々といく度も会い、ドロシーと親しくなった。学友たちは、アンとロイの婚約が、近々、発表されるだろうと心待ちにしていた。アン本人も同様だった。にもかかわらず家を出て卒業式へむかう間ぎわに、アンはロイのすみれを脇へよけ、ギルバートの鈴蘭をつけた(5)。なぜそんなことをしたのか、自分でもわからなかった。アンが長らく胸に温めてきた野心が、やっと達成される今、懐かしいアヴォンリーでギルバートとすごした日々、ともにあこがれた夢、二人でつちかった友情が、胸に迫ってきたのかもしれない。かつてアンとギルバートは、文学部の卒業生として角帽とガウンを身につける晴れの日を生き生きと夢見てきた。ついに迎えたそのめでたい日に、ロイのすみれに出番はなかった。古い友が贈ってくれた花束こそが、昔ともに分かちあった希望が実現する日に、ふさわしく思われた。

何年もの間、この日が、アンをさし招き、魅了してきた。ところがいざ、その日が来ると、彼女の胸にいつまでもあざやかに残った唯一の思い出は、威厳のあるレッドモンドの学長が、アンに角帽と卒業証書を手わたし、文学士と呼びかけた息づまる瞬間ではなかった。アンに鈴蘭を認めたギルバートの目の輝きでもなければ、壇上でアンの前を通りすぎたロイが、彼女にむけた困惑と傷心のまなざしでもなかった。さらには、丁寧だが人を見下したようなアイリーン・ガードナーのお祝いの言葉でも、ドロシーの心からの熱い祝福でもなかった。それはどこか奇妙で、言いようのない胸の痛みであり、長い間待ちこがれてきた良き日をそこない、かすかな、しかしいつまでも消えないある種のほろ苦さを残したのだった。

その夜、文学部の卒業生は、祝賀の舞踏会を開いた。アンは身じたくを整え、いつもかけている真珠の首飾り(6)を外し、トランクから小箱をとり出した。クリスマスにグリーン・ゲイブルズに届いたもので、糸のように細い金のくさりに、小さなピンクのエナメルのハートがついたペンダントが入っていた。添えられたカードには「幸福を祈って、古き友、ギルバート」と書かれていた。そのエナメルのハートを見ているうちに、ある記憶がアンによみがえった。あの運命の日、ギルバートは自分を「にんじん」と呼び、ハート形のピンク色のキャンディーをさし出して仲直りしようとしたものの、失敗に終わったのだ。アンは追想して笑いながら、感じのいい短い礼状を書いたが、ペンダントを身につけたことはなかった。だが今夜、アンはそれを白い喉もとにかけ、夢見るように微笑した。

フィルと大学へむかう道すがら、アンは黙って歩いていた。フィルはあれこれ話したが、ふいに切り出した。

「今日聞いたの、卒業の行事が終わったら、ギルバート・ブライスとクリスティーン・スチュアートの婚約が発表されるんですって。何か聞いてる？」

「いいえ」アンは答えた。

「本当だと思うわ」フィルは何の気なしに言った。

アンは答えなかった。暗がりに自分の顔が燃えるのがわかった。えり首に手をすべらせ、金のくさりをつかんだ。力まかせにひねると、それはちぎれた。アンは壊れた首飾りをポケットに押しこんだ。両手がふるえ、目はひりひりうずいた。

だがその夜、アンは、浮かれさわぐ者の中でも、もっとも陽気にふるまった。ギルバートがダンスを申しこみに来ると、相手を書くカードに名前がいっぱいだと、残念がるそぶりも見せずに断った。パティの家へ帰り、暖炉の残り火にあたりながら、女の子たちと腰をおろし、繻子《サテン》のような若い肌から春の冷気を追い払っているときも、一日のできごとを誰よりも快活に語ったのは、アンだった。

「今夜、みなさん方が出かけてから、ムーディー・スパージョン・マクファーソンが来ましたよ」ジェイムジーナおばさんが言った。火を絶やさぬよう起きていたのだ。「卒業舞踏会を知らなかったのですって。あの若者は、つき出ている耳を寝かせるために、頭にゴムバンドをまいて寝るといいですよ。昔、私の恋人がそうしたところ、すこぶるよくなりました。私がすすめたのです。その人は聞き入れてくれましたがね、決して私を許しませんでしたよ」

「ムーディー・スパージョンは、まじめな青年なんですよ」プリシラがあくびをしながら言った。「耳より、もっと大事なことに関心があるんです。牧師になるんですから」

「そうですね、神さまは、殿方の耳なぞ気になさいませんよ」ジェイムジーナおばさんは、これでムーディー・スパージョンの悪口は打ち切りとばかりに重々しく言った。たとえまだ半人前といえども、聖職者には、それなりの敬意をはらっていたのだ。

第38章　偽りの夜明け（1）

「考えてもみてよ……来週の今夜は、アヴォンリーに帰っているのよ……思っただけでも嬉しいわ！」アンは箱にかがみ、レイチェル・リンド夫人のキルトを荷造りしていた。「でも考えてもみてよ……来週の今夜は、パティの家を永遠に去っているのよ……思っただけでもつらいわ！」

「私たちの笑い声が亡霊のようにとりついて、ミス・パティとミス・マリアの夢のなかに響きわたるんじゃないかしら」フィルが考えながら言った。

ミス・パティとミス・マリアは、地上に人の住むところ、くまなくかけ足で旅行したのち、帰路についていた。

「私たちは、五月の第二週にもどります」ミス・パティが手紙をよこした。「カルナックで王たちの大神殿（2）を見た後では、パティの家が、さぞ小さく思えるでしょうが、もともと広いところに住むのは嫌いでしてね。家に帰ると思うと、ほっとしますよ。年をとってから旅行を始めると、老い先短いものだから、ついあちこち行きすぎて、おまけにだんだん旅が癖になってまいりましてね。家にもどると、マリアが飽きたらなくなるのではないかと心配ですよ」

「私はこの家に、私の夢とあこがれを残していくわ、次に住む人を祝福するために」アンは青い部屋を名残りをこめて見わたした……この美しい青い部屋で、アンは、それは幸せな三年間をすごした。窓辺にひざまずいて祈り、窓から身を乗り出して松林のかなたに沈む夕陽をながめた。秋にはその窓をたたく雨だれの音に耳をかたむけ、春には窓辺にさえずるこまどりを喜び迎えた。そうした古い夢の数々は部屋に残り、漂うのではないだろうか……喜び、苦しみ、笑い、泣いた部屋から永久《とわ》に去っても、そこに暮らした人の何か、つまり手にふれることも目にすることもできないものの、その人らしい何かが残るのではないだろうか？　たとえば朗々《ろうろう》たる人の声の思い出のように。

「私、思うんだけど」フィルが言った。「人が夢を見て、悲しみ、喜び、暮らした部屋は、そうした経験とわかちがたく結びついて、部屋それ自体が人格を持つのよ。五十年後、この部屋に入ったら、きっと部屋が、『アン、アン』って、私に話しかけてくるわ。私たち、ここに暮らして、ほんとに楽しかったわね！　おしゃべりをして、冗談を言って、みんなで仲良くさわいで！　あら！　私ったら、六月にはジョーと結婚して、うっとりするほど幸せになるというのに、今は、楽しかったレッドモンドでの暮らしが永遠に続いてほしい気がするの」

「おかしなことに、私も、今は同じ気持ちよ」アンも認めた。「この先、どんなに深い喜びが私たちに訪れるとしても、ここで味わった喜びと気楽な暮らしは、もう味わえないわ。永遠に終わってしまうのよ、フィル」

「ラスティはどうなるの？」特権を与えられたその猫が部屋に入ってくると、フィルがたずねた。

「私が家につれて帰りますよ、ジョーゼフ、サラ猫と一緒にね」ジェイムジーナおばさんが、ラスティを目で追いながら答えた。「あの猫たちを引き離すわけにはいきません。せっかく一緒に暮らすすべを学んだのですから。そのすべを体得することは、猫にとっても、人間にとっても、むずかしい課題ですからね」

「ラスティと別れるのが寂しいわ」アンが未練をにじませた。「でも、グリーン・ゲイブルズにつれて帰っても、しょうがないもの。マリラは大の猫嫌いだし、デイヴィが死ぬほどいじめるでしょうよ。それに私も長いこと家にいないと思うの。サマーサイド(3)高校の校長にならないかという話がきているの」

「引き受けるの？」フィルがきいた。

「ええと……まだ決めていないわ」アンはうろたえ、顔を赤く染めた。

察しのいいフィルはうなずいた。いずれにしろ、ロイが求婚を口にするまで、アンは計画を立てられないのだ。だが、それももうじきだろう――間違いない。ロイが「どうかお願いします」と言えば、アンが承諾することも疑いようがなかった。アン自身は、こうした現状を、穏やかに受け入れ、満足していた。彼女はロイを深く愛していた。正直に言えば、アンが想う愛の形とは異なっていたが、人生において想像通りのものなどあるだろうか。アンは寂しく自問したのだった。それは子どものころに味わったダイヤモンドをめぐる幻滅(4)をくり返すことだった——紫色に光り輝くと期待していたダイヤが放つ、冷たいきらめきを初めて見たときにおぼえた失望を、また重ねることになるのだ。『あれは私の思っていたダイヤモンドじゃない』。アンは、そう言ったものだった。だがロイは優しい。二人はともに幸せになるだろう、たとえ、いわく言いがたいときめきが人生から失われていくとしても。その夕方、ロイが訪れ、アンを公園へ散歩に誘った。パティの家の全員が、彼が何を言いに来たのかわかっていた。アンがどう答えるのかも知っていた。いや、わかっていると思いこんでいた。

「アンはなんと運のいい娘でしょう」ジェイムジーナおばさんが言った。

「そうでしょうね」ステラは肩をすくめた。「ロイはいい人よ、すべてにおいて。だけど中身は空っぽの人よ」

「そんなことを言って、嫉妬しているみたいに聞こえますよ、ステラ・メイナード」ジェイムジーナおばさんはとがめた。

「そう聞こえるかもしれませんね……でも嫉妬なんかしていませんよ」ステラは静かに続けた。「私はアンが大好きで、ロイにも好感を持っているわ。アンはすばらしい縁組みをするってみんなが言うし、今ではガードナー夫人もアンを気に入っている。まるで何もかも神の思召《おぼしめ》しのようだけど、私は疑問に思っているの。それをおぼえておいてくださいね、ジェイムジーナおばさん」

港の見える海岸の小さなあずまやで、ロイはアンに結婚を申しこんだ。二人が初めて出会った雨の日、言葉を交わした場所だった。彼がここを選んだ心づかいを、アンはロマンチックに感じた。プロポーズの言葉はうるわしく、いつかルビー・ギリスの恋人がしたように『求婚と結婚の作法書』から、そのまま借りてきたようだった。全体の印象は非のうちどころがなかった。真心もこもっていた。ロイが本気で言っているのは疑いようもなかった。美しい調和を乱す軽率な言葉づかいもなかった。アンは、自分が頭からつま先までときめいているはずだと思った。だが、そうではなかった。彼女は恐ろしいほど冷静だった。ロイは、アンの答えを待った。アンの唇が、運命を決めるイエスを言わんとして開いた。

そのとき――アンは、自分がふるえているのに気づいた、断崖からよろめきながら後じさりでもするように、ふるえていた。一筋のまばゆい光がひらめいて、これまで生きてきた歳月に学んだ以上のことを一瞬に悟ることがあるが、まさしく、その瞬間がアンに訪れた。彼女は、ロイからわが手をひき抜いた。

「私、結婚できません……無理です……できません」アンは激しく叫んだ。

ロイは蒼白になった——彼はまた、どこか愚か者のように見えた——それは彼の罪ではない——大丈夫だと信じこんでいたのだ。

「どういうことですか？」彼は口ごもった。

「あなたとは結婚できないということです」アンは必死になってくり返した。「できると思っていたんです……でも、できないんです」

「なぜですか？」ロイはいくらか落ちつきをとりもどし、問いただした。

「だって……それほどあなたを好きじゃないんです」

ロイの顔に、赤い縞がさした。

「では、この二年間、あなたはただ、面白がっていたんですか」彼は穏やかに言った。

「そんな、ちがいます」かわいそうに、アンは息も絶えだえになった。いったいどうすれば説明できるのだろう。だがアンはできなかった。言葉では説明できないこともあるのだ。「あなたを好きだと思っていたんです……本当に思っていたんです……でも今、そうじゃないと気がついたんです」

「あなたは、ぼくの人生を台なしにしたんですね」ロイは苦々しく言った。

「許してください」アンはみじめな気持ちで頼んだ。頬がほてり、目はうずいた。

ロイは背をむけ、立ったまま、数分間、海をながめていた。アンにむき返ると、顔はふたたび血の気が失せていた。

「ぼくに希望は与えてくれないのですか？」

アンは沈黙のまま、首を横にふった。

「それでは……お別れですね」ロイは言った。「ぼくには理解できません……あなたが、ぼくの思っていたような女性《ひと》じゃなかったなんて、信じられないんです。でも、あなたを責めてもなんにもなりません。あなたは、ぼくが愛したただ一人の女性です。せめて、きみの友情を、ありがたく思います。アン、さようなら」

「さようなら」アンはふるえる声で言った。ロイは去った。しかしアンは、長い間、あずまやに腰かけ、白いもやが港から陸にむかい、うっすらと、執拗《しつよう》に、はい広がっていくのをながめていた。屈辱感と自己卑下、面目を失った恥ずかしさが、波のようにアンに襲いかかった。だがその意識の下に、自由をとりもどした奇妙な解放感もあった。

黄昏どき、アンはパティの家にしのび入り、自分の部屋へ逃れた。ところが窓辺の腰かけにフィルがすわっていた。

「待って」アンはこれから起きる展開を予測して、顔を赤くした。「フィル、まずは私の話を聞いてちょうだい。私、ロイに結婚を申しこまれて……断ったの」

「えっ……断った？」フィルは呆気にとられた。

「ええ」

「アン・シャーリー、あんた、気はたしかなの？」

「そう思うわ」アンは疲れた声で答えた。「どうか怒らないで。フィルにはわからないのよ」

「わかりませんとも。アンはこの二年間、どこから見ても、ロイ・ガードナーと交際していた……それを今になって、断ったですって？　ということは、ロイを軽んじて、もてあそんでたのね。アンがそんなことをするとは」

「もてあそんだわけじゃないわ……最後の最後まで、あの人を愛していると、心底、思っていたの……それなのに……そのときになって……絶対に結婚できないとわかったの」

「私が思うに」フィルは辛辣な見方をした。「財産目当てで一緒になるつもりだったのに、良心が頭をもたげて、できなかったのね」

「そんなんじゃないわ。ロイのお金なんて、考えたこともなかった。ああ、うまく説明できないわ、ロイに説明できなかった以上よ」

「とにかく、ロイを面目丸つぶれにしてきたのね」フィルはいらだちの色を見せた。

「彼はハンサムで、頭が良くて、お金持ちで、いい人よ。これ以上、何を望むの？」

「私の暮らしに属している人がいいの。でもロイはそうじゃないわ。初めて会ったとき、あの人の美しい姿と、ロマンチックなほめ言葉の語りに、ぽおっとなったの。そのあげく、私は恋をしているにちがいないと思いこんでしまったのよ、何しろロイは、私の理想通りの黒い瞳なんだもの」

「自分の気持ちがわからないことにかけては、私も馬鹿だけど、アンは、もっと始末に負えないわ」

「私は、自分の気持ちはわかっているわ」アンは抵抗した。「問題なのは、その気持ちが変わってしまって、また一から新しい気持ちに慣れなきゃいけないことよ」

「もう何を言っても無駄なようね」

「何も言ってくれなくていいの、フィル。私は苦しみのさなかにいるんですもの。これで、今までの学生生活が、何もかもぶちこわしになったわ。大学時代を思い返すたびに、今夜のみじめな一件を思い出すもの。ロイは私を軽蔑するんだわ……フィルも私を軽蔑して……そして私も、自分を軽蔑するのよ」

「かわいそうなアン」フィルは、いらだちを和らげて言った。「ここへ来て。慰めてあげる。私にあんたを叱る権利はないわ。ジョーに会わなかったら、私もアレックかアロンゾと結婚してたもの。ああ、現実の世の中は、なんてこんがらかってるんでしょう。小説みたいに簡単明瞭で、こざっぱりと切りそろえられてないのよ」

「私の命のある限り、もう誰にも求婚なんてされたくないわ」哀れなアンはすすり泣き、本心だと思いこんでいた。

第39章　結婚話

グリーン・ゲイブルズへもどってからの数週間、人生には、大きな喜びのあとに失望が訪れる自然の法則があるのではないかと、アンは感じていた。パティの家の愉快な仲間たちが恋しかった。この冬の間、アンは、まばゆい夢をいくつも思い描いていたが、それが今や彼女のまわりで朽ち果てていた。といって自己嫌悪にさいなまれている現在の心境では、またすぐに新しい夢を追いかける気にもなれなかった。そしてアンは気づいたのだ。前途に夢のある孤独は輝かしいが、夢の失われた孤独は空しいものだと。

ロイとは、公園のあずまやで心の痛む別れをしてより会っていなかった。しかしアンがキングスポートを離れる前に、ドロシーが訪ねてきた。

「アンが兄さんと結婚しないことになって、残念だわ。お姉さんになってほしかったんですもの。でもアンは正しかったのよ。兄さんは、アンを死ぬほど退屈させたでしょうよ。私はロイを愛しているし、大切な優しい兄だけど、ちっとも面白くないの。面白味がありそうに見えて、そうじゃないのよ」

「私たちの友情はだめにならないわよね」アンは願いをこめてたずねた。

「もちろんよ。アンのようないい人を失うわけにいかないわ。姉妹になれなくても、親友としてつきあっていくつもりよ。ロイのことで悩まないで。今の兄さんは、ひどく苦しんでいるわ……毎日、愚痴を聞かされるの……でも立ち直るでしょうよ、いつものことだもの」

「まあ……いつものことですって？」アンの声色が少し変わった。「前にも『立ち直った』ことがあるの？」

「ええ、そうなのよ」ドロシーは隠し立てしなかった。「二度あるわ。二回とも、今みたいに私に泣きついたの。断られたわけじゃないの……ただ、相手がほかの人との婚約を発表したのよ。もちろんアンに出会ってからは、こんなに女性を愛したのは初めてだって、私に誓ったわ……これまでの恋愛なんて、子どもじみた気まぐれだったと。だけどアンは気にしなくていいのよ」

アンは気にしないことにしたが、その胸には、安堵とともに憤慨も交錯《こうさく》していた。ロイはたしかに言ったのだ、きみはぼくが愛したただ一人の女性だと。彼は本気だった。だが、自分が彼の人生を台なしにしなかった（たぶんそうだと思うが）と思えば、慰めにはなった。ロイには、自分のほかにも女神がいたのだ。ドロシーによれば、彼は理想の女性を崇拝せずにはいられないのだろう。それでもやはり、アンの人生から、いくつもの幻想がはぎとられたのだ。人生が夢をうばわれ、むき出しの姿になったようだと、彼女はわびしく思い始めていた。

帰省した日の夕方、アンは悲しげな顔で玄関上の切妻の部屋からおりてきた。

「マリラ、あの古い《雪の女王様》はどうなったの」

「ああ、あれね、アンも寂しがるだろうと思っていたよ」マリラが言った。「私もがっかりしてね。あの木は私の娘時分からあったのに、三月に大風が吹いて倒れたんだよ。芯が腐っててね」

「寂しくなるわ」アンは嘆いた。「あの桜の木がないと、私の部屋じゃないみたい。窓から外を見るたびに、何かをなくした心地がするでしょうよ。それに前は、グリーン・ゲイブルズに帰ると、必ずダイアナが、この家で迎えてくれたのに」

「あの子は今、ほかに気がまわっているんでね」リンド夫人が意味ありげに言った。

「それならアヴォンリーのニュースを聞かせて」アンは玄関ポーチの階段に腰をおろした。そこへ、あでやかな金色の雨のごとく夕陽がさし、アンの髪を照らした。

「手紙に書いた通りで、ほかは大してないね」リンド夫人が言った。「ただ、サイモン・フレッチャーが、先週、足を折ったことは、まだ知らないね。あの一家にとっちゃ、ありがたいことだよ。あの偏屈なサイモンじいさんが、そばをうろついてるおかげで、やりたくてもできなかった用事が山ほどあって、今はせっせと片づけてるところさ」

「あの人はろくでもない家の出でね」マリラが口をはさんだ。

「ろくでもない？　ああ、その通りだよ！　あの人のおっかさんときたら、祈禱会で立ちあがっては、自分の子どもたちの欠点を洗いざらい並べたあげく、わが子のために祈ってくれと頼んだんだよ。もちろんそんなことをすりゃあ、子どもらは頭に来て、前よか悪くなってね」

「ジェーンの話も、まだだよ」マリラがほのめかした。

「そうそう、ジェーンね」リンド夫人は鼻でせせら笑ってから、「わかりましたよ」と気乗りしない様子で語り出した。「ジェーン・アンドリューズが西部からもどってるんだよ……先週帰ってきたのさ……ウィニペグ（1）の百万長者と結婚するんだとさ。ハーモンのおかみさんのことだ、さっそく方々へ言いふらしたろうよ」

「ジェーン、懐かしいわ……おめでたいわね」アンは心から祝った。「人生の幸福を受けとるに値する人よ」

「何も私は、ジェーンを批判するんじゃないんだよ。あの子はいい娘《こ》ですとも。だけど百万長者とは釣りあいませんよ。相手の男も、財産のほかは、大したとりえもないだろうよ、まったく。ハーモンのおかみさんの話じゃ、鉱山で財をなしたイギリス人だそうだが、ヤンキーだったと後で正体がばれるんじゃないかと、私は、踏んでますよ。そりゃあ、お金は持ってるにちがいないよ、ジェーンにうなるほど宝石を贈ったんだから。婚約指輪は、ダイヤが鈴なりで、あんまり大きいもんで、ジェーンの丸っこい手に、絆創膏でも乗っけたみたいだったよ」

リンド夫人は、辛辣な口ぶりを抑えられなかった。地味で、小柄で、くそまじめなジェーン・アンドリューズは百万長者と婚約した。かたやアンは、いまだに富豪からも貧乏人からも申し込みがない。しかもハーモン・アンドリューズ夫人は、癪にさわるほど自慢たらたらだった。

「ギルバート・ブライスは大学で何をしていたんだい?」マリラがたずねた。「先週、帰ってきたのを見かけたが、あんまり顔色は悪いし、やせているしで、誰だかわからなかったよ」

「この冬は猛勉強をしていたのよ」アンが言った。「古典は最優秀で、クーパー賞もとったのよ。五年間、誰もとらなかった賞よ! だから疲れているんだと思うわ。学生はみんな少々疲れているもの」

「いずれにしてもアンは文学士で、ジェーン・アンドリューズはそうじゃない。この先もそうはならないよ」リンド夫人は陰気ながらも、満足げに結んだ。

数日後、アンはジェーンに会いに行ったが、シャーロットタウンへ出かけて留守だった――「お仕立物を頼みに行ったんですよ」アンドリューズ夫人は得意になって語った。「当然ですよ、アヴォンリーの仕立屋じゃ、あの子には用が足りません、事情が事情ですから」

「ジェーンのことで、いいお話を聞いたんですけど」

「そうですよ、ジェーンはちゃんとやりましたよ、文学の学士号はなくてもね」アンドリューズ夫人は、少々、頭をそらした。「イングリスさんは何百万という財産持ちでしてね、新婚旅行はヨーロッパへ行くんです(2)。帰ったら、ウィニペグで大理石の豪邸に暮らすんですよ。ただ、ジェーンにも一つ苦労がありましてね……あの子は料理上手なのに、イングリスさんがさせないんです。裕福ですから、料理人を雇ってさせるんです。料理人に、メイドを二人、御者に、雑役夫も雇うんですよ。ところでアン、あなたはどうなんです？　結局、大学へは行ったものの、結婚したという話は、とんと聞きませんけど」

「ええ」アンは笑った。「私はオールドミスになるでしょう。自分にあう人が見つからないんです」アンはいささか意地が悪かった。たとえ独身を通しても、一度も結婚のチャンスがなかったわけではないと、あえてアンドリューズ夫人に念を押すつもりだった。ところが夫人は、即座にやり返した。

「そうですね、好みがやかましい娘は、往々にして売れ残るものです。そういえば、ギルバート・ブライスは、ミス・スチュアートという人と婚約したそうですが、どうなんです？　チャーリー・スローンの話では、大した美人さんだそうですね。本当なの？」

「婚約したかどうかは知りませんけど」アンは、スパルタ人さながらの厳しい自制心

（3）で平静を装った。「ミス・スチュアートがきれいな人だというのは、本当です」

「アンはギルバートと一緒になると思ってたのに、用心しないと、そのうち、とり巻きも一人残らずいなくなりますよ」

アンは、夫人との決闘をやめることにした。細身の長剣の突きに対して、戦闘用の大なた（4）をふるってくる敵から防御するのは、不可能だった。

「ジェーンがお留守なら」アンは傲然《ごうぜん》として立ちあがった。「今朝はそろそろ失礼します。ご在宅のときにうかがいます」

「そうなさい」アンドリューズ夫人は感情をあらわにして言った。「あの子はちっともお高くとまっていませんよ。古い友だちとも、昔通りにつきあうつもりでいます。アンと会ったら、さぞ喜ぶでしょう」

五月の末、ジェーンの百万長者が到着した。そしてまばゆいほど着飾った彼女をつれて去った。リンド夫人は、イングリス氏が、見たところ四十代のやせた小男で、白髪まじりなのを見て、悔しまぎれに喜んだ。さらにご想像の通り、彼の欠点を容赦なく並べあげた。

「あんな男をましに見せるには、あり金全部、使い果たす必要がありますよ、まったく」リンド夫人はまじめくさって言った。

「優しくて、気だてのよさそうな人だわ」アンは友に誠実だった。「あのご主人なら、ジェーンを大切にしてくださるわ」

「ふん！」それがリンド夫人の答えだった。

翌週はフィル・ゴードンが結婚し、アンはボーリングブルックへおもむき、花嫁のつきそいをした。フィルの花嫁姿は優美で、妖精《フェアリー》のようだった。ジョー牧師は幸福に顔を輝かせてまばゆいばかりで、誰も不器量だとは思わなかった。

「私たち、エヴァンジェリン（5）の土地をめぐって、恋人たちの旅をするの」フィルが言った。「それからパターソン街で暮らすのよ。母は呆れてるわ……ジョーも、せめてまともな場所で教会を受け持てばいいのにって。でもジョーがいれば、私にとっては、パターソン街のスラムの荒野でも、薔薇の花が咲く心地でしょうよ。ああ、アン、私、あんまり幸せで胸が痛いくらい」

アンはつねに友の幸福を喜んだが、自分のものではない幸福にいたるところでとり囲まれ、ときにはいささかの孤独もおぼえた。それはアヴォンリーに帰っても同じだった。このときダイアナは、初めての子どもをかたわらに寝かせる女性が味わう最高の喜びに浴していた。青ざめた若い母親を見つめて、アンは、今までダイアナに抱いたことのない畏怖《いふ》の念をおぼえた。瞳に恍惚の表情を浮かべたこの青白い女性が、すぎ去った学校時代にともに遊んだ、黒い巻き毛に薔薇色の頬をしたダイアナだろうか。アンはまるで自分が過去の歳月にのみ属し、現在には居場所がないような奇妙なわびしさをおぼえた。

「とってもきれいな男の子でしょう？」ダイアナは誇らしげに言った。

ふくよかな赤ん坊は、フレッドそっくりだった——同じように丸々として、同じように赤かった。アンは実のところ、きれいだと思うとは言えなかったが、可愛くてキスしたくなるような感じのいい赤ちゃんだと心から明言した。

「生まれる前は女の子がほしかったの。アンと呼べるもの」ダイアナは言った。「でも、こうして小さなフレッドが生まれたら、百万人の女の子とだって、とり替えたくないわ。この子は、かけがえのないこの子として、生まれてくるほかはなかったのよ」

「『一人一人の赤ん坊が、もっとも可愛くて最高なり』(6)ですよ」アラン牧師夫人がほがらかに引用した。「小さなアンが生まれていても、同じように感じたことでしょう」

アラン夫人は、アヴォンリーを離れて以来、初めて村にもどっていた。かつてと変わらず明るく、優しく、思いやり深い夫人を、古い友であるアンとダイアナは大いに歓迎した。今いる牧師夫人は、尊敬すべきご婦人だったが、心の同類ではなかったのだ。

「この子が大きくなって、口をきくのが待ちきれないわ」ダイアナは甘い吐息をついた。

「『お母さん』と呼んでくれるのを聞きたいの。それに、私にまつわるこの子の最初の記憶を、すてきなものにしようと決めてるの。私が母をおぼえてる初めての記憶は、私が何かして、たたかれたことだもの。たたかれても仕方のないことを、私がしたのね。母は、いつもいい母親だったわ、今でも大好きよ。だけど最初の思い出が、もっとすてきだったら良かったのにと思うわ」

「私の母の思い出は一つしかありませんけれど、すべての記憶の中でもっともすてきですよ」アラン夫人が言った。「私が五つのとき、二人の姉と学校へ行ってもいいと、お許しが出たのです。学校が終わると、姉たちは、もう一人の姉が私をつれているとたがいに思って、それぞれ自分の友だちと帰ったのです。ところが私は、休み時間に遊んでくれた低学年の女の子と学校を出て、近くにあったその子の家へ行って、泥饅頭を作っていたのです。楽しく遊んでいるところへ、姉が息を切らして、怒って迎えにきましたよ。『すぐ帰りなさい。叱られるわよ！　お母さん、ひどく怒ってるんだから、むちでたたかれるわよ』『悪い子ね』と姉は叫んで、しぶる私の手をつかみ、引きずっていきました。

私はむちでぶたれたことがなかったので、不安と恐ろしさに、小さな胸がいっぱいになりました。生涯でいちばんみじめな帰り道でしたよ。悪いことをするつもりじゃなかった、フェミー・キャメロンが、うちへおいでと誘ってくれたから行ったのに。悪いことだとは知らなかったのに。むちでたたかれるのだと思いながら、家につくと、姉は、台所に私を引きずり入れました。母は夕闇の炉辺に腰かけていました。私の細い足はふるえ、立っていられないほどでした。すると母は……なじることも、つらくあたることもなく、私を抱きあげ、キスをすると、しっかり胸に抱きよせてくれました。『あなたがいなくなって、心配しましたよ』優しい声でした。私を見おろす母の目は、愛情に輝いていました。私を叱ることも、責めることもありませんでした……これからは、お許しをもらわずに出かけてはいけませんよ、と言っただけでした。それからほどなく、母は亡くなりました。これが母にまつわるただ一つの記憶です。いい思い出でしょう？」

帰路、アンはさらに深い孤独をおぼえながら、《樺の道》と《ウィローミア》を歩いた。この道をたどるのは、何か月かぶりだった。暗い紫色の夜、花々が咲き誇っていた。あたりに花の香りがたちこめ——重苦しいほどだった。その甘ったるさにはうんざりする感覚があり反発もおぼえた、なみなみと注がれた幸福の杯に疲れ倦《う》むように。《樺の道》では、白樺が、かつての妖精《フェアリー》めいた若木から大木へ育っていた。すべてが変わってしまったのだ。夏が終わり、ここを離れてまた仕事を始めるときがきたら、どんなにありがたいだろう。そうすれば、人生もさほど虚しくは感じないだろう。

『私はこの世界へ出ていった——だがもはやそれは
あのころ帯びていたロマンスの色をまとわない』(7)

アンはため息をついた——しかし、世界はロマンスをうばわれた！　という考えに、ロマンスをおぼえ、すぐさまかなりのところ慰められた。

第40章　天啓の書（1）

アーヴィング一家が、夏をすごしに、こだま荘へ帰ってきた。七月、アンは泊まりに行き、幸せな三週間をすごした。ミス・ラヴェンダーは変わらなかった。シャーロッタ四世は一人前の若い娘になっていたが、今なおアン・シャーリーを崇拝していた。「シャーリーお嬢様、なんのかんのと言っても、お嬢様に匹敵する人は、ボストンでもお見かけしませんでした」彼女は率直に言った。

ポールもほとんど大人だった。十六歳になり、カールしていた栗色の髪は、短く刈った焦げ茶の巻き毛に変わり、妖精《フェアリー》たちよりもフットボールに興味があった。だが懐かしい恩師とのきずなは今も結ばれていた。移りゆく歳月にあっても、心の同類だけは変わらないのだった。

アンがグリーン・ゲイブルズにもどってきた七月の夕方は、空気が湿り、冷たい風の吹く悪天候だった。夏にときどきセント・ローレンス湾を荒らす嵐が来て、海も時化《しけ》ていた。

アンが家に入ると、最初の雨つぶが窓ガラスに打ちつけた。

「ポールが送ってくれたのかい」マリラがたずねた。「どうしてうちに泊まるように、言わなかったんだい。今夜は荒れるよ」

「大ぶりになる前に、こだま荘へつくでしょう。それに今夜は、ポールが帰りたがったの。ああ、あちらに泊まって楽しかったわ。だけど家でまたみんなに会えて嬉しいわ。『東へ行けど、西へ行けど、わが家が最上なり』(2)よ。デイヴィ、また大きくなったわね」

「アンがこだま荘へ行ってから、まる一インチ伸びたよ」得意げな顔をした。「今じゃ、ミルティ・ボウルターと同じくらい背丈があるんだよ。嬉しいな。ぼくよりのっぽだって、ミルティが調子にのるのも、これでおしまいだもん。ところでアン、知ってる？　ギルバートが死にかけてるよ」アンは立ちすくみ、無言のまま、身じろぎもせずにデイヴィを見つめた。その顔は蒼白で、マリラは、アンが気を失うと思った。

「デイヴィ、お黙り」リンド夫人が怒った。「アン、そんな顔をしないどくれ……そんな顔をしちゃいけないよ！　こんなに唐突に知らせるつもりじゃなかったんだよ」

「それは……本当……なの」問いかける声は、アンの声ではなかった。

「ギルバートは重い病気なんだよ」リンド夫人がおごそかに言った。「アンがこだま荘へ行ってすぐ、腸チフスで熱を出して寝こんでね。知らなかったのかい？」

「ええ」ふたたび聞いたことのない声が返った。

「最初から容体《ようだい》が悪くて、ひどく衰弱していると、お医者も言ってね。正規の看護婦を雇って、打てる手はすべて尽くしたんだよ。アン、そんな顔をしないどくれ。命さえあれば、望みはあるからね」

「夕方、ハリソンさんが来て言ったよ、ギルバートはもう望みがないなって」デイヴィは、ハリソン氏の口真似をした。

年老いて心労にやつれたマリラが立ちあがり、いかめしい顔でデイヴィを台所から追い払った。

「アン、そんな顔をしないどくれよ」リンド夫人は、老いた両腕を青ざめた娘にかけて、優しく抱いた。「私は望みを捨てちゃいないよ、そうともよ。ありがたいことに、ギルバートはブライス家の体質を受けついでるからね、そうだよ」

アンはそっとリンド夫人の腕を外し、呆然として台所を横切り、玄関ホールを抜けて懐かしい部屋へあがった。窓辺にひざまずき、外をうつろに見つめると、暗闇のなか、雨が激しく打ちつけ、野の草が波打っていた。《お化けの森》では、大木が嵐にねじれ、うなりをあげている。かなたの海岸では大波がくだけ、雷鳴のごときとどろきに空気がふるえていた。そして今、ギルバートは死の淵をさまよっているのだ！

聖書に天啓の書があるように、誰の人生にも、天啓の書がある。アンは、大嵐と漆黒《しっこく》の闇のなか、苦悩に一睡もしなかったこの痛恨《つうこん》の夜、天の啓示を受けたのだった。私はギルバートを愛している――今までずっと彼を愛してきた！　それが今、わかったのだ。自分の右手を切りとって投げ捨てられないように、自分の人生から、苦痛をおぼえずにギルバートを切り離すことなど不可能だ。だが、気づくのが遅すぎた――息を引きとる彼の枕もとで、私は苦い慰めを得ることすら、もう間にあわないのだ。自分がこれほどかたくなでなければ――あんなに愚かでなければ――今ごろはギルバートのもとへ行けただろうに。ギルバートは、私が愛していることを知らず――私に好かれなかったと思いながら、この世を去っていくのだ。ああ、私の前には、希望のない空しい歳月が続くだろう！　そんな人生は生きられない――生きていくことなどできない！　――できない！　アンは窓辺にうずくまり、ほがらかな若者の生涯で、初めて自分も死にたいと願った。ギルバートが、一言の言葉も、身ぶりも、伝言さえも残さずに自分から去っていったら、私は生きられないだろう。彼がいなければ、何もかも無意味なのだ。私は彼のものだ、彼もまた私のものだ、それを苦悩の底で、アンは確信した。ギルバートはクリスティーン・スチュアートなど愛していなかった――彼女を愛したことなどなかったのだ。ああ、私はなんと愚かだったのだろう。昔からギルバートと自分を結んでいたきずなに気づかなかった――ロイ・ガードナーへのいい気なうぬぼれを愛だと思いこんでいた。そして今、私は、罪を罰せられるように、自分の愚かしさの代償を支払わなくてはならないのだ。

リンド夫人とマリラは、床につく前、アンの部屋の戸口まで忍び足で行ったが、その静寂に、二人はいぶかしげにうなずきあい、また離れていった。嵐は一晩中つづき、夜明けにおさまった。暗闇のふちに、光がほのかに妖精《フェアリー》のようにさすのを、アンは見た。ほどなく東の丘の頂きが、日の出に真紅色《ルビー》に輝いた。雲は渦をまきながら遠ざかり、地平線で、大きく柔らかな白雲の塊となった。空は青と銀に光り、静寂が世界を満たした。

アンは立ちあがり、静かに階段をおりていった。庭へ出ると、雨あがりのさわやかな風が彼女の青白い顔に吹き、涙の乾いた赤い目を冷やした。すると小径から、陽気な口笛が響き、次の瞬間、パシフィーク・ブート（3）が姿をあらわした。

アンは急に、体の力が抜け、柳の低い枝につかまった。あやうく倒れるところだった。パシフィークは、ブライス家の隣にあるジョージ・フレッチャーの農場に雇われていた。しかもフレッチャー夫人は、ギルバートのおばだ。パシフィークなら知っているかもしれない——もし——何か、新しい知らせがあるなら、知っているだろう。

パシフィークは口笛を吹きながら、赤土の道をたしかな足どりで大またに歩いてきたが、アンには気づかなかった。アンは三度、呼びかけようとしたものの、声が出なかった。彼が通りすぎるころ、ようやく「パシフィーク！」とふるえる唇で呼びとめた。

彼はふりむくと、歯を見せて笑い、朝のあいさつを明るく返した。

「パシフィーク」アンは弱々しくたずねた。「今朝は、ジョージ・フレッチャーのところから来たの？」

「へえ」愛想よく答えた。「ゆんべ、ことづてが来て、おやじが具合が悪いってんだが、大荒れで行けなくてよ、そんで、今朝早く出たところよ。森を抜けっと、近道なもんで」

「今朝、ギルバートの具合を聞いたかしら？」アンは、恥も外聞もかなぐり捨ててたずねた。不安に気をもんでいるより、最悪の結果を知るほうが、まだましだった。

「快方にむかってるよ」パシフィークは言った。「ゆんべ、峠をこしたんだ。こうなりゃ、あとはじきによくなるって、お医者も言ってるよ。だけど死ぬとこだったさ！　あの若い衆《し》は、大学で体を壊したんだな。じゃ、急ぐんで。年よりは早くおれの顔を見たいだろうから」

　パシフィークはまた歩み始め、口笛を吹きつつ去っていった。後ろ姿を見送るアンの目は喜びに輝き、夜通しはりつめていた苦悩も消えていった。パシフィークは、ひょろりとやせ、貧相な、みっともない若者だったが、アンの目には、山々をめぐり吉報をもたらした人物さながらに美しく（4）うつった。アンは命ある限り、彼の日に焼けた丸い顔と、黒い瞳を見るたびに、嘆きに代えて喜びの香油を（5）与えられた瞬間を、心暖まる思いで追憶するだろう。

　やがて暢気な口笛は遠ざかり音色は幻と化し、かえでの続く《恋人の小径》の彼方に消えたが、アンは柳のもとに立ちつくし、深刻な恐れが去ったあとに訪れる人生の強烈な甘美を味わっていた。その朝は、もやと神秘の美に満たされた幸福の杯のようだった。かたわらの一角には、珠《たま》のごとき朝露をのせた薔薇の花々が新しく咲き開き、恵みの驚きをアンにもたらした。頭上の大枝に小鳥たちが歌い、さえずりは流れ、アンの心情に調和した。実に古く、実に真実にして、実にすばらしき書物の一文が、アンの唇に浮かんだ。

「たとえ夜もすがら泣こうとも、朝とともに歓びが訪れる」(6)

第41章　愛は砂時計を持ちあげる（1）

「アンを散歩に誘いに来たんだ。今日の午後は、あのころのように、懐かしい場所をのんびり歩いてみないかい？　九月の森を抜けて、『香料の育つ丘をこえて』（2）」ギルバートがグリーン・ゲイブルズのポーチをまわり、ふいに姿をあらわした。「ヘスター・グレイの庭へ行くのはどうだい？」

玄関の石段に腰かけていたアンは、あいまいな表情で彼を見あげた。膝に、淡い緑色の薄もののドレスを広げていた。

「そうしたいんだけど」アンは言いにくそうに答えた。「行けないの。夕方、アリス・ペンハローの結婚式へ出るの。このドレスを手直しして、それが終わったら、したくもあるのよ。ごめんなさい、とても行きたいんだけれど」

「では、明日の午後はどう？」ギルバートは落胆する様子もなくたずねた。

「大丈夫よ」

「じゃあ、ぼくはすぐ家に帰って、明日の用事を今のうちに片づけるよ。そうかい、アリス・ペンハローは、今夜、式を挙げるのかい。この夏、アンは三組の結婚式に出るんだね……フィルに、アリス、それからジェーン。ジェーンは、ぼくを式に呼ばないとは、絶対に許さないよ」

「ジェーンは悪くないの、アンドリューズ家は、招待する親戚が山ほどいるもの。家に入りきれないほどだったわ。私は幼なじみだから呼ばれたのよ……少なくともジェーンにとってはね。お母さんにとっては、ジェーンのとびきりの豪華さを見せるためかもしれないけれど」

「ダイヤモンドをぎっしりつけて、どこからダイヤで、どこからジェーンか、区別がつかなかったというのは本当かい？」

アンは笑った。

「たしかにたくさんつけていたわ。いたるところダイヤに、白い繻子《サテン》、チュールに、レース、薔薇に、オレンジの花で、正装した小柄なジェーンが見えないくらいだったわ。でもとても幸せそうだったわ、イングリスさんもよ……それにジェーンのお母さんも」

「今夜はそのドレスを着るのかい」ギルバートは柔らかな飾りとフリルを見おろした。

「ええ、きれいでしょう。髪にはスターフラワーをさすの。この夏、《お化けの森》にたくさん咲いているのよ」

ふいにギルバートは思い描いた。アンがフリルのついた緑のドレスをまとい、娘らしい曲線を描いた腕と喉もあらわに、巻きあげてまとめた赤い髪に、白い星形の花々が輝くさまを。彼は息づまる心地がしたが、なにげなさを装って立ち去ろうとした。

「明日また来るよ。今夜は楽しんでおくれ」

アンは、さっそうと歩く後ろ姿を見送り、そしてため息をついた。ギルバートは友として優しかった——実に優しく——優しすぎるほどだった。彼は快復すると、グリーン・ゲイブルズを足しげく訪れ、かつての友情らしきものが、よみがえっていた。だがそれではアンはもはや満足できなかった。愛の薔薇にくらべると、友情の花は、色彩も、香気も、失せて感じられた。しかもアンは危ぶみ始めていた。今のギルバートは、自分に対して、友情のほかは何も感じていないのではないか。日常の暮らしのありふれた光のなかでは(3)、喜びに恍惚としたあの朝、胸におぼえた晴れやかな確信も、薄れていた。自分のあやまちはとり返しがつかないのではないか、アンは、みじめな恐れにもとらわれていた。結局、ギルバートが愛しているのはクリスティーンなのだろう、婚約さえしたのかもしれない。アンは、心惑わす望みは忘れ去り、愛情のかわりに、仕事と野心に生きる将来を受け入れようと努めた。教師として、自分は偉大ではないにしろ、立派に働くだろう。さらに短編作品が、誰にでも門戸を開くとはかぎらない、いくつかの編集部で採用されるようになった幸運も、アンに芽ばえ始めた文学の夢の先行きを明るいものとしていた。けれど——でも——アンは緑色のドレスを持ちあげ、また息をついた。

翌日の昼下がり、ギルバートが訪れると、アンは彼を待ち受けていた。前夜の宴《うたげ》にもかかわらず、アンは夜明けのようにすがすがしく、星さながらに美しかった。彼女は緑のドレスをまとっていた——昨日の結婚式に着たものではなく、レッドモンドの歓迎会で、ギルバートがとりわけ好きだと言った古い服だった。その緑は、アンの髪の豊かな色あい、星影のごとき灰色の瞳、アイリスのようにきめ細やかな白い肌を引き立てていた。ギルバートは、森の木陰の小道を歩みながら、横目でアンを見やり、こんなに愛らしい姿は見たことがないと思った。アンも、ときおり目のはしで彼を見ながら、病気をして、ギルバートはなんと大人びたのだろうと感じた。少年時代が永遠にすぎ去ったようだった。

よく晴れた日で、道ゆきは美しかった。ヘスター・グレイの庭について、古びたベンチにすわったときは、残念な気さえした。だがここもまた美しかった——遠いあの日、ダイアナ、ジェーン、ルビーと四人で、夢《ゴールデン》のようなピクニックに出かけて（4）、この庭を見つけたときと変わらぬすばらしさだった。あの日は、水仙とすみれが咲き乱れていたが、今は、あきのきりん草の花が、妖精の松明《たいまつ》を立てたようにすみずみに輝き、アスターの青い花が庭を点々といろどっていた。白樺の谷間から森を流れる川のせせらぎは昔と変わらぬ魅惑の声で呼びかけ、柔らかな空気には、海からの潮騒が、かすかに響いていた。さらにかなたへ目をやると、幾夏《いくなつ》もの陽をあびて銀灰色にあせた木柵にかこまれた牧草地が広がっている。遠くへつらなる丘は、秋の雲が影を落とし、西風（5）がそよ吹き、懐かしい夢がよみがえってきた。

アンは静かに言った。『夢がかなう国』(6)、それは遠くの青いかすみのなかでしょう、あの小さな谷のむこうの」

「アンに、かなわない夢などあるのかい？」ギルバートがたずねた。

その声には何か——パティの家の果樹園での、あの胸痛む夕暮れより聞くことのなかった響きがあり——アンの心臓が高鳴った。だが彼女はさりげなく答えた。

「もちろんよ。誰だってそうよ。夢がすべてかなう人はいないわ。それに夢見ることがなくなったら、人は死んだも同然よ。ああ、なんていい香りでしょう、傾いていく西陽がアスターと羊歯を照らして、匂いが立ちのぼっているわ。匂いは、かぐだけでなく、目にも見えたらいいのに、きれいでしょうね」

だがギルバートは、ここで話をそらされはしなかった。

「ぼくには一つの夢があるんだ」ゆっくりと言った。「かなうはずがないと、いくども思いながら、それでも胸に抱き続けてきた。ぼくは、ある家庭を夢見ているんだ、暖炉に火がゆらめき、猫と犬がいて、友の訪れる足音が響き……そして、きみがいるんだ！」

アンは答えようとしたが、言葉が見つからなかった。幸福の波が押しよせ、こわいほどだった。

「二年ほど前、ぼくは、きみにある質問をしたね、アン。もしも今日、また同じ問いかけをしたら、ちがう返事をしてくれますか」

アンはまだ何も言えなかった。しかし数えきれぬ過去の人々と変わらぬ愛の陶酔に輝く目をあげて、しばし彼の瞳を見つめかえした。その答えで、ギルバートは充分だった。

二人は、古びた庭を黄昏がおおうまで、帰りがたい思いでとどまっていた。それはエデンの園の薄暮《はくぼ》もかくありき、というほど美しい夕暮れだった。話題も、追想も、尽きなかった――二人が語ったこと、したこと、聞いたこと、思ったこと、感じたこと、そして誤解していたこと。

「ギルバートは、クリスティーン・スチュアートが好きなんだと思っていたわ」アンはとがめるように言った。まるで自分は、ロイ・ガードナーを愛していたとギルバートに思われて当然のふるまいなど、しなかったように。

ギルバートは少年のように笑った。

「クリスティーンは郷里に婚約者がいるんだよ。ぼくは知っていたし、それを彼女もわかっていたんだよ。彼女の兄さんが卒業するとき、今度の冬、妹が音楽の勉強にキングスポートに来るから、少し面倒を見てほしいと頼まれたんだ、知りあいがいなくて寂しがるだろうとね。だから世話をしたまでだよ。それにクリスティーン本人が好感の持てる人で、ぼくの知るかぎり、いちばん感じがいい女子の一人だよ。大学で恋愛の噂がたっているのは知っていたけど、気にしなかった。きみに愛せないと言われてからは、しばらくは、何もかも、どうでもよかったんだ。ほかには誰もいなかった……ぼくには、きみしか考えられなかったんだ。アンが学校で、ぼくの頭に石板を打ちつけて割った日から、ずっときみを愛していたんだ（7）」

「よく愛しつづけることができたわね、私ったら、あんなにお馬鹿さんだったのに」

「ああ、あきらめようと努力したよ」ギルバートは素直に打ち明けた。「きみをそんなふうに思ったからではなくて、ガードナーがあらわれて、ぼくにはチャンスがないと思ったんだ。でも、あきらめられなかった……この二年間が、ぼくにとってどんなものだったか、言葉につくせないくらいだよ。きみはガードナーと結婚すると思っていたし、毎週のように、お節介な連中が、アンの婚約発表は間近だと言うんだ。それを信じていたんだよ。熱が下がって起きられるようになった、あの幸せな日までは。フィル・ゴードン……今はフィル・ブレイクだね……その彼女から手紙が来て……アンとロイは何でもないから、『もう一度、試してみろ』と書いてあったんだ。それからというもの、ぼくがみるみる元気になって、医者も驚いていたよ」

アンは笑い——それから身ぶるいした。

「あなたが死んでしまうと思った夜のことは忘れられないわ。あのとき、自分の気持ちに気づいたの……そのとき、わかったのよ……でも、間にあわないと思った」

「間にあったんだよ、愛しい人。これで、すべてが報《むく》われたんだ。今日の日を、大切な一日として、生涯、大切に守っていこう、ぼくらに贈り物をくれたのだから」

「今日は、私たちの幸せの誕生日ね」アンは優しい声で言った。「ヘスター・グレイのこの古い庭は、前から好きだったけれど、これからはもっと愛しい所になるでしょう」

「だけどアン、長く待ってもらうことになるよ」ギルバートは申し訳なさそうに言った。「これから医学部を終えるまで三年間。しかも三年たっても、ダイヤモンドの宝石《サンバースト》（8）も、大理石のお屋敷もないんだよ」

アンは笑った。

「宝石も大理石のお屋敷もいらないわ。あなただけがほしいの。こうした点にかけては、私もフィルと同じくらい常識外れなのよ。宝石も大理石のお屋敷も、すばらしいでしょうけど、ないほうが『想像の余地』が広がるわ。それに待つことは何でもないわ。その間も、私たち、幸せなのよ、おたがいのために待って、働くの……そして夢を思い描くのよ。これからは、いろいろな夢も、甘いものになるのね」

ギルバートは、アンを抱きよせ、口づけをした。それから二人は、夕闇のなかをともに帰っていった。愛の婚礼の国にて戴冠された王と女王は、今まででもっとも美しく咲いた花々にふちどられた曲がりゆく小道（9）をたどり、希望と追憶をふくんだ風がそよ吹く、懐かしい草地をこえて歩いていった。

訳者によるノート――『アンの愛情』の謎とき――

エピグラフ（題辞）と献辞

（1）　**後より見つかる尊きものはすべて／それを探し求める者の前にあらわれる／なぜなら愛が運命とともにくり返し働きかけ／ヴェールを引くと、隠されていた価値があらわれるのだから……**英国詩人アルフレッド・テニスン（一八〇九～九二）の詩『白昼夢』（第一部一八三〇年、ほかは一八四二年）の第二部「（王子の）到着」第一節からの引用。欧州民話『眠れる森の美女』に基づいた物語詩。テニスンの詩は「プロローグ」「眠れる宮殿」「眠れる美女」「（王子の）到着」「目ざめ」「旅立ち」「教訓」「結び」「エピローグ」という九部構成からなり、エピグラフに引用される「（王子の）到着」では、姫が眠る宮殿に王子が「到着」して姫が目ざめる。つまり本作は、アンが「王子」と出会い、少女という眠りの季節から大人の女性へと目ざめていく物語であることを暗示する題辞。また前作『アンの青春』最後の第30章で、アンがギルバートと二人で語らう時、彼女の胸にかかっていたヴェールが持ちあげられ、アンは思いがけない自分の本当の感情に気づくものの、またヴェールはおりてしまう。しかし続く本作の冒頭で、「ヴェールを引くと、隠されていた価値があらわれる」とあり、アンが彼に対する素直な気持ちを、本作で悟ることも示唆される。［RW／In］

（2）**アンを／「もっと読みたい」と望みつづけてきた／世界中のすべての娘たちに捧ぐ**……『赤毛のアン』は亡き両親に、第二巻『アンの青春』は恩師に、第三巻の本作はアン・シリーズの続編を待ち望む世界の読者に捧げられている。前作『アンの青春』の発行（一九〇九）の後、モンゴメリは別の主人公の物語『ストーリー・ガール』とその続編『黄金の道』、アヴォンリー村の人々を描いた短編を集めた『アヴォンリー物語』などを発表。本作刊行までにアンを主人公にした作品は六年間、書かれなかったため世界中の読者からアン・シリーズの続きを望む手紙が多く寄せられた。

第1章　変化のきざし　The Shadow of Change

（1）**「収穫は終わり、夏は去りぬ」**……旧約聖書「エレミヤ書」第八章第二十節「収穫は終わり、夏は去りぬ」からの引用。［In／RW］

（2）**アン**……キリスト教では聖母マリアの母アンナの英語名。［Ra／In］

（3）**海鳴りは遠くで鈍く響いている**……小説の舞台アヴォンリーはプリンス・エドワード島北岸の村キャベンディッシュがモデル。村の中心から海辺までは約五百メートルで時に海鳴りが聞こえる。

（4）**畑は刈りとられ、枯れた色あいが広がり、まわりにあきのきりん草が花をつけている。グリーン・ゲイブルズの下を流れる小川の谷間には、優美な紫のアスターがこぼれんばかりに咲いていた**……九月、初秋の島の野原ではアキノキリンソウの黄色い花、野菊に似たアスターの薄紫の可憐な花が咲く。

（5）**今ごろアーヴィングご夫妻は太平洋岸**……『アンの青春』第30章「石の家の結婚式」で、ミス・ラヴェンダーとアーヴィング氏は結婚して新婚旅行に出かけた。東海岸の島から西海岸の太平洋までは約四千五百キロ。十九世紀末に開通した大陸横断鉄道で十日以上かかった。

（6）**ジョージ・ホワイトフィールド説教師**……英国のカルヴァン派メソジスト信仰復興運動の指導的説教師（一七一四〜七〇）。カスバート家が信仰する長老派教会はカルヴァン派から派生している。［Re］

（7）**ウェリントン公**……アイルランド生まれの英国将軍、保守党の政治家で首相も務めたアーサー・ウェルズリー・ウェリントン（一七六九〜一八五二）のこと。ワーテルロー（現ベルギー領）の戦いでナポレオン一世を破った功労者で「鉄の大公」と呼ばれた。グリーン・ゲイブルズ客用寝室にかけられた二枚の肖像画は、一家の宗教的信条（新教カルヴァン派）と政治的信条（英国王党派）を来客に示す。［Re］

（8）**『かくてこの世の栄華は移りゆく』**……ラテン語由来の古い諺。［In］

（9）**キングスポート**……キングスポートはモンゴメリが作った地名で「国王の港」とい

う大英帝国的な響きをもつ。カナダ東海岸ノヴァ・スコシア州都ハリファクスがモデル。海に突き出した小さな半島に町の中心部がある港町。

(10) **レッドモンド大学**……Redmond モンゴメリが英文学の特別講義を受けたハリファクスのダルハウジー大学がモデル。夫のマクドナルド牧師の卒業校。ダルハウジーはスコットランド貴族の名字で、レッドモンドはアイルランド人の名字。モンゴメリは、スコットランドとアイルランドのケルト的な学校名をつけている。(口絵)［Re］

(11) **ユーライア・ヒープ**……英国作家チャールズ・ディケンズ(一八一二〜七〇)の自伝的小説『デイヴィッド・カパーフィールド』(一八五〇)に出てくる偽善家。［Re］

(12) **人食い島**……当時の欧米人は異教徒の国の一部に食人民族がいるという誤ったイメージを持っていた。［He］

(13) **オーチャード・スロープ**……ダイアナ・バリーの家の農場の屋号「果樹園の坂」。

(14) **プリシラ**……アンの友人。『赤毛のアン』ではクィーン学院の同級生、『アンの青春』で教師となる。そのおばはアンの敬愛する作家モーガン夫人。キリスト教では新約聖書「使徒言行録」第十八章で伝道者パウロに同行した女性プリスキラの英語名。

(15) **恐ろしい方陣の歩兵隊**……原文は fell phalanx でギリシア語由来の古風な表現。これから進む大学でギリシア語を学ぶアンは意図して文語を使っている。

(16) **エレーンに扮《ふん》したアンが小舟に乗りキャメロットへ流れていったあの日、沈みゆく舟から橋の脚によじ登った場所だった**……『赤毛のアン』第28章「不運な百合《ゆり》の乙女《おとめ》」で、アンは詩人テニスンが古代ケルトのアーサー王伝説をもとに書いた長編詩『国王牧歌』の「ランスロットとエレーン」を演じた。百合の乙女エレーンは、騎士ランスロットに失恋して世を去り、その亡骸は小舟にのって王都キャメロットへ流れる。エレーンに扮したアンは小舟で流れたが、水がもったため橋脚によじ登ったところを、ギルバートに救われた。

(17) **『靴に、船に、封蠟《ふうろう》に／キャベツに、王様』**……英国の作家ルイス・キャロル（一八三二～九八）による小説『不思議の国のアリス』の続編『鏡の国のアリス』（一八七一）第四章「トゥィードルダムとトゥィードルディ」より引用。ちなみに米国作家O・ヘンリー（一八六二～一九一〇）の短編『キャベツと王様』も同じ一節にちなんでいる。［RW／In］

(18) **ヴィクトリア島**……グリーン・ゲイブルズ近くの川に浮かぶ小島。『赤毛のアン』第20章「豊かな想像力、道をあやまる」でアンが、当時のカナダの国家元首である英国のヴィクトリア女王の誕生日に見つけて名づけた。

(19) **胸にあこがれる国**……さまざまな詩に見られる一節。米国詩人エミリー・ハンティントン・ミラー（一八三三～一九一三）に同名の詩があるほか、アイルランドの詩人ウィリアム・バトラー・イェーツ（一八六五～一九三九）にも同名の作品がある。［In］

(20) **「寂しき妖精の国」**……英国ロマン派詩人ジョン・キーツ（一七九五～一八二一）の詩『ナイチンゲールによせる抒情詩』（一八二〇）第七節の第十行より引用。夏の夜、美しい声を響かせて鳴くナイチンゲールの美しい声、それは「寂しき妖精の国にて、おそろしい海の泡を、魔法にかけられた窓辺より眺むる者もまた聞いたであろう」と詩人は幻想の世界を詠う。美しい夏の夜、ひとり佇むアンも遥かな幻想の世界に遊ぶ。［RW／In／Re］

(21) **アトランティス**……ジブラルタル海峡西方の大西洋にあり、地上の楽園だったが、海底に没したとされる伝説の大陸。古代ギリシアの哲学者プラトンが最初に言及した。［He］

(22) **エリュシオン**……ギリシア神話で、英雄や善人が住むと信じられた楽園。気候が温暖で芳香に満ちている。［He］

(23) **目にうつるものはいつしか消えゆく。しかし見えないものは、永遠なのだから……**新約聖書「コリントの信徒への手紙二」第四章第十八節「目にうつるものははかない。しかし見えないものは永遠である」より。［RW／In］

第2章　秋の冠　Garlands of Autumn

(1) **秋の冠**……ガーランドは花や葉を輪にした花輪、花冠。米国詩人ヘンリー・ワズワース・ロングフェローの詩『エヴァンジェリン～アカディアの物語』（一八四七）第一部に「色づいた葉と常緑の葉で編んだ秋の冠」という一節がある。これは英国兵士がカナダ南東部のフランス系住民が暮らす土地に上陸して、フランス系にほかの土地へ移住を命じ、フランス系の女たちが家族の墓石に秋の冠をかける。故郷および大切な人々との別れのイメージ。第39章（5）［In］

（2）**つま先に銅をはったブーツ**……ブーツのつま先を保護するために薄い銅をはった革靴。砂利や石ころのある田舎道を歩くのに適しているため垢抜けないイメージ。

（3）**なんと呪わしきものよ、おお神様、来てくだされ**……原文 anathema maranatha を直訳すると「呪わしきものよ、おお神よ、ご来臨あれ」。欽定版新約聖書「コリントの信徒への手紙一」第十六章第二十二節「主イエスキリストを愛さない者は、呪わしきものよ、おお神よ、ご来臨あれ」より。田舎の信心深い老婦人が仰天した時に語る古めかしい言葉。

（4）**人間の言葉でしゃべろうと天使の言葉を借りようと**……新約聖書「コリントの信徒への手紙一」第十三章第一節「たとえ人の言葉で語ろうとも、天使たちの言葉で語ろうとも、愛がなければ、わたしは騒がしいどら、やかましいシンバル」の引用。スローン家の人々は人の言葉で語ろうと天使の言葉で語ろうと、凡庸な家系に変わりがないとする辛辣な一節。［RW／In］

（5）**蜘蛛の糸がかかっていた**……この蜘蛛の糸 gossamer は、一般の蜘蛛の巣 cobweb とは異なり、秋の暖かな日に森にふわふわ浮かぶ小蜘蛛の軽やかな糸をさす。この場面の穏やかな秋の日よりを伝える。

（6）**「林檎の木……こんな森の奥に！」**……キリスト教の楽園エデンの園にあったとさ

れる木が重ね合わされている。林檎の実の花言葉は「誘惑」。ギルバートは『赤毛のアン』でもアンに和解と近づきのために林檎を食べさせようとするが失敗。しかし本作でアンはついに彼に誘われて林檎を口にする。

（7）**黄色がかった茶色い実で、ラセット林檎……**『赤毛のアン』第18章「アン、救援に行く」でアンの大好物として登場する林檎。果実の皮は黄褐色。

（8）**神様が与えてくださった食べ物……**神の食べ物マナをさす。旧約聖書「出エジプト記」第十六章第三十一節「イスラエルの家では、それをマナと名付けた。それはコリアンダーの種のように白く、蜜の入ったウェファースのような味がした」より。エジプトに捕虜として捕らえられたイスラエル人が、モーセに率いられて脱出した時に神から授けられた食べ物。アンの憂いが、奇跡的に育った神授さながらの林檎によって癒されたことを意味する。［Ra］

（9）**道の曲がり角……**『赤毛のアン』第38章「道の曲がり角」、『アンの青春』第26章「曲がり角のむこう」にちなんでいる。アンは人生の転機を道の曲がり角にたとえる。

第3章　あいさつと別れ　Greeting and Farewell

（1）**本土ゆきの船に接続する汽車に乗るには、朝早く発たねばならなかった……**『赤毛のアン』の後半でグリーン・ゲイブルズの最寄り駅となったカーモディは支線で、船には接続していなかった。ハンター・リヴァー（作中ではブライト・リヴァー）から延びる鉄道は港まで続き、カナダ本土行きの船に接続していた。島の鉄道は一九八九年に廃線。

（2）**おかゆ**……オートミールのこと。ひいたからす麦を煮て、黒砂糖、ミルク、生クリームなどをかける。一般にスコットランド人の朝食。カスバート家と双子のキース家はスコットランド系。［Re／He］

（3）**気丈で冷静なシャーロッテ**……ドイツの詩人・作家ヨハン・ヴォルフガング・フォン・ゲーテ（一七四九〜一八三二）の小説『若きウェルテルの悩み』（一七七四）で主人公ウェルテルが恋したシャーロッテ。ウェルテルはシャーロッテに恋をするものの、彼女には婚約者があり、彼はピストルで自殺。その死を知ったシャーロッテは気絶する。しかしモンゴメリは、ゲーテ作品の可憐なシャーロッテではなく、ゲーテの小説をもとに英国の作家・詩人ウィリアム・メイクピース・サッカレー（一八一一〜六三）が書いた詩『ウェルテルの悲しみ』の何事にも動じないシャーロッテを参考にしている。

（4）**シャーロッテは、恋に逆上《のぼせ》た恋人の亡骸《なきがら》が戸板にのせて運ばれようと、「パンとバターを切りつづけていた」**……右記のサッカレーの詩『ウェルテルの悲しみ』第四節、シャーロッテは彼の亡骸が戸板にのせて運ばれるのを見ても、自制心の強いレディにふさわしく、「パンとバターを切りつづけていた」より引用。［RW／In］

（5）**ブライト・リヴァー駅**……「輝きの川」という意味の地名で、アンの幸運を予感させるモンゴメリの造語。アンとマシューが出会った駅。プリンス・エドワード島ハンター・リヴァー駅がモデル。旧駅舎は一般家庭に移築されて現存している。

（6）**カーモディ**……キャベンディッシュの西隣スタンレーブリッジがモデル。

（7）**チッキ**……鉄道旅客が乗車券を使って送る手荷物。英語のチェックが日本語ではチッキになまった。

（8）**『ふるさとの地』**……原文は the "ould sod" アイルランド風の言い回し。一般の英語では the old soil で故郷、母国。

（9）**バイロンの『チャイルド・ハロルド』の心境よ**……英国詩人ジョージ・ゴードン・バイロン（一七八八～一八二四）の自伝的長編詩『チャイルド・ハロルドの遍歴』（一八一二～一八）の主人公。貴公子ハロルドは、母国の英国を離れる深い悲しみを、第一巻第十三節の一「さらば、さらば！　故国の岸は／青い水面に薄れゆく。／夜風は嘆き、波浪は唸り／鷗の声は空をつんざく。／彼方の海に陽は沈み／その行き先を船は追う。／太陽とそして汝にしばしの別れ／ごきげんよう、わが祖国」（東中稜代訳）と詠った。主人公その人である作者バイロンは、スキャンダルに追われて祖国を半永久的に去り、各国を彷徨《さまよ》ったのち三十代でギリシアにて客死。『チャイルド・ハロルドの遍歴』は『赤毛のアン』にも二度登場。［RW／In］

（10）**『生まれ故郷の岸辺』**……『チャイルド・ハロルドの遍歴』第一巻第十三節より引用。

(11) **ホープタウン**……「希望の町」。明るい予感が漂うモンゴメリの造語の地名。アンが暮らした孤児院があった町。

(12) **海峡をわたっていく**……プリンス・エドワード島と本土を隔てるノーサンバーランド海峡。当時は蒸気船で行き来した。現在はフェリーの運航もあるが、全長約十三キロの連邦大橋が島と対岸のニュー・ブランズウィック州を結んでいる。(口絵)

(13) **『気持ちのはけ口に』**……原文は"as a went"とあるが正しくは"as a vent"。ドイツ系移民の訛りを真似たものと思われる。『赤毛のアン』第19章に登場し『アンの青春』第18章でもパロディ化される滑稽話「ソケリーはいかにして雌鳥《めんどり》に卵を抱かせたか」の主人公ドイツ系移民ソケリーもwをvで話している。

(14) **獣のほえる不毛の地**……旧約聖書「申命記」第三十二章第十節「獣のほえる不毛の地」の引用。同句は『赤毛のアン』第4章でもアンが間違ってグリーン・ゲイブルズに来た夜の悲劇的な心境を表すものとして引用。

(15) **セント・ジョン通り**……意味は「聖ヨハネ通り」でキリスト教的な架空の地名。ハリファクス市内の大通り「バーリントン通り」がモデル。

(16) **ハンナ**……旧約聖書「サムエル記上」第一章第二十節、預言者サムエルの母の名。[Re]

(17) **ハーヴィー**……イギリスのケルト族ブリトン人由来で、イングランド人、スコットランド人、アイルランド人の名字。アンの下宿の大家はケルト系。

(18) エイダ……旧約聖書「創世記」第三十六章第二節、エサウの妻アダの英語名。［Re］

(19) 旧セント・ジョン墓地……ハリファクスに実在する古い墓地公園がモデル。(口絵)

(20) クリミア戦争で亡くなったノヴァ・スコシアの兵士たち……カナダは英連邦の一国であり、英国が参戦したクリミア戦争（一八五三～五六）にカナダのノヴァ・スコシア州からも出兵して戦死者を出した。

(21) バッテンバーグ模様……ピンクと黄色の市松模様。

(22) 記念碑の天辺に、ライオン像が大きく黒々とした頭をかかげていた……この記念碑は墓地公園に実在する。石のアーチに英国の象徴ライオンの彫像がかかげられている。(口絵)

(23) そんなことを思うと、ホームシックになるもの……シェイクスピア劇『リア王』第三幕第四場リア王の台詞「そんなことを思うと、気が狂う」のもじり。孝行娘の第三王女コーデリアを勘当した後に、信じていた第一王女ゴネリルと第二王女リーガンに裏切られた老父リア王の嘆きの台詞。［RW／In］

第4章　四月の淑女《レディ》　April's Lady

(1) キングスポートは、風雅な趣きをたたえた古い町だった。その歴史は植民地時代の初期にさかのぼり、昔ながらの気配に包まれている……キングスポートのモデル、ハリファクスは、植民地時代初期の一七四九年、イギリス軍が、カナダの東海岸を占拠するフランス軍に対抗する要塞を造ったことから町が拓けた港町。市内には現在も古い建物が少し残っている。しかし第一次大戦中の一九一七年にフランスの弾薬輸送船がハリファクスの港で大爆発事故を起こし、海岸沿いの建造物の多くが爆風で破壊された。本作の発行は一九一五年で、大爆発事故の二年前であり、その頃は美しい十九世紀の街並みが残っていた。

（2）**公園には、海岸防備の円形砲塔があり……**ハリファクス港に面した公園に円形砲塔の跡がある。モンゴメリはこの公園をよく散策した。

（3）**町外れの丘には、武装をといた昔のフランスの要塞があり……**港を見晴らす丘の上の巨大な要塞は、現在は国定史跡であり、多くの観光客が訪れる。要塞の星形が函館五稜郭に似ることから函館市とハリファクス市は姉妹都市。（口絵）

（4）**交差した二本の骨と頭蓋骨《どくろ》の飾りもあり、こうした気味の悪い装飾には、しばしば幼天使の顔もきざまれていた……**ハリファクスの古い墓地公園には、二本の骨と頭蓋骨、幼天使を彫った墓石が複数、実在している。（口絵）

（5）**「男子の新入生」は、自分たちの青春時代と仲間に対して、「女子の新入生」よりも知恵があり……**新約聖書「ルカによる福音書」第十六章第八節「この世の子らは、自分たちの仲間に対して、光の子らよりも知恵がある」のもじり。男子学生は以前から大学に入学していたので、共学になって入り始めたばかりの当時の女子よりも大学生活に慣れていたという意味。［RW／In］

（6）**玄関ホールの大階段**……ダルハウジー大学（レッドモンドのモデル）でモンゴメリが学んだ校舎フォレスト・ビルディングの玄関ホールに大階段があり、開学当時と同じ姿を留めている。（口絵）

（7）**泣く人も、敬《うやま》う人も、歌う人もいないまま**……スコットランドの国民的詩人・作家サー・ウォルター・スコット（一七七一～一八三二）の長編物語詩『最後の吟遊詩人の歌』（一八〇五）第六曲第一部第十五～十六行「汚れて土の中に埋められ／泣く人もなく、敬う人もなく、歌う人もいないのだ」（佐藤猛郎訳）の引用。スコット作品は『赤毛のアン』にも多数登場。［RW／In］

（8）**じゃが芋を食べて、でかくなりすぎたプリンス・エドワード島民**……プリンス・エドワード島の特産品はじゃが芋で島からカナダ本土や米国に輸送された。

（9）**『好意はあてにならず、美貌は無益なり』**……旧約聖書「箴言」第三十一章第三十節「好意はあてにならず、美貌は無益なり」の引用。［RW／In］

（10）**イングランドのライオン**……ライオンは英国の象徴かつ国章。ロンドンのロンドン塔にもライオン像がかかげられる。

（11）**「インケルマンの地、野の茨《いばら》は、いまだ血にそまり／荒涼たる戦勝の丘は、高く語り伝えられるであろう」**……インケルマンはクリミア半島南部の村で、当時のロシア軍最大の要塞セバストポリの東にあり、黒海に臨む。インケルマンの地で、クリミア戦争中の一八五四年、カナダ兵も含む英軍と仏軍がロシア軍を破った。引用の一節は、インケルマンの激戦の栄誉と戦死者の功績は、後世まで称えられるという意味。出典は英国の詩人オーエン・メレディス（本名ブルワー・リットン伯爵一世）（一八三一～九一）の長編詩『ルーシール』第二部第六篇第七節「時は流れ、戦場は音もなし。／厳しく、雪に閉ざされ、陰鬱な十一月が来たり／その雪は、勇士の血潮をあび／あまたの若者らの心臓が墓を満たしぬ。／インケルマンの地、野のイバラはいまだ血にそまり／荒涼たる戦勝の丘は、高く語り伝えられるであろう」。ちなみに作者リットン伯爵の息子、リットン伯爵二世は、満州事変（一九三一）を調査するために国際連盟が派遣したリットン調査団長。［In／Re］

（12）**一七六三年のパリ条約**……七年戦争（一七五六～六三）の終結にあたり、イギリス、フランス、スペインの間に結ばれた条約。この戦争でフランスは、イギリスとの植民地争奪に敗れ、仏領だったカナダをイギリスに譲った。この条約によってプリンス・エドワード島（当時は「聖ヨハネ島」）も仏領から英領となり島名も変わった。［He］

（13）**『アレグザンダー・ロスを追慕《ついぼ》して。一八四〇年九月二十二日没、享年四十三。この碑は、故人が二十七年の間、忠実に仕《つか》えあげし人物が、親愛と感謝の証として建立せり。故人は、その長年の忠節につき、全幅の信頼と愛情を受けるに値する友として遇《ぐう》さる』**……故人の名前は変えてあるが、同じ碑文を刻んだ墓石がハリファクスの古い墓地公園に実在している。モンゴメリが碑文をノートに書き写して小説に使ったことがわかる。

（14）**ノヴァ・スコシアのボーリングブルック**……ノヴァ・スコシア州には実在しない地名。『赤毛のアン』第5章（4）

（15）**ブルーノーズ**……青い鼻、ノヴァ・スコシア州人をさす。寒冷な気候のために鼻が青くなったからとも言われる。世界一の高速航行で名高いノヴァ・スコシア州の帆船も「ブルーノーズ号」と命名され、カナダ貨幣に刻印。（口絵）

（16）**ダン・オコンネル**……アイルランドの政治家ダニエル・オコンネル（一七七五～一八四七）のこと。イングランドに支配されたアイルランドの独立運動を指導し、カトリック教徒の解放に寄与。ダブリンに銅像が立つ英雄。［Re／He］

（17）**人は厩《うまや》で生まれても馬にはならない**……イエスが厩で生まれたことにちなむ。「氏より育ち」。ただしこれを語ったのはダン・オコンネルではなく前述のウェリントン公。

（18）**ゴードン家**……スコットランドの旧家の姓。十六世紀以降、貴族、軍人、政治家を多数輩出し、分家は百五十七に及ぶ。十四世紀にスコットランドのベリック州ゴードンに住んだことに由来。英国詩人ジョージ・ゴードン・バイロンも母親がゴードン家出身。フィリッパが由緒あるスコットランド系名家の令嬢だとわかる。［Re］

（19）**バーン家**……原文ではByrne。この綴りのバーン姓はアイルランドに多い。フィリッパ・ゴードンの父はスコットランド系、母はアイルランド系と推測できる。『赤毛のアン』『アンの青春』と続いて本作でも、アンの親しい人はスコットランド系及びアイルランド系のケルト族として設定されている。［Re］

(20) **シャノン号とチェサピーク号の戦闘**……一八一三年、ボストン付近の海戦で、英国のフリゲート艦シャノン号が、米国の軍艦チェサピーク号を拿捕《だほ》した。当時は米英戦争(一八一二〜一四)のさなかだった。[Re]

(21) **「流星さながら光彩はなつイングランド国旗」**……スコットランド詩人トーマス・キャンベル(一七七七〜一八四四)の詩『海軍の歌、汝ら英国水兵よ』(一八〇一)第三十一行「流星さながら光彩はなつイングランド国旗」より引用。キャンベル作品は『赤毛のアン』第5章でアンが愛誦する詩として戦争詩『ホーエンリンデンの戦い』と『ポーランドの陥落』が登場。[RW/In]

(22) **勇士ローレンス海軍将校**……米国の海軍将校ジェイムズ・ローレンス(一七八一〜一八一三)。一八一三年六月一日、英艦シャノン号との戦闘で、米艦チェサピーク号を指揮するも死亡した。致命傷を負った際の言葉「艦《ふね》を譲り渡すことなかれ」は長く語り継がれた。[Re]

第5章 故郷からの手紙 Letters from Home

(1) **見知らぬ国に迷いこんだ異邦人の心地だった**……旧約聖書「出エジプト記」第二章第二十二節、エジプトを出てミディアン地方にたどりついたモーセの台詞「私は見知らぬ国に迷い込んだ異邦人だ」の引用。島から本土の都会に着いたばかりのアンとプリシラの疎外感がモーセの心境に重ね合わされている。[RW/In]

（2）**「乱闘合戦《アート・ラッシュ》」**……北米の大学で行われた力比べの競技、列をなして旗や陣地を奪いあう。［Ra］

（3）**「ラムズ」入会にも誘われた――学友会ラムダ・シータ**……大学の学友会は、ギリシア文字の三文字または二文字の名称をつけた。ラムダはギリシア語アルファベットの十一番目の文字。シータは同アルファベット八番目の文字。短縮形の「ラムズ」は子羊たち（ラムズ）の意味合いも兼ねる。

（4）**『木綿《キャリケー》のエプロン』に、『日よけ帽《サンバニット》』**……原文では'caliker' apron and a 'sunbunnit' で引用符がついている。正しくは calico apron and a sunbonnet で、プリシラはわざと田舎風の訛った英語を話している。［RW］

（5）**アヴォンリーから来た二人の少女**……アンはアヴォンリーから来た。しかしプリシラはプリンス・エドワード島出身でクィーン学院の同級生だがアヴォンリー出身ではない。

（6）**おしゃべりのねたにされた哀れな恋人たちは、さぞ耳がほてってったことだろう**……自分が噂されていると耳がほてるという英語の言い伝え。

（7）**クィーン・アン**……アン・シャーリーの存在感と比類なき魅力にちなんでフィリッパがつけたあだ名。英国にはアン女王（一六六五～一七一四、在位一七〇二～一四）が実在。アン女王はスコットランド王家スチュアート家最後の君主で、スコットランド、イングランド、アイルランドを治め、在位中の一七〇七年にスコットランドはイングランドに併合された。フィリッパとアンはスコットランド系で、スコットランド王家出身のクィーン・アンに親近感を抱いている。［Re］

（8）**アヴォンリーは何千マイルも彼方にある気がしていた**……アヴォンリーのモデル、プリンス・エドワード島州キャベンディッシュは、キングスポートのモデル、ノヴァ・スコシア州ハリファクスから実際には約百五十六マイル（約二百五十キロ）離れている。しかしアンには、アヴォンリーが何千マイル（一マイルは約一・六キロ）も遠く離れて感じられるほどホームシックをおぼえている。

（9）**太古からの平和の漂う**……英国詩人テニスンの長編詩『芸術の宮殿』（一八三二）第八十八行「太古からの平和が漂える」からの引用。同じ一節は『赤毛のアン』第38章でアンがマシューの墓からアヴォンリーの夕景を見下ろす場面でも引用。アンは、太古からののどかで平和なアヴォンリーへの郷愁を感じている。［RW／In］

（10）**水に浮いた斧頭《ふとう》**……旧約聖書「列王記下」第六章第五～六節「そのうちの一人が梁《はり》にする木を切り倒しているとき、鉄の斧が水の中に落ちてしまった。彼は、『ああ、御主人よ、あれは借り物なのです』と叫んだ。神の人は、『どこに落ちたのか』と尋ね、その場所が示されると、枝を切り取ってそこに投げた。すると鉄の斧が浮き上がった」（新共同訳）［RW／In］

（11）**アンは、どの教会へ行っていますか**……モンゴメリが一八九五年にダルハウジー大学に入学した時、本人が署名した登録書類を見ると、実家の住所、父親の氏名、ハリファクス市内での住所のほかに、通う教会を記載する欄もあり、フォートマッシー教会と書かれている。

(12) **白く塗った墓**……新約聖書「マタイによる福音書」第二十三章第二十七節「あなたたち偽善者は不幸だ。白く塗った墓に似ているからだ。外側は美しく見えるが、内側は死者の骨やあらゆる汚れで満ちている」(新共同訳)の引用。[RW／Re]

(13) **中身は貪欲な狼《おおかみ》**……新約聖書「マタイによる福音書」第七章第十五節「偽預言者を警戒しなさい。彼らは羊の皮を身にまとってあなたがたのところに来るが、その内側は貪欲な狼である」(新共同訳)の引用。リンド夫人は都会へ出たアンに、親切そうに見える人が腹黒い偽善者だったり貪欲な狼だったりするから気をつけるようにと聖書の言葉を使って書き送っている。[RW／In]

(14) **豚の群れが崖を下って大湖へ飛びこむくだりを読むたびに**……新約聖書「マタイによる福音書」第八章第三十二節「イエスが、(悪霊に)『行け』と言われると、悪霊どもは二人(の男)から出て、豚の中に入った。すると、豚の群れはみな崖を下って湖になだれ込み、水の中で死んだ」(新共同訳)。同じくだりは新約聖書「マルコによる福音書」第五章第十二～十四節、「ルカによる福音書」第八章第三十二～三十三節にも書かれている。イエスが悪霊を豚に乗り移らせて追い払ったことは聖書に三回も描かれているので、リンド夫人はそこを読むたびに豚が牧師さんをのせて小川へ駆け下りたことを思い出すという意味。[RW／In]

(15) **あの豚は、悪霊が、体のなかではなくて、背中にのりうつったと思ったことでしょう**……聖書では悪霊は豚の体の中に入って水へ落ちるが、ハリソンさんの豚は背中に悪霊がのったと思って恐れおののいたという意味。

(16) **誰かの損は誰かの得**……英語の諺。豚が逃げてハリソン氏は損をしたが、豚が二度と出て来ないところを見ると、誰かが自分の家畜にしたという意味。

(17) **もう一枚、木綿糸のベッドカバーを編み始めるつもりです。サイラス・スローンの奥さんが、きれいな新しい林檎の葉模様**……十九世紀末北米では、織物の縦糸に使う丈夫な太い白い木綿糸を棒針で編んだモチーフをつないだベッドカバーが広く利用され、『赤毛のアン』第1章の冒頭でもリンド夫人が十六枚編んだと書かれている。林檎の葉模様は、四枚の葉が中心から四隅へ広がるモチーフ編み。プリンス・エドワード島パークコーナーのモンゴメリの親戚「銀の森屋敷」に林檎の葉模様のモチーフをつないだ白いベッドカバーがある。また州都シャーロットタウンのコンフェデレーションセンターにはモンゴメリが編んだ林檎の葉模様のベッドカバーが保管されている。同じ林檎の葉模様の棒針編みベッドカバーは、『若草物語』の著者ルイザ・メイ・オルコットの家、『赤毛のアン』を絶賛した作家マーク・トウェインの豪邸でも寝室に掛けられていたことから、十九世紀北米の東海岸で流行していたことが推測される。

(18) **あちらこちらをさまよい歩いたヨブ記の悪魔《サタン》**……旧約聖書「ヨブ記」第一章第七節『赤毛のアン』(口絵)

と第二章第二節「主はサタンに言われた。『お前はどこから来た』『地上を巡回しておりました。ほうぼうを歩きまわっていました』とサタンは答えた」（新共同訳）より。［RW／In］

（19）**お化けちょうちん**……ハロウィーンで飾るジャコランタンのこと。ハロウィーンは古代ケルトに起源をもち、ケルトの死の神をたたえ、また新しい年と冬を迎える十一月一日の祭り（古代ケルトでは十一月一日が新年と冬の始まり）に由来する。その後、キリスト教が伝わると、ハロウィーンはキリスト教の万聖節（十一月一日に全聖人と殉教者を祝う）の前夜祭として十月三十一日に行われるようになった。かぶやかぼちゃの中身をくりぬき、目鼻と口を皮から切り抜いて顔に模したちょうちんを、魔除けに飾る。マリラ・カスバート、双子のデイヴィとドーラ・キースはスコットランド系、レイチェル・リンドはアイルランド系のケルト族で、ケルト・キリスト教のハロウィーンの祭りを行っている。第六巻『炉辺荘のアン』にも、ハロウィーンの記述がある。［He／Re］

第6章　公園にて　In the Park

（1）**公園へ行って、松林を歩きましょう**……ハリファクス港の自然公園ポイント・プレザント・パークには見事な松林があった。二〇〇三年のハリケーン来襲で壊滅的な被害を受けて松が倒れ、現在は往時の深い森はない。口絵は十九世紀の松林が残るハリケーン前の二〇〇一年撮影の写真を掲載。

（2）**フットボール・シーズン**……気候の良い秋口に多い。

（3）**レッドモンドのスクールカラーを縞模様にしたセーター**……学校のスクールカラーは紋章バッジ、校章リボン、ネクタイ、制服に使われ、所属校が判別できる。散髪屋の紅白柱が歩いているみたいとフィルが語っているので、レッドモンドの色は西洋式の散髪屋の看板柱と同じ紅白と思われる。

（4）**海難事故にさらされている人たちみなのためにお祈りをなさった**……ハリファクスは大西洋岸の港町で、海難救助の歴史もある。モンゴメリが本作を執筆する前の一九一二年、イギリスの豪華客船タイタニック号がカナダ東海岸沖合いで氷山と衝突、国際的に決められた無線の救難信号ＳＯＳが、このとき初めて発信され、受信したハリファクスから救助船が現場へ急行した。ハリファクスには犠牲者の墓地がある。

（5）**『愚かにではあるが、あまりにも深くクッションが愛される』**……シェイクスピア劇『オセロ』第五幕第二場、オセロの台詞「愚かにではあるが、あまりにも深く妻を愛した男であった」のもじり。ムーア人の将軍オセロは妻を愚かしいほどに熱愛するあまり、貞節への疑いと激しい嫉妬が生じて殺す。ミス・エイダも愚かしすぎるほど、あまりにも深く手作りのクッションを愛して家中がクッションだらけになって歩くのも困難になっている。［RW／In］

（6）**「そして山また山にわけ入れば、いくたの孤独うちよせる／あたかも聖なる魔力に**

かかりしか／憂《うれ》いは、はらはら散りゆきぬ／風吹きすさぶ松より葉のこぼるるがごとく」……アメリカの短編作家・詩人フランシス・ブレット・ハート（一八三六～一九〇二）の詩『野営地にて読むディケンズ』（一八七〇）第七節の引用。アメリカ西海岸の山の松林で野営する夜、若者が焚き火のもと、ディケンズを音読すると、山深く寂しい野営地にいても、魔法にかかったように男たちの憂いが消え失せる一節。ギルバートが散策する松林の海岸公園が、詩の松林に重ね合わされている。

（7）**ウィリアムズ島**……ハリファクス港の入口に浮かぶ小島のジョージズ島がモデル。町を防衛する石造りの要塞があった。現在は島の要塞は廃止されたが、灯台は今でも夕刻から朝まで点滅している。（口絵）

（8）**ヒース**……ツツジ科の低木エリカ属。イングランドやスコットランドの荒野に見られる。春から秋にかけて赤紫色などの鐘形の小花をつける。モンゴメリ作品では、ヒースはスコットランドの母なる大地を連想させる言葉として『赤毛のアン』第34章に登場。

（9）**ブラック・ウォッチ**……英国陸軍スコットランド高地連隊の通称名。制服の黒地の格子縞（タータン）からこう呼ばれる。格子柄の毛織物タータンはスコットランドでは氏族や組織を表す紋章であり、民族衣装のキルト（縦ひだで膝丈の巻きスカート、主に男性が着用）、プレード（肩掛け）などに使用される。［Ra］

（10）**スポフォード街**……ハリファクスの海岸公園正面からのびる大通りヤング街がモデ

ル。お屋敷と並木が続く。（口絵）

(11) **『富裕にして高貴なる者たちが住まう壮麗なるお屋敷』**……英国詩人テニスンの詩『バーレイ卿』第二十三〜二十四行「富裕にして高貴なる者たちが住まう壮麗なるお屋敷を見に行こう」の引用。素朴な村娘が風景画家と恋におちたところ、実は男は、裕福なバーレイ卿だった。村娘は結婚して、貴婦人となるが、素朴な暮らしを離れた心労から体をこわして世を去る。彼女の亡骸に、心安らかで幸せだったころの花嫁衣装を着せる悲恋。本作では富裕な男性との恋愛や結婚は悲劇に終わるというモチーフがくり返し登場して、アンが結婚相手として裕福な男性を選ぶのか、そうでない男性を選ぶのか、読者に伝える伏線になっている。［RW／In］

(12) **公園を出て一軒めにあるの**……海岸公園を出て左側に古風な家が数軒立ち並んでいたが、これも二〇〇三年の大型ハリケーンで被害を受け、現在は新しい住宅に建て変わっている。

(13) **スウィート・メイ**……園芸用の一重咲きのシャクヤク。春五月頃に桃色の花が咲き甘い香りを放つ。

(14) **にがよもぎ《サザン・ウッド》**……服の防虫剤として古くから使われた。『赤毛のアン』第12章「おごそかな誓《ちか》いと約束」でダイアナの家の庭にも植えられている。

(15) **レモン・ヴァーベナ**……コウスイボク（香水木）。葉にレモンの芳香があり、ハーブティ、料理やお菓子の香りづけ、乾燥させた葉をポプリの材料などに使う。

(16) **庭なずな**……アブラナ科の園芸植物、高さ十～十五センチ。秋から翌春にかけて小さな白・ピンク色の花をたくさん咲かせる。

(17) **ペチュニア**……ナス科の園芸植物、高さ約三十～五十センチ。春から秋にかけて青紫・紅・ピンク・白などのアサガオに似た花を咲かせる。

(18) **杉綾模様**《ヘリンボーン》……ニシンの骨模様、杉の葉模様とも呼ばれ服地の織り模様にも使われる。

(19) **芝生に囲まれた煙草王の広大な屋敷**……かつてスポフォード街のモデルのヤング街には並外れて広大な屋敷があり、ビール醸造で財を成したビール王のものだった。しかしモンゴメリは若い女性アンの物語らしく、酒類から、当時、中南米から輸入した高価な貿易品だった煙草へ変えている。ハリファクスは港町で酒場が多く、現在も地ビールの醸造が行われる。

(20) **前によく感じた、嬉しくて、不思議な胸の痛みをおぼえるわ**……『赤毛のアン』第2章「マシュー・カスバート、驚く」

(21) **パティの家**……女性の名前パトリシアの短縮形。パトリシアは、五世紀にアイルランドにキリスト教を伝えたケルト・キリスト教の聖人パトリックの女性形で、パティがアイルランド系であることをうかがわせる。『赤毛のアン』と『アンの青春』でアンが暮らしたグリーン・ゲイブルズのカスバート家は、七世紀のスコットランド南部からイングランド北部のケルト・キリスト教を象徴する聖カスバートに、本作『アンの愛情』でアンが暮らすことになる「パティの家」は五世紀アイルランドのケルト・

キリスト教の聖パトリックに由来する。アンはケルト族で、『赤毛のアン』シリーズには一神教キリスト教とケルト的な妖精伝説の融合が見られる。

第7章　ふるさとへ帰る　Home Again

（1）**キルティング・パーティ**……ベッドカバーなどの大きなパッチワーク・キルトを一緒に作る集まり。主婦がつどい、おしゃべりを楽しむ井戸端会議の一面もある。

（2）**『薔薇にあらねど、薔薇のそばに』**……フランスの作家・政治家アンリ・バンジャマン・コンスタン（一七六七〜一八三〇）の言葉「私は薔薇にあらねど、薔薇のそばに生きてきた」より。［RW／In］

（3）**薔薇のつぼみのティーセットが飾られていた**……『赤毛のアン』第16章で、アンはダイアナを招くお茶会に薔薇のつぼみのティーセットを使ってもよいかとマリラに尋ねるが、来客用であるため、マリラは普段使いの厚手の陶器のお茶道具を使わせる。しかしここでは帰省したアンのために高価な茶器を使い、モンゴメリはアンを喜ばせようとするマリラの変化を描いている。モンゴメリの父の実家モンゴメリ家に十九世紀ウィーン製の薔薇のつぼみのティーセットが所蔵されていた。

（4）**『もしも目ざめる前に命を召されるならば』**……英国の伝承童謡集「マザー・グース」にある子供むけの就寝の祈りの一節。マザー・グースは英国起源だが、これは北米発祥とされる。「今や私は横たわり、眠りにつこうとしています／神さま、どうぞお願いです。眠りの間、命（魂）をお守りください／もしも目ざめる前に命を召されるならば／神さま、どうぞその時は、私の命をさしあげます」。悪い言葉を使ったデイヴィは三行目と四行目が怖くて、お祈りを言えなかった。

（5）**ダンドリアリー卿の台詞のように『誰にもわからぬこともある』**……ダンドリアリー卿は英国の劇作家トム・テイラー（一八一七〜八〇）の喜劇『我らがアメリカのいとこ』（一八五八）に登場する怠惰で愚かしい英国貴族。この芝居は、主人公のヤンキー男が英国にわたり、没落した英国貴族の親戚ダンドリアリー卿の危機を救ってその娘と結ばれる筋書きで、十九世紀の北米で大人気を博した。一八六五年の米国リンカーン大統領暗殺時に上演されていた劇としても知られる。［Re］

（6）**英国コイン**……coin of the realm 王国のコイン。カナダの通貨は、英領時代は長く英国ポンドが使用されたが、一八四一〜五八年はカナダ・ポンド、一八五八年から現在と同じカナダ・ドルとなり、一八六七年にカナダ連邦国家が結成される。本作の時代背景は十九世紀末と考えられ、カナダ・ドルが流通してから四十年たっているため、乗車賃として英国コインが出てくる理由は不明。

（7）**ミス・ラヴェンダーの薔薇の器《ボウル》は、今なお芳香を立ちのぼらせ**……乾燥させた薔薇の花びらと香料を混ぜたポプリの器が暖炉の棚に置かれ、その熱で香りが立ち上り広がる。『アンの青春』第23章「ミス・ラヴェンダーの恋物語《ロマンス》」

（8）**懐かしい月下の世界をふたたび訪れた**……シェイクスピア劇『ハムレット』第一幕

第四場「かように月下の世界をふたたび訪れて」の引用。ここはハムレットの亡き父が亡霊となりふたたび現世の夜の世界にもどってくる場面であり、アンも同じように幽霊になって懐かしい場所に帰った心地がすると語っている。［RW／In］

第8章　アン、初めて求婚される　Anne's First Proposal

（1）**『手中の一羽は、やぶの二羽に値する』**……英語の諺。

（2）**おごれる者は久しからず**……旧約聖書「箴言」第十六章第十八節「奢れる者は滅び、高慢な者は倒れる」にちなんだ諺。［RW／Re］

（3）**マクベス**……スコットランド王（在位一〇四〇～五七）。いとこのダンカン一世を殺害して王位に就くが、ダンカンの遺児らに敗れた。シェイクスピアが悲劇『マクベス』（一六〇六頃）として戯曲化。

（4）**眠りを殺した**……シェイクスピア劇『マクベス』第二幕第二場「マクベスは眠りを殺した」より引用。殺人を犯したマクベスは、安らかな眠りを失う。アンも求婚を断った後、安らかな眠りを奪われる。

（5）**明け方まで**……原文では、until the wee sma's で、スコットランド語。スコットランドを舞台とする『マクベス』にちなんでいる。

第9章　迷惑な求婚者、ありがたい友人　An Unwelcome Lover and a Welcome Friend

（1）**ソーバーン奨学金**……ソーバーンはスコットランド人の姓。ノヴァ・スコシア（新スコットランド）州の名門大学で成績優秀者に支給される奨学金なので、モンゴメリはスコットランド人の名にちなんだ奨学金を創作している。

（2）**『さっさといっぺんに』**……方言、米国の作家マリエッタ・ホリー（一八三六～一九二六）の人気ヒロインである農婦サマンサ・アレンのなまりと思われる。『赤毛のアン』『アンの青春』にもサマンサ・アレンの田舎のおばさん風の英語が登場。［RW］

（3）**事実は、誤解の半分も確固たるものじゃない**……英国の理神論者マシュー・ティンダル（一六五七～一七三三）『最後の遺言と契約』（一七三三）「バッジェル氏が見たように、事実は、まことに確固たるものである」のもじり。［RW／In］

（4）**活動写真**……バイオグラフ、一八九七年に米国で創られた言葉で、初期の白黒無声映画をさす。［Ra］

（5）**神は、破滅させたい人を、まず田舎の女教師にする**……ギリシアの悲劇詩人エウリピデス（BC四八五？～BC四〇六？）の名句「神は破滅させたい人を、まず狂わせる」のもじり。最後の言葉を変えて、さまざまに使われる。［RW／In］

（6）**ジェイムジーナおばさんの話をしたでしょう？　名前に似合わず、人一倍優しいおばさんよ**……ジェイムジーナ Jamesina（ジェイムシーナとも読む）は珍しい名前。父の名ジェイムズ James に -ina をつけて女性名にしてあるが、堅く男っぽいイメージがあるので「名前に似合わず、人一倍優しい」とステラは語る。

（7）「**夢の家**」……"house o'dreams"色々な夢のつまった家。

（8）**私は、幻を見て、夢を見ているのね**……欽定版の旧約聖書「ヨエル書」第二章第二十八節「老人は夢を見て、若人は幻を見る」のもじり。［RW／In］

（9）**西風が吹いているからよ**……西風は英語で zephyr とも言い、幸運、安泰、夢を連想させる。逆に東風には悪いイメージがある。第41章（5）

（10）**夢のようなピクニック**……『アンの青春』第13章でアン、ダイアナ、ジェーン、プリシラの四人が早春のピクニックに出かける。

（11）**どこもかしこも家また家なのに、私たちの一軒はない**……英国詩人サミュエル・コールリッジ（一七七二〜一八三四）の代表作『老水夫行』（一七九八）の「どこもかしこも水また水なのに、飲み水は一滴もない」のもじり。［In］

（12）『**最上のものは、これから来たる**』……英国詩人ロバート・ブラウニング（一八一二〜一八八九）の詩『ラビ・ベン・エズラ』（一八六四）第二行の引用。この一節自体が有名で、諺のように使われる。［RW／In］

（13）『**親指がちくちくするの**』……シェイクスピア劇『マクベス』第四幕第一場「この親指がちくちくするぞ」の引用。［RW／In］

第10章　パティの家　Patty's Place

（1）**大きな白い瀬戸物の犬が、一匹ずつすわっていた。体には緑色の丸い点々が飛び、**

緑色の鼻と緑色の耳がついていた……炉棚の両側に飾る磁器の犬。パークコーナーにあるモンゴメリの父の実家に同じ瀬戸物の犬があった。現在はその片方が残っている。一九一一年、モンゴメリは新婚旅行先のロンドンで同じような一対の犬の置物を求めている。

（2）**三編みの敷物**……古布を裂いて三編みにした紐を中心から丸く縫いつけて作る田舎風の敷物。『赤毛のアン』第3章でグリーン・ゲイブルズの東の切妻屋根の部屋にある。昔風のマリラと同様にパティの家の住人も昔気質であることを示す。

（3）**大きな木のふり子時計**……原文は「おじいさんの時計」。高さ六・五フィート以上ある木箱入りの大型ふり子時計。一八七六年の流行歌「おじいさんの時計」からこの名が広まった。

（4）**人の影絵像《シルエット》**……写真が発達普及していない時代、貴族階級は画家に肖像画を描かせ、市民は横顔の影（シルエット）を写し取って肖像画の代わりとした。本作の時代の十九世紀末に写真はある程度普及していたので、当時としても古風な飾り物。

（5）**ゴグとマゴグ**……旧約聖書「創世記」第十章第二節ヤペテの子とされるマゴグ、旧約聖書「エゼキエル書」イスラエルに大軍を率いて攻める人物ゴグ。またロンドン市庁舎を守護する巨人像もゴグとマゴグ。こちらは十二世紀英国ブリテン人のモンマスのジェフリーが書いたアーサー王伝説の書『ブリテン列王史』に出てくる、ローマ時代にブリテン島に住んでいたケルトの巨人族にちなむ。（口絵）［Re］

（6）**「あとは野となれ山となれ」**……直訳すると「わが後は大洪水となれ」。フランス語の言い回しがもとでルイ十五世の言葉とされる。［Re］

（7）**ミス・パティとミス・マリアは夢からできている**……シェイクスピア劇『テンペスト』（一六一一）第四幕第一場「我らは夢と同じものでできていて、はかない人生は眠りによって仕上げられる」のもじり。［RW／In］

（8）**ウェストミンスター寺院**……ロンドン、ウェストミンスターにある聖ペテロ修道教会、ゴシック建築の大寺院。歴代の英国王の戴冠式、葬儀、偉大な市民の国葬が行われる。モンゴメリは本作発行の四年前、一九一一年に訪問。

（9）**喜びを歌う朝の星たち**……旧約聖書「ヨブ記」第三十八章第七節「そのとき朝の星たちはこぞって歌い／神の子らは皆、喜びの声をあげた」より。［In］

（10）**故郷のない男**……米国の牧師・作家エドワード・エヴァレッツ・ヘイル（一八二二?～一九〇九）の代表作『故郷のない男』にちなむ。『もしそうなら、ああ、たぶん』（一八六八年）に収録。［Re］

（11）**鼻をすすってハッハッ、息はハーハー、くしゃみはハクション、こればっかり。頭韻を踏んだ苦しみね**……鼻をすすってハッハッ（sniffle）、息はハーハー（sigh）、くしゃみはハクション（sneeze）。いずれもSで始まり頭韻を踏んでいる。

（12）**牛舎で肥《ふと》らせた牛肉を、寂しい下宿で食べるくらいなら、友だちと一緒に、野菜の夕ごはんを囲むほうがいいわ**……旧約聖書「箴言」第十五章第十七節「牛舎で肥らせた牛肉を憎しみとともに食べるより、愛とともに野菜の夕食を囲むほうがよい」より。

（13）働きもせず、紡ぎもせず……新約聖書「マタイによる福音書」第六章第二十八節「なぜ衣服のことで思い悩むのか。野の百合がどう育つのか、考えてみなさい。働きもせず、紡ぎもしない」の引用。第16章（12）

第11章　人生の移り変わり　The Round of Life

（1）あの懐かしい「エイブじいさん」は予言を終え……『アンの青春』第24章「地元の預言者」

（2）ピーター・スローン夫人は最後のため息をつき終えた……『アンの青春』第28章「王子、魔法の宮殿にもどる」

（3）ティモシー・コトンは、レイチェル・リンド夫人に言わせると、「二十年もあの世へいく練習をして、やっとこさ死ぬことができた」……『アンの青春』第14章「危険は去った」

（4）ジョサイア・スローン爺さんは、ひげをこざっぱり切りそろえたため、棺桶に横たわる姿を見ても、誰も本人だとわからなかった……『アンの青春』第6章「男も……そして女も人さまざま」で「エベン・ライトはアンにむかって、ジョサイア・スローンの爺さんに頬ひげを刈りこんで手入れするよう改善員から説得してくれと頼んだ」

（5）夕焼けの空へ、ポールが作文に書いた月光の小舟をこいで行けたらいいのに……

『アンの青春』第11章「現実と空想」

（6）**ルバーブのジャム**……ルバーブは食用の大黄《ダイオウ》、タデ科。酸味とさわやかな香気があり、紅色の茎を皮をむいて生食するほか、砂糖煮、肉とともにパイの具などにも利用。原文ではゼリー jelly だが、英語では半透明のジャムも意味する。ここではジャム。

（7）**イライザ・アンドリューズさんよりひどいわ**……『アンの青春』第6章「男も……そして女も人さまざま」

（8）**アトッサなんていう名前が一生ついてまわるのよ**……アトッサは、紀元前六世紀ペルシアのキュロス大王の娘の名。アケメネス朝ペルシアの王ダレイオス一世の王妃となりクセルクセス一世の母となった。古代ギリシアの悲劇詩人アイスキュロスによる歴史劇『ペルシア人』に描かれている。アトッサは異教徒的で異国的な名前。［Re］

（9）**物語クラブ**……『赤毛のアン』第26章「物語クラブを結成する」

（10）**アベリル**……男女の両方に使われる名前。［Re］

第12章「アベリルのあがない」“Averil's Atonement”

（1）**パーシヴァル・ダルリンプル**……パーシヴァルは、十二世紀フランスの詩人であり宮廷騎士道物語を書いたクレティアン・ド・トロワの『聖杯物語』（一一八一頃）の主人公ペルスヴァルの英語名。パーシヴァルは、騎士道とは無関係に育った少年だったが、アーサー王の宮廷に入り修業を積み、円卓の騎士となりイエスの聖杯探索に出る。欧州各国の騎士道物語の原型となる人物。ダルリンプルはスコットランド系の姓。この名づけに時間をかけたアンは、彼がスコットランド系であること、かつパーシヴァルという名によりケルト族（古代ケルトのアーサー王伝説）とキリスト教（パーシヴァルはイエスの聖杯探索に出る）の人であることを伝える。『赤毛のアン』シリーズ共通のスコットランド系とケルト族とキリスト教が意識されている。「Re」

（2）**フィッツオズボーン**……フィッツは王族の庶子という意味。高貴な印象で農場の雇い人には向かない名前。モンゴメリは、この名づけによりダイアナの文学的センスのなさを伝えて、第15章「夢は逆さまに」の伏線となる。「Re」

（3）**モーリス**……語源はフランス語でムーア人、黒い肌の男という意味。アンの小説では「悪党」という役どころで、過去の白人社会における悪役イメージが投影。

（4）**『アベリルのあがない』よ。響きがきれいで、頭韻を踏んでいるでしょ**……Averil's Atonement。AAと頭韻を踏み、母音は三音ずつ。

（5）**採用と認められませんでしたと印刷した紙切れが入っていただけよ**……モンゴメリも『赤毛のアン』を初めて米国インディアナ州の出版社に送付して、原稿が返送された時、同封の手紙もなく、定例の断りの言葉を印刷した紙切れのみ入っていて失望して泣いたと日記に書いている。

（6）**小説を屋根裏のトランクにしまいこんだ**……モンゴメリは一九〇六年に『赤毛のアン』の原稿をアメリカの複数の出版社に送ったものの返送され、帽子箱にしまいこんだと日記に書いている。

第13章　神をあざむく罪人の道　The Way of Transgressors

（1）**神をあざむく罪人の道**……旧約聖書「箴言」第十三章第十五節「見識は優雅さを伴う、神をあざむく罪人の道は手ごわい」より引用。［RW／In］

（2）**訓話集**……日曜学校の暗記用のテキストで、聖書から有名な一節を抜粋したもの。

（3）**異論を唱えるにしては、むきになりすぎる者の声だった**……シェイクスピア劇『ハムレット』第三幕第二場の王妃の台詞「その貴婦人は異議を唱えるにしては、むきになりすぎる者の声だった」より引用。『ハムレット』のこの場面では、夫である国王に貞節の誓いをたてた王妃が、王の死後、すぐに再婚した不実が問われて動揺する。本作では、教会へ行く約束を破ったデイヴィが本当は動揺していることがわかる。［In］

（4）**がんこならば**……雄ろばと雌馬の交配種で荷運びに使われる。強情な気質とされる。

（5）**『おす猫《トムキャット》』**……当時としては俗っぽい言い方。女好きの男という意味もある。

（6）**『男の猫ちゃん《トーマス・プッシー》』**……デイヴィの苦し紛れの造語。トムキャットが下品な言い方なので、トムを正しい言い方のトーマスに変え、キャットを幼児言葉で猫ちゃんを意味するプッシーに変えたもの。

（7）**『紳士の猫《ジエントルマン・キャット》』**……ドーラの造語。さらにもったいをつけた言い方。

（8）**退出の順序は気にせずに……**シェイクスピア劇『マクベス』第三幕第四場マクベス夫人の言葉「退出の順序は気にせずに、すぐさま出て行きなさい」の引用。［RW／In］

第14章　天からのお召し　The Summons

（1）**一日は名残りを惜しむようにすぎ、ようやく日が暮れて……**島はカラフトと同じ高緯度に位置するため夏の日没は夜十時ごろとなり、金色の陽が斜めに射す明るく美しい夕暮れどきが長く続く。

（2）**今や、ルビーはその髪を両肩にたらし、ピンでとめあげてもいなかった……**当時は少女は髪をたらしたが、十六歳以上の女性は人前では髪を結い上げるのが礼儀だった。『赤毛のアン』第35章「クィーン学院の冬」でおませなルビーは大人を真似て十六になる前から髪をアップにしていた。

（3）**エムと私は、学校時代の三年間、大の仲よしだったでしょ。それなのに、学芸会で喧嘩をして、口をきかなくなった……**『赤毛のアン』第26章「物語クラブを結成する」

（4）**見る者の目に……**「美しさは見る者の目の中にある」Beauty is in the eyes of the beholders. のもじり。美しさの判断は見る者の目にゆだねられているが、生前のルビーはその美貌を見る者の目に見せびらかすようだったという意味。

（5）**何のかかわりもなければ、権利もない……**新約聖書「使徒言行録」第八章第二十一

節「お前はこのことに何のかかわりもなければ、権利もない」（新共同訳）［Ra］

第15章　夢は逆さまに　A Dream Turned Upside Down

（1）小鬼《インプ》のいたずらさながらの事件が起きて、夢が逆さまになったようだった……小鬼は、さまざまないたずらを巻きおこすとされる。

（2）ローリングス純正ベーキングパウダー社……社名に「純正」（原文では「信頼の置ける」）という品質保証の言葉が入っている理由は、当時のベーキングパウダーは粗悪品も多く、ケーキが膨らまなかったり臭うものもあったため。『赤毛のアン』第21章「新奇な香料」でアラン牧師夫人のために焼いたケーキが失敗した時、アンは真っ先にベーキングパウダーの品質を疑っている。

（3）大きな封筒が、郵便局に投函されたそうな……モンゴメリは暮らしていたマクニール家に併設の地方郵便局の業務をしていたため、『赤毛のアン』が出る前から村人に知られずにアメリカやカナダの雑誌社に小説を投稿したり返却作品や原稿料の小切手を受けとることができた。

（4）恥辱の谷間……英国の説教師ジョン・バニヤン（一六二八～八八）著『天路歴程』全二部（一六七八、八四）で主人公クリスチャンが悪魔アポリオンをうち負かす谷間。

（5）「ブルータス、お前もか」……シェイクスピア劇『ジュリアス・シーザー』（一五九九頃）第三幕第一場、親友と信じていたブルータスらに暗殺されたシーザーが最期に

発した名台詞。信頼していた人に裏切られた時の言葉。［RW／Re］

第16章　関係の調整　Adjusted Relationships

（1）**恐ろしいほどすばらしく**……旧約聖書「詩篇」第百三十九章第十四節「私は恐ろしいほどすばらしく創り上げられた」より。神が人を創ったような精密さを意味する。

（2）**感謝祭**……十七世紀アメリカに植民開拓した人々が、最初の実りを感謝した行事に端を発する祝日。アメリカでは十一月の第四木曜日、北方に位置して秋の早いカナダでは十月の第二月曜日。家族が集まり、七面鳥にクランベリーの砂糖煮を添えて祝う。故郷を離れたアンにマリラは実家の味の砂糖煮を送る。

（3）**全戦力を結集させて**……原文を直訳すると「騎兵隊に歩兵隊に砲兵隊で」。ヴィクトリア朝のイギリス陸軍は騎兵隊、歩兵隊、砲兵隊から構成されていたので、その全戦力を集めて、という意味。［Re］

（4）『**なにゆえに、なおも静まりかえり、すべてのものが黙しているのだ**』……英国詩人バイロン未完の長編詩『ドン・ジュアン』（一八一九～二四）第三巻に挿入される詩「ギリシアの島」第八篇第一行の引用。［RW／In］

（5）『**おお、否**《いな》**、死者の声が、遠くの瀑布のごとく聞こゆ**』……前項の詩「ギリシアの島」第八篇第二～三行の引用。ステラが一行めを引用したのでアンは二行以下で応じる。かつて栄えたギリシアのサフォー、ホメロス、スパルタの王たちが滅びゆき、今やギリシアの島は静まりかえっている。しかしテルモピレーの戦さで、ペルシアの大軍に破れたスパルタ軍の死者の声が、遠くの滝の轟きのように聞こえる。生者こそ立て、されば死者も従うであろう、というくだり。つまり死者は本当は死んでいない、猫は死んでいないと伝える引用。

（6）**騒動から手を洗いたい**……新約聖書「マタイによる福音書」第二十七章第二十四節「ピラトは、それ以上言っても無駄なばかりか、かえって騒動が起こりそうなのを見て、水を持って来させ、群衆の前で手を洗って言った。『この人の血について、わたしには責任がない。お前たちの問題だ』」（新共同訳）のもじり。ラスティとサラ猫の問題で騒動が起きても、自分には責任がないというステラの心情を表す。［In］

（7）**ぜいたくに暮らした**……直訳すると「この国の最上のものを食べる」。旧約聖書「創世記」第四十五章第十八節「父上と家族をここへ連れて来なさい。わたしは、エジプトの国の最良のものを与えよう。あなたたちはこの国の最上の産物を食べるがよい」（新共同訳）の引用。［Re］

（8）**キプリング**……インド生まれの英国の短編作家・詩人ラディヤード・キプリング（一八六五〜一九三六）。インドを舞台に書いた『ジャングル・ブック』（一八九四）などで知られる。一九〇七年ノーベル文学賞受賞。

（9）**「ひとりで歩いていく」わがもの顔の猫**……キプリングの短編小説『ひとりで歩いていった猫』（一九〇二）のもじり。人間になつく犬と違って独立心の強い猫を描く。

（10）**ヴァンクーヴァー……**カナダ西海岸ブリティッシュ・コロンビア州の都市。東海岸のプリンス・エドワード島州から最も遠い州で、当時は猫を連れての引っ越しは困難。

（11）**毛の色がいろいろなので、ジョーゼフというのですよ……**旧約聖書「創世記」第三十七章第三節「今やイスラエルはヨセフ（英語名ジョーゼフ）をほかの子どもたちよりも愛した。年をとって生まれた息子だったからだ。イスラエルは、ヨセフにたくさんの色を使ったコートを作ってやった」より。［RW／In］

（12）**ジョーゼフは野の百合のようだった。働きもせず、紡ぎもせず、ねずみもとらえない……**新約聖書「マタイによる福音書」第六章第二十八節「なぜ衣服のことで思い悩むのか。野の百合がどう育つのか、考えてみなさい。働きもせず、紡ぎもしない」より。第10章（13）［RW／In］

（13）**栄華をきわめたソロモンでさえ……**新約聖書「マタイによる福音書」前項の続き第六章第二十九節「栄華を極めたソロモンでさえ、この花ほどにも着飾ってはいなかった」。「ルカによる福音書」第十二章第二十七節にも同じ一文がある。［Re］

（14）**子猫は溺死させなくてはなりません。さもなければ、この世は猫だらけになります……**猫の不妊手術や動物愛護が一般的ではなかった当時は子猫の処分は一般的だった。

第17章　デイヴィの手紙　A Letter from Davy

（1）**つづりは見違えるほど上達したわ、アポストロフィーは、まだ苦手だ……**デイヴィの手紙には、didn't, couldn't, wasn't, mustn't にアポストロフィーをつけず、dident, couldent, wasent, mustent とある。しかし綴りの間違いも、食べる、フルーツケーキ、ドーナッツ、チョコレートケーキ、耳痛、腹痛、不器用、などにある。

（2）**ミンスパイ**……本来は挽肉（ミンスミート）と牛脂、香辛料を入れて全体をパイ生地で覆って焼いたパイで、クリスマスや新年に作られた英国の伝統料理だが、次第に挽肉は使われなくなり、十九世紀には刻んだドライフルーツと香辛料（シナモンなど）入りのパイが主流となった。

（3）**ノアの方舟《はこぶね》のころも生きてたのって聞いた**……ノアは旧約聖書「創世記」の洪水伝説に書かれる人物で、人類の始祖アダムの十代目。太古の人物であり、リンド夫人の怒りようがわかる。

（4）**ボウルターのおばさんに、どんな手管で男をつかまえるのって聞いた**……本作第1章「変化のきざし」で、アンはボウルター夫人に尋ねるようにデイヴィに話し、すぐさま後悔する。

（5）**アヴォンリー村改善協会は、公会堂を塗り直すことになりました。みんな、あの青にはうんざりだそうです**……『アンの青春』第9章「色の問題」

第18章　ミス・ジョゼフィーン、アンお嬢ちゃんを忘れず　Miss Josephine Remembers the Anne-girl

（1）**西部の大平原で教師をしていた……**モンゴメリは十五歳の時、再婚した父と同居するためにプリンス・エドワード島を離れ、カナダ中西部の大平原が広がるサスカチュワン州に暮らした。

（2）**ヨセフの物語……あれはすごいよ。でもぼくがヨセフなら、ぼくなら兄さんたちを許さないよ……**旧約聖書「創世記」第三十七〜五十章「ヨセフの物語」の主人公ヨセフは、父ヤコブの年寄り子で、溺愛された上に王となる夢を語ったため、兄たちの憎しみを買い、穴に落とされ、奴隷商人の手に渡り、エジプトに連れて行かれて辛酸をなめるが、忍耐と信仰により後にエジプト宰相となり、飢饉に苦しむ兄たちを助けて和解する。［He］

（3）**エリシャと熊の話をしたら、ミルティはおっかながって、それからは、ハリソンさんのはげ頭をからかわないよ……**旧約聖書「列王記下」第二章第二十三〜二十四節「エリシャはそこからベテルに上った。彼が道を上って行くと、町から小さい子供たちが出て来て彼を嘲り、『はげ頭、上って行け。はげ頭、上って行け』と言った。エリシャが振り向いてにらみつけ、主の名によって彼らを呪うと、森の中から二頭の熊が現れ、子供たちのうちの四十二人を引き裂いた」（新共同訳）より。エリシャは紀元前九世紀イスラエルの預言者。

第19章　間奏曲　An Interlude

（1）**栄光の雲をたなびかせて**……英国詩人ウィリアム・ワーズワース（一七七〇～一八五〇）の詩『幼年時代を追想して不死を知る頌』（一八〇七）の第五節「だが栄光の雲をたなびかせて、我らは生まれ出る」より引用。［RW／In］

（2）**レズリー**……レズリー家はスコットランドの名門旧家の名字。この章でフィルは、wee（ちっちゃな）、beastie（可愛い小動物、ここでは猫ちゃん）などスコットランド語を話している。

（3）**「われはそうした考えは少しも好まぬ、されど、われ自身もギルバートとは一緒にならぬ、まさか、ありえぬ」フィルが女王の口ぶりで語ってみせた**……アンを「クィーン・アン（アン女王）」と呼ぶフィルは、女王の口調でアンの心情を代弁している。英語では、王や女王の第一人称は we で、日本語の「朕《ちん》」に該当。フィルは主語を we で語っている。ここは女王のため「朕」ではなく「われ」と訳した。［Ra］

第20章　ギルバート、語る　Gilbert Speaks

（1）**『ピクウィック・ペイパーズ』**……チャールズ・ディケンズの長編小説（一八三六～三七）。資産家のピクウィック氏と彼の主宰するクラブのメンバー、彼の従者を中心とする滑稽な物語。［Re］

（2）**ジョサイア・アレンが言うように、『喜ばせること、魅了すること』**……米国の作家マリエッタ・ホリー著『サマンサ』シリーズの主人公サマンサの夫ジョサイア・ア

レンの台詞。[RW]
（3）**ミルクパンチ**……牛乳、酒、砂糖を混ぜた飲み物で、元気づけ滋養をつける。
（4）**メイフラワー**……トレイリング・アービュタス、早春に白や薄桃の花をつける。二十世紀初頭に本作の舞台ノヴァ・スコシア州花となる。現在は保護指定種でつむことはできない。花言葉は「君だけを愛す」で求婚の花束として使われた。『赤毛のアン』第20章でもギルバートはアンにメイフラワーの花束を贈るが、この時は拒絶される。（口絵）
（5）**ふるさとのことや、学校の懐かしいピクニックを思い出さないかい**……『赤毛のアン』第20章「豊かな想像力、道をあやまる」で学校のメイフラワー・ピクニックが描かれる。
（6）**サイラス・スローンさんの農場のやせ地にいるのね**……『赤毛のアン』第20章。
（7）**『デイリー・ニューズ』**……モンゴメリは一八九五年にハリファクスのダルハウジー大学に学んだ後、島にもどるが、一九〇一年にもハリファクスに渡り、新聞『デイリー・エコー』紙の校正者兼社交欄記者として働いた。

第21章　すぎ去りし日の薔薇　Roses of Yesterday
（1）**「柊の丘荘《マウントホリー》」**……西洋ヒイラギはクリスマスにリースなどの装飾に用いられる常緑樹で赤い実をつける。

（2）「ほとんど想像していた通りよ」……『赤毛のアン』第5章「アンの生《お》い立ち」

第22章　春、グリーン・ゲイブルズへ帰る　Spring and Anne Return to Green Gables

（1）精霊《ニンフ》……ギリシア神話で、山、森、川、樹木などに住む少女の姿をした妖精。ギリシア神話では山彦（こだま）は森のニンフ、エコーとされる。またアンが名づけた「木の精《ドライアド》の泉」のドライアドはギリシア神話の木のニンフ。

第23章　ポール、岩辺の人たちが見えなくなる　Paul Cannot Find the Rock People

（1）「そこにあるべきなのに、失われてしまった何か」……米国詩人ジョン・グリーンリーフ・ホィティアーの詩『雪に閉ざされて』（一八六六）の一節。ホィティアーが病気で逝去した妹を偲んで書いた一節。『赤毛のアン』第37章「死という命の刈り人」でもマシューの急死後、アンの喪失感を表す場面で引用。ギルバートの不在は、アンにとってマシューの死にも匹敵する喪失感をもたらしていることを示す。［In］

（2）懐かしき遠い昔《オールド・ラング・サイン》……スコットランド語。スコットランド詩人ロバート・バーンズ（一七五九～九六）が民謡に詩を書いた「蛍の光」（一七九四）の原題。一九一一年、モンゴメリはスコットランドのバーンズの生家、逝去した家を訪ねている。

（3）ヤンキー……アメリカ北東部の人々。シャーロッタ四世がアーヴィング一家とともに移りすんだマサチューセッツ州ボストンの住民も含まれる。

（4）**妖精《エルフ》**……神話や民間伝承に登場する小妖精で、悪戯をするとされる。

（5）**言葉とは、自分の考えを隠すために与えられたのだ**／（6）**タレーラン**……フランスの政治家・外交官・司教シャルル・モーリス・ド・タレーラン＝ペリゴール（一七五四～一八三八）の警句に「話し言葉は、自分の考えを隠すために人間に与えられた」がある。

（7）**このいきさつは、アンの別の物語にくわしく書き記した通りである**……『アヴォンリー物語』（一九一二）（原題 Chronicles of Avonlea）の一話「奮いたったルドヴィック」にルドヴィックとセオドーラの結婚のいきさつが描かれる。

（8）**アーノルド・シャーマン**……『アヴォンリー物語』の「奮いたったルドヴィック」で、アンに協力して二人を結びつける紳士。

（9）**『それは片手の幅、それは一つの物語』**……十九世紀の詩『時とは何か』（作者不詳）の「それは片手の幅、それは一つの物語／それは帆をかけた小舟／それは獲物めがけて急降下して／飛んでいくワシ。／それは飛んでいく矢／……」より。［In］

第24章　ジョウナス登場　Enter Jonas

（1）**ジョウナス**……男子の名前。旧約聖書「ヨナ書」に登場する信仰心の篤い人物ヨナにちなんだ英語名。道徳的で信心深い印象を与える。［Re］

（2）**プロスペクト岬**……直訳すると「見晴らしのいい岬」という意味だが、プロスペクトの本来の意味は「将来有望な、先々の明るい」であり、この岬で書かれたフィルの手紙は幸運を予感させる。

（3）**心に腰ひもをしめ**……新約聖書「ペテロの手紙一」第一章第十三節「だからいつでも心を引き締め（心に腰ひもをしめ）」にちなんだ英語の慣用句。昔ヘブライ人はゆるい衣を着ていたが、仕事の前に腰ひもを締める習慣があった。［Re］

（4）**鍬《くわ》を入れて**……はりきって取りかかる、精力的に始めるという英語の表現。［Re］

（5）**猩紅熱《しょうこうねつ》**……子どもに多い発疹性の伝染病。発熱、頭痛、咽頭痛、悪寒が起こり、全身に紅い発疹が出る。

（6）**独楽《こま》のようにぐっすり眠ったわ**……回っている独楽は静止しているように見えることにちなむ英語の表現。

（7）**聖者の香り**……キリスト教の聖人が亡くなる時、またその遺骸が掘り返される時に漂うとされる類い希なる芳香。

（8）**飴をいっぺんこに平らげるんでねえよ**……原文は Ye shouldn't a'et all them candies to onct. Ye(You), a'et(eat), to onct(at once) などが方言。

（9）**脊髄癆《せきずいろう》の歩行障害**……梅毒に感染してから数年～十数年後に発生する脊髄の変性梅毒。リリー夫人は知ったかぶりをして自分もかかったと話している。

（10）**セント・コロンビア**……St. Columbia 架空の地名。コロンビアは北米大陸を意味する女性名詞。この綴りからアルファベットのiを取ると聖コルンバSt. Columbaとなる。

聖コルンバはアイルランドの修道僧、宣教師で、六世紀にスコットランドのアイオーナ島に初めてキリスト教を伝えて修道院を作り、ケルト系修道院を広めたケルト・キリスト教の聖人。モンゴメリは一九一一年の新婚旅行でアイオーナ島に渡った。長老派教会の神学生ジョウナスにケルト・キリスト教のイメージが付加されている。

(11) **平日は、そこに前髪が無造作にたれて隠れてる**……牧師は教会で話をする時は会衆に礼儀をつくして前髪をオールバックになで上げて整えた。

第25章

うるわしの王子《プリンス・チャーミング》登場　Enter Prince Charming

(1) **うるわしの王子《プリンス・チャーミング》**……西洋のおとぎ話で姫を助けて結ばれる王子の総称。眠り姫、シンデレラ、白雪姫などの王子。[Ra]

(2) **『誰も誘っちゃくれなかったんです、旦那様、と彼女は言った』**……出典不明。

(3) **男は死んでうじ虫に食われてきたが、色恋沙汰で死んだためしはない**……シェイクスピア劇『お気に召すまま』(一五九九頃)第四幕第一場ロザリンドの台詞「次から次へと、男たちは死んでうじ虫に食われてきたが、恋に死んだためしはない」の引用。[RW/In]

(4) **たかが一人の女が美しくも冷たいからといって、やけを起こすような無駄な真似はしないのだ**……英国の詩人ジョージ・ウィザー(一五八八〜一六六七)の詩『恋する者の決心』の冒頭「たかが一人の女が美しいからといって/やけを起こして打ちひしがれるものか。／女が薔薇のように愛らしいからといって／愁いに青ざめたりするものか。／彼女は日に日に美しく／五月の花ざかりの草原のよう／あの子が好いてくれなくとも／あの子がどんなにきれいでも／なぜぼくが気にしようか」の引用。［RW／In］

（5）**恐れることも、非難することもなく**……イギリスの聖職者・ユーモア作家のR・H・バラム、筆名トーマス・インゴルズビー（一七八八〜一八四五）の有名な一節「恐れることも、非難することもない騎士」［In］

（6）**小さなあずまや**……海岸公園にあずまやが実在する。一八八一年建立とパネルがあり、モンゴメリがダルハウジー大学に学んだ一八九五年には存在していた。（口絵）

（7）**命なきものの非情さ**……米国作家キャサリン・ウォーカー（一八四〇〜一九一六）が『アトランティック・マンスリー』誌（一八六四年九月）によせた文章「私は命なきものの非情さを評価する。つかみにくい石鹼、もつれた糸、すぐなくなるボタン……」のもじり。引用句辞典にも登場して知られた一節。［In］

（8）**ロイヤル・ガードナー**……ロイヤルには、国王の、王族の、気高い、という意味があり高貴な印象。略称のロイは、スコットランド高地語で赤を意味する。

（9）**いなごに食い荒らされた無益な歳月**……旧約聖書「ヨエル書」第二章第二十五節「……いなごに食い荒らされた歳月をわたしは償おう」のもじり。［RW／In］

（10）**ふむ……ふむ……くん……くん、ロマンスの匂いがする**……英国民話『ジャックと豆の木』で、ジャックが空まで届く豆の木をのぼって、天の巨人の家に忍びこんだところ、巨人が、「ふーむ、ふむ、くん、くん、英国人の血の匂いがするぞ」と言って気づく台詞のもじり。［Re］

第26章　クリスティーン登場　Enter Christine

（1）**白い蘭**……蘭は、十八世紀に西インド諸島で西洋人に「発見」され、十九世紀半ばから英国で品種改良と栽培が始まった。物語の背景となる十九世紀末は高価で稀少だった。白い蘭は芳香でも知られる。ロイはアンに温室栽培の豪華な花を贈っている。

（2）**ただ汝の瞳で、われに語りかけ**……英国詩人ベン・ジョンソン（一五七二〜一六三七）の恋愛詩『シーリアによせる歌』（一六一六）の第一行「ただ汝の瞳で、われに乾杯しておくれ」のもじり。［In］

（3）**ふちかがり《ヘムステッチ》**……布のふちの横糸を抜きとってレース状にかがったふち飾り。

（4）**クリスティーン・スチュアート**……クリスティーンは男子名クリスチャン（キリスト教徒という意味）の女性名の一つで信心深い印象。スチュアートはスコットランド王家にもある名前で高貴なイメージ。スチュアート家は十四世紀よりスコットランド王として君臨し、一六〇三年のジェイムズ一世からは十八世紀までイングランドも支配。スチュアート家にはスコットランド女王メアリ、英国女王アンもいる。よってクリスティーン・スチュアートはスコットランド系の堂々とした印象を与える名前。

（5）**コーデリア・フィッツジェラルド**……『赤毛のアン』第8章「アンの養育、始まる」でアンは自分が黒髪に象牙のように白い肌のレディ・コーデリア・フィッツジェラルドだと想像する。クリスティーンはアンが理想とする美貌の持ち主。［Re］

第27章　打ち明け話　Mutual Confidences

（1）**ジンジャーブレッド**……一般には生姜とスパイス、糖蜜で風味をつけたクッキー。同じような材料で焼く薄いケーキをさすこともある。

（2）**スフィンクス**……古代エジプトなどで王宮・神殿・墳墓の入口に造られた人面獅身の石像。大ピラミッドで知られるエジプトのギザ遺跡にスフィンクスの巨像がある。

（3）**「森は、神の最初の神殿なり」**……米国詩人ウィリアム・カレン・ブライアント（一七九四〜一八七八）の詩『森の賛美歌』（一八一五）の第一行。［RW／In］

（4）**ポイザー夫人が言うように、私はもう一度、卵から生まれ直して別の人になるべきなんだわ**……ポイザー夫人は英国作家ジョージ・エリオット（一八一九〜八〇）の小説『アダム・ビード』（一八五九）に登場する口やかましいが働き者で善良な農婦。同作第十八章「教会」でポイザー夫人は「彼に言うことは何もない、気の毒なことに、あの男はもう一度卵から生まれ直して、別の人になるしかない」と言う。［In／Re］

（5）**グリーンランドの氷の山**……グリーンランドはカナダの北東、北大西洋にある世界最大の島。十九世紀初頭よりデンマーク領。英国聖職者・賛美歌作者レジナルド・ヒーバー（一七八三〜一八二六）作の最も知られた宣教歌「グリーンランドの氷の山から」（一八一九）にちなむ。歌は「グリーンランドの氷の山から、インドの珊瑚《さんご》の浜辺から」と始まる。［RW／In］

（6）**キーツやシェイクスピア**……英国ロマン派詩人ジョン・キーツと劇作家・詩人ウィリアム・シェイクスピア。

（7）**ローラや、ベアトリーチェや、アテネの乙女**……ローラは、イタリアの詩人フランチェスコ・ペトラルカ（一三〇四〜七四）の最高傑作とされる恋愛抒情詩『カンツォニエーレ』（一三七〇）に詠われる永遠の女性。ベアトリーチェは、イタリアの詩聖ダンテが『新生』『饗宴』『神曲』に理想の女性として描いた。アテネの乙女は、英国詩人バイロンの詩『アテネの乙女よ、我らの別れの前に』（一八一二）にちなむ。三人はいずれも大詩人たちに詠われた女性たち。［Re／In］

第28章　ある六月の夕暮れ　A June Evening

（1）**美徳の心をとり直して**……英国喜劇作者ウィリアム・S・ギルバート（一八三六〜一九一一）の歌劇『ペンザンスの海賊』第一幕、登場人物メイベル・スタンリーが唄う歌「哀れなさすらい人よ」の「哀れなさすらい人よ、もっとも、あなたは確かにさまよっていた。美徳の心をとり直して、やり直すのです、哀れなさすらい人よ」より。ギルバートは作曲家サリヴァンとコンビで喜歌劇をロンドンのサヴォイ劇場で上演、

十九世紀後半に大人気を博した。この喜劇は一九八三年に米国で映画化。［RW／In］

（2）『**明日は新しい一日**』……ラテン語に由来する古くからある英語の諺。

（3）「**これだけで、それ以上は何もなかった**」……米国作家・詩人エドガー・アラン・ポー（一八〇九〜四九）の出世作にして、アメリカ中が読んだとも言われた物語詩『大鴉《おおがらす》』（一八四五）第一節最終行「これだけで、それ以上は何もない」のもじり。詩では類似のフレーズが何度かくり返される。主人公は愛する人を喪った青年で、亡き恋人を忘れられずに思い続け、彼女が戻ってくるのではないかと秘かに待っている。つまりアンが、本当はギルバートとの再会を願い、彼からの便りを待ち望んでいる心境を表す引用。［RW／In］

第29章　ダイアナの結婚式　Diana's Wedding

（1）**オーチャード・スロープの西むきの切妻の部屋**……グリーン・ゲイブルズのアンの部屋は東むきで、オーチャード・スロープのダイアナの部屋である西むきの切妻部屋が見える。

（2）**ダイアナが結婚したら、別れなければならないんだって想像して、泣いたのよ……**『赤毛のアン』第15章「学校での一騒動」

（3）『**煙草縞《じま》**』……嗅ぎ煙草の茶色を配した縞模様で、白とうす茶など。煙草縞は紳士服の服地、かばん生地などに現在でも使用される。汚れが目立たず実用的な柄。煙草縞のベッドカバーは『アンの夢の家』第2章、第15章にも登場する。

（4）**あの輝きと夢は**……英国詩人ワーズワースの『幼年時代を追想して不死を知る頌』（一八〇七）第四節「あの夢のようなきらめきはいずこへ消え失せたのか？　あの輝きと夢は今どこに」より引用。この一節は『赤毛のアン』第36章の章題「栄光と夢」としても引用される。［RW／In］

（5）**「かくして世は移り変わる」**……アメリカ第十九代大統領ラザフォード・B・ヘイズ（一八二二～九三、在任一八七七～八一）の『日記および書簡』に同じ一節がある。

第30章　スキナー夫人のロマンス　Mrs. Skinner's Romance

（1）**スキナー夫人のロマンス**……スキナーは「皮をはぐ人」、皮革商を意味する名字。十九世紀の欧米ではロマンスにはあまりにつかわしくない印象の名前。

（2）**『路傍荘《ウエイサイド》』**……米国詩人ヘンリー・ワズワース・ロングフェロー（一八〇七～八二）の詩『路傍の宿《ウエイサイド・イン》』（一八六三）を思わせる。この詩の人気により、ロングフェローが一八六二年にマサチューセッツ州サドベリーで宿泊して描いた宿ウェイサイド・インは全米で有名になり現在も営業している。［In］

第31章　アンからフィリッパへ　Anne to Philippa

（1）**ロビー・バーンズがハイランドのメアリの墓にたたずむ**……ロビー・バーンズはス

コットランドの詩人ロバート・バーンズ（一七五九〜九六）。ハイランドのメアリは夭折した彼の恋人メアリ・キャンベル。バーンズは亡き乙女に捧げる詩『ハイランドのメアリ』を書いた。モンゴメリは新婚旅行でバーンズの生家を訪ね、バーンズとメアリが手を載せて誓った聖書を見てきたと自叙伝『険しい道』に書いている。

（2）**「この書面によって証明」**……法律証書の決まり文句。［RW／Re］

第32章　ダグラス夫人のお茶会　Tea with Mrs. Douglas

（1）**拷問を受けている男が、我慢の限界にいたる最後のひねりを拷問台に加えられた**……この拷問台は中世の責め具。その上に人を寝かせ、手足をろくろ仕掛けで引っぱって反対側にねじり関節を外して激痛を与える。この章のジョン・ダグラスは、火あぶりの刑や、残酷な拷問台にとらわれた人物として描写される。［Re］

第33章　「彼はただ通いつづけた」　"He Just Kept Coming and Coming"

（1）**また拷問台で最後のひねりを加えられた表情をした**……前述の拷問台。苦痛もいよいよ極限まで来たことを意味する表現。

第34章　ジョン・ダグラス、ついに語る　John Douglas Speaks at Last

（1）**そのな、おらの家を持とうと思ってんだ。ミラーズヴィルに、おらに格好のが一軒**

あってよ、だども、そこを借りたら、嫁をもらいてえなと……モンゴメリはサミュエルの話し言葉を、くだけた無教養な英語で書いている。yep(yes), wall(well), ef(if), gitting(getting), yeh(you), hev(have), was(were) など。彼の求婚に対するアンの冷ややかな態度には、身分差が大きかった当時の社会的背景がある。

第35章　レッドモンド最後の一年始まる　The Last Redmond Year Opens

（1）**戦いに出ていく強者《つわもの》のように喜び勇んでいる**……旧約聖書「詩篇」第十九篇第五節「太陽は部屋から出ていく花婿のようだ。戦いに出ていく強者のように喜び勇んでいる」より引用。同じ一節は、『赤毛のアン』第31章「小川と河が出会うところ」にも引用。［RW／In］

（2）**他人が私を見るように自分を見たくはないもの。そんなことをすれば、四六時中、気が安まらないわ。バーンズも、あの詩に書いた願いごとは本気じゃなかったと思うわ**……ロバート・バーンズの短い詩『ノミ（シラミ）の唄』の「ほかの人が見るように自分を見る才能を、神よ、与えたまえ」にちなんでいる。バーンズは、着飾ったご婦人の帽子にノミ（シラミ）がたかっているのを見て、自分では気づいていない一面に他人は気づくものだから、他人の目で自分を見る天与の力がほしいと詩に書いた。これにフィルは疑問を呈している。［RW／In］

（3）**最後の審判**……キリスト教で、この世の終末に神が人々を裁くとされる日。

（4）**気分を盛りたて、かつ有頂天にしてくれる**……英国の詩人・書簡文の名手ウィリアム・クーパー（一七三一〜一八〇〇）の言葉「気分を盛りたて、だが有頂天にはしてはくれない紅茶」のもじり。もとは詩集『ザ・タスク』に収録された詩『郵便の到着』の一節だが、原典の話よりも広く知られよく引用される。モンゴメリは「かつ」をイタリックにして、クーパーとの違いを強調している。［RW／In］

（5）**マーク・タプレーならいざ知らず**……英国の作家ディケンズの小説『マーティン・チャズルウィット』（一八四三〜四四）に登場するいつも陽気な従者。［RW／Re］

（6）**『栄華の道はただ墓地へ続く』**……英国の詩人トーマス・グレイ（一七一六〜七一）の詩『田舎の墓地にて詠める哀歌』（一七五一）の一節。この詩は『赤毛のアン』にも引用。［In］

（7）**メソジスト教会の牧師夫人がさすらっていく**……メソジストはプロテスタントの一派。その説教師は北米の開拓地が西へ進むにともなって最前線のフロンティアをまわって布教、開拓者の宗教として広まった。

（8）**お墓はそれぞれ遠く離れているの、ニューファンドランドからヴァンクーヴァーまで**……ニューファンドランドは大西洋にある島でカナダのもっとも東、ヴァンクーヴァーは太平洋に面したもっとも西の町で、四千キロくらい離れている。

（9）**十五の美しい乙女が、ハンセン病の療養村へ看護にいく話で——最後はこの病いで亡くなるのだ**……本作が書かれた二十世紀始めは医学の発達を見ないため、ハンセン病は感染力が強く不治の病気と誤解されていた。実際は感染力が弱いため隔離の必要はなく、現在は治療薬もある。

（10）**ギリシアの栄華もローマの壮麗も**……アメリカの詩人・作家エドガー・アラン・ポーの詩『ヘレンに』第九～十節「あのギリシアの栄光を／あのローマの壮麗を」のもじり。［RW／In］

（11）**それはトーリー街道のコップ家で、あひる小屋の屋根をぶち抜いて落ちたときに書いた小品だった**……『アンの青春』第18章「トーリー街道の変てこ事件」

第36章

ガードナー家、来たる　The Gardners' Call

（1）**ネルのブラウスにサージのスカート**……ネル（フランネル）は柔らかい起毛の織物。サージは梳毛糸《そもうし》を用いた綾織の毛織物で、いずれも実用的な普段着。ロイの家族とはシフォンのドレスで面会するはずだったアンは普段着で慌てる。［Re］

（2）**「語られ、また書かれし悲しき言葉のうちに／もっとも哀れなるは、かくなりえたのに」**……アメリカの詩人ジョン・グリーンリーフ・ホイティアー（一八〇七～九二）の詩『モード・ミュラー』第五十三節から引用。田舎娘モード・ミュラーは、村の青年判事に秘かな憧れをよせ、判事との結婚を夢見つつも、貧しい農夫と結婚。一方の判事も富裕だが冷淡な令嬢と縁組みをして、それぞれ満たされぬ人生を送る。時は流れ、モードは「自分もそうなることもできたのに」と過去を回想する。チョコレ

ートケーキも本当ならば、「ちゃんとしたケーキになるはずだったのに」とプリシラが残念な気持ちを表現する。［RW／In］

（3）**金曜日が不吉じゃないだなんて、二度と言わないで**……キリスト教では金曜日はイエスが磔《はりつけ》にされた日で不吉とされる。

第37章　一人前の学士たち　Full-fledged B.A.'s

（1）**ホメロスがお墓でひっくり返るかもしれない**……ホメロスは古代ギリシアの詩人。紀元前九世紀頃の小アジアに生まれ、吟遊詩人としてギリシア諸国を遍歴し、英雄叙事詩『イリアス』『オデュッセイア』の作者とされる。「お墓でひっくり返る」は英語の言い回しの直訳で、「草葉の陰で泣く」とも邦訳される。［Re］

（2）**「有能にして賢明で、あおぎ見られる四年生」**……シェイクスピア劇『オセロ』（一六〇四頃）第一幕第三場のオセロの台詞「もっとも有能にして威厳があり、あおぎ見られる閣下諸卿」のもじり。［RW／In］

（3）**以前の私なら、『人生の画期的な出来事』って呼んだでしょうね**……『赤毛のアン』第29章「人生の画期的な出来事」

（4）**ロイから贈られたすみれ**……すみれの花言葉は「小さな愛」「誠実」。十九世紀ヴィクトリア朝では花言葉の意味が贈り物や部屋の飾りに込められた。

（5）**ギルバートの鈴蘭をつけた**……鈴蘭の花言葉は「幸福の再来」。ギルバートがアンと再び幸福な日々を過ごす願いが込められている。

（6） **真珠の首飾り**……『赤毛のアン』第33章「ホテルの演芸会」。マシューがアンに贈った首飾り。当時は養殖真珠はなく天然真珠で希少かつ高価だったため、模造真珠と考えられる。アンはマシューから愛を込めて贈られた首飾りを常に身につけていたことがわかる描写。

第38章　偽りの夜明け　False Dawn

（1） **偽りの夜明け**……英国の作家・詩人ラディヤード・キプリングの同タイトルの短編小説（一八八八）にちなむ。内容は、声と姿がそっくりの二人の女性エディスとモードは、同じ男性ソーマレズに恋をしていた。月夜の晩、外出したソーマレズは、エディスに求婚したつもりが、間違ってモードにプロポーズして承諾される。騒動の後、彼はモードへの偽りの求婚を解消する。間違った婚約が解消される小説のタイトルが、この章タイトルとして引用されているため、ロイとアンの関係は偽りのものであり、解消されることを示唆する。「偽りの夜明け」は、英語では、一時的な喜び、実らなかった虚しい期待を意味する言葉でもある。［In／Re］

（2） **カルナックで王たちの大神殿**……カルナックはエジプト東部のナイル川に臨む村で、古代エジプト最大の神殿がある。

（3） **サマーサイド**……プリンス・エドワード島の州都シャーロットタウンに次ぐ第二の

町。碁盤の目のように縦横に走る道沿いに街路樹が枝を広げ、美しい家々がたちならぶ。カナダ本土とのノーサンバーランド海峡に面している。第四巻『風柳荘《ウインディー・ウイローズ》のアン』（原題 Anne of Windy Willows）の舞台。

（4）**子どものころに味わったダイヤモンドをめぐる幻滅**……『赤毛のアン』第13章「待ち焦がれる愉しさ」

第39章　結婚話　Deals with Weddings

（1）**ウィニペグ**……カナダ中央部にあるマニトバ州の州都。西部への入口にあたり西部金融の中心地、小麦、家畜の集積地。

（2）**新婚旅行はヨーロッパへ行くんです**……カナダからは大西洋を渡る船旅で日数も費用もかかった。モンゴメリも本作発行四年前の一九一一年に新婚旅行でスコットランドとイングランドへ渡った。

（3）**スパルタ人さながらの厳しい自制心**……紀元前の古代ギリシアの都市国家スパルタでは、強靱な心身、服従と忍耐をしつける厳しい教育をした。

（4）**戦闘用の大なた**……口やかましいずけずけ女という意味もあり、アンドリューズ夫人を示唆。

（5）**エヴァンジェリン**……米国の詩人ロングフェローがノヴァ・スコシア州のフランス系が暮らすアカディア地方を舞台に描いた長編詩『エヴァンジェリン～アカディアの

物語』（一八四七）。フランス系の村娘エヴァンジェリンは、ノヴァ・スコシアへ英軍が侵入してフランス系住民をアメリカへ追い払った混乱のなかで新婚の夫ガブリエルと生き別れ、彼を探して全米を流転するも、ようやく再会した夫は死の床にあったという悲恋物語。日本でも明治時代より数種の翻訳が刊行され読まれた。口絵は『エヴァンジェリン』の舞台グラン・プレとエヴァンジェリン像。［Re／He］

（6）**『一人一人の赤ん坊が、もっとも可愛くて最高なり』**……出典不明。

（7）**『私はこの世界へ出ていった――だがもはやそれは／あのころ帯びていたロマンスの色をまとわない』**……米国の詩人・『ニューヨーク・イブニング・ポスト』紙主筆、編集者ウィリアム・カレント・ブライアント（一七九四～一八七八）の詩『小川』（一八二二）第五十九～六十行の引用。この二行の後に「だが自然は、幼い日に私に約束してくれた真実を、今なお保ち続けている。まばゆいばかりの美しさを、神の栄光のみわざすべてに広めて」と続く。少年時代に小川で過ごした明るい夢の変容、人の成長と老いに対して、永遠不変の自然を詠う。［In］

第40章　天啓の書　A Book of Revelation

（1）**天啓の書**……天啓とは、人知では知ることのできない神秘を、神が、人間への愛から、あらわし示すこと。アンは、ギルバートの危篤の晩、天からの啓示を受けてギルバートへの自分の本当の気持ちを悟ることが示されている章題。

（2）『東へ行けど、西へ行けど、わが家が最上なり』……大人気を博した英国バプテスト教会の説教師チャールズ・ハドン・スパージョン（一八三四〜九二）の主著『ジョン・プラウマンズ・トーク』（一八六九）第十三章「家庭」より引用。英国人のスパージョンは「家」を home と英語で話しているが、スコットランド系のアンは hame とスコットランド語で、スコットランド系のマリラに語りかけている。またアンの同級生ムーディー・スパージョンについて、「牧師になるよかない」と『赤毛のアン』第30章「クィーン学院受験クラス、編成される」でリンド夫人が言うが、それはムーディーと、このスパージョンという高名な説教師がいたため。［RW／In］

（3）パシフィーク・ブート……フランス系の住民。島が仏領から英国領になった後、フランス系は土地の所有を認められない時期もあり、英国系住民の農場や家庭に雇われるか漁師となって働いた。モンゴメリは彼の話し言葉を de（the）、dat（that）、fader（father）、den（then）、dis（this）、troo（through）と書き、英語の th の正確な発音ができない人物として描いている。

（4）山々をめぐり吉報をもたらした人物さながらに美しく……旧約聖書「イザヤ書」第五十二章第七節「いかに美しいことか、山々をめぐり吉報をもたらす者の足は」の引喩。［RW／In］

（5）嘆きに代えて喜びの香油を……旧約聖書「イザヤ書」第六十一章第三節「嘆きに代えて喜びの香油を」（新共同訳）より引用。［RW／In］

（6）「たとえ夜もすがら泣こうとも、朝とともに歓びが訪れる」……旧約聖書「詩篇」第三十篇第五節より引用。「たとえ夜もすがら泣こうとも／朝とともに歓びが訪れる」［RW／In］

第41章　愛は砂時計を持ちあげる　Love Takes Up the Glass of Time

（1）愛は砂時計を持ちあげる……テニスンの詩『ロックスレイ・ホール』（一八四二）第二章第三十一行の引用。第三十一～三十二行「愛は砂時計を持ちあげ、上下に返す、その輝く両手のなかで／時は、軽く揺さぶられ、金色の砂のなかに流れていく」つまり愛は砂時計を持ちあげて上下に返し、下に留まり止まっていた砂（過去の時間）が上へ来て、また動き出し、新しい時が流れ始める。本作冒頭のエピグラフは「眠り姫」の詩であり、魔法をかけられて姫が眠っている城の時間は止まっていた。しかしこの章で、ギルバートとアンの愛が砂時計を持ち上げ、二人の新しい時間が流れ始めるという意味の引用。本作『アンの愛情』はテニスンの詩のエピグラフに始まり、テニスンの詩の一節を使った最終章で幕を閉じる。この詩は故郷に帰った若者が、昔の恋人や青春時代の空想を思い返す内容。［RW／In］

（2）『香料の育つ丘をこえて』……英国の神学者・賛美歌作者アイザック・ワッツ（一六七四～一七四八）が書いた賛美歌「招文」（一七〇九）の一節。天上の救世主が、暗闇と疑念の洞窟に苦しむ人々を「香料の育つ丘を越えて」、天へ来るように招く救

済の歌。ギルバートが、もう彼に愛されないのではないかと疑い苦しむアンを救う暗示。［RW／In］

（3）**日常の暮らしのありふれた光のなかでは**……ウィリアム・ワーズワースの詩『幼年時代を追想して不死を知る頌』第五節第十九行「やがて大人になれば栄光の輝きは消え失せ／日常の暮らしの光のなかで消えてしまう」の引喩。［RW／In］

（4）**ダイアナ、ジェーン、ルビーと四人で、夢のような《ゴールデン》ピクニックに出かけて**……第二巻『アンの青春』第13章「夢のようなピクニック」。ただし第二巻でピクニックに行ったのはアン、ダイアナ、ジェーン、プリシラの四人で、ルビーは含まれない。

（5）**西風**……英文学では幸運を運ぶ、さい先のよい風とされる。第9章（9）

（6）**『夢がかなう国』**……出典不明。ここでアンは『夢がかなう国』が遠くの青いかすみの中にあると語り、ギルバートに愛される夢はかなわないと考える虚しい心情を語っている。

（7）**アンが学校で、ぼくの頭に石板を打ちつけて割った日から、ずっときみを愛していたんだ**……『赤毛のアン』第15章「学校での一騒動」で、アンに石板を打ちつけられたギルバートは、ハート形のキャンディー（第15章）や、上等なストロベリー・アップル（第17章）、求婚する男性が女性に捧げる花メイフラワー（第20章）をアンに贈り、また詩の恋の一節を語るときはアンを見つめる（第19章）など、『赤毛のアン』でもギルバートの一途な愛が描かれる。

（8）**ダイヤモンドの宝石《サンバースト》**……サンバーストは、中央に大きな宝石を置き、全体が円形になるようにまわりに放射状に小型の宝石を飾ったデザインで、指輪、ブローチに用いられる。当時は大粒のダイヤモンドや宝石は富裕層のための宝飾品であり、一般には小粒の宝石を日輪型に配置することで華やかにデザインした。

（9）**今まででもっとも美しく咲いた花々にふちどられた曲がりゆく小道**……アンがたどる道に咲く花々は、第一巻、第二巻、そして本作でくり返される。『赤毛のアン』の最後で、「その道に沿って、穏やかな幸福という花々が咲き開いていく」と書かれ、続く第二巻『アンの青春』冒頭のエピグラフでは「彼女のゆくところ次々と花が咲きいずる」とあり、第三巻の本作の最後では「今まででもっとも美しく咲いた花々にふちどられた」小道をたどると結ばれる。つまり第一巻、第二巻、第三巻を通じて、最も美しく咲いた花にふちどられた小道をギルバートと歩みゆくアンの幸福な人生行路が最後に暗示される。

各項文末の記号について

［RW］は、'L. M. Montgomery's use of quotations and allusions in the "ANNE" books' by Rea Wilmshurst, "Canadian Children's Literature" Vol.56, 1989をもとに、その誤記を訂正し、さらに訳者が引用出典の解説を追加した。［In］はインターネットの検索サイトで『アンの愛情』の英文で検索して一致した英米詩を読んで調査した。［Re］は研究社『リーダーズ

＋プラス』、［Ra］は小学館『ランダムハウス英和辞典』、［He］は平凡社『世界大百科事典』による。

聖書からの引用はわかりやすくするために訳者がモンゴメリが読んでいた欽定版聖書から邦訳した。（新共同訳）と記載のあるものは『新共同訳　聖書』による。各資料の詳細は巻末の主な参考文献一覧を参照。

本作の原書は主としてバンタム・ブックスのペイパーバックを底本とした。モンゴメリが原文中に用いた記号ダッシュ（—）は、地の文章で使用されている場合は「——」、台詞中にある場合は「……」と表記した。モンゴメリがアルファベットを斜体文字にして強調した語句は、その訳語に傍点をふった。

訳者あとがき

一、物語の魅力

本書『アンの愛情』（文春文庫、二〇一九年）は、L・M・モンゴメリによる『赤毛のアン』シリーズ第三巻 *Anne of the Island* の全文訳です。また集英社文庫から二〇〇八年に刊行された拙訳の訳文と訳註に、全面的に手を入れた新訳です。

第一巻『赤毛のアン』では、プリンス・エドワード島を舞台にアンの十一歳から十六歳までの成長の日々が、第二巻の『アンの青春』では、アヴォンリー村で教師になったアンの十六歳から十八歳までが描かれていました。そして第三巻の本作は、カナダ本土の大学に進み、都会に暮らす十八歳から二十二歳の四年間の物語です。

アンは、『赤毛のアン』の後半で師範学校クィーン学院を卒業した際、成績優秀につき、四年制大学に学ぶ費用が支給される高額のエイヴリー奨学金を獲得しました。ところがマシューの急死によって進学をあきらめ、島に残り、村の教師として働きながら、同じく教員になったギルバートと励ましあい勉強してきたのです。そんなアンがいよいよ愛する島を離れ、本土の港町キングスポートへわたり、レッドモンド大学に学びます。

初めての都会にまごつき、大規模な大学に戸惑いながらも、アンはすぐに新しい友を作り、熱心に学び、女友だちと愉快にすごします。二年生からは豪邸街のきれいな一軒家「パティの家」に、クィーン学院時代の学友プリシラとステラ、そして新しい友フィリッパ・ゴードンたちと共同生活を始めます。今でいうシェア・ハウスであり、十代から二十代の娘たちの笑い声と潑剌とした息吹が行間に満ち満ちています。

娘盛りのアンは、多くの男性から求婚されます。もっとも、いまだ恋に恋する年ごろのアンは、異性にも、求愛にも、現実離れした甘い幻想をいだいています。理想の男性像とプロポーズの言葉は、なんとも少女趣味で、また麗々しいものです。そうした女の子らしい幼さ、初々しいはにかみの一方で、アンも同級生の女子学生たちも、年若い娘ならではの春のおごりとうぬぼれも、そなえています。

ギルバートからの求愛、御曹司ロイヤル・ガードナーとの出逢いと交際など、アンが様々な人物との交流を通して、傷ついて泣いたり、逆に相手を傷つけたりしながら、本当の自分を理解するようになり、自分にとっての幸福な暮らしとは何か、何が自分の人生にとって大切なのかを悟っていく。それは誰もが通る大人への道すじであり、こうしてアンも大人になっていくのです。

ギルバートからの求愛については、モンゴメリは、林檎とメイフラワーを効果的に使っています。第一巻『赤毛のアン』で、ギルバートはアンにストロベリー・アップル（第17章）とメイフラワー（第20章）を渡そうとしますが、アンはどちらも拒絶します。

林檎は、伝説ではエデンの園でアダムとイヴが蛇にそそのかされて食べた果実とされ、林檎の実には「誘惑」の意味があります。ギルバートは、アンを「にんじん」とからかい、彼女の激しい怒りにあったため、仲直りを誘う意味もこめてストロベリー・アップルをアンの机に置きますが、アンは退けます。またメイフラワーは「永遠の愛」を象徴し、当時は男性が求婚する際、女性に捧げる花でした。『赤毛のアン』では、学校のフィリップス先生が最愛の女子生徒プリシー・アンドリューズに贈り、ギルバートもアンに渡そうとしますが、彼女は冷たく拒絶します。ところが本作のアンは、ギルバートに誘われるままラセット林檎を食べ（第2章）、またギルバートの求婚に言葉では断るものの、彼が持参したメイフラワーの花束は受けとります（第20章）。二人の恋模様がどのように展開するか、モンゴメリは読者にそれとなくほのめかしているのです。

本作には、アンが生家へ行く印象的なエピソードがあります。

生まれてすぐに両親と死に別れ、父母の顔さえ知らずに育った子どものころのアンは、自分は親のないみなし子だというよるべなさと孤独をおぼえていました。

そんなアンが、ありし日の両親が、堅実な家庭をもち、仲睦まじく暮らした家を訪れ、母が自分を産んでくれた人生の出発点となる部屋に入り、母の魅力的な人柄がしのばれる手紙を読み、手書きの筆跡にふれて、自分の父と母が、たしかにこの世に生きていたことを初めて実感します。そして自分より若かった母が自分を心から愛してくれたこと、短い命を立派に生きたことを知るのです。アンは自分はもう孤児ではない、やっと父と母に出会ったのだとフィルに語ります。

生家をその目で見たアンは、自分の人生の出発点が、朝日の輝きと愛と祝福に満たされていたことを悟ります。それは自分の人生を力強く肯定するために必要不可欠なプロセスであり、これもアンが大人になるための大切な経験だったと言えましょう。

その他にも忘れがたい出来事があります。一つはルビー・ギリスの死です。少女のころから恋人をたくさん作ると明言し、実際に、大勢のとりまきと恋愛ごっこを楽しんでいた、あの明るく華やかなルビーが、死を目前にした時、自分にとって本当に大切なのは、ただ一人の人だったと気づきます。ルビーの若い死を経て、アンは、その場ではいかに美しくすばらしいものであっても、人生のささいなものを、生きる目的にしてはならないと気づき、限りある命だからこそ大切に生きなければならないと痛感するのです。

もう一つは、アンの親友フィリッパ・ゴードンの変化です。裕福な家庭でのびのびと育ち、自由奔放で天真爛漫なフィルは、愛は人を奴隷に変えてしまう、夫は資産家でハンサムでなくてはならない、と憚《はばか》ることなく言い放っていました。そんな彼女が、美男子ではない貧しい神学生ジョウナスに出逢い、彼の寛容な心、高潔にして温かな人間性がにじみでる説教を聴いて胸打たれ、自分の浮ついた性格を恥じ、彼にふさわしい落ちついて聡明な女性になりたいと心から願います。フィルは夫として、金持ちの遊び仲間アレックとアロンゾではなく、ジョウナスを選び、貧民街の牧師夫人となって宣教活動に入る道を選ぶことで、魂の深いところに平安と生きる充足感を得るのです。

一方、魅力的な「老嬢」たちも登場します。瞳に若い娘のような茶目っ気と明るい光をたたえたジェイムジーナおばさん、七十を過ぎてから三年におよぶ世界大旅行に出かけるミス・パティ。年齢を重ねた女性の賢さ、常識にとらわれない自由闊達な生き方、ユーモアをまじえた話しぶりも、本作の魅力の一つです。

後半は、さまざまな男女の結婚と夫婦関係のエピソードが続きます。再婚相手として、豪邸に暮らす裕福なW・Oではなく、自分を愛してくれるトーマスを選んだスキナー夫人、二十年もの長きにわたって、一人の男性の求婚を辛抱強く待ちつづけたジャネット、善良な農夫フレッドと家庭を築き、幸せな妻、母となったダイアナ、年の離れた富豪と結婚するまじめで地味なジェーン……。このすべてが、アンに、真実の幸福と夫婦の愛について教える役割を果たしています。

また、なかなか求婚できないルドヴィック・スピード、二十年間も通って何も言えないジョン・ダグラスに、アンは男性のナイーブさやある種の弱さ、繊細さも学びます。こうしてアンは様々な男女の歴史を知る経験を重ね、それがギルバートとの幸福な結びへ導く序奏となっているのです。

二、物語の舞台ハリファクス、エヴァンジェリンの土地

アン・シリーズの土地としてプリンス・エドワード島は名高く、その美しさは広く紹介されています。これに対して『アンの愛情』の舞台が実在すること、またその町がハリファクスであることは、あまり知られていないようです。

『アンの愛情』は、シリーズの中で唯一、プリンス・エドワード島の外を主な舞台としています。アンが暮らす町は、ノヴァ・スコシア州の都会キングスポート。「国王の港」という意味で、いかにも十九世紀の大英帝国的な響きの地名です。モデルとなったのは州都ハリファクスです。

ノヴァ・スコシア州はカナダ南東部にあり、北にはノーサンバーランド海峡をへだてプリンス・エドワード島が、東には大西洋、西にはアメリカ東部最北端のメイン州があります。この州は『赤毛のアン』では、アンの生まれ故郷であり、グリーン・ゲイブルズに来るまでの十一年間を過ごした場所として登場しています。

幼いころのアンはノヴァ・スコシア州の森に暮らす、子だくさんのハモンドさんに引きとられ、そこは「切り株しかなくて、寂しいところだったわ」とマリラに語っています。

以前、プリンス・エドワード島から車で海峡にかかる連邦大橋をわたり、ノヴァ・ス

コシア州のハリファクスをめざしたことがあります。道すがら目に入ったのは、どこまでも続く針葉樹の森でした。州の中央部には、北米大陸の原生林が広がっているのです。

そして到着したハリファクスは大西洋に面した歴史ある港町です。煉瓦や石造りの建物が並ぶ往来に、時として朝夕には乳白色のもやが立ちこめます。そのもやをすかしてウィリアムズ島の灯台の光が見える幻想的な情景は本作に描かれる通りですが、朝もやが日が昇るにつれて魔法のように消え、カナダの抜けるような青空が高く広がっていくすがすがしさも忘れられません。

そんな町に、本作に描かれた場所が点在しています。アンの下宿前の古い墓地、通う大学、松林の海岸公園、港に浮かぶウィリアムズ島ことジョージズ島、アンがロイと雨やどりするあずまや、パティの家の豪邸街などです。

そうした舞台は、トロント公共図書館の梶原由佳さんが一九九九年に送って下さった“The Lucy Maud Montgomery Album”を手にハリファクスを訪れ、地図と照らし合わせて探していきました。本に記載のないものは、『アンの愛情』の描写をもとに現地を歩いて探しました。

アンが通う大学の校舎に本当に大階段があったこと、アンの下宿前の墓地には髑髏と天使の墓だけでなく、アンが心動かされた碑文を刻んだ古い墓石が実在したこと、アンがギルバートと歩いた海岸公園、そこにはロイに求婚されるあずまやもある……。心の中で思い浮かべてきた世界が、現実と重なりあってぴたりと焦点が結ばれた時の感動は、ひとしおでした。それぞれの場所を簡単にご紹介しましょう。

アンが愛した静かな墓地公園は町の中心にあります。入口には、大きなアーチの記念碑がそびえ、ライオンの像が鎮座しています。美しい芝生と木立のなかに墓石がならんでいるのも、小説の通りです。ここはカナダで最も古い墓地で、キリスト教徒の各宗派のほかにユダヤ教徒の墓もあるようです。

レッドモンド大学のモデルとなったのは、ダルハウジー大学です。公式ホームページによると、この大学は一八一八年に、当時のノヴァ・スコシアの副知事で、のちにカナダ総督（カナダの国家元首である英国王と女王の名代《みょうだい》をカナダでつとめる）となるスコットランド貴族ダルハウジー卿によって創立されました。ちなみにそのころはまだカナダ連邦という国家は存在していません。

ダルハウジー大学は、スコットランドのエディンバラ大学にならってキャンパスが設計されています。エディンバラ大学は医学部の水準が高いことで知られ、ダルハウジーも同様です。そのキャンパスでギルバートは医学を修めるのです。

学生数は一万三千人以上、約千八百人の教授陣、千七百人近い職員をかかえる大規模な大学で、カナダ首相、州知事や政治家、裁判官、作家を輩出しています。モンゴメリは一八九五年から翌年にかけて英文学の特別講義を受け、夫のユーアン・マクドナルドにとっては文学の学士号を取得した母校にあたります。

海岸公園は、松の茂る原生林をそのまま残した、文字通りの自然公園です。松林をぬける遊歩道をたどり、木もれ日の中を海へむかって歩くと、鳥のさえずりが響きわたり、ときおり、りすが姿を見せます。

すがすがしい松葉と潮風が香り、松林の静寂が心をおごそかに鎮めるようで、アンが天気のいい日だけでなく、肌寒い三月の夕暮れに、あるいは雨のふりそうな日にも、この林をそぞろ歩いた心境も理解できました。この町に暮らしたモンゴメリも同じようにこの松の木陰の小径を港へむかってそぞろ歩いたのです。

ただし、この公園は二〇〇三年にハリケーンの直撃を受けて松が倒れ、「森は最初の神殿」と語るにふさわしい静寂の森はかなり失われました。植樹をしても、元の森をとりもどすには一世紀以上かかるだろうとも現地で聞きました。そこで口絵では、アンが好んで歩いたころの面影をとどめた二〇〇一年に撮影した写真を掲載しました。

パティの家があるスポフォード街……。これは小説の描写をヒントに探しました。海岸公園に近く、アンの部屋から公園の松林が見え、町でいちばんの高級住宅街であるという記述から、公園から延びる大通りのヤング街が、スポフォード街ではないかと思われます。木々が左右から枝をさしかわし、翡翠いろのトンネルをくぐり抜けるような並木道、その両側に、ほれぼれするような見事な邸宅がならんでいます。

最後に、フィルが新婚旅行で出かけるエヴァンジェリンの土地。これはノヴァ・スコシア州グラン・プレ（フランス語の地名）、そしてアナポリス・ロイヤルがある一帯で、カナダの歴史に関わりがあります。かつてカナダは、フランス人が開拓、植民するフランス領でした。しかし十八世紀に英仏が「七年戦争」を戦い、英国が勝利すると、イギリス領になります。そのためノヴァ・スコシアのこの一帯に暮らしていた「アカディアン」と呼ばれるフランス系カナダ人は、イギリス軍に追われて土地を離れ、船でアメリカ南部へ移送され、その混乱の中で、家族が離散した悲劇を生んだ場所です。

その離散をテーマにして、十九世紀アメリカを代表する詩人ヘンリー・ワズワース・ロングフェローが、結婚間もない若い夫婦が生き別れた悲劇を、長編の叙事詩『エヴァンジェリン』（一八四七）に描きました。

この本がアメリカで圧倒的な人気を博し、当時、エヴァンジェリンの土地は、悲恋ロマンスの舞台を訪ねてアメリカ人がやって来る人気の観光地になったのです。現在でもフランス系の人々が多く暮らし、フランスの三色旗に黄色い一つ星をつけたアカディアンの旗が家々の庭先に翻っています。

プリンス・エドワード島でも、同じようなフランス系とイギリス系の対立はありました。一七六三年、「七年戦争」後のパリ条約で、カナダがフランス領からイギリス領になると、島は、フランス語の「サン・ジャン島（聖ヨハネ島）」から英語の「セント・

ジョン島」（聖ヨハネ島）へ、さらに当時の英国王の息子エドワード王子（後にヴィクトリア女王の父、ケント公）にちなんで「プリンス・エドワード島」へと名前が変わります。勝者イギリス系による敗者フランス系の支配、また英系プロテスタントと仏系カトリックという宗教や民族の対立の中で、プリンス・エドワード島のアカディアンたちは、イギリス系に差別されていきます。

『赤毛のアン』『アンの青春』『アンの愛情』において、フランス系は、イギリス系の農場の雇い人、家の手伝いとして登場し、正しい英語を話せない人々として描かれます。また本作には孤児、容姿、職業、先住民族、未婚者、病気への偏見につながる描写も散見されますが、人権意識の乏しかった階級社会の時代背景、また原作者が故人であることを考慮して改変は行いませんでした。読者諸賢のご理解をお願い申し上げる次第です。

三、スコットランド系とアイルランド系の物語

第一巻、第二巻と同様に、本作の主な登場人物も、多民族国家カナダにおける、スコットランド系とアイルランド系のケルトの人々の物語です。

おなじみの登場人物は、『赤毛のアン』と『アンの青春』に解説したように、アン・シャーリーとマリラ・カスバート、デイヴィとドーラのキース家がスコットランド系、ダイアナ・バリーとレイチェル・リンド夫人がアイルランド系です。

新しく登場するフィリッパ・ゴードンは、ゴードンがスコットランドの名門貴族の名字であることから、父方はスコットランド系です。ちなみに本作でアンが語る英国詩人バイロン（第3章）のフルネームはジョージ・ゴードン・バイロンで、母親がスコットランド貴族ゴードン家の出身です。モンゴメリはフィルに高貴な名前を与えているのです。そしてフィルの母親は、アイルランドのバーン家Byrneと書かれています。

フィルの出身地は、アンと同じノヴァ・スコシア州ボーリングブルックです。実在する州の名前ノヴァ・スコシアはラテン語で、意味は新スコットランド。州の旗は、スコットランド旗（青地に斜め白十字）を反転させた白地に斜め青十字、その中央にスコットランドのスチュアート王家の紋章である赤い立獅子《たちじし》が雄々しく描かれています。そしてボーリングブルックは、モンゴメリが作った地名で、歴史的にはイングランドに併合されて国を失ったスコットランドのスチュアート王家の復興をめざした政治家の名として知られます。つまりフィルも、アンと同様に、スコットランド愛国者だと、モンゴメリは伝えています。実際にフィルは本作でスコットランド語を話し、アンを「クィーン・アン」と呼びます。アン女王は、英国史に実在し、スチュアート王朝で最後に王座についた人物です。「クィーン・アン」という呼び名には、フィルがスチュアート王家によせる忠愛、祖国スコットランドへの誇りが響いているようです。

アンが通う大学のモデルは、スコットランド貴族ダルハウジー卿が創立したダルハウジー大学ですが、モンゴメリはレッドモンド大学と、アイルランド人の名前に変えています。

アンが一年生の時に下宿するハーヴィー家は、ブリテン島のケルト族に由来する名前。次に暮らす「パティの家」の大家パティは、アイルランドにキリスト教を伝えたアイルランドの守護聖人、聖パトリックの女性形パトリシアの愛称ですから、やはりアイルランド系です。同居するジェイムジーナおばさんは、父親がジェイムズと書かれています。ジェイムズは、スコットランドのスチュアート王朝の歴代王の名で、スコットランド系男性に多い名前です。

このように『アンの愛情』も、スコットランドとアイルランドのケルト的な気配が、小説全体を魔法の淡い霧のように覆っているのです。

四、ケルトとアーサー王伝説、ゴグとマゴグ

ケルトは、ヨーロッパの先住民で、紀元前は、南欧をのぞく広い地域に暮らしていました。金属の加工技術に優れ、渦巻きや組紐の複雑な文様と装飾に優れていました。文字は持ちませんでしたが、様々な妖精や精霊の伝説を残しています。

古代のブリテン島（英国の島）でも、先住民はケルトでした。しかし五〜六世紀に、「ゲルマン人の西方大移動」と呼ばれる民族移動がヨーロッパ大陸でおこり、金髪碧眼のゲルマン人たちが今の英仏海峡をわたり、北のブリテン島に押しよせてきます。ケルトのブリトン人は、上陸する異民族を迎え撃って勇敢に戦い、その戦闘の指揮をとったのが、ケルトの英雄アーサー王とされます。しかしケルトはゲルマン人に敗北し、北のスコットランドへ、西のアイルランドへ移ります。

つまりスコットランド系のアンやフィル、アイルランド系のダイアナやパティなど本作の人々は、ケルト族の末裔なのです。

では「パティの家」の炉棚を飾るゴグとマゴグは、どうでしょうか。

聖書のほか、色々な伝説に書かれていますが、中世イングランドの聖職者・歴史家ジェフリー・オブ・モンマス（モンマスのジェフリー）がラテン語で書いた『ブリテン列王史』（一一三六）にも、ゴグマゴグが登場しています。

『ブリテン列王史』は、文字を持たないケルトの人々の伝承だったアーサー王の生涯と物語を体系的につづった書物です。この書物をもとにして、以後、さまざまなアーサー王伝説の物語が書かれ、そこに騎士道物語やイエスの聖杯を探す聖杯探索物語などが加わり、アーサー王伝説は、華麗な物語群として発展していきます。

つまり、偉大なるアーサー王は、「過去の王にして未来の王」とされ、アーサー王とその忠実なる臣下である円卓の騎士たちの伝説は、武勇と恋愛の物語として欧州に広まっていくのです。たとえば、『ブリテン列王史』が出た後、同じ十二世紀の後半に、フランスの作家クレティアン・ド・トロワ（一一五三頃～九〇頃）が、円卓の騎士ランスロ（英語名ランスロット）の物語『ランスロまたは荷車の騎士』を、また円卓の騎士ペルスヴァル（英語名パーシヴァル）が、イエスの聖なる盃を探す『ペルスヴァルまたは聖杯物語』を書きます。

そのもととなった『ブリテン列王史』に、ブリテン島の巨人として、ゴグマゴグが描かれているのです。巨人ゴグマゴグは、後にゴグとマゴグの二人にわかれ、十六世紀にはロンドンを守護する巨人となり祭りの行列に登場、現在はロンドン市庁舎に二体の像が飾られています。アンが愛する陶器の犬ゴグとマゴグはケルト伝説の巨人であり、ケルト族が暮らす「パティの家」を守護していたと言えましょう。

『赤毛のアン』第28章において、アンは、古代ケルトのアーサー王伝説に魅了され、その伝説から「ランスロットとエレーン」を演じて遊びます。

続く第二巻『アンの青春』では、モンゴメリはテニスン詩「アーサー王の死」を引用し、第三巻の本作でも、アーサー王伝説はかすかな輝きを見せています。アンが書く小説「アベリルのあがない」のヒーローの名は、パーシヴァルPerceval。パーシヴァルはクレティアン・ド・トロワが書いたアーサー王伝説の騎士ペルスヴァルの英語読みです。アンは大学生になった今もアーサー王伝説と円卓の騎士に魅了されているのです。

五、キリスト教文学としての『赤毛のアン』シリーズ

『赤毛のアン』『アンの青春』『アンの愛情』はキリスト教文学であり、イエスの教えと信仰生活が書かれ、聖書からの引用があります。ことに本作には聖書からの引用が多数あります。第一巻と第二巻を書いた時、モンゴメリは長老派教会の牧師ユーアン・マクドナルドと婚約中でしたが、第三巻の本作は、牧師夫人となった著者によって書かれたのです。モンゴメリは教会でお祈りの最初の言葉を唱えて信者を先導し、賛美歌のオルガンを弾き、日曜学校で子どもたちに信仰を教える日常のなかで、本作を書きました。

この小説には、キリスト教の世界観が根底にあります。ルビーの若き死によせて、「天上の暮らしは、この地上から始めねばならない」という考え、またフィルが貧民街の教会で宣教活動に入ることに生きる意味を見出す展開には牧師夫人モンゴメリの死生観と人生観がこめられています。最後のギルバート危篤の夜、アンが「天からの啓示」をうけて真実に覚醒し、一夜が明けて聖書の一節をつぶやく感動的な場面も、キリスト教の信仰に裏うちされています。

これまでの巻と同様に、アンの親しい人々の名は、キリスト教の重要人物の名前にちなんでいます。「パティの家」の大家パティは前述のようにケルト・キリスト教の聖人パトリックの女性形、姪のマリアは聖母マリア。そこに暮らすアンは聖母マリアの母アンナの英語名、フィリッパはイエスの十二使徒フィリポ（英語名フィリップ）の女性形、

ジェイムジーナおばさんはイエスの十二使徒ヤコブ（英語名ジェイムズ）の女性形、プリシラはキリスト教を伝道したパウロに同行した婦人プリスキラの英語名です。さらに猫も、サラ猫は旧約聖書におけるイスラエル民族の祖アブラハムの妻サラ、ジョーゼフは旧約聖書のヤコブの息子ヨセフの、新約聖書ではマリアの夫ヨセフの英語名です。パティの家を訪れる神学生ジョウナスは、預言者ヨナの英語名です。英訳聖書を読む英語圏の人々は、これらの名前がキリスト教由来だとわかります。グリーン・ゲイブルズのマシュー、マリラ、アンがイエスに近い人々の名前だったように、「パティの家」もキリスト教の聖なる家なのです。

六、ケルト・キリスト教を象徴する聖カスバート

アンを引きとり育てたカスバート姓はありましたが、一般的には、モンゴメリの親戚にカスバート姓はありませんが、七世紀のケルト・キリスト教の聖人が知られています。

古代のケルト族は、太陽や自然の万物に神と精霊がやどると信じていましたが、そこに一神教のキリスト教が伝わります。そうした初期のまだケルト的な気配を残したキリスト教が広まっていく七世紀イギリスの聖人がカスバートであり、ケルトの人々の土着の信仰に、キリスト教の教えを融合させようとした修道者です。

聖カスバートは、イギリス東海岸の北海に浮かぶリンディスファーン島に、六三五年

に開かれた修道院に暮らします。モンゴメリは、本作を書く四年前の一九一一年、新婚旅行で英国を訪れた際、リンディスファーン島に蒸気船でわたっています。

　またパティの聖パトリックも、ケルト族が暮らした五世紀のアイルランドに、キリスト教を伝え、土着の信仰と融合させながら一神教を広めたケルト・キリスト教を代表する聖人です。

『赤毛のアン』シリーズこそ、ケルトとキリスト教の融合です。一神教のキリスト教では、人間ではない良き存在は神と精霊と天使しか認めていませんが、モンゴメリは様々な妖精を描いています。『赤毛のアン』では七、八種類の妖精たち、そして本作ではフェアリー、インプ、エルフが描かれています。キリスト教が異端視する妖精は、キリスト教が入る以前の歴史の地層とケルトの伝説の世界に豊かに息づく存在です。

　アンとカスバート家、リンド夫人をはじめ、本作の人々が信仰する長老派教会は、祭壇には、十字架に大きな丸い輪がついた独特のケルト十字を飾っています。ケルト十字の由来には、いくつかの説がありますが、丸い輪はケルトの太陽信仰の日輪と輪廻転生を意味し、そこにキリスト教の十字架を組みあわせたとされています。モンゴメリが師範短大時代に通ったシャーロットタウンの長老派の聖ヤコブ教会、そして結婚後に牧師夫人を務めたオンタリオ州ノーヴァルの長老派教会にも、祭壇にはケルト十字が飾られ、光り輝いています。

このように本作『アンの愛情』も、『赤毛のアン』『アンの青春』と同様、十九世紀の新大陸カナダを舞台にしながら、その底に英文学、古代欧州のケルト族、ケルト・キリスト教の世界、中世のアーサー王伝説が幾重にも重なる多層構造をなしています。

七、『アンの青春』の最後と『アンの愛情』の冒頭のつながり

『赤毛のアン』の末尾と『アンの青春』の冒頭のエピグラフのつながりを、モンゴメリは工夫しています。同じつながりが前作と本作にも見られます。前作『アンの青春』の最後の章で、アンとギルバートは、ミス・ラヴェンダーの結婚式に出かけます。夫となる人は、ミス・ラヴェンダーの若き日の恋人アーヴィング氏。二人はいったんは別れたのち、数十年ぶりに再会して結ばれたのです。第28章「王子、魔法の宮殿にもどる」で、アーヴィング氏は久しぶりにミス・ラヴェンダーのこだま荘を訪れた時、あたりを見渡して「ここはまるで、時間が止まっているようだ」と懐かしみながらも、「王子が来るのが遅すぎたということもあります」と語ります。するとアンは、「本物の王子が、本当の姫に会いに来たなら、遅すぎることはないのです」と答えます。このくだりは、魔法にかけられて時間が止まった深い森に暮らすミス・ラヴェンダー、そこを訪れる真実の王子アーヴィング氏であり、欧州童話の「眠り姫」にモチーフがとられています。

続く本作『アンの愛情』冒頭のエピグラフは、英国詩人テニスンが「眠り姫」をモチ

ーフにして書いた詩です。

「眠り姫」のヒロインは魔法をかけられた城に眠る姫です。姫に求愛しようと、多くの王子たちが勇んで城に訪れますが、城を覆ういばらに阻まれ、中に入ることができません。しかしふさわしい時が流れ、ふさわしい王子が訪れると、魔法がとけていばらはほどけ、王子は城に入り、姫に口づけをして目ざめさせ、二人はめでたく結ばれます。

つまりエピグラフの「眠り姫」にちなんだ詩は、冒頭のアンはまだ少女という眠りの季節にいること、やがて幾人もの若者がアンに求愛に訪れるものの、それは実らないこと、しかしふさわしい歳月が流れ、時を得たふさわしい王子が訪れると、いばらはほどけ、王子と姫が口づけをかわし、王と女王として結ばれることが暗示されています。そしてモンゴメリはその通りに、本作の最後に「愛の婚礼の国にて戴冠された王と女王」と書き、エピグラフの「眠り姫」に対応させています。

最後の第41章の章題「愛は砂時計を持ちあげる」Love Takes Up the Glass of Time は、テニスンによる別の詩の一節です。これもエピグラフの「眠り姫」に対応しています。

砂時計は、置いたままでは砂が留まり、時は止まっています。つまり時間が静止した魔法の城です。しかしアンとギルバートの愛が砂時計を持ちあげ、上下をひっくり返すことで、止まっていた二人の時間が、新しく愛の時間として流れ始めることを意味する章題なのです。

もう一つ、『アンの青春』と『アンの愛情』は「ヴェール」によってもつながっています。『アンの青春』の最後の場面で、アンの胸にかかるヴェールが持ちあがり、彼女はギルバートへの本当の感情に気づくものの、すぐにヴェールは下がり、覆い隠します。しかし本作冒頭の詩に「ヴェールを引くと、隠されていた価値があらわれる」とあり、アンの胸中に隠されていた真実の想いがあらわれることも暗示されているのです。

このように、『アンの青春』の最後と『アンの愛情』の冒頭は、「眠り姫」と「ヴェール」の二つの意味でつながるようにモンゴメリは工夫を凝らし、それぞれが、アンが少女から大人の女性へ成長することを優雅に伝えています。

八、ハリファクスに二度暮らしたモンゴメリ　学生、新聞記者として

プリンス・エドワード島の州都シャーロットタウンの師範短大プリンス・オブ・ウェールズ・カレッジで教員免許をとり、島の北西部のビデフォードで教師をしていたモンゴメリは、一八九五年、二十歳の時、島を出て、教員の給料をためた貯金と祖母からの援助を学費にして、ダルハウジー大学で英文学の講義を受けます。この経験が、本作の大学生アンの下敷きになっています。

大学ではモンゴメリがペンで署名した入学書類を閲覧させて頂き、また彼女が通った学び舎フォレスト・ビルディングを訪ね、赤煉瓦の建物の美しさに感心して歩くたびに、二十歳の娘の向学心と野心を思って、しみじみとした気持ちになります。カナダの外れの島から出てきた年若い女性の、作家になりたいという夢に思いをはせ、行動力のある彼女が頼もしく、それでいて、けなげで愛しい気持ちになるのです。

　仕送りをしてくれる親もなく、裕福とはいえなかったモンゴメリは、授業料と下宿代を払えず一年しかいられませんでした。しかし彼女は自分の叶わなかった夢をアンにたくしています。本作のアンは四年間通って、卒業します。一年目は教員時代にたくわえた貯金で、二年目は成績優秀者に与えられる奨学金と夏休みに代理教師として働いたお金で、しかし三年目は学資が尽き、復学は難しいかという時、『赤毛のアン』に登場したミス・ジョゼフィーン・バリー……、ダイアナの大おばで、偏屈で気難しいものの、アンを心から愛したあの富裕な老婦人が、遺言で千ドルをのこします。ミス・バリーの厚情のおかげでアンは卒業までの費用をまかなうことができたのです。このあたりにもモンゴメリの実らなかった青春の願望がひそんでいます。

　一年足らずで島にもどったモンゴメリですが、六年後の一九〇一年に再びハリファクスへ渡ります。日刊紙「デイリー・エコー」の校正者、社交欄の記者の職を得たのです。作家志望だったモンゴメリにとって、活字の現場である新聞社は憧れの職場であり、また記事の執筆と校正の仕事を通じて、創作にも有意義な経験をつんだことでしょう。新聞記者時代にすごした二軒長屋を探して行ってみると、人通りの少ない、ひっそりした住宅地にありました。二十代のモンゴメリがここで寝起きし、夜は小説を書きつづっていたと思うと、つくづくと感慨深く、心打たれました。

このようにハリファクスは、モンゴメリの青春時代の明るい夢と挫折、それにもめげない再挑戦の思い出がつまった土地なのです。

九、執筆前後のモンゴメリ

『赤毛のアン』(一九〇八年)と『アンの青春』(一九〇九年)は、独身時代にプリンス・エドワード島で書かれました。続いてモンゴメリは、版元の求めにより、『赤毛のアン』を書く前にアメリカの雑誌に発表していた小説の原稿をまとめ、『果樹園のセレナーデ』*Kilmeny of the Orchard* が一九一〇年に発行されます。同年、モンゴメリは、会心の作『ストーリー・ガール』*The Story Girl*(発行は一九一一年)を書き上げ、十一月に『赤毛のアン』『アンの青春』を発行した米国の出版社L・C・ペイジ社の招きで、米国に行きます。

モンゴメリ日記によると、一九一〇年当時、『赤毛のアン』は世界的なベストセラーとなり、毎日二、三通のファンレターが届き、南半球のオーストラリアからも手紙が来ています。ペイジ社が彼女を招いた理由は、そうしたベストセラー作家と親密な関係を築くこと、米国東部のさまざまな新聞雑誌の取材の場を設けるプロモーション、そして今後の契約のためでした。

ボストンでは、ペイジ社を訪問してジョージ・ペイジ氏、ルイス・ペイジ氏と面談した他、初めて自動車に乗って、その速さに驚き、都会の百貨店でスーツやアフタヌーンドレスを買い、ミュージカルを観賞、ボストン美術館を見学して日本の瀬戸物のコレクションに感銘を受け、ハーバード大学やラドクリフ大学のあるケンブリッジを訪問。郊外のコンコードでは、オルコット（一八三二〜八八）が『若草物語』を書いたオーチャード・ハウス、思想家エマソン（一八〇三〜八二）の屋敷を訪れて感激しています。ボストンでは、連日、晩餐会、昼食会、歓迎会、パーティに招待され、大都会での歓待ぶりに、モンゴメリは人気作家になったことを実感します。

翌一九一一年の三月には、母を亡くしたモンゴメリを、赤ん坊のころから育てたマクニール家の祖母が他界します。住んでいたマクニール家の家屋は老朽化していたため取り壊され、モンゴメリは母の妹の嫁ぎ先であるパーク・コーナーのキャンベル家に暮らし、その夏の七月、長らく婚約していたマクドナルド牧師と、キャンベル家の客間で結婚式を挙げます。

新婚旅行は、カナダのケベック州モントリオールから客船で大西洋をわたり、二か月かけて北のスコットランドから南のイングランドを縦断旅行しています。日記を読むと、『赤毛のアン』と『アンの青春』に引用した英文学の舞台めぐりの豪華な旅です。スコットランドの文豪スコットの屋敷と作品の舞台を訪ね、ロバート・バーンズ記念館ではハイランドのメアリの髪を見学し、詩人ワーズワースが住んだ湖水地方でウィンダミア湖を周り、スコットランドとイングランドの十六世紀の激戦地フロッデン、シェイクスピアの生没地を旅して、アヴォン川のほとりを歩いています。ケルト・キリスト教の聖カスバートのリンディスファーン島、スコットランドにキリスト教を伝えた六世紀の聖コルンバゆかりのアイオーナ島に加えて、紀元前三千年に遡るストーンヘンジ、キリスト教が伝わる前の古代ケルトの聖職者ドルイドの史跡も訪れていることから、マクドナルド夫妻が古代ブリテン島とケルトの歴史に関心をよせていたことがわかります。ロンドンでは、モンゴメリ家にあったゴグとマゴグに似た陶器製の一対の犬の置物を買い、帰国の途につきます。こうしたアメリカ旅行とイギリス旅行の経験をへて、第三巻『アンの愛情』は書かれたのです。

一九一一年秋、帰国したモンゴメリは、夫マクドナルド牧師の赴任地、カナダ東部オンタリオ州に新婚の牧師夫人として移り住みました。州都トロントの北、リースクデイルというのどかな小村です。長老派教会のはすむかいに、モンゴメリが暮らした牧師館があり、連邦政府と州政府が指定する史跡となっています（口絵）。一階の左手には一九一三年から一四年十一月にかけて本作を書いた部屋があり、公開されています。

この家で、一九一二年に長男チェスター・カメロンを出産、本作を執筆中の一四年には四十歳で次男ヒュー・アレクザンダーが誕生しますが、その日に息を引きとり、『アンの愛情』発行の数か月後、一五年十月には三男スチュアートが生まれます。

本作は母となった著者によって執筆されたのです。ダイアナの出産、またアンが、亡き母が自分を産んでくれた部屋へ行った時の感慨には、わが子を抱き、また喪ったモンゴメリの深い思いがこめられているのです。

と同時に、『アンの愛情』の執筆中の一九一四年七月には、第一次世界大戦が始まりました。

この大戦がヨーロッパで始まると、英連邦の一国であるカナダは、宗主国イギリスのために、連合国側として、四十二万人もの兵士を船で欧州の戦線へ送り出しました。その結果、四万人以上のカナダの若者が、ドイツ軍などとの戦闘で命を落とし、祖国に帰ることはありませんでした。フランドル地方での大激戦にもひるまぬ勇敢なカナダ兵が、連合国側の勝利に大きく貢献したとされています。

若者の働き口が少ないプリンス・エドワード島はもちろん、モンゴメリの暮らしていた農村リースクデイルからも、青年たちが出征し、帰らぬ人となりました。モンゴメリの異母弟（父親の再婚相手の息子）のカール・モンゴメリも一九一五年に出征し、のちに北フランスでの戦闘で片足を失っています。

モンゴメリは、牧師の夫とともに教会でリースクデイル村から戦地へおもむいた兵士の無事を涙ながらに祈り、また赤十字の地方支部長として後方支援の活動にたずさわりました。そんな戦争中の一九一五年に、『アンの愛情』は発行されたのです。

第一次世界大戦は、十九世紀までの、ある意味では牧歌的な戦争とは違って、史上初めて、戦車や毒ガス、戦闘機といった近代兵器が登場し、膨大な数の戦死者をもたらしました。戦争の歴史そのものが大きく変わったのです。

しかし『アンの愛情』の時代背景は、まだヴィクトリア朝の十九世紀末から二十世紀初めです。一見するとのどかで幸福なアンの若々しい日々の背後には、失われた古き良き平和な時代への切実なる郷愁が、さらに中年の母となったモンゴメリの、ハリファクスでの青春を遠く懐かしむ感傷が、静かに横たわっているのです。

牧師夫人、妻、母、作家として、多忙な日常に追われるようになったモンゴメリが、一度しかない娘時代の輝きと弾むような明るさ、その短い季節に真実の幸福を悟っていくアンの人間として、女性としての成熟を描いたところに、本作の深い味わいがあるように思います。

続く第四巻『風柳荘《ウインディ・ウイローズ》のアン』*Anne of Windy Willows*（一九三六）は、アンがプリンス・エドワード島第二の町サマーサイドの高校で学校長となる婚約時代の小説です。レベッカ・デュー、小さなエリザベスなど、魅力的な人物も新しく登場します。本作から二十一年後に刊行された本であり、モンゴメリ六十代の円熟味が感じられる作風です。

この小説中でアンはスコットランドの作家ジョージ・マクドナルド（一八二四〜一九〇五）のファンタジー小説『北風のうしろの国』（一八七一）を愛読し、『風柳荘のアン』そのものが、この小説の影響を受けています。マクドナルドは、北アイルランド出身のC・S・ルイス（一八九八〜一九六三）が愛読した文学者で、『北風のうしろの国』は、ルイスのキリスト教小説「ナルニア国物語」シリーズに影響を与えています。

そうした不思議な魅力の漂う『風柳荘のアン』の日本初の全文訳を、巻末訳註付で、みなさまにお届けできますよう、精進して参りたいと存じます。

二〇一九年夏　　松本侑子

Acknowledgments; This translation couldn't have been completed without the kind and informative guidance of my English teachers; Ms. Rae Yates from Canada, Mr. Mark Douglas Warren from America, Ms. Alicia Matzener, and Ms. Victoria Hales from England, and Ms. Mandy Tong from Australia. I heartily appreciate their sincere cooperation.

謝辞

本書の編集と刊行にあたり、文藝春秋、文春文庫編集部の池延朋子様、翻訳出版部の永嶋俊一郎部長、文春文庫の花田朋子局長、武田昇副部長、営業部の伊藤健治部長に大変にお世話になりました。

カバーのイラストは、第一巻、第二巻に続いて、漫画家の勝田文先生に美しい絵を描いて頂きました。ギルバートが求婚する時にアンに渡したメイフラワーの白い花とピンクの花、パティの家の犬の飾りのゴグとマゴグ、アンの卒業式の日に、ロイヤル・ガードナーがアンに贈ったすみれの花、ギルバートがアンに贈った鈴蘭の花です。カバーデザインと装丁、口絵と目次の優雅なデザインは、長谷川有香先生にご担当頂きました。みなさまのすばらしいお仕事に心より御礼を申し上げます。

そして本書をお読み頂いた心の同類のみなさまに、愛と感謝を捧げます。

主な参考文献

引用句辞典、英文学事典、英和辞典、百科事典等

Burton Stevenson "THE MACMILLAN BOOK OF PROVERBS, MAXIMS, AND FAMOUS PHRASES" Macmillan Publishing Company, New York, 1987

"THE OXFORD DICTIONARY OF QUOTATIONS NEW EDITION" Edited by Angela Partington, Oxford University Press, New York, 1992

"THE KENKYUSHA DICTIONARY OF QUOTATIONS" Edited by Sanki Ichikawa, Masami Nishikawa, Mamoru Shimizu, Tokyo, 1982（英文『引用句辞典』研究社）

"THE KENKYUSHA DICTIONARY OF CURRENT ENGLISH IDIOMS" Edited by Sanki Ichikawa, Takuji Mine, Ryoichi Inui, Kenzo Kihara, Shiro Takaha, Tokyo,1981（英文『英語イディオム辞典』研究社）

Michael Stapleton "THE CAMBRIDGE GUIDE TO ENGLISH LITERATURE" Book Club Associate, Cambridge University Press, London, 1983

James D. Hart "THE OXFORD COMPANION TO AMERICAN LITERATURE" Oxford University Press, New York, 1983

"ENCYCLOPEDIA BRITANNICA ON CD 97" London, 1997

『新英和大辞典』研究社、一九八〇年
『英米文学辞典』研究社、一九八五年
『英語歳時記』研究社、一九九一年
CD―ROM版『リーダーズ・プラス』研究社、一九九四年
CD―ROM版『世界大百科事典』平凡社、一九九二年
CD―ROM版『ランダムハウス英語辞典』小学館、一九九八年

文学研究、解説書

Rea Wilmshurst 'L. M. Montgomery's use of quotations and allusions in the "ANNE" books' Canadian Children's Literature, 56, 1989
佐藤猛郎『最後の吟遊詩人の歌―作品研究』評論社、一九八三年
西前美巳『テニスン研究』中教出版、一九七九年
西前美巳『テニスンの詩想』桐原書店、一九九二年
アンナ・フランクリン『図説 妖精百科事典』井辻朱美監訳、東洋書林、二〇〇四年
鶴岡真弓、松村一男『図説ケルトの歴史』新装版、河出書房新社、二〇一七年
松本侑子『赤毛のアンに隠されたシェイクスピア』集英社、二〇〇一年

詩集、戯曲、小説

"THE POETICAL WORKS OF TENNYSON" Edited by G. Robert Stange, Houghton Mifflin Company, Boston, 1974

"JOHN KEATS COMPLETE POEMS" Edited by Jack Stillinger, The Belknap Press of Harvard University Press, Cambridge, 1978

"THE POETICAL WORKS OF SIR WALTER SCOTT" Edited by J. Logie Robertson, Henry Frowde, London, 1904

"THE COMPLETE POETICAL WORKS OF JOHN GREENLEAF WHITTIER HOUSEHOLD EDITION" Houghton, Mifflin and Company, Boston and New York, Reprint of 1904 version

"THE POETICAL WORKS OF HENRY WADSWORTH LONGFELLOW" Collins' Clear-Type Press, London and Glasgow, 1900

Lewis Carroll "THE ANNOTATED ALICE" Noted by Martin Gardener, Wings Books, Random House, 1960

L. M. Montgomery "The Annotated ANNE OF GREEN GABLES" Edited by Wendy E. Barry, Margaret Anne Doody, Mary E. Doody Jones, Oxford University Press, New York, 1997

L. M. Montgomery "Chronicles of Avonlea" Puffin Classics, London, 1994

L. M. Montgomery "Anne of the Island" Puffin Classics, London, 1998

ワーズワース『ワーズワース詩集』田部重治選訳、岩波文庫、一九六六年

ワーズワース『対訳　ワーズワス詩集』山内久明編、岩波文庫、一九九八年
キーツ『キーツ詩集』岡地嶺訳、泰文堂、一九七九年
バイロン『バイロン詩集』阿部知二訳、新潮文庫、一九五一年
バイロン『チャイルド・ハロルドの巡礼』東中稜代訳、修学社、一九九四年
シェイクスピア『リア王』小田島雄志訳、白水社、一九八三年
シェイクスピア『マクベス』小田島雄志訳、白水社、一九八三年
シェイクスピア『オセロー』小田島雄志訳、白水社、一九八三年
シェイクスピア『ハムレット』小田島雄志訳、白水社、一九八三年
シェイクスピア『テンペスト』小田島雄志訳、白水社、一九八三年
シェイクスピア『ジュリアス・シーザー』小田島雄志訳、白水社、一九八三年
シェイクスピア『お気に召すまま』小田島雄志訳、白水社、一九八三年
バニヤン『天路歴程　正篇』池谷敏雄訳、新教出版社、一九七六年
ロングフェロー『哀詩　エヴァンジェリン』斎藤悦子訳、岩波文庫、一九三〇年
バーンズ『バーンズ詩選』難波利夫訳註、大学書林語学文庫、一九五八年
ポー『ポー詩集』加島祥造編訳、岩波文庫、一九九七年
『英詩を愉しむ』松浦暢編訳、平凡社ライブラリー、一九九七年
『イギリス名詩選』平井正穂編、岩波文庫、一九九〇年

キリスト教関連

"THE HOLY BIBLE : King James Version" American Bible Society, New York
『聖書』新共同訳、日本聖書協会、一九九八年
ジョン・ボウカー編著『聖書百科全書』荒井献、池田裕、井谷嘉男監訳、三省堂、二〇〇〇年
ピーター・カルヴォコレッシ『聖書人名事典』佐柳文男訳、教文館、一九九八年
『キリスト教大事典』教文館、一九六八年改訂新版

政治・社会

大原祐子『世界現代史31　カナダ現代史』山川出版社、一九八一年
岩崎美紀子『カナダ現代政治』東京大学出版会、一九九一年
大原祐子、馬場伸也編『概説カナダ史』有斐閣選書、一九八四年

モンゴメリ関連、そのほか

"The Complete Journals of L.M.Montgomery, The PEI Years, 1889-1900" Edited by Mary Henley Rubio, Elizabeth Hillman Waterston, Oxford University Press, 2017
"The Complete Journals of L.M.Montgomery, The PEI Years, 1901-1911" Edited by Mary Henley Rubio, Elizabeth Hillman Waterston, Oxford University Press, 2017
モンゴメリ『ストーリー・オブ・マイ・キャリア』水谷利美訳、柏書房、二〇一九年

モンゴメリ『険しい道・モンゴメリ自叙伝』山口昌子訳、篠崎書林、一九七九年
モリー・ギレン『運命の紡ぎ車』宮武潤三、宮武順子訳、篠崎書林、一九七九年
奥田実紀『「赤毛のアン」の島で～L・M・モンゴメリ～』文溪堂、二〇〇八年
テリー神川『「赤毛のアン」の生活事典』講談社、一九九七年
松本侑子『誰も知らない「赤毛のアン」』集英社、二〇〇〇年

英米文学、英語聖書

本作中に引用される英米詩、英語聖書の一節は、その英文を元にインターネット検索し、該当するページの英文原典を調査し、邦訳して訳註に入れました。

文庫本　二〇〇八年、集英社文庫
文春文庫から新訳を刊行するにあたり、右記の訳文と訳註を全面的に改稿しました。

デザイン　長谷川有香
（ムシカゴグラフィクス）
イラスト　勝田文

Anne of the Island
(1915)

by

L. M. Montgomery
(1874～1942)

●文春文庫　日本初の全文訳・訳註付『赤毛のアン』シリーズ

児童書でも、少女小説でもない、大人の文学

モンゴメリ◎著　松本侑子◎訳

1　赤毛のアン

孤児アンはプリンス・エドワード島のグリーン・ゲイブルズでマシューとマリラに愛され、すこやかに育つ。笑いと涙の名作は英文学が引用される芸術的な文学だった。お茶会のラズベリー水とカシス酒、スコットランド系アンの民族衣裳も原書通りに翻訳。みずみずしく夢のあるアン・シリーズ第1巻。写真を11点掲載。訳註では、作中の英文学など353項目を解説。

ANNE OF THE ISLAND (1915)
by L.M. Montgomery (1874-1942)

文春文庫

アンの愛情《あいじょう》

定価はカバーに
表示してあります

2019年11月10日　第1刷
2025年4月15日　第5刷

著　者　L・M・モンゴメリ
訳　者　松本《まつもと》侑子《ゆうこ》
発行者　大沼貴之
発行所　株式会社　文藝春秋

東京都千代田区紀尾井町 3-23　〒102-8008
TEL　03・3265・1211(代)
文藝春秋ホームページ　https://www.bunshun.co.jp

落丁、乱丁本は、お手数ですが小社製作部宛お送り下さい。送料小社負担でお取替致します。

印刷製本・大日本印刷　　Printed in Japan

ISBN978-4-16-791395-3